EDIÇÕES BESTBOLSO

As sandálias do pescador

Morris West (1916-1999) nasceu na Austrália, filho de pais irlandeses. Formou-se pela Universidade de Melbourne em 1937. Por 12 anos fez parte da Congregação dos Irmãos Cristãos renovando os votos anualmente até 1941, quando deixou a ordem. Casou-se no mesmo ano e entrou para a Real Força Aérea Australiana. Usando pseudônimo, publicou seu primeiro livro em 1945, mas foi a partir de 1955 que sua carreira literária deslanchou. Seus livros foram traduzidos para 27 idiomas e venderam milhões de exemplares. *As sandálias do pescador* é o primeiro livro da trilogia do Vaticano, que continua com *Os fantoches de Deus* e *Os milagres de Lázaro*. Entre as muitas honrarias que recebeu destacam-se a Ordem da Austrália e títulos de doutor *honoris causa* em universidades americanas e australianas. Pela BestBolso estão disponíveis *A Eminência*, *O advogado do diabo* e *As sandálias do pescador*.

MORRIS WEST

As sandálias do pescador

Tradução de
FERNANDO DE CASTRO FERRO

1ª edição

RIO DE JANEIRO – 2014

CIP-BRASIL. CATALOGAÇÃO NA PUBLICAÇÃO
SINDICATO NACIONAL DOS EDITORES DE LIVROS, RJ

West, Morris, 1916-1999

W537s　　As sandálias do pescador / Morris West; tradução Fernando de Castro
Ferro. – 1ª ed. – Rio de Janeiro: BestBolso, 2014.
12x18 cm.

Tradução de: The Shoes of the Fisherman
ISBN 978-85-7799-249-2

1. Ficção australiana. I. Ferro, Fernando de Castro. II. Título.

CDD: 828.99343
13-06223　　CDU: 821.111(94)-3

As sandálias do pescador, de autoria de Morris West.
Título número 356 das Edições BestBolso.
Primeira edição impressa em janeiro de 2014.
Texto revisado conforme o Acordo Ortográfico da Língua Portuguesa.

Título original em inglês:
THE SHOES OF THE FISHERMAN

Copyright © 1963 by Morris L. West.
Copyright da tradução © by Distribuidora Record de Serviços de Imprensa S.A.
Direitos de reprodução da tradução cedidos para Edições BestBolso, um selo da Editora Best Seller Ltda. Distribuidora Record de Serviços de Imprensa S. A. e Editora Best Seller Ltda são empresas do Grupo Editorial Record.

www.edicoesbestbolso.com.br

Capa: Sérgio Campante, a partir de imagens Corbis/Latinstock.

Todos os direitos reservados. Proibida a reprodução, no todo ou em parte, sem autorização prévia por escrito da editora, sejam quais forem os meios empregados.

Direitos exclusivos de publicação em língua portuguesa para o Brasil em formato bolso adquiridos pelas Edições BestBolso um selo da Editora Best Seller Ltda. Rua Argentina 171 – 20921-380 – Rio de Janeiro, RJ – Tel.: 2585-2000.

Impresso no Brasil

ISBN 978-85-7799-249-2

Para
Christopher, Paul e Melanie

Agradecimentos

Roma é uma cidade mais antiga do que a Igreja Católica. Tudo o que é possível acontecer já aconteceu lá e, sem dúvida, ocorrerá de novo. Este livro transcorre em um tempo ficcional, povoado de personagens fictícios, e nele não se pretendeu fazer qualquer referência a pessoas vivas, seja dentro ou fora da Igreja.

Não posso pedir aos meus amigos que aceitem a responsabilidade das minhas opiniões. Assim, aqueles que me ajudaram na elaboração deste livro devem permanecer anônimos.

Àqueles que me forneceram as suas histórias, àqueles que puseram a sua sabedoria à minha disposição e àqueles que me concederam a caridade da fé, ofereço os meus agradecimentos mais sinceros.

Agradeço também a Penguins Books Ltd., por autorizar a reprodução de três trechos das traduções de Eurípides por Philip Vellacott (*Alceste, Ifigênia em Taurida, Hipólito*).

Agradeço igualmente ao reverendo Pedro A. Gonzalez O. P. por permitir que uma passagem de sua tese sobre Miguel de Unamuno fosse incorporada ao texto, sem citação de autoria.

M.L.W.

1

O papa morrera. O camerlengo fizera a proclamação. O mestre de cerimônias, os notários e os médicos já o haviam consignado, sob atestado, à eternidade. Seu anel fora dissolvido, e seus selos, quebrados. Os sinos haviam dobrado por toda a cidade. O cadáver do pontífice fora entregue aos embalsamadores, para que se convertesse em objeto de veneração dos fiéis. Agora, encontrava-se entre círios brancos, na Capela Sistina, com a Guarda Nobre em fúnebre vigília, sob os afrescos do *Juízo Final* de Michelangelo.

O papa morrera. Amanhã, o clero da Basílica viria buscá-lo para o expor ao público na capela do santíssimo sacramento. Seria enterrado no terceiro dia, revestido de seus paramentos de grande pontífice: mitra na cabeça, um véu purpúreo sobre o rosto e um manto vermelho com bordas de arminho para mantê-lo aquecido na cripta. Suas condecorações e as moedas que mandara cunhar seriam enterradas com ele para sua identificação, caso viesse a ser exumado mil anos depois. Seria encerrado em três urnas: uma, em madeira de cipreste; a outra, em chumbo, para isolá-lo da umidade e preservar-lhe o brasão e a certidão de óbito; e a última em olmo, para que ao menos se assemelhasse aos outros homens que vão para a sepultura em caixões de madeira.

O papa morrera. Por ele rezariam, como por qualquer outro mortal: "Não julgueis, Senhor, os Vossos servos... salvai-o da morte eterna." Desceriam seu corpo, depois, à gruta situada sob o Altar-Mor, onde, talvez, mas apenas talvez, se misturaria em poeira à poeira de Pedro; um pedreiro emparedaria o túmulo e fixaria uma lápide de mármore com seu nome, o seu título e as datas de seu nascimento e morte.

O papa morrera. Seria louvado com nove dias de missa e nove absolvições, das quais, tendo sido em vida maior distribuidor que os outros homens, mais necessitaria após a morte.

Depois, seria esquecido. O trono de Pedro estava vago, a vida da Igreja estava em compasso de espera, e o Todo-Poderoso, sem representante neste agitado planeta.

O trono de Pedro estava vago. Assim, a responsabilidade dos cardeais do Sacro Colégio podia sobrepor-se à autoridade do Pescador, embora lhes faltasse o poder para exercê-la. O poder não residia neles, mas em Cristo, e ninguém poderia assumi-lo sem eleição legal.

O trono de Pedro estava vago. Por isso, duas medalhas foram cunhadas, uma delas para o camerlengo, contendo uma cobertura sobre chaves cruzadas. Não havia ninguém sob a cobertura, e isto era indicação, mesmo para os mais ignorantes, de que não existia incumbente para a Cadeira dos Apóstolos, e tudo quanto se fizera até aí tivera apenas um caráter interino. A segunda medalha era para o governador do conclave, a quem competia reunir os cardeais da Igreja, encerrá-los nas câmaras do conclave, e lá mantê-los até que fosse eleito um novo papa.

Todas as novas moedas e novos selos postais emitidos pela cidade do Vaticano, durante este período, traziam as palavras *Sede Vacante*, palavras estas que, mesmo para os estranhos à latinidade, significavam "enquanto a Cadeira está vazia". Diariamente, o jornal do Vaticano imprimia esta mesma indicação em sua primeira página, juntamente com uma tarja negra de luto, até que o novo pontífice fosse eleito.

Todos os serviços de notícia do mundo tinham um representante acampado à porta do departamento de imprensa do Vaticano; e de cada canto do globo chegaram anciãos, curvados ao peso dos achaques, para vestirem o escarlate dos príncipes e sentarem-se em conclave a fim de indicar um novo papa.

Havia Carlin, o americano; Rahamani, o sírio; Hsien, o chinês; e Hanna, o irlandês da Austrália. Havia Councha do Brasil, e Da Costa, de Portugal. Havia Morand, de Paris; Lavigne, de Bruxelas; Lambertini, de Veneza, e Brandon, de Londres. Havia também um polaco, dois alemães e um ucraniano que ninguém conhecia, porque o seu nome fora conservado no coração do último papa e só havia sido proclamado a poucos dias de sua morte. Ao todo eram 85 homens, dos quais o mais velho tinha 92 anos, e o mais moço, o ucraniano, 50. À medida que iam chegando à cidade, apresentavam as suas credenciais ao urbano e gentil Valerio Rinaldi, o cardeal camerlengo.

Rinaldi a todos acolhia com a mão seca e magra e um sorriso ligeiramente irônico. Recebia de todos o juramento de conclavista: que cada um compreenderia e observaria, rigorosamente, todas as regras da eleição, conforme dispostas pela Constituição Apostólica de 1945; que cada um deveria, sob pena de excomunhão reservada, preservar o sigilo da eleição; que nenhum deles deveria servir, por seu voto, aos interesses de qualquer poder secular e que, se fosse eleito papa, não poderia abdicar de qualquer direito temporal necessário à independência da Santa Sé.

Nenhum deles recusou o juramento; mas Rinaldi, que possuía excelente senso de humor, muitas vezes perguntava a si mesmo para que seria necessário recebê-lo... a não ser que tivesse como causa a desconfiança da Igreja por seus príncipes. Os velhos melindram-se facilmente. Assim, quando lhes expunha os termos do juramento, Valerio Rinaldi emprestava ligeira ênfase às recomendações da Constituição Apostólica, para que as reuniões do conclave fossem conduzidas com prudência, caridade e calma singulares.

A sua advertência não era injustificada. A história das eleições papais era tumultuosa; por vezes, até demasiado turbulenta. Quando Dâmaso, um espanhol, foi eleito no século IV, houve massacre nas igrejas da cidade. Leão V foi aprisionado, torturado e assassinado pelos teofilatas, disso resultando que, durante quase um século, a Igreja esteve governada por fantoches, dirigidos pelas mulheres teofilatas, Teodora e Marozia. No conclave de 1623, oito cardeais e quarenta dos seus coadjuvantes morreram de malária, e na eleição do Santo Padre Pio X houve cenas brutais e palavras poucos reverentes.

Por tudo isso, embora fosse bastante arguto para reservar suas conclusões para si próprio, Rinaldi concluiu ser preferível não confiar demais no temperamento e nas vaidades frustradas dos velhos. Isto, por associação de ideias, levava-o ao problema de alojar e alimentar oitenta e cinco deles, com seus fâmulos e ajudantes, até que terminasse a eleição. Alguns, ao que parecia, teriam de ocupar as dependências da Guarda Suíça. Nenhum deles podia ser alojado muito longe dos banheiros, e todos teriam de ser providos de cozinheiros, barbeiros, médicos, cirurgiões, criados, porteiros, secretários, mordomos, carpinteiros, canalizadores, bombeiros (no caso de algum clérigo cair no sono com charuto na mão!). Se algum cardeal (que Deus o livre!) estivesse preso ou sob qualquer acusação, teria de ser conduzido para o conclave e exercer as suas funções sob escolta militar.

Desta vez, porém, nenhum deles estava na cadeia, exceto Krizanic, da Iugoslávia, preso por sua fé, o que era um caso muito diferente, e, como a administração do falecido papa fora muito eficiente, o cardeal Valerio Rinaldi chegara a ter tempo para encontrar-se com seu colega Leone, do Santo Ofício, que era também o reitor do Sacro Colégio. Leone justificava bem o seu nome. Tinha modos leoninos e um temperamento agressivo. Era, além disso, romano até a medula. Roma era, para ele, o centro do mundo, e o centralismo, em sua opinião, uma doutrina tão imutável quanto a Santíssima Trindade e a Procissão do Espírito Santo. Com o seu grande bico de águia e o seu queixo proeminente, parecia um senador dos tempos de Augusto. Seus olhos pálidos olhavam o mundo com fria reprovação.

Qualquer inovação era, para o cardeal Leone, um primeiro e perigoso passo para se cair na heresia. Sentara-se no Santo Ofício como um feroz cão de guarda, cujo pelo se eriçaria ao mais leve e estranho som, na interpretação ou exercício da doutrina. Um dos seus colegas franceses dissera, com mais ironia do que caridade, que Leone cheirava a fogueira. A opinião geral, contudo, era que ele preferiria mergulhar sua própria mão nas chamas a subscrever o menor desvio da ortodoxia.

Rinaldi respeitava-o, embora nunca tivesse chegado a gostar muito dele. Por isso, suas relações mútuas limitavam-se às cortesias da profissão comum. Nessa noite, porém, o velho leão parecia estar de bom humor e mais aberto à conversa. Seus olhos, pálidos e vigilantes, foram iluminados por um momentâneo lampejo de divertimento:

– Já estou com 82, meu caro, e já enterrei três papas. Começo a me sentir muito só.

– Se desta vez não encontrarmos um homem mais novo – disse Rinaldi suavemente –, até pode ser que enterreis o quarto.

Leone olhou-o rapidamente, sob suas espessas sobrancelhas:

– O que significa o vosso comentário?

Rinaldi encolheu os ombros e estendeu as mãos, num gesto muito romano:

– Apenas o que eu disse. Já estamos todos bastante velhos. Só meia dúzia, entre todos nós, poderia dar à Igreja o que é necessário neste momento: personalidade, uma política objetiva e de decisões, tempo e continuidade para que essa política dê frutos.

– E o meu caro Rinaldi pensa, por acaso, que faz parte dessa meia dúzia?

Rinaldi sorriu, com uma ironia velada:

– Sei que não. Quando o novo papa for escolhido, seja ele quem for, pedirei demissão do cargo e irei para casa dedicar-me às coisas domésticas. Levei quinze anos fazendo um jardim em minha casa. Gostaria de desfrutar dele durante os anos que me restam.

– Achais que eu tenho alguma possibilidade de ser eleito? – perguntou Leone, sem rodeios.

– Espero que não – respondeu Rinaldi.

Leone soltou uma gargalhada.

– Não vos preocupeis. Eu bem sei que não serei eleito. A Igreja precisa de alguém muito diferente; alguém que... – hesitou, procurando a frase adequada – alguém que tenha compaixão das massas humanas, que as veja como Cristo as viu, rebanho sem pastor. Eu não sou desta espécie de homem, embora desejasse sê-lo.

Leone levantou seu volumoso corpo da cadeira e dirigiu-se à mesa, onde havia um globo antigo entre pilhas de livros. Fez girar lentamente o globo, de forma que, ora um país, ora outro, aparecesse iluminado.

– Vede, meu caro! O mundo, a nossa vinha! Houve um tempo em que o colonizamos em nome de Cristo. Nem sempre com o Direito ao nosso lado, nem sempre justa ou sabiamente, mas a cruz e os sacramentos estiveram presentes por toda parte. Vivesse o homem em que condições vivesse, poderoso ou escravizado, tinha sempre a possibilidade de morrer como um filho do Senhor. Agora...? Agora, batemos em retirada em todas as frentes. Já perdemos a China, toda a Ásia, todas as Rússias. Quase já perdemos a África, e a América do Sul não tardará a seguir o mesmo caminho. O senhor o sabe. Eu também o sei. Mede-se o nosso malogro pelos anos que passamos em Roma a deixar isso acontecer.

Deteve o globo com a mão e voltou-se para o seu interlocutor com uma nova pergunta:

– Se tivésseis de viver toda a vossa vida de novo, Rinaldi, que faríeis dela?

Rinaldi ergueu o olhar, sorrindo daquela maneira que lhe granjeava tantas simpatias.

– Creio que voltaria a fazer tudo igual... não por orgulho do que fiz, mas porque são as únicas coisas que sei fazer. Dou-me bem com todas as pessoas, porque nunca fui capaz de alimentar sentimentos profundos a respeito delas. Isso faz de mim, suponho, um diplomata por excelência. Detesto discutir, gosto ainda menos de me envolver emocionalmente. Gosto da solidão e de estudar. Sou, pois, um bom canonista, um historiador razoável e um linguista capaz. Nunca senti paixões fortes. Quem for malicioso poderá classificar-me entre os de sangue-frio. Logrei, assim, certa reputação graças à minha boa conduta, sem que isso me desse muito trabalho... em resumo, tive uma vida satisfatória... satisfatória para mim, é claro. O que acham os anjos já é uma outra questão.

– Não vos diminuais, homem – disse Leone, amargamente. – Tereis feito muito mais do que confessais.

– Preciso de tempo e de meditação para pôr minha alma em ordem – respondeu Rinaldi, num murmúrio. – Poderei contar convosco para me apoiar no pedido de demissão?

– Com toda a certeza.

– Muito obrigado. E se o inquisidor respondesse agora à sua própria pergunta? Que faríeis, se tivésseis de refazer toda a sua vida?

– Tenho pensado nisso muitas vezes – retorquiu Leone, com voz cansada. – Se não me casasse – e não estou bem certo, mas talvez precisasse disso para me sentir inteiramente humano –, eu seria um padre, com apenas os conhecimentos teológicos estritamente necessários para ouvir as confissões, e o latim suficiente para dizer a missa e as fórmulas sacramentais. Mas teria um coração aberto para compreender o que vai no fundo da alma dos outros homens e o que os faz chorar, à noite. Sentar-me-ia à porta da minha humilde igreja, nas tardes de verão, leria o meu breviário, falaria do tempo e das colheitas, aprenderia a ser amável com os pobres, e humilde com os infelizes... Sabe o que sou agora? Uma enciclopédia viva de dogma e de controvérsia teológica. Posso descobrir um erro mais depressa do que um dominicano... mas que significa isso? Nada. Quem se importa hoje com a Teologia além dos teólogos? Tudo o que a humanidade quer saber é se existe ou não um Deus, qual é a sua relação com Ele, e como é possível a Ele regressar quando Dele se extravia.

– Grandes interrogações, essas – disse Rinaldi, suavemente – que não podem ser esclarecidas por espíritos mesquinhos, nem tampouco pelos maiores.

Leone balançou a cabeça.

– Para o povo essas interrogações não passam de banalidades. Por que não hei de desejar a mulher do meu vizinho? Quem assume a vingança que me é proibida? Quem se importará, quando eu estiver doente, cansado ou moribundo no meu quarto? Eu posso, meu amigo, dar-lhes a resposta do teólogo; mas em quem acredita a humanidade, senão num homem que saiba responder-lhe do fundo do coração, que mostre na própria carne as cicatrizes do seu sofrimento? Onde há homens como esse? Haverá, porventura, algum entre nós?

Sua boca amarga contorceu-se num rito de embaraço. Abria os braços, num desespero teatral.

– Nós somos o que somos, e Deus terá de tomar Sua parte na responsabilidade pela existência dos teólogos! Agora, dizei-me... onde vamos buscar o nosso papa?

– Desta vez – disse Rinaldi, sem rodeio – deveríamos escolhê-lo para o povo, e não para nós.

– Haverá 85 no conclave. Quantos concordarão, dentre todos nós, sobre o que é melhor para o povo?

Rinaldi olhou para seus dedos bem cuidados, dizendo com suavidade:

– Teríamos de lhes mostrar primeiro o homem, e convencê-los depois a concordar.

A resposta de Leone foi rápida e enfática:

– Teríeis de mostrá-lo primeiro a mim.

– E se concordásseis?

– Então a questão seria outra – respondeu Leone, aborrecido. – Quantos dos nossos irmãos pensariam como nós?

A pergunta era mais sutil do que parecia, e ambos o sabiam. Nela se continha, de fato, o verdadeiro significado, em toda a sua densidade, de uma eleição papal, todo o paradoxo do papado. O homem que usava o anel do Pescador era o vigário de Cristo, porta-voz na Terra do Todo-Poderoso; o seu domínio era espiritual e universal. Ele era o servo de todos os servos de Deus, mesmo daqueles que não O reconhecem.

Por outro lado, é bispo de Roma, metropolita de uma Sé italiana. Os romanos pediam por histórica tradição, pura vaidade, a sua presença e serviços. Confiavam nele para obter empregos, para o fomento do turismo, para o auxílio à sua economia, para o investimento de capitais vaticanos, e para conservação dos seus monumentos históricos e privilégios nacionais. A sua corte era tipicamente italiana: a maioria das pessoas de seu convívio doméstico e de seus administradores era italiana. Se o papa não conseguisse lidar com eles, familiarmente, no seu próprio idioma, ficaria vulnerável, ante as intrigas palacianas e toda espécie de interesses partidários.

Houve um tempo em que os pontos de vista romanos possuíam um aspecto peculiarmente universal. O espírito do antigo império ainda pairava no ambiente, e a memória da *pax romana* ainda não desaparecera da consciência europeia. Mas esse espírito já se esvaía. O império romano nunca dominou a Rússia ou a Ásia, e os latinos que conquistaram a América do Sul não lhe haviam levado a paz, mas, sim, a espada. A Inglaterra havia muito se rebelara, tal como se revoltara, muito antes, contra as legiões romanas que a tentaram ocupar. Havia, por consequência, uma argumentação bastante razoável em defesa de uma nova sucessão, não italiana, ao trono papal, assim como havia razão, também justificável, para crer que um papa não italiano poderia tornar-se um fantoche dos seus ministros ou joguete de talentosos intriguistas.

A perpetuidade da Igreja foi um artigo de fé; mas os seus rebaixamentos e corrupções, as dilapidações causadas pelas loucuras dos seus dignitários já constituem uma parte canônica da história. Havia, pois, razões de sobra para certas atitudes de cinismo. Mas, uma vez ou outra, os cínicos se faziam passar por pessoas capazes de promover a autorrenovação da Igreja e do papado. Os cínicos tinham explicações próprias para este fenômeno. Os fiéis atribuíam-no à imortalidade do Espírito Santo. De qualquer dos lados, havia, latente, um inquietante mistério: como era possível manter, em meio ao caos da história, um dogma tão consistente, ou por que estranhos desígnios um Deus onisciente escolhera tão confuso método para preservar a Sua posição no espírito dos humanos?

Assim, cada conclave principiava com a inovação do paracleto. No dia do emparedamento, Rinaldi levou seus anciões e respectivos coadjutores à Basílica de São Pedro. Leone chegou depois, trajando uma casula escarlate, acompanhado de seus diáconos e subdiáconos, para dar início à missa do Espírito Santo. Ao observar o celebrante, curvado ao peso dos complicados paramentos, movendo-se com dificuldade através do ritual litúrgico do sacrifício, Rinaldi sentiu um baque de piedade por ele e um súbita sensação de compreensão.

Estavam ali congregados todos os chefes da Igreja, inclusive ele próprio. Eram homens sem alternativa, feitos eunucos pelo amor de Deus. Há muito tempo se dedicavam com maior ou menor sinceridade ao serviço de um Deus oculto e à propagação de um mistério improvado. Com o passar do tempo, haviam conseguido, graças à Igreja, mais honrarias que qualquer um deles provavelmente lograria obter na condição secular. Mas todos tinham de lidar com o pesado fardo da idade: faculdades em declínio, a solidão, o temor de um ajuste final de contas que os encontrasse talvez em estado de devedores falidos.

Rinaldi pensava também no estratagema que planejara com Leone: introduzir um candidato ainda desconhecido para a maioria dos eleitores, e promover-lhe a causa sem quebrar a Constituição Apostólica, que todos haviam jurado salvaguardar. A si mesmo perguntava se isto não seria uma presunção e uma tentativa de sofismar a providência que, nesse momento, estavam invocando. Se, apesar disso, Deus escolhera, como a fé ensinava, servir-se de um homem como instrumento para um plano divino, que mais poderia ele fazer? Não era permissível que uma ocasião tão singular como uma eleição papal pudesse decorrer ao sabor da sorte. A prudência já fora recomendada a todos: preparação por meio de orações, ação bem meditada, e, depois, resignação e submissão. Entretanto, por mais prudente que se fosse, ninguém poderia subtrair-se à indefinível sensação de que se caminhava, impura e imprudentemente, em terreno sagrado.

O calor, o tremular dos círios, os cânticos do coro e o desenrolar monótono do ritual deixavam-no sonolento. Rinaldi olhou sub-repticiamente para os seus colegas, para ver se algum deles notara a sua sonolência.

Como dois coros gêmeos de venerandos arcanjos, os cardeais sentavam-se um de cada lado do santuário, cruzes de ouro rebrilhando-lhes nos peitos, anéis brasonados faiscando nas mãos cruzadas, rostos marcados pela idade e pela experiência do poder.

Ali estava Rahamani, de Antióquia, com sua longa barba pontiaguda, seus olhos brilhantes e místicos. Ali estava Benedetti – redondo como um pudim, faces rosadas e fofa cabeleira –, que dirigia o Banco do Vaticano. A seu lado, Potocki, da Polônia, de boca sofredora e cabeça erguida, olhos calculistas e inteligentes. Tatsue, do Japão, a quem só faltaria uma túnica alaranjada para se parecer a um banzo budista, e Hsien, o chinês exilado, sentavam-se entre Ragambwe, um negro do Quênia, e Pallenberg, o asceta de Munique.

Os olhos ladinos de Rinaldi passeavam de cadeira em cadeira, reconhecendo cada um dos seus ocupantes, as suas virtudes e deficiências, e tentando apor a cada um deles o clássico rótulo de *papabile,* o-que-tem-estofo-de-papa. Em teoria, todos os membros do conclave o podiam usar; na prática, muito poucos eram elegíveis.

A idade era um impedimento para alguns deles. Talento, reputação ou temperamento eram impedimento para outros. A nacionalidade era uma questão vital. Impossível eleger um norte-americano sem parecer dividir ainda mais o Ocidente do Oriente. Um papa negro poderia sugerir uma adesão espetacular às novas nações revolucionárias, tal como o japonês poderia ser um elo útil entre a Ásia e a Europa. Mas os príncipes da Igreja eram velhos e estavam tão cansados de gestos espetaculares quanto de fracassos históricos. Um papa alemão perderia, porventura, as simpatias de quantos haviam sofrido na Segunda Guerra Mundial? Um francês evocaria as reminiscências de Avignon e das rebeliões tramontanas? Enquanto houvesse ditaduras na Espanha e em Portugal, um papa ibérico seria uma evidente indiscrição diplomática. Gonfalone, o milanês, tinha reputação de santo, mas tornava-se cada vez mais recluso e, ao que parecia, a saúde não lhe permitia cargo tão público. Leone era um autocrata muito capaz de confundir a fogueira do zelo com a chama da compaixão.

O leitor recitava trechos dos atos dos apóstolos: "Naqueles dias, Pedro iniciou e disse: 'Homens, irmãos, o Senhor ordenou que falássemos ao povo e testemunhássemos que Ele é o eleito de Deus para julgar os vivos e os mortos...'." O coro entoou, então, *"Veni Sancte Spiritus*... vinde, Espírito Santo, e enchei os corações dos fiéis..." Depois, Leone principiou a ler, com voz enfática, o Evangelho para o Dia do Conclave: "Aquele que não entra pela porta, no redil do rebanho, mas se introduz de outra forma, é um ladrão. Mas o que entra pela porta é o pastor do rebanho." Rinaldi mergulhou a cabeça nas mãos e orou para que o homem que ele ia oferecer fosse, na realidade, um pastor, e para que o conclave lhe concedesse o cetro e o anel.

Terminada a missa, o celebrante retirou-se para a sacristia a fim de se despojar dos paramentos, e os cardeais relaxaram, em seus bancos. Alguns conversaram entre si, uma dupla havia caído no sono. Um foi visto a tomar, sorrateiramente, uma pitada de rapé. A parte seguinte da cerimônia era simples formalidade, mas prometia ser monótona. Um dos clérigos proferiria uma homilia em latim, salientando, uma vez mais, a transcendência da eleição e a obrigação moral de a conduzirem de forma ordeira e honesta. Segundo o antigo costume, o sacerdote era escolhido pela pureza do seu latim, mas, desta vez, o camerlengo tomara uma disposição diferente.

Um murmúrio de geral surpresa percorreu a assembleia, quando os cardeais viram Rinaldi levantar-se do seu lugar e encaminhar-se para uma das extremidades do banco, ao lado do Evangelho. O camerlengo ofereceu a mão a um esguio e delgado cardeal, e conduziu-o ao púlpito. Quando a sua figura se recortou ao brilho das luzes, viram todos que se tratava do mais jovem dos purpurados. Tinha o cabelo negro, uma negra barba quadrada e, por todo o comprimento de uma das faces, mostrava uma longa e lívida cicatriz. Junto à cruz peitoral, ostentava um ícone bizantino, representando Nossa Senhora com o Menino Jesus. Quando fez o sinal da cruz, o fez da direita para a esquerda, à maneira eslava; ao falar, não usou o latim, mas o mais puro e melodioso toscano. Do outro lado da nave, Leone sorriu, em sinal de aprovação, na direção de Rinaldi, e, em seguida, como sucedeu com os seus colegas, se rendeu à eloquência simples do desconhecido.

– O meu nome é Kiril Lakota, e sou o último e o mais humilde membro deste Sacro Colégio. Falo-vos hoje a convite do nosso irmão, o cardeal camerlengo. Para a maioria de vós, sou um desconhecido, porque o meu rebanho está disperso e porque passei os últimos 17 anos na prisão. Se tenho alguma prerrogativa entre vós, algum crédito, que este seja o seu fundamento: falo em nome dos transviados, em nome daqueles que caminham na escuridão e no vale das sombras da morte. É para eles, mais do que para nós, que vamos entrar neste conclave. É para eles, mais do que para nós, que devemos eleger um pontífice. O primeiro homem que exerceu esse cargo, o primeiro homem a quem tocou essa missão, foi companheiro de Cristo e, tal como Nosso Senhor, foi crucificado. Os que melhor têm servido à Igreja e aos fiéis são os que sempre andaram mais perto de Cristo e do povo, que é a imagem de Cristo. Nós temos o poder em nossas mãos. Iremos outorgar ainda mais poder às mãos do homem que escolhermos, mas devemos usar esse poder, caríssimos irmãos, como servos, e não como senhores. Temos de considerar que somos o que somos, padres, bispos, pastores, por virtude de um ato de devoção ao povo, que é o rebanho de Nosso Senhor. O que possuímos, as próprias roupas que trajamos, tudo nos foi dado por sua caridade.

Tudo o que a Igreja possui de material, pedra por pedra, ouro sobre ouro, foi levantado graças ao suor dos fiéis e posto em nossas mãos para que o orientemos e guiemos. Foram eles, os fiéis quem nos educou, para que pudéssemos educá-los e às gerações seguintes. É o povo que se humilha ante o nosso sacerdócio, imagem do sacerdócio divino de Cristo. É para ele que exercemos os poderes sacramentais e rituais que nos são conferidos na unção e pela imposição das mãos. Se, em nossas deliberações, servirmos qualquer outra causa que não esta, então seremos traidores. Não nos é pedido que decidamos o que é melhor para a Igreja, mas apenas que deliberemos com toda a humildade e com toda a caridade. Que, finalmente, demos a nossa obediência ao eleito pela maioria. Pediram-nos que decidíssemos rapidamente, para que a Igreja não ficasse sem um líder. Em todas as circunstâncias, deveremos ser o que, por fim, nosso pontífice viera proclamar, ele próprio, ser: servo dos servos de Deus. Sejamos, pois, queridos irmãos, nestes momentos finais, instrumentos solícitos nas mãos do Altíssimo. Amém.

Aquelas palavras haviam sido proferidas com tamanha simplicidade que poderiam ter perfeitamente passado no âmbito da formalidade habitual; mas o homem que as dissera, com a cicatriz do seu rosto, sua voz profunda e suas mãos eloquentes e torturadas, imprimira-lhes inesperada pungência. Houve um longo silêncio, quando ele desceu do púlpito e regressou ao seu lugar. Leone assentiu, num gesto aprovador, e Rinaldi hauriu uma silenciosa oração congratulatória. Depois, o mestre de cerimônias tomou o comando. Conduziu os cardeais e seus áulicos, com os seus confessores, médicos, cirurgiões e o arquiteto do conclave, com os trabalhadores, para fora da Basílica e daí para os confins do Vaticano.

Na Capela Sistina novamente prestaram juramento. Leone ordenou que os sinos dobrassem, no intuito de avisar a todos os que não pertencessem ao conclave que deveriam abandonar imediatamente a área restrita. Os servos conduziram os cardeais aos seus apartamentos. Depois, o prefeito do mestre de cerimônias, juntamente com o arquiteto do conclave, deram início à busca ritual dessa área. Foram de câmara em câmara, afastando cortinados, iluminando recantos escuros e abrindo armários, até que todo o espaço fosse declarado livre de intrusos.

Passaram à entrada da grande escadaria de Pio IX, e a Guarda Nobre retirou-se da área restrita, seguida pelo marechal do conclave e seus ajudantes. A grande porta foi então fechada. O marechal deu uma volta à chave, pelo exterior. Do lado de dentro, os mestres de cerimônias fizeram girar as suas próprias chaves. O marechal ordenou que o seu estandarte fosse hasteado sobre o Vaticano e, desde esse momento, ninguém mais poderia entrar, sair ou mesmo transmitir uma mensagem, até que o novo papa fosse eleito e proclamado.

SOZINHO EM SEUS APOSENTOS, cardeal Kiril Lakota achava-se às voltas com o seu purgatório privado. Tratava-se de um estado crônico, cujos sintomas já lhe eram familiares: suores frios que lhe alagavam o rosto e as palmas das mãos, tremores nos membros, contrações dos nervos em seu rosto e um medo infundado de que as paredes do quarto o esmagassem. No decurso de sua vida, estivera duas vezes emparedado na cela de uma prisão subterrânea. Suportara, durante quatro meses, os terrores da escuridão, do frio, do confinamento e da fome, e os pilares da sua razão haviam sido abalados com o tremendo esforço. Nada o afligira tanto nos anos de exílio passados na Sibéria. Nada lhe deixara tão profunda cicatriz na memória. Nada o levara tão perto da abjuração e da apostasia.

Fora espancado muitas vezes, mas a carne magoada logo se recompunha. Fora interrogado até à exaustão, com os nervos a vibrar, gritantes, e o espírito caindo em misericordioso aturdimento. A tudo isto escapara, mais forte na fé e na razão, mas o horror à prisão solitária ficaria nele até morrer. Kamenev cumprira a sua promessa: "Você nunca mais me esquecerá. Onde quer que vá, eu estarei sempre a seu lado. Venha o que vier a ser, ter-me-á como parte do que for." Mesmo aqui, nos confins neutrais da cidade do Vaticano, naquela câmara principesca, sob os afrescos de Rafael, Kamenev, o insidioso torturador, estava presente a seu lado. Só havia uma forma de lhe fugir, e, esta, aprendera no segredo do cárcere: a entrega total do seu espírito atormentado nos braços do Todo-Poderoso.

Lançou-se de joelhos, mergulhou o rosto nas mãos, e tentou concentrar todas as faculdades do seu espírito e do seu corpo num simples ato de abandono.

Seus lábios não articularam palavra, mas, à força de vontade, agarrou-se ao lamento de Cristo em Getsemane: "Pai, se for possível, afaste de mim este cálice".

Sabia que tudo iria passar, mas os primeiros tragos do tormento teriam de ser suportados com firmeza. As paredes aproximaram-se dele, inexoráveis: o teto pesava-lhe como um paramento de chumbo; a escuridão comprimia-lhe a vista e inundava-lhe o crânio; todos os músculos do seu corpo se contorceram de dor, e os dentes bateram, como se movidos pelos rigores da febre. Depois, quedou mortalmente frio e mortalmente calmo, aguardando passivamente a vinda da luz, que era o começo da paz e da comunhão.

A luz era como os esplendores de uma madrugada vista do alto de uma colina, iluminando, célere, todas as fendas da paisagem, até que toda a sua história lhe foi revelada, de um só lampejo. O caminho da sua peregrinação estava ali, longa faixa escarlate que dele se afastava e se estendia por quatro mil milhas, desde Lvov, na Ucrânia, até Nikolayevsk, no mar de Okhotsk.

Terminada a guerra contra a Alemanha, fora nomeado, apesar da sua juventude, Metropolita de Lvov, sucessor do grande e santo Andrew Szepticky, líder de todos os católicos rutenos. Pouco depois, fora feito prisioneiro, juntamente com seis outros bispos, e deportado para as fronteiras orientais da Sibéria. Os seis outros haviam perecido, e ele ficara só, pastor de um rebanho perdido, para levar a cruz às suas próprias costas.

Durante dezessete anos permanecera na prisão e em campos de trabalho forçado. Em todo esse tempo, só uma vez conseguira dizer uma missa, com um dedal de vinho e uma côdea de pão branco. Tudo de que podia valer-se ou a que podia agarrar-se – doutrina, orações e fórmulas sacramentais – estava encerrado no seu cérebro. Tudo quanto de força e compaixão gastava com os seus companheiros de cárcere, tinha de extrair de si próprio e do inexaurível poço da misericórdia divina. Apesar disso, o seu corpo enfraquecido pela tortura ganhara, miraculosamente, novas forças no trabalho escravo das minas e das estradas, até que o próprio Kamenev desistira de troçar dele já que estava maravilhado com sua resistência.

Kamenev, seu torturador nos primeiros interrogatórios, voltava sempre, e, cada vez que lhe aparecia, ascendia mais um pouco na hierarquia marxista. De cada vez, também, parecia algo mais amistoso, como se sentisse crescente respeito pela sua vítima.

Mesmo do cume da montanha da contemplação, ainda conseguia divisar Kamenev, frio, irônico, espreitando-lhe o menor indício de fraqueza, o menor sinal de rendição. No começo, ainda se esforçara a rezar por seu carrasco. Passado algum tempo, já haviam chegado a uma espécie de fraternidade, à medida que um subia e o outro parecia mergulhar, mais profundamente, na amizade aos escravos siberianos. Por fim, fora o próprio Kamenev quem organizara a sua fuga, infligindo-lhe a ironia final de emprestar-lhe a identidade de um morto.

– Você está livre – dissera-lhe Kamenev – porque eu preciso vê-lo livre, mas estará sempre em dívida comigo, pois matei um homem para lhe dar um nome. Um dia vou pedir-lhe que me pague, e você pagará, custe o que lhe custar.

Era como se o carrasco tivesse revestido o manto da profecia, pois Kiril Lakota fugira, alcançara Roma e descobrira que um papa moribundo o fizera *cardeal in pectore*. Um homem de destino, um homem-chave na Santa Madre Igreja.

Até este ponto da estrada, a retrospectiva era nítida. Podia encontrar nas suas próprias tragédias a promessa de futuras misericórdias. Por cada um dos bispos que morreram pela fé, um companheiro de cárcere morrera em seus braços, pedindo-lhe que intercedesse junto ao Altíssimo para a absolvição final. Nem todo o rebanho extraviado perdia a fé porque padecia. Alguns deles permaneciam fiéis e conservavam acesa uma pequena luz bruxuleante, que algum dia se converteria no fulgor de mil archotes. Vira como, na degradação da escravitude, os mais estranhos homens sabiam conservar a dignidade humana. Batizara crianças, com mãos cheias de água suja, e vira-as morrer, virgens das misérias do mundo.

Ele mesmo aprendera novos sentidos da humildade, da gratidão e da coragem para crer em um Todo-Poderoso, trabalhando em prol do triunfo do Bem final. Aprendera a compaixão e a ternura, e o significado de um grito na escuridão da noite. Aprendera a esperar, mesmo em relação a Kamenev poder converter-se ainda em instrumento da sua iluminação espiritual ou, pelo menos, da sua absolvição final. Mas tudo isto já era passado. O resto do caminho estava ainda por percorrer, para lá de Roma, em um futuro misterioso. A própria luz da contemplação não se projetava para além de Roma. Havia um véu, e esse véu era o limite imposto à presciência por um Deus misericordioso...

A luz alterava-se agora; a paisagem das estepes tornara-se mar ondulante, pelo qual uma figura em vestes antigas para ele caminhava, o rosto irradiante, as mãos perfuradas e estendidas para a frente, como se o fosse acolher em seus braços. Cardeal Kiril Lakota encolheu-se e tentou mergulhar naquele banho de luz; mas não havia evasão possível. Quando aquelas mãos o tocaram, sentiu-se penetrado de uma intensa alegria e, ao mesmo tempo, de uma dor intolerável. Entrou, então, em um momento de paz.

O servo encarregado de cuidar dele penetrou na câmara e o viu ajoelhado, rígido como um cataléptico, os braços estendidos, numa atitude de crucificado. Rinaldi, em sua ronda de conclavistas, encontrou-o naquela posição, e tentou despertá-lo. Voltou a sair, humilde e abalado, para consultar Leone e os seus colegas.

NO SEU PEQUENO e pouco elegante escritório, George Faber, o grisalho decano da imprensa de Roma, há quinze anos correspondente do *Monitor* de Nova York, escrevia a sua reportagem sobre os bastidores do conclave.

"... No exterior do minúsculo território medieval do Vaticano, o mundo vive em plena crise. Sopram os ventos da mudança, e surgem os prenúncios de tempestade, ora em um sítio, ora em outro. A corrida armamentista, entre os Estados Unidos e a União Soviética, prossegue no ritmo de sempre. Todos os meses há notícias de novos e hostis lançamentos para os espaços extraterrestres. Há fome na

Índia, e lutas de guerrilhas nas penínsulas meridionais da Ásia. Há tormentas acumulando-se sobre a África, e as bandeiras esfarrapadas da Revolução flutuam sobre muitas capitais da América Latina. Há sangue nas areias da África do Norte, e na Europa a batalha pela sobrevivência econômica trava-se, incessantemente, por detrás das portas fechadas dos bancos e das reuniões das assembleias, nas grandes empresas. Nos ares, sobre o Pacífico, aviões militares voam para analisar a poluição atmosférica provocada pelas poeiras radioativas. Na China, os novos amos lutam para encher as barrigas de milhões de famintos, enquanto permanecem acorrentados à rígida ortodoxia da filosofia marxista. Nos vales enevoados do Himalaia, onde pairam os guiões das preces e os apanhadores de chá andam curvados, ao longo das plantações escalonadas, há ataques e incursões, vindos do Tibete e de Sin-Kiang. Nas fronteiras da Mongólia Exterior, a amizade periclitante entre a União Soviética e a China atinge quase o ponto de ruptura. Barcos de patrulha esquadrinham os ilhéus e os pântanos da Nova Guiné, enquanto as tribos do planalto tentam projetar-se no século XX, saltando simplesmente da Idade da Pedra.

"Por toda parte, o homem adquire a consciência da sua transitoriedade e luta, desesperadamente, para conseguir o que de melhor o mundo lhe possa dar, no curto prazo de tempo em que nele tem de viver. Os nepalenses, perseguidos por seus demônios da montanha, o cule, correndo exausto, entre os cabos de um riquixá, os israelitas, guerrilhando ao longo das suas fronteiras, todos eles, todos os homens se puseram, quase de repente, em busca de algo que os identificasse com a vida; todos os homens seguem e ouvem aquele que lhes promete essa identificação."

George Faber parou de escrever à máquina, acendeu um cigarro e, recostado na cadeira, analisou bem o pensamento expresso no que acabara de escrever: em busca de uma identidade. Era estranho que toda a gente o fizesse, tarde ou cedo. Era estranho que, durante muito tempo, uma pessoa aceitasse com equanimidade o tipo de pessoa que parecia ser, e para o qual fora, aparentemente, destinada na vida. Depois, de repente, o problema da identidade voltava a inquietar-lhe... A sua, por exemplo. George Faber, velho celibatário, reconhecido especialista em assuntos italianos e em política do Vaticano. Por que, tão tarde na vida, era ele forçado a detestar a de si próprio e aquilo que, até agora, o satisfizera? Por que esta inquieta insatisfação ante a sua própria imagem pública? Por que esta dúvida sobre se poderia viver por mais tempo sem um permanente suplemento de si mesmo?... Uma mulher, estava claro. Sempre houve mulheres na sua vida, mas Chiara era algo novo e especial... a dúvida preocupava-o com frequência. Tentou esquecê-la e debruçou-se, uma vez mais, sobre a máquina de escrever.

"Por toda parte ecoa o grito da sobrevivência, mas, como a suprema ironia da criação é o fato de o homem morrer, os que procuram o domínio do seu espírito ou dos seus músculos têm de prometer-lhe uma extensão da sua própria vida, que se assemelha à imortalidade. Os marxistas prometem uma união completa dos trabalhadores do mundo. Os nacionalistas dão-lhe uma bandeira e uma fronteira, uma ampliação local de si próprio. Os democratas oferecem-lhe a liberdade, por meio de uma urna eleitoral, mas avisam-no de que talvez tenha de morrer para assegurar essa liberdade.

"Não obstante, para o homem e para os profetas que ele gera, o maior e derradeiro inimigo é o tempo, uma dimensão relativa, diretamente limitada pela capacidade dos homens de a usarem. As comunicações modernas, velozes como a luz, reduziram a quase zero o tempo entre as ações dos homens e as suas consequências. Um tiro disparado em Berlim pode fazer explodir o mundo em poucos minutos. Uma epidemia nas Filipinas pode infectar a Austrália em um dia. Um equilibrista pode tombar do arame num circo de Moscou, e a sua morte ser vista em Londres ou Nova York.

"Assim, em cada momento da existência, todos os homens estão cercados pelas consequências dos seus pecados e dos de seus irmãos. Assim, também, cada profeta e cada líder é assombrado pela passagem rápida do tempo e pelo conhecimento de que as falsas predições ou as promessas quebradas são, hoje em dia, mais rapidamente descobertas do que em qualquer outro período da história. Eis, precisamente, a verdadeira causa da crise. Aqui nascem os ventos e as ondas, aqui se forjam os relâmpagos, esses que a todo momento, a qualquer hora de qualquer mês, podem converter-se em nuvens, com a sinistra forma de cogumelos gigantescos.

"Os homens do Vaticano têm plena consciência do tempo, embora muitos deles já tenham deixado de ser tão conscientes quanto foi preciso..."

Tempo!... George Faber tornou-se agudamente consciente dessa reduzida dimensão da existência! Já passara dos 40. Havia mais de um ano que tentava conduzir a petição de Chiara, junto à Sagrada Rota Romana, para conseguir o pedido de anulação de seu casamento com Corrado Calitri, a fim de que pudesse esposá-la. Mas o processo decorria com desesperadora lentidão. Faber começava a ressentir-se amargamente, embora católico de nascimento, do sistema impessoal usado pelas congregações romanas e da atitude dos velhos que as dirigiam.

Continuou a escrever, objetiva e profissionalmente.

"Iguais à maioria dos velhos, eles estão habituados a considerar o tempo qual relâmpago entre duas eternidades, em vez de um *quantum* da extensão conferida a cada indivíduo para amadurecer no rumo de sua visão de Deus.

"Preocupam-se também com a identidade dos homens, que são obrigados a afirmar que essa identidade é a de um filho de Deus. Mas correm, então, o perigo de cair em novo equívoco: o de afirmarem a sua identidade, sem compreenderem a sua individualidade, e também o equívoco de pensarem que cada um tem de viver no jardim onde foi plantado, seja a terra doce ou amarga, o ar acolhedor ou tempestuoso. As pessoas crescem como árvores, em diferentes formas, tortas ou direitas, segundo a natureza de seu nutrimento. Mas, enquanto a seiva corre e as folhas reverdecem, não deveria haver disputas quanto à forma de cada um ou da árvore.

"Os homens do Vaticano meditam, igualmente, sobre a imortalidade e a eternidade. Compreendem a necessidade que o homem tem de criar uma extensão de si próprio, para além do limite dos anos de vida terrena. Afirmam, como ponto de fé, a persistência da alma em união eterna com o seu Criador, ou de exílio da Sua Face. Vão ainda mais longe, prometendo ao homem a permanência da sua identidade e uma vitória final, malgrado o terror de uma morte física. Porém, o que não compreendem, muitas vezes, é que a imortalidade tem de começar a tempo; que os seres humanos têm de gozar de recursos físicos para sobreviver, antes que seus espíritos sejam capazes de ansiar por algo mais do que a sobrevivência física..."

Chiara tornara-se tão necessária para ele quanto o ar que respirava. Sem a sua apaixonada juventude, parecia-lhe que demasiado depressa cairia na velhice e no desengano. Fazia seis meses que ela era sua amante, e Faber sentia-se perseguido constantemente pelo pavor de vê-la enamorar-se de um homem mais jovem, e de que jamais se consumasse a promessa de filhos e da continuidade do seu sangue... tinha amigos no Vaticano. Tinha acesso fácil a homens de grande prestígio na Igreja, mas esses estavam vinculados à lei e ao sistema, e nada podiam fazer. Voltou a escrever ressentido.

"Esses cautelosos velhos estão amarrados ao dilema de todos os responsáveis: quanto mais alto se está, mais se vê do mundo; porém, os que estão embaixo apreendem melhor os pequenos fatores que determinam a existência humana, como um homem que, por não ter sapatos, pode morrer de fome, impossibilitado de caminhar até ao local onde lhe dariam trabalho; como um bilioso cobrador de impostos pode iniciar uma revolução local, como a alta tensão arterial pode mergulhar um homem bom na melancolia e no desespero; tal a mulher que se vende por dinheiro, por já não poder entregar-se a um homem por amor. O perigo de todos os dirigentes é quando começam a pensar que a história é o resultado de grandes generalidades, em vez da soma de milhões de pequenos casos particulares, desde esgotos imperfeitos e aberrações sexuais até o mosquito anófeles..."

Isto não era a reportagem que ele tencionava escrever, mas era o reflexo dos seus sentimentos pessoais sobre o próximo acontecimento... que assim ficasse! Que os editores em Nova York fizessem dela o que lhes apetecesse!... A porta abriu-se, e Chiara entrou. George Faber levantou-se e beijou-a. Maldisse o marido dela, a Igreja, e o seu próprio jornal, levando-a para almoçar num restaurante da via Veneto.

O PRIMEIRO DIA de conclave foi destinado apenas aos cardeais eleitores, para que se conhecessem e conversassem discretamente, a fim de descobrirem as próprias convicções, os pontos fracos e os motivos de interesse privado de uns e outros. Era por isso que Rinaldi e Leone se moviam entre eles, no intuito de prepará-los meticulosamente para a decisão final. Uma vez que principiasse a votação, logo que tomassem o partido deste ou daquele candidato, seria muito mais difícil levá-los a um acordo.

Nem todas as conversas estavam no nível das verdades eternas. Muitas delas eram simples e diretas, como as de Rinaldi com o americano, enquanto bebiam uma xícara de café americano (preparado pelo criado particular de Sua Eminência, pois o café italiano lhe causava indigestão...).

Sua Eminência Charles Corbet Carlin, cardeal arcebispo de Nova York, era um homem alto e robusto, de modos expansivos, olhos espertos e pragmáticos. Expôs o seu problema com tanta franqueza quanto o faria qualquer banqueiro ao tratar de uma concessão de crédito.

– Não queremos um diplomata, tampouco um funcionário da cúria que veja o mundo através de um binóculo romano. Um homem viajado, concordo, mas que tenha sido pastor e compreenda os problemas em que atualmente nos debatemos.

– Gostaria imenso de ouvir Sua Eminência defini-los – disse Rinaldi, com a maior das delicadezas.

– Estamos perdendo a nossa ascendência sobre as gentes – respondeu Carlin. – Estão esmorecendo em sua lealdade conosco. Creio que, pelo menos, metade da culpa tem sido nossa.

Rinaldi ficou muito surpreendido. Carlin tinha a reputação de ser, para a Santa Madre Igreja, um eficiente banqueiro, e de estar convencido de que todos os males do mundo podiam resolver-se por um bem organizado sistema escolar entremeado de um belo e inflamado sermão, todos os domingos. Ouvi-lo falar, tão sinceramente, das deficiências da sua província, era tão refrescante quanto inquietante. Rinaldi perguntou:

– Por que estamos nós a perder essa ascendência?

– Nos Estados Unidos? Por duas razões: prosperidade e respeitabilidade. Já não somos perseguidos. Temos todo o dinheiro de que necessitamos. Podemos usar a fé como se usa um emblema dos rotarianos, com as mesmas e insignificantes consequências sociais. Recebemos a côngrua como se recebêssemos as cotas de um clube, atacamos os comunistas e damos a maior contribuição de todo o mundo para o tesouro de São Pedro. Mas isto não basta. Não é incentivo suficiente para muitos dos nossos católicos. Os mais jovens estão a afastar-se cada vez mais da nossa esfera de influência. Não precisam tanto de nós como desejaríamos. Já não confiam em nós, como antes. Em parte – acrescentou gravemente – é culpa minha.

– Nenhum de nós pode sentir-se muito orgulhoso – comentou Rinaldi, tranquilamente. – Veja a França... olhe os atos sangrentos cometidos na Argélia. E ainda é um país meio católico, com um governo católico. Onde está a nossa autoridade nessa monstruosa situação? Um terço da população católica do mundo está na América do Sul. E que influência temos lá? Que impressão causamos entre os ricos indiferentes e os pobres oprimidos, que não veem esperança em Deus e ainda menos nos que o representam? Por onde principiar a mudança?

– Eu tenho cometido muitos erros – disse Carlin, pensativamente. – Grandes erros... nem sei como repará-los. Meu pai era jardineiro, um bom jardineiro, por sinal. Costumava dizer que o melhor que se podia fazer por uma árvore era enxertá-la e podá-la uma vez por ano, deixando o resto a Deus. Sempre me orgulhei de ser um homem tão prático como meu pai. Sabe o que digo? Construir primeiro a Igreja e depois a escola. Fazer freiras primeiro, e depois os frades. Edificar o seminário e treinar os novos sacerdotes... e cuidar que o dinheiro nunca cesse de entrar. O resto é já trabalho do Todo-Poderoso.

Sorriu pela primeira vez, e Rinaldi que, durante muitos anos, antipatizara com ele, começava agora a sentir um certo afeto pelo americano. Carlin prosseguiu, caprichosamente:

– Os romanos e os irlandeses! Nós somos grandes organizadores e grandes construtores, mas perdemos a essência das coisas, mais depressa do que quaisquer outros! Seguir a regra! Não comer carne às sextas-feiras, não dormir com a mulher do vizinho, e deixar os mistérios para os teólogos! Não basta. Deus nos perdoe, mas não basta!

– Já vejo que exige um santo. Duvido que os tenhamos muitos, nos tempos que correm...

– Não quero um santo. Carlin tornara-se enfático novamente. – Queremos um homem do povo e para o povo, como foi Sarto. Um homem que possa sofrer por eles, repreendê-los e, ao mesmo tempo, fazê-los sentir que os ama. Um homem que possa evadir-se desse jardim dourado e se transforme em um novo Pedro.

– Suponho que também pretenda vê-lo crucificado – retorquiu Rinaldi, ironicamente.

– Pois é disso mesmo que talvez precisemos – respondeu prontamente Sua Eminência de Nova York.

Então, Rinaldi, o diplomata, julgou oportuno falar-lhe do barbudo ucraniano, Kiril Lakota, como o que-tem-estofo-de-papa.

NUMA CÂMARA DO CONCLAVE, bem menor, Leone discutia o mesmo candidato com cardeal Hugh Brandon, de Westminster. Brandon, sendo inglês, era homem sem ilusões e de poucos entusiasmos. Mordia frequentemente os lábios finos, e brincava com a cruz peitoral, apresentando a sua política em um italiano exato e rebuscado.

– O nosso ponto de vista é que um italiano é ainda a melhor escolha. Dá-nos espaço para nos movermos, se compreende o que eu quero dizer. Não está em questão uma nova atitude ou um novo rumo político. Não existem mal-entendidos nem perturbações nas relações entre o Vaticano e a República italiana. O papado continua a ser uma barreira eficiente contra o comunismo na Itália.

Brandon permitiu-se um gracejo.

– Ainda podemos contar com a simpatia dos românticos ingleses pela romântica Itália.

Leone, veterano de muitas e sutis polêmicas, assentiu e acrescentou casualmente:

– Não consideraríeis então a possibilidade de eleger nosso novato, aquele que nos falou esta manhã?

– Duvido. Achei-o, como todos nós, muito impressionante no púlpito, mas a eloquência só muito dificilmente pode ser uma qualificação total, não lhe parece? Além disso, há a questão de ritos. Creio que esse homem é ucraniano, e pertence ao rito ruteno.

– Se fosse eleito, praticaria, automaticamente, o rito romano. Sua Eminência de Westminster esboçou um sorriso:

– A barba talvez preocupasse algumas pessoas. Tem um aspecto bizantino, não é? Há muito tempo que não temos um papa de barbas...

– Tenho certeza de que as cortaria.

– E continuaria a usar o ícone?

– Talvez fosse persuadido a abandoná-lo, também...

– Então ficaríamos com um romano modelar. Por que não escolher, pois, um italiano, para simplificar as coisas? Não posso acreditar que o senhor queira algo diferente.

– Acredite, eu quero. Posso confessar-lhe que o meu voto irá para o ucraniano.

– Receio não poder prometer-lhe o meu. Os ingleses e os russos, sabe... Historicamente, nunca nos demos muito bem... nunca.

– Sempre – disse Rahamani, o sírio, em sua cortês e untuosa maneira asiática – sempre buscamos um homem com o mais necessário de todos os dotes: o dom de cooperação com Deus. É raro encontrá-lo, mesmo entre os homens bons. A maioria de nós vive a sua vida tentando curvar-se à vontade de Deus, mas quantas vezes, apesar disso, temos de ser dobrados por uma graça violenta! Os outros, os raros, entregam-se de todo, como se por um ato instintivo, e tornam-se dóceis instrumentos na mão do Criador. Se este novo homem é assim, então é dele que realmente precisamos.

– E como nós poderemos estar certos de que ele será um desses raros? – perguntou Leone, secamente.

– Submetemo-lo a Deus – respondeu o sírio. – Roguemos a Deus que o julgue, e ficaremos seguros do resultado.

– Tudo o que podemos fazer é votar nele. Não há outra forma.

– Há outra forma, prescrita na Constituição apostólica. Pelo caminho da inspiração. Qualquer membro do conclave pode fazer uma proclamação pública do homem em que acredita para ser eleito, confiando que se trata de um candidato aceitável para Deus. Ele inspirará os demais conclavistas, a fim de que publicamente o aprovem. Trata-se de um método válido de eleição.

– Requer muita coragem e muita fé.

– Se os mestres da Igreja não têm fé, então que esperanças restam para a humanidade?

– Considero-me repreendido – disse o cardeal-secretário do Santo Ofício. – Já é tempo de deixar de buscar votos e principiar a rezar.

CEDO, NA MANHÃ SEGUINTE, todos os cardeais se reuniram na Capela Sistina para a primeira votação. Cada um deles tinha um trono e, sobre este, um baldaquim de seda. Os tronos alinhavam-se ao longo das paredes da capela com uma pequena mesa em frente, ostentando o escudo do cardeal e o seu nome inscrito em latim. O altar da capela estava coberto com uma tapeçaria bordada com uma figuração do Espírito Santo descendo sobre os primeiros apóstolos. Sobre uma grande mesa em frente do altar achava-se um cálice de ouro e uma pequena bandeja também de ouro. Perto da mesa, um pequeno fogão redondo, cuja fumaça saía por uma estreita janela que se abria para a praça de São Pedro.

Quando a votação começasse, cada um dos cardeais escreveria o nome do seu candidato, num papel de voto, e o colocaria, primeiro, sobre uma bandeja de ouro e, depois, dentro do cálice, significando assim que completara o ato sagrado. Após a contagem dos votos, os papéis seriam queimados no fogão, e a fumaça por eles produzida seria vista na praça de São Pedro. Para eleger um papa era necessária uma maioria de dois terços.

Se a maioria não fosse conclusiva, os papéis seriam queimados junto com palha molhada, e a fumaça resultante seria negra e espessa. Só quando a votação tivesse êxito é que os papéis seriam queimados sem palha, para que a fumaça branca informasse a multidão de que havia um novo papa. Tratava-se de cerimônia demasiado arcaica e pouco prática para a idade do rádio e da televisão, mas servia para sublinhar o drama do momento e a continuidade de dois mil anos de história papal.

Quando todos os cardeais se sentaram, o mestre de cerimônias fez a volta dos tronos, entregando a cada um dos votantes um papel. Depois, saiu da capela, e a porta foi fechada, deixando apenas os príncipes da Igreja para elegerem o sucessor de Pedro.

Era este o momento que Leone e Rinaldi aguardavam. Leone levantou-se, balançou a cabeleira branca, e dirigiu a palavra ao conclave:

– Meus irmãos, levanto-me para reclamar um direito da Constituição apostólica. Anuncio-vos que creio estar entre nós um homem já escolhido por Deus para sentar-se na cadeira de Pedro, tal como o primeiro dos apóstolos, que sofreu prisão e tortura em nome da fé. A mão de Deus libertou-o da escravidão, para que pudesse vir a este conclave. Anuncio-o como meu candidato, e dou-lhe o meu voto e obediência... cardeal Kiril Lakota.

Houve um momento de silêncio total, interrompido apenas por uma surda exclamação de Lakota. Depois, Rahamani, o sírio, levantou-se, e disse firmemente:

– E também o proclamo.

– E eu – disse Carlin, o americano.

– Eu também – disse Valerio Rinaldi.

Depois, aos dois e aos três, os velhos levantaram-se com uma proclamação semelhante, até que todos, menos nove, estavam de pé sob os baldaquinos, enquanto cardeal Kiril Lakota permanecia sentado, pálido e hirto, no seu trono.

Em seguida, Rinaldi deu um passo à frente, e desafiou os eleitores:

– Haverá algum de vós que conteste a validade desta eleição em que uma maioria de dois terços elegeu o nosso irmão Kiril?

Ninguém respondeu ao desafio.

– Podem sentar – disse Valerio Rinaldi.

Quando os cardeais assumiram seus assentos, Rinaldi puxou a corda presa a seu baldaquino, de tal forma que este pendeu acima de sua cabeça, restando aberto apenas o baldaquino de cardeal Kiril Lakota.

O camerlengo tocou um pequeno sino de mão, e foi abrir a porta da capela. Entraram imediatamente o secretário do conclave, o mestre de cerimônias e o sacristão do Vaticano. Estes três sacerdotes, juntamente com Leone e Rinaldi, aproximaram-se cerimoniosamente do trono do ucraniano. Em voz alta, Leone perguntou-lhe:

– *Acceptasne electionem?* Aceitais a eleição.

Todos os olhos se voltaram para o desconhecido, alto e magro com uma cicatriz no voto, a barba negra, e o olhar distante. Os segundos passaram lentamente, e, depois, ouviram-no dizer com um tom de voz sem timbre:

– *Accepto... Miserere mei Deus!* Aceito. Deus tenha Misericórdia de mim.

Extrato das memórias secretas de Kiril I, pontífice máximo:

Nenhum governante pode escapar ao veredicto da história; mas um governante que mantém um diário arrisca-se a ser maltratado por aqueles a quem julga... Eu detestaria ser como o velho Pio II, que atribuiu as suas memórias ao seu secretário, que as fez expurgar pelos seus padres e, depois, quinhentos anos depois, teve as suas indiscrições reveladas por dois universitários americanos. Devo dizer que simpatizo com seu dilema, que deve ser o mesmo dilema de todos os homens que se sentam na cadeira de Pedro. Um papa nunca pode falar livremente, a não ser com Deus ou consigo próprio... e um papa que fala consigo próprio está sujeito a tornar-se excêntrico, como a história de alguns dos meus antecessores o mostrou.

A minha enfermidade é recear a solidão e o isolamento. Precisarei, portanto, de alguma válvula de escape: o diário é uma, visto ser um compromisso entre mentir a si mesmo no papel e dizer à posteridade os fatos que têm de ser escondidos durante a geração do autor do diário. Há uma questão, porém: que se pode fazer com o diário de um papa? Deixá-lo à livraria vaticana? Mandar que seja enterrado com ele na tríplice urna? Ou leiloá-lo, antes da morte, para a propagação da fé? O melhor seria, talvez, não escrever o diário; mas que outra forma existe, nesta nobre prisão a que estou condenado, de garantir um vestígio de intimidade, de humor, e talvez até de juízo?

Há vinte e quatro horas, a minha eleição teria parecido uma fantasia. Ainda nem sei bem por que a aceitei. Podia ter recusado. Não o fiz. Por quê?...

Consideremos o que sou: Kiril I, bispo de Roma, vigário de Jesus Cristo, sucessor do príncipe dos apóstolos, supremo pontífice da Igreja Universal, patriarca do ocidente, primaz da Itália, arcebispo e metropolitano da província romana soberana da Vaticano... reinando gloriosamente, é claro!...

Mas isto é apenas um começo. O anuário pontifício registrará uma lista de duas páginas sobre o que eu reservei em termos de abadias e prefeituras, e sobre o deverei proteger no que concerne a ordens, congregações e irmandades. O resto das suas duas mil páginas será um verdadeiro catálogo dos meus ministros e sujeitos, dos meus instrumentos de governo, de educação e de correção.

Terei de ser poliglota, pela natureza do meu ofício, embora o Espírito Santo tenha sido, comigo, menos generoso em matéria de línguas do que com o primeiro homem que ocupou o meu cargo. O meu idioma nativo é o russo; o meu idioma oficial é o latim erudito; sou uma espécie de mandarim, que se supõe deva preservar magicamente a mais sutil definição da verdade. Terei de falar italiano com os meus associados e conversar com eles fluentemente, usando o plural "nós", que sugere uma ligação secreta entre Deus e mim próprio, mesmo em assuntos tão profanos quanto o café que "bebemos" ou o pequeno almoço e a marca de gasolina que "vamos" escolher para os automóveis da cidade do Vaticano.

Trata-se de um hábito tradicional, e não devo lamentá-lo demais. O velho Valerio Rinaldi fez-me uma recomendação razoável quando, uma hora após a eleição, me ofereceu a sua demissão e a sua lealdade: "Não tente mudar os romanos, Santidade. Não tente lutar contra eles ou convertê-los. Há mil e novecentos anos que eles lidam com papas, e darão conta de Sua Santidade, antes que os consiga vergar. Mas fale gentilmente, suavemente, carinhosamente, e só assim conseguirá fazer deles o que quiser."

Ainda é muito cedo, o céu o sabe, para ver quão bem-sucedidos Roma e eu seremos, mas Roma já não é o mundo, e eu não me preocupo muito com isso. O que pretendo, de início, é adquirir experiência dos que me prestaram juramento como príncipes e cardeais da Igreja. Há alguns em que tenho confiança. Já em outros... Mas não devo julgar com demasiada pressa. Nem todos podem ser como Rinaldi, homem sabedor e cavalheiresco, com senso de humor e conhecimento das suas próprias limitações. Portanto, terei de tentar sorrir, e conservar-me bem-disposto, até conhecer bem todos os cantos do labirinto vaticano... terei de inscrever os meus pensamentos num diário, antes de expô-los à cúria ou ao consistório.

Tenho uma vantagem, naturalmente. É a de ninguém saber para que lado vou me voltar... Nem eu próprio ainda o sei. Sou o primeiro eslavo a sentar-se na cadeira de Pedro, o primeiro não italiano, nos últimos quatro séculos e meio. A cúria deve sentir certa desconfiança de mim. É possível que tenham sido inspirados a eleger-me, mas já devem estar perguntando a si mesmos que espécie de tártaro lhes caiu na rede. Já devem estar também perguntando a si próprios como reajustarei as suas nomeações e esferas de influência. Como poderão eles saber o medo que tenho, e como duvido de mim próprio? Espero que alguns deles se lembrem de orar por mim.

O papado é o cargo mais paradoxal do mundo; é o mais absoluto e, ao mesmo tempo, o mais limitado; o mais rico, porém, o mais pobre em remuneração pessoal. Foi fundado por um carpinteiro de Nazaré, que nem sequer tinha onde repousar a cabeça e, apesar disso, está hoje rodeado de mais pompa do que seria razoável neste mundo faminto. Não tem fronteiras, mas está sujeito, mesmo assim, à intriga nacional e à pressão dos partidos. O homem que aceita o cargo contrai uma garantia de vida contra qualquer erro, mas tem, no final de contas, a salvação menos assegurada que qualquer dos seus súditos. Leva no cinto as chaves do reino, embora se possa encontrar para sempre afastado da paz dos eleitos e da comunhão dos santos. Se disser não ser tentado pela autocracia e pela ambição, é um mentiroso. Se não se enche, por vezes, de terror, e se não reza frequentemente na escuridão, então é um tolo.

Sei ou, pelo menos, começo a saber. Fui eleito esta manhã, e esta noite estou só na montanha da desolação. Ele, de Quem sou vigário, esconde o Seu rosto de mim. Aqueles de quem deverei ser o pastor ainda não me conhecem. O mundo está estendido à minha frente como uma carta de campanha, e vejo canhões em todas as fronteiras. Há olhos cegos voltados para mim, e uma Babel de vozes invocando o desconhecido...

Oh, Deus!, dai-me luz para ver, força para saber, e coragem para resistir à servidão de um servo de Deus!...

O meu mordomo acabou de chegar a fim de preparar os aposentos papais para a noite. É um homem melancólico, e se parece muito com o guarda da Sibéria que, à noite, costumava chamar-me cão ucraniano e, de manhã, padre adúltero. Este, porém, pergunta-me humildemente se a Minha Santidade precisa de algo. Depois, ajoelha-se, e roga a minha bênção, para si e para sua família. Embaraçado, aventura-se a sugerir que, se eu não estiver muito cansado, me digne aparecer de novo ao povo, que ainda aguarda na praça de São Pedro.

Esta manhã, aclamaram-me, quando fui conduzido ao balcão para abençoar, pela primeira vez, a cidade e o mundo. Parece que, enquanto as luzes estiverem acesas, haverá sempre alguém à espera, sabe-se lá de que poder benigno dos meus aposentos papais. Como poderei eu dizer-lhes que não têm muito que esperar de um homem de meia-idade, em pijama de algodão listrado? Mas esta noite é diferente. A *piazza* está repleta de romanos e turistas, e seria uma cortesia (perdoe-me, Santidade, uma grande condescendência...) aparecer de novo com uma pequena bênção...

Condescendo, e sou mais uma vez aclamado com ondas e mais ondas de aplausos e o buzinar de automóveis. Sou o seu papa. O seu Pai. Pedem-me que viva uma longa vida. Abençoo-os, e estendo-lhes os braços. Volta o clamor, e sou colhido num estranho momento de emoção, que me dá a sensação de abraçar um mundo demasiado pesado para mim. Depois, o meu mordomo – ou será o meu carcereiro? – puxa-me para trás, fecha a janela e corre as cortinas para que se saiba, pelo menos oficialmente, que Sua Santidade Kiril I foi deitar-se e dormir.

O mordomo chama-se Selacio, que também foi nome de papa. É bom homem, e a sua companhia agrada-me. Conversamos durante alguns momentos, e perguntou-me, envergonhado e gaguejando, por que não mudara de nome. Foi o primeiro homem que se atreveu a fazer-me a pergunta, à exceção do velho Rinaldi, o qual, quando eu lhe anunciei que desejava conservar o meu nome de batismo, assentiu, e sorriu ironicamente, dizendo: "Um estilo nobre, Santidade, provocativo, também... mas, pelo amor de Deus, não os deixe italianizá-lo."

Tomei o seu conselho, e expliquei aos cardeais, como expliquei agora ao meu mordomo, que conservava o nome por pertencer ao apóstolo dos eslavos, que se supõe ter inventado o moderno alfabeto cirílico e foi um grande defensor do direito dos homens a praticarem o culto nos seus próprios idiomas. Expliquei também que preferia usar o meu nome na sua forma eslava, porque isto seria testemunho da universalidade da Igreja. Nem todos aprovaram, talvez por não quererem estabelecer um precedente para os papas vindouros.

Ninguém objetou, exceto Leone, esse que dirige o Santo Ofício e tem a reputação de ser um moderno São Jerônimo, tendo eu de descobrir ainda se por amor à tradição e pela vida espartana que leva, ou se por sua notória má disposição. Leone perguntou-me, incisivamente, se um nome eslavo não ficaria deslocado no puro latim das encíclicas papais. Embora fosse ele o primeiro a proclamar-me no conclave, tive de dizer-lhe, delicadamente, que estava mais interessado em que o povo lesse as minhas encíclicas do que na pureza dos latinistas, e que, desde que o russo se tornara o idioma canônico para o mundo marxista, nenhum mal nos faria ter um pé no outro campo.

Leone aceitou bem a reprovação, mas não creio que a esqueça. Os homens que servem profissionalmente a Deus são levados a considerá-lo como sua propriedade privada. Alguns deles gostariam também de fazer do Seu vigário outra propriedade privada. Não digo que Leone seja um desses, mas terei de ser cauteloso. Devo trabalhar diferentemente de qualquer um dos meus predecessores, e não posso me submeter às convicções de qualquer outro homem, esteja ele a que altura estiver, ou por melhor que seja.

Nada disto, está claro, tem validade para o meu mordomo. Este só falará dos santos missionários, e se tornará muito importante por ter ouvido uma confidência do pontífice. O *Osservatore Romano* publicará amanhã a mesma versão, mas para o jornal será um "símbolo do cuidado paternal de Sua Santidade com aqueles que sofrem, os que praticam a fé, e os credos cristãos"... terei de, logo que me seja possível, fazer algo a respeito do *Osservatore*... se a minha voz tem de ser ouvida pelo mundo, então, que seja ouvida nos seus tons autênticos.

Embora saiba que há restrições quanto a minha barba, não tenciono cortá-la. Já ouvi murmúrios sobre "o meu aspecto demasiado bizantino". Os latinos são mais suscetíveis quanto a estes costumes do que nós; por isso, talvez seja recomendável explicar que me partiram o queixo durante um interrogatório e que, sem a barba, eu ficaria bastante desfigurado... É um assunto bem insignificante, mas há calamidades que principiaram por coisas bem mais simples.

Gostaria muito de saber o que Kamenev pensou, ao ter notícia da minha eleição. Perguntei a mim próprio se ele teria o senso de humor suficiente para enviar-me congratulações.

Estou cansado, cansado até a medula e tenho medo. O meu cargo é tão simples: conservar pura a fé e trazer de novo as ovelhas perdidas para o redil. Mas a que estranhas regiões isso poderá conduzir-me, apenas posso conjeturar... não nos deixeis cair em tentação, Senhor, e livrai-nos de todo o mal. Amém.

2

Na sala de estar, de mármore branco, do Clube da Imprensa Estrangeira, George Faber estendeu as pernas e emitiu o seu parecer sobre a eleição.

– Para o Oriente é um tropeço, para o Ocidente uma loucura, e para os romanos, um desastre.

Risos respeitosos pairaram na sala. Um homem que passara tantos anos no Vaticano tinha o direito de fazer frases, mesmo que fossem más. Certo da atenção geral, Faber continuou a falar, calmo e senhor de si.

– Veja-se isto sob que prisma for, Kiril significa uma confusão política. Foi prisioneiro dos russos durante 17 anos e, por isso, temos de perder as esperanças, desde já, numa aproximação entre o Vaticano e os soviéticos. A América também está envolvida. Creio que podemos esperar o abandono gradual da política neutralista e uma aliança mais íntima do Vaticano com o Ocidente. Voltamos, pois, ao eixo Pacelli-Spellman. Para a Itália... – o jornalista estendeu suas mãos eloquentes, que pareciam abraçar toda a península – para a Itália... ora!... que irá acontecer agora ao milagre da recuperação italiana? Só foi possível graças à cooperação do Vaticano, ao dinheiro do Vaticano, ao prestígio do Vaticano, com o auxílio do Vaticano na emigração e a autoridade do clero que sempre conseguiu sustar as esquerdas. Que se passará agora? Se o papa começar a fazer novas nomeações, os elos entre o Vaticano e a República logo se romperão. O delicado equilíbrio pode pender para um lado...

Faber descontraiu-se, voltando-se para os colegas com um sorriso de superioridade, um sorriso de quem faz reis:

– Pelo menos, é essa a minha opinião, e vou mantê-la assim. Vocês poderão usá-la, com a minha permissão, e se alguém a pretender roubar, movo-lhe um processo.

Collins, do *Times*, de Londres, encolheu os ombros, dirigindo-se para o bar com um alemão de Bonn.

– Faber exagera, naturalmente, mas tem razão no que diz a respeito da situação italiana. Fiquei bastante surpreendido com esta eleição. Pelo que ouvi, a maioria dos eleitores italianos foi a favor dela, embora ninguém a tivesse sequer sugerido, antes de entrar para o conclave. É uma arma estupenda, tanto para as esquerdas como para as direitas. No próprio momento em que o papa falar sobre qualquer assunto italiano, poderão rotulá-lo de estrangeiro e dizer que ele está tentando interferir na política local... Foi isso o que aconteceu ao holandês... como se chamava ele?.. Adriano VI. O testemunho da história indica-o como homem erudito e excelente administrador, mas, quando morreu, a Igreja estava em um caos pior do que antes. Nunca aprovei essa espécie de catolicismo barroco que os italianos propagam pelo mundo, mas, nos assuntos de Estado, eles têm um grande valor político. Como os irlandeses, entende o que quero dizer?

– ... A barba é magnífica para uma reportagem fotográfica – dizia uma morena, da outra ponta do bar. – E será divertido ter algumas cerimônias gregas e russas, no Vaticano. Todas aquelas estranhas túnicas e aqueles deliciosos ícones nos peitos... Até se poderia lançar uma moda com esses... enfeites, para a estação de inverno. Seria audacioso, não acham?

Ela riu, convulsivamente.

– Temos aqui algum mistério – disse Boucher, o francês com cara de raposa. – Um completo desconhecido, após o mais curto conclave da história. Falei com Morand e alguns outros cardeais franceses, antes da eleição, e pressenti em todos eles um certo desespero, como se vissem aproximar-se o fim do mundo e quisessem que alguém especial os conduzisse na hecatombe. Pode ser que tivessem razão. Os chineses pediram o auxílio de Moscou, e fala-se que eles anseiam, no mundo. Os seus soldados de brinquedo, que lhe guardavam a sagrada presença, eram pagos por milhares de contribuições, e haviam jurado servi-lo, com todo o talento, com o coração, a vontade e as suas vidas de celibatários. Outros homens conseguiam guindar-se ao poder pela simples minoria de votos, pela pressão de um partido, ou pela tirania das juntas militares. Ele era o único no mundo que tinha esse poder por delegação divina, e nenhum dos seus súditos ousaria se voltar contra ele.

O conhecimento do poder era uma coisa, mas usá-lo era outra. Fossem quais fossem os seus planos para a condução da Igreja, quaisquer que fossem as alterações que lhe fizesse no futuro, teria, no presente, de utilizar os instrumentos à sua disposição e a organização que os seus antecessores lhe haviam transmitido. Teria de aprender muito, e depressa; apesar disso, nos dias anteriores à sua coroação, quase lhe parecera existir uma conspiração destinada a roubar-lhe o tempo necessário para pensar ou planejar. Havia momentos em que se sentia como um fantoche, a ser vestido e ensaiado para um espetáculo.

Os sapateiros vieram tirar medidas para lhe fazerem novas sandálias; os alfaiates, para as suas batinas brancas. Os joalheiros ofereceram-lhe desenhos para o seu anel e para a sua cruz peitoral. Os heraldistas apresentaram-lhe projetos para o seu brasão: chaves cruzadas para o cargo de Pedro, um urso indomável em campo branco, sobre ele a pomba branca do paracleto e, abaixo, a divisa *Ex Oriente Lux*, a luz que vem do Oriente.

Kiril aprovou-o logo ao primeiro exame. Agradava-lhe a imaginação e o senso de humor. Levou tempo até dar forma ao urso, mas, quando o desenho ficou completo, era um animal formidável. Com o Espírito Santo a guiá-lo, poderia fazer muito na Igreja, e talvez o Oriente tenha permanecido tanto tempo nas trevas porque o Ocidente dera uma expressão local ao Evangelho universal.

Os mestres de cerimônia conduziram-no de audiência em audiência: com a imprensa, com o corpo diplomático, com as famílias nobres, com os prefeitos e secretários de congregações, tribunais e comissões. A chancelaria dos breves e o secretariado das bulas aos príncipes encheram-lhe a escrivaninha de respostas, em impecável latim, a todas as cartas e telegramas de felicitações. O secretário de Estado recordava-lhe diariamente as crises, as revoluções, as intrigas das embaixadas.

Não dava um passo que não pisasse, com a ponta do pé, a história, o ritual, o protocolo e a monótona metodologia da burocracia do Vaticano. Para onde quer que se voltasse, encontrava sempre a seu lado um funcionário que dirigia a atenção de Sua Santidade para isto ou para aquilo: um cargo a ser preenchido, uma cortesia a fazer, ou um talento a apadrinhar.

Era grandioso o cenário. A direção de cena era mais que eficiente, mas Kiril levou uma semana para descobrir o nome da peça. Tratava-se de uma velha comédia romana, outrora popular, mas agora caída em ridículo, com o título: *O governo dos príncipes*. O tema era simples: como dar a um homem o poder absoluto e, depois, limitar-lhe o uso dele. A técnica era fazê-lo sentir-se tão importante e ocupá-lo com tantos pormenores pomposos que não lhe sobrasse tempo para pensar numa orientação política, ou para pô-la em execução.

Quando percebeu o jogo, Kiril, o ucraniano, riu consigo mesmo, e decidiu fazer, ele próprio, um jogo.

Assim, dois dias antes da coroação, convocou, sem aviso prévio, um consistório secreto de todos os cardeais na sala dos Bórgias, do Vaticano. A abrupta convocação fora calculada, e o risco, ao fazê-lo, fora também calculado. No dia seguinte ao da sua coroação, todos os cardeais, exceto os da cúria, sairiam de Roma, de regresso aos seus respectivos países. Cada um deles poderia revelar-se um colaborador de boa vontade ou, então, um pequeno estorvo à política papal. Ninguém chegava a tornar-se príncipe da Igreja sem ter em si qualquer espécie de ambição ou gosto pelo poder. Ninguém envelhecia no mesmo cargo sem endurecer o coração ou a vontade. Estes homens-chave eram mais que pessoas comuns, eles eram conselheiros, preocupados com sua própria sucessão apostólica e com a autonomia por ela conferida. Até mesmo o papa deveria lidar com eles com toda a delicadeza, nunca abusando da sua sabedoria, da sua lealdade e do seu orgulho nacional.

Quando os viu sentados à frente, velhos, sábios e cautelosos es pectadores, Kiril sentiu-se desanimar, perguntando a si mesmo, pela centésima vez, o que tinha para oferecer a eles e à Igreja. Depois, uma vez mais, pareceu-lhe que um estranho poder se apoderava dele; fez o sinal da cruz, invocando o Espírito Santo, e só então se entregou aos assuntos do consistório. Não usou o "nós" da autoridade, mas falou, íntima e pessoalmente, como se estivesse ansioso por estabelecer uma relação de amizade:

– Meus irmãos, meus auxiliares na causa de Cristo...

A sua voz era forte, embora carinhosa, como se lhes pedisse a fraternidade e a compreensão:

– O que hoje sou, foram os senhores que o fizeram. Mas, se aquilo em que eu creio é verdadeiro, então não foram os senhores, mas, sim, Deus, quem me calçou as sandálias do Pescador. Tenho perguntado, dia e noite, o que possuo para oferecer a Deus e à sua Igreja. Eu tenho tão pouco! Sou um homem que foi arrancado à vida, como Lázaro, e depois a ela voltou, pela mão do Senhor. Todos os senhores são homens do nosso tempo. Viveram com ele, foram lentamente mudados por ele, contribuíram para a mudança, para melhor ou para pior. É natural que cada um deseje guardar avidamente esse lugar, o conhecimento e a autoridade que ganharam ao longo do tempo. Agora, contudo, terei de pedir-lhes que sejam generosos comigo e me emprestem, em nome de Deus, a sua sabedoria e experiência.

Sua voz hesitou, por um momento, e os velhos cardeais julgaram que ele ia soluçar. Depois, recompôs-se, e pareceu crescer em altura, enquanto a sua voz adquiriu um timbre mais forte:

– Ao contrário dos senhores, eu não sou um homem do meu tempo, pois estive por dezessete anos na prisão, e o tempo passou por mim sem se deter. O mundo é, aos meus olhos, uma novidade. A única coisa que para mim não é nova é o próprio homem, e esse conheço e amo, porque vivi com ele durante muito tempo, na simples intimidade da sobrevivência. Até a própria Igreja é, para mim, desconhecida, pois fui obrigado a dispensar, durante tantos anos, tudo o que nela é necessário, e porque tive de me agarrar, desesperadamente, a tudo o que nela é essencial: o depósito da fé, o sacrifício e os atos sacramentais.

Kiril sorriu-lhes, pela primeira vez, pressentindo o constrangimento dos cardeais, e tentando tranquilizá-los:

– Já sei que pensais que talvez tenham no papa um inovador, um homem ávido de mudanças. Não é bem assim. Embora sejam necessárias muitas alterações, elas só serão possíveis com a colaboração de todos. Tento simplesmente explicar-me para que me compreendam e me ajudem. Nunca poderei ser tão zeloso nos atos rituais e nas formas tradicionais de devoção como os senhores, porque, durante anos, não tive mais do que as mais simples formas de oração e o essencial dos sacramentos. Eu sei, acreditem, eu sei, que para muitos dos senhores o caminho tradicional é o mais seguro. Desejo que estes sigam tão livres quanto possível, dentro das fronteiras da fé. Não desejo mudar a longa tradição de um clero celibatário. Eu próprio sou tão celibatário quanto os senhores. Contudo, tenho visto a fé manter-se, sob tortura, em padres casados, que a transmitiram a seus filhos, tão radiosa como joia sobre seda. Não quero acalorar-me no exame das legalidades dos canonistas ou das rivalidades das ordens religiosas, porque tenho visto mulheres violadas por seus carcereiros, e tenho ajudado a partos, com estas mãos consagradas.

Kiril voltou a sorrir, e estendeu as mãos, num gesto implorativo.

– Talvez eu não seja o homem indicado para os senhores, meus irmãos, mas Deus assim quis, e os senhores têm de fazer de mim o melhor.

Houve uma longa pausa, e o papa continuou a falar, com firmeza, cada vez maior, agora sem implorar ou explicar, mas, sim, exigindo, com todo o poder que fluía de dentro dele:

– Perguntem aonde lhes quero conduzir, para onde quero conduzir a Igreja. Vou dizer-lhes. Quero conduzir-lhes de novo através dos homens para junto de Deus. Compreendam isto, compreendam com a alma, com o coração e com o espírito de obediência: nós somos o que somos, ao serviço de Deus, através do serviço do homem. Se perdermos contato com o homem... homens confusos, a chorar na noite, sofredores, pecadores, perdidos, mulheres agonizantes, crianças a soluçar de medo ou fome... estaremos perdidos porque seremos então pastores negligentes, e teremos feito tudo, menos o necessário.

Calou-se, e levantou-se; encarando-os, ele que era alto, pálido e estranho, com o rosto cicatrizado, as mãos deformadas e a negra barba bizantina. Depois formulou, como em um desafio, a pergunta oficial.

– *Quid vobis videtur*? Como parece aos senhores?

Existia um ritual para este momento, tal como para qualquer outro ato da vida do Vaticano. Os cardeais deveriam tirar os seus barretes, curvar a cabeça em sinal de submissão e, depois, aguardar que fossem dispensados, para irem ou não fazer o que o papa lhes aconselhara. Um discurso do pontífice raramente era um diálogo, mas, desta vez, houve na assembleia um certo sentido de urgência, e mesmo de conflito.

O cardeal Leone ergueu-se da sua cadeira, balançou a cabeça e dirigiu a palavra ao papa:

– Todos nós, aqui reunidos, juramos a Sua Santidade e à Igreja o serviço das nossas vidas. Contudo, este serviço não seria por nós desempenhado com perfeição, se não oferecêssemos os nossos conselhos, sempre que os julgássemos necessários.

– Foi o que lhes pedi – disse Kiril, – Façam-me o favor de falar livremente.

Leone assentiu gravemente, e prosseguiu, com firmeza:

– É ainda muito cedo para medir o efeito da eleição de Sua Santidade sobre o mundo e, especialmente, sobre as Igrejas romana e italiana. Não falto ao respeito que é devido à Sua Santidade ao dizer que, até conhecermos essa reação, deverá haver prudência e reserva em todos os discursos e atos públicos.

– Eu não discuto esse ponto – disse Kiril com suavidade. – Mas os senhores não devem discutir comigo quando lhes disser que a voz de Kiril deve ser escutada por todos os homens, não uma outra voz, de pronúncia ou timbre diferente, mas a minha voz. Um pai não fala a seu filho através da máscara de um ator; fala simples e livremente, do fundo do coração, e é o que me proponho fazer.

O velho Leone suportou a invectiva, e continuou, teimosamente:

– Há realidades que devem ser encaradas, Santidade. A voz terá de mudar, independentemente do que fizer Sua Santidade. Será emi-

50

tida da boca de um camponês mexicano, de um universitário inglês, ou de um missionário alemão, no Pacífico. Será interpretada por uma imprensa hostil, ou por um comentarista enfático da televisão. O máximo que Sua Santidade pode esperar é que a primeira voz seja a sua, e que a primeira informação seja a autêntica.

Leone sorriu e continuou:

– Nós somos também vozes de Sua Santidade, e teremos certa dificuldade em executar perfeitamente a partitura.

Sentou-se, envolto num murmúrio geral de aprovação.

Depois, Pallenberg, o magro e frio cardeal alemão, tomou a palavra, e apresentou o seu próprio problema.

– Sua Santidade falou de mudanças. É minha opinião, e a de meus irmãos bispos, que certas alterações já desde muito deveriam ter sido feitas. Pertencemos a um país dividido. Temos uma prosperidade imensa e um futuro duvidoso. Há uma evasão da população católica para longe da Igreja porque nossas mulheres têm de casar fora da Igreja, uma vez que os nossos homens foram dizimados durante a guerra. Nossos problemas, no que concerne a isto, são muitos. Só podemos resolvê-los no nível humano. Contudo, aqui em Roma, estão a ser cuidados por *Monsignori,* que nem sequer conhecem o nosso idioma, que trabalham unicamente segundo os cânones, e não têm o sentido da nossa história ou dos nossos atuais problemas. Causam-nos atrasos, contemporizam, centralizam. Cuidam dos assuntos da alma como se tratassem de lançamentos em um livro de escrituração. As nossas preocupações já são muitas; não podemos carregar também preocupações de Roma nas costas... Em meu nome e no de meus irmãos, *Appello ad Petrum!* Apelo para Pedro!

Houve um murmúrio de surpresa geral, diante de tamanha rudeza. Leone corou de raiva. Rinaldi escondeu um sorriso por detrás do seu lenço de seda.

Passados uns momentos, Kiril, o papa, voltou a falar. O seu tom de voz mantinha a suavidade de sempre, mas todos notaram que, desta vez, ele utilizava o plural da realeza.

– Nós prometemos aos irmãos alemães dar a nossa imediata e completa atenção aos seus problemas especiais, e conferenciaremos com eles, em particular, antes que regressem à terra natal. Pediremos a eles, contudo, que sejam pacientes e caridosos com os seus colegas de Roma. Deveriam recordar, igualmente, que certas coisas ficam, muitas vezes, por fazer, ou imperfeitas, mais pela força do hábito e da tradição que por falta de boa vontade.

Fez uma ligeira pausa dando tempo a que a reprimenda fosse bem digerida. Depois, prosseguiu:

– Tive as minhas próprias dificuldades com outra espécie de burocracia. Mesmo naqueles que me torturaram não faltou boa vontade. Queriam construir um Mundo Novo numa geração, mas a burocracia derrotou-os, a cada tentativa. Façamos votos para que nós mesmos possamos encontrar mais sacerdotes e menos burocratas... menos burocratas e mais almas simples, que compreendam o coração humano.

Foi a vez do cardeal francês, que não se exprimiu menos redonda e francamente do que o seu colega Pallenberg.

– Tudo o que façamos em França... qualquer proposta que tenha origem francesa chega aqui a Roma sob a sombra da história antiga. Cada um dos nossos projetos –, desde os padres-operários aos estudos sobre o desenvolvimento do dogma e a criação de uma imprensa católica, inteligente e esclarecida – é recebido como se cheirasse a nova rebelião tramontana. Não podemos trabalhar livremente ou em continuidade sob tal clima. Não nos podemos sentir apoiados pela fraternidade da Igreja, se uma nuvem de censura paira sobre tudo quanto planejamos ou propomos.

Irado, andou de um lado ao outro, e lançou um desafio aos italianos:

– Também aqui, em Roma, há heresias, e esta é uma delas: que unidade e uniformidade são sinônimos, que o modelo romano é o melhor para todos e para cada um, desde Hong-Kong ao Peru. Sua Santidade exprimiu o desejo de fazer a sua voz ouvida no verdadeiro tom. Nós desejamos, igualmente, que a nossa voz seja escutada, sem distorções, no trono de Pedro. Certas nomeações têm de ser feitas, homens que nos possam representar, e ao clima no qual vivemos, compreensiva e verdadeiramente!

– Tocou em um problema – interrompeu Kiril, com delicadeza – que também nos preocupa. Nós próprios carregamos o fardo da história, motivo pelo qual nem sempre podemos atingir a simplicidade de uma questão, dado que devemos considerá-la na complexidade das suas colorações e associações históricas.

Levou a mão à barba e sorriu.

– Até isto, ao que me consta, tem sido fonte de escândalo para alguns, embora o Divino Mestre e os primeiros apóstolos fossem todos homens de barba. Odiaria pensar que a pedra de Pedro poderia ruir, em pedaços, por falta de uma gilete. *Quid vobis videtur?*

Naquele momento, todos riram e o amaram. Seus mútuos ressentimentos e despeitos atenuaram-se, e foi com a maior humildade que escutaram os purpurados da América do Sul falarem de seus próprios problemas: populações na miséria, escassez de clero bem treinado, a histórica ligação da Igreja com a fortuna dos exploradores, a falta de fundos, a força da ideia marxista, erguida como uma lanterna para reunir os desprotegidos sociais.

Vieram então os homens do Leste, que relataram como as fronteiras se iam encerrando, uma após outra, ao ideal cristão, e como os alicerces da velha ação missionária estavam sendo destruídos, enquanto a ideia de um Paraíso terreno era gradualmente instilada nos cérebros dos homens, tão desesperadamente necessitados dela, já que dispunham de tão pouco tempo para desfrutá-la. Era uma página de balanço brutal para aquele grupo de anciãos que tinham de apresentar suas contas em ordem ao Todo-Poderoso. E quando o balanço ficou estabelecido, houve um pesado silêncio sobre a assembleia, aguardando todos que Kiril, o supremo pontífice, juntasse as várias parcelas e fizesse a soma final.

Levantou-se, então, do seu lugar e colocou-se diante de todos: uma figura estranhamente jovem e solitária, qual um Cristo arrancado a um tríptico bizantino.

– Há os que creem – ele lhes disse solenemente – que atingimos a última idade do mundo, visto que o homem tem agora poderes para eliminar a si próprio da face da Terra e, cada dia que passa, o perigo de que isso aconteça vai aumentando. No entanto, meus irmãos, não temos nem mais nem menos a oferecer para a salvação do mundo do que tínhamos no princípio. Pregamos a Cristo, sua vida e sua crucificação... Para os judeus, um tropeço; para o gentio, um disparate. É essa a loucura da fé. Se não estivermos entregues a ela, então estaremos entregues a uma ilusão. Que fazer, então? Para onde ir? Cremos que só há um caminho. Temos de tomar a verdade como um farol, e sair pelo mundo, como os primeiros apóstolos, falando a quem nos quiser ouvir. Se a história se nos atravessar no caminho, devemos ignorá-la. Se os sistemas nos inibirem, devemos dispensá-los. Se as dignidades nos pesarem, devemos afastá-las. Eu tenho agora uma ordem para todos os senhores... para os que saem de Roma e para os que ficam aqui, na sombra dos nossos triunfos e dos nossos pecados: encontrem-me homens! Encontrem-me bons homens, que compreendam o que é amar a Deus e às Suas criaturas! Encontrem-me homens com paixão nos corações e asas nos pés! Enviem-me esses homens, e eu os enviarei para que levem amor aos sem amor e esperança aos que vivem na escuridão... vão, agora, em nome de Deus!

LOGO APÓS O CONSISTÓRIO, Potocki, o cardeal da Polônia, pediu audiência privada e urgente com o papa. Para sua surpresa, no curto espaço de uma hora, foi atendido com um convite para jantar. Quando chegou aos aposentos papais, encontrou o novo pontífice só, sentado em uma cadeira, a ler um pequeno volume encadernado em couro. Ao se ajoelhar para o beijo de obediência, Kiril fê-lo levantar-se com um gesto rápido, sorrindo.

– Esta noite somos de novo irmãos. A comida é má, mas ainda não tive tempo de reformar a cozinha papal. Espero que a sua companhia me proporcione um jantar mais agradável do que habitualmente.

Kiril apontou para as páginas amarelecidas do livro e riu.

– O nosso amigo Rinaldi tem um grande senso de humor. Deu-me este livro para celebrar a minha eleição. É uma descrição do reinado do holandês Adriano VI. Sabe que nome deram aos cardeais que o elegeram? "Traidores do sangue de Cristo, que entregaram o belo Vaticano à fúria estrangeira, e renderam a Igreja e a Itália à escravidão bárbara". Gostaria muito de saber o que estarão dizendo de nós agora.

Fechou o livro, com uma palmada, instalando-se mais confortavelmente na cadeira, e prosseguiu:

– Ainda mal começou e eu já me sinto tão deprimido e solitário... Em que posso ajudá-lo, meu amigo?

Potocki sentia-se tocado pelo encanto do seu novo mestre, mas o hábito da prudência era nele tão forte que se contentou com uma formalidade:

– Foi-me entregue uma carta esta manhã, Santidade. Informaram-me que vem de Moscou. Pediram que a entregasse diretamente em suas mãos.

O polaco estendeu a Kiril um volumoso envelope, selado com lacre cinzento; o papa olhou-o por um momento e colocou-o sobre a mesa.

– Fica para mais tarde, e, se nela houver alguma coisa que lhe diga respeito, voltarei a chamá-lo. Agora, diga-me...

O papa curvou-se para a frente, como se implorasse uma confidência.

– Notei que hoje não falou no consistório, embora eu saiba que tem tantos problemas como os outros. Quero que me fale desses problemas.

O rosto enrugado de Potocki contraiu-se e os seus olhos enevoaram-se.

– Primeiro, há um receio pessoal, Santidade...

– Compartilhe comigo – disse Kiril, suavemente. – Tenho tantos receios que talvez os seus façam sentir-me melhor.

– A história coloca armadilhas para cada um de nós – respondeu o polaco, gravemente. – Sua Santidade já o deve saber. A história da Igreja Rutena, na Polônia, é muito amarga. Nem sempre atuamos como irmãos na fé, mas como inimigos uns dos outros. O tempo dessas desavenças já passou, mas se Sua Santidade as recordasse com ressentimento, seria mau para nós, polacos. Somos latinos por temperamento e lealdade. Já vai longe o tempo em que a Igreja polaca perseguia os seus irmãos do rito ruteno. Nós éramos então muito jovens, mas é possível, ambos o sabemos, que muitos dos que hoje estão mortos estivessem ainda vivos, se tivéssemos mantido a unidade do espírito, dentro das fronteiras da fé.

O polaco hesitou e só a muito custo conseguiu formular a pergunta:

– Não quero parecer irreverente, Santidade, mas tenho de lhe perguntar, lealmente, o que outros lhe perguntarão com falsos propósitos... O que sente Sua Santidade a nosso respeito? Que pensa sobre o que estamos tentando fazer?

Houve uma longa pausa; Kiril, o pontífice, baixou o olhar para suas mãos retorcidas, e depois, abruptamente, levantou-se e pousou-as sobre os ombros do bispo seu irmão. Disse suavemente:

– Estivemos ambos na prisão. Agora sabemos que, quando eles tentaram nos fazer curvar, não se serviram do amor que tínhamos, mas, sim, dos ressentimentos que tínhamos enterrado profundamente dentro de nós. Quando você se sentou na escuridão, tremendo, à espera da próxima sessão, com as luzes, a dor e as perguntas, que mais o tentava?

– Roma – respondeu Potocki, sem hesitar – onde tanto sabiam, e tão pouco pareciam se importar.

Kiril, o pontífice, sorriu e concordou com gravidade:

– Comigo, era a memória do grande Andrew Szepticky, metropolita da Galícia. Amava-o como a um pai. Odiava amargamente o que lhe haviam feito. Recordo-me dele antes de sua morte... Era a sombra de um homem. Paralítico, despedaçado pela dor, assistindo à destruição de tudo quanto construíra: as escolas, os seminários, a velha cultura que com tanto esforço tentou preservar... Sentia-me oprimido pela futilidade de tudo isso, chegando até a duvidar se valia a pena desperdiçar novas vidas e queimar novos espíritos para tentar de novo... Foram dias muito maus e noites ainda piores.

Potocki enrubesceu vivamente:

– Estou envergonhado, Santidade. Eu não deveria ter duvidado..

Kiril encolheu os ombros e sorriu:

– Por quê? Somos todos humanos... o senhor está equilibrado sobre um arame na Polônia, e eu, sobre outro em Roma. Qualquer um de nós pode cair, e precisaremos de uma rede para nos amparar. Imploro ao senhor que acredite que, se por vezes me falta compreensão, o amor nunca me falta.

– O que fazemos em Varsóvia – disse Potocki – nem sempre é compreendido em Roma.

– Se precisar de um intérprete – disse Kiril, com vivacidade – envie-me um. Prometo ouvi-lo sempre.

– Serão tantos os intérpretes, Santidade, e falarão em tão diversos idiomas! Como poderá atender a todos?

– Já sei.

Kiril pareceu curvar-se, subitamente, ao peso de enorme fardo.

– É estranho. Professamos e ensinamos que o papa é preservado dos erros fundamentais pela intercessão do Espírito Santo. Eu rezo, mas não ouço a trovoada na montanha. Os meus olhos não veem os esplendores nas colinas. Encontro-me entre Deus e o homem, mas só ouço o homem e a voz do meu coração.

Pela primeira vez o rosto duro do polaco se desanuviou. Estendeu as mãos, num gesto de derrota aceita:

– Escute, Santidade. *Cor ad cor loquitur.* O coração fala ao coração, e é muito possível que este seja o diálogo de Deus com os homens.

– Vamos jantar – disse Kiril, o papa – e perdoe minhas freiras, se suas mãos são um tanto pesadas no tempero. São excelentes criaturas, mas tenho de lhes arranjar um bom livro de culinária...

Não comeram melhor do que ele prometera, e acompanharam o jantar com um vinho novo das colinas albanas; entretanto, falaram mais livremente, e um certo calor principiou a nascer entre eles. Quando chegaram as frutas e os queijos, Kiril abriu o coração sobre outro assunto:

– Serei coroado dentro de dois dias. Trata-se apenas de um pormenor, mas tantas cerimônias incomodam-me. Cristo chegou a Jerusalém num burro, e eu serei levado sob ombros dos nobres entre as plumas de um imperador romano. O mundo está cheio de homens descalços e de barrigas vazias. Eu vou ser coroado de ouro, e o meu triunfo será iluminado por um milhão de velas. Tenho vergonha de que o sucessor do Carpinteiro seja tratado como um rei. Seria meu desejo alterar a cerimônia.

Potocki sorriu, balançando a cabeça.

– Não lhe permitirão, Santidade.

– Eu sei.

Os dedos de Kiril brincaram com migalhas de pão espalhadas sobre a mesa.

– Pertenço aos romanos, também, e eles devem ter seu feriado. Não posso caminhar ao longo da nave de São Pedro, porque ninguém me veria, e, mesmo que não venham para rezar, os visitantes vêm para ver o papa. Sou um príncipe, eles me lembrariam, e um príncipe deve usar coroa.

– Use-a então, Santidade – disse Potocki, com humor azedo. – Use-a por um dia, e não se preocupe mais. Depressa vão lhe coroar de espinhos!

A UMA HORA DE DISTÂNCIA, na sua *villa* dos montes Albanos, cardeal Valerio Rinaldi oferecia um jantar. Os seus convidados compunham uma curiosa, embora poderosa, assembleia, e ele recebia-os com a habilidade de um homem que acabara de provar ser um fazedor de reis.

Leone achava-se presente, assim como Semmering, o Superior Geral da Companhia de Jesus, os jesuítas, a quem era hábito apelidar de papa negro. Estavam também presentes Goldoni, o secretário de Estado, Benedetti, príncipe das finanças do Vaticano, e Orlando Campeggio, o inteligente e vivo editor do *Osservatore Romano*. À cabeceira da mesa, como se fosse por concessão aos místicos, sentara-se Rahamani, o sírio, complacente, untuoso e sempre surpreendente.

Servia-se o jantar num terraço que se estendia sobre os jardins de linha clássica, outrora local de um templo órfico, e, para lá das terras lavradas, via-se o distante fulgor de Roma. Suave era o ar, a noite estrelada, e os solícitos criados de Rinaldi propiciavam conforto a todos os convidados.

Campeggio, o leigo, fumava seu charuto e falava livremente, príncipe entre príncipes.

– ... Creio, em primeiro lugar, que teremos de apresentar o pontífice no seu mais aceitável aspecto. Tenho pensado muito nisto, e todos os senhores já devem ter lido o que escrevi no jornal. O tema tem sido, até agora: "Na prisão pela fé". A reação está sendo favorável... uma onda de simpatia, uma expressão de afeto e lealdade. Claro, estamos apenas no começo, e isto não resolve nenhum dos problemas. A nossa próxima ideia seria apresentar: "um papa para o povo". Talvez nos faça falta alguma ajuda neste capítulo, principalmente do ponto de vista italiano. Felizmente, o papa fala bem o italiano e, por isso, pode comunicar-se diretamente nos atos públicos e nos contatos com a população. Neste particular, precisaremos da orientação dos membros da cúria...

Habilidoso, calou-se, deixando as sugestões aos clérigos.

Foi Leone quem primeiro falou, preocupado com a questão, com seu jeito teimoso, enquanto descascava sua maçã com uma faca de prata.

– Nada é tão simples quanto parece à primeira vista. Teremos de apresentá-lo, sim, mas devidamente expurgado e comentado. Todos os senhores ouviram o que ele disse hoje no consistório.

Apontou com a faca para Rinaldi e Rahamani.

– Entenda mal o que ele disse, e sem explicações... e todos interpretariam que o papa está disposto a jogar fora, pela janela, dois mil anos de tradição. Todos nós entendemos o que ele quis dizer, mas eu vi também onde temos de protegê-lo.

– Onde? – perguntou Semmering, o louro jesuíta, curvando-se para a frente, interessado.

– O papa mostrou-nos o seu calcanhar de Aquiles – continuou Leone, muito seguro de si. – Disse que era um homem fora do seu tempo. Precisará, creio, que lhe recordemos, constantemente o que são os nossos tempos e que instrumentos possuímos para trabalhar.

– Pensa que ele os desconhece? – perguntou o jesuíta.

Leone franziu o sobrolho.

– Não estou bem certo. Ainda não comecei a compreendê-lo. Tudo o que sei é que deseja algo novo, mesmo antes de ter tido tempo para examinar o que é velho e permanente na Igreja.

– Se não estou enganado – disse o sírio –, o papa pediu que encontrássemos homens. Não é novidade alguma. Os homens são o fundamento de todo o trabalho apostólico. Como disse ele? "Bons homens que saibam o que é amar a Deus e às suas criaturas..."

– Temos quarenta mil homens – falou o jesuíta secamente –, e todos eles lhe estão ligados pelos solenes juramentos de o servirem. Todos nós responderemos à sua chamada.

– Nem todos nós – retorquiu Rinaldi, sem ressentimento. – E deveríamos ser bastante honestos para confessá-lo. Movemo-nos familiarmente onde ele, por enquanto, se move com alguma dificuldade, no quartel-general da Igreja. Aceitamos a inércia e a ambição... e a burocracia, porque fomos educados nelas. Em parte, por havermos ajudado a criação desse estado de coisas. Sabe o que ele me disse ontem?

Fez uma pausa, como um ator à espera de que nele se concentrem as atenções gerais. Depois continuou:

– As suas palavras foram estas: "celebrei missa uma vez, em 17 anos; vivi onde centenas de milhões de pessoas vivem e viverão, sem jamais terem visto um padre ou escutado a palavra de Deus e, apesar disso, vejo aqui centenas de padres a carimbar documentos e a marcar o ponto no relógio, como simples funcionários de escritório..." Claro que compreendo muito bem o seu ponto de vista.

– Que quer ele que façamos? – perguntou Benedetti com azedume na voz. – Que os serviços funcionem à base de computadores e que todos os padres sigam a vida missionária? Nenhum homem pode ser tão ingênuo...

– Não creio que ele seja um inocente – disse Leone. – Bem longe disso. O que eu receio é que não se capacite do que Roma significa para a Igreja: ordem e disciplina, além da condução da fé.

Goldoni, o corpulento homem da Secretaria de Estado, entrou na discussão, pela primeira vez. O seu acento romano crepitou, com dureza, feito madeira no fogo, ao dar a sua versão pessoal a respeito do novo pontífice:

– O papa tem me visitado várias vezes. Não me convoca nunca, mas aparece, tranquilamente, e faz toda espécie de perguntas sobre o meu pessoal. Tenho a impressão de que ele está muito relacionado com os problemas políticos, sobretudo os marxistas, mas que pouco lhe interessam pormenores e personalidades. Usa com frequência uma palavra: *pressão*. Indaga onde começam as pressões, em cada país, e como atuam elas sobre os povos e governantes. Quando lhe pedi que me esclarecesse as suas palavras, respondeu-me que a fé era plantada nos homens por Deus, mas que a Igreja tinha de ser edificada com o auxílio dos recursos humanos e materiais de cada país, e que, além disso, para a sobrevivência da fé, tinha esta de suportar as variadas pressões sofridas pela grande massa do povo. Disse-me mais: que nos centralizamos demasiado e que demoramos muito a treinar homens aptos a manter a universalidade da Igreja, na autonomia de uma cultura nacional. Falou dos espaços vazios gerados por Roma... vazios nas classes, nos países e nas classes eclesiásticas locais... Não sei quão esclarecida é a sua política, mas, até o momento, conhece bem os defeitos da nossa.

– A nova vassoura – disse Benedetti com ironia mal disfarçada – quer varrer toda a casa ao mesmo tempo... E fiquem desde já inteirados de que também sabe ler um balancete! Queixou-se de que tínhamos um enorme saldo credor... enquanto há muita pobreza no Uruguai e entre os urdus. Gostaria de saber se ele está ciente de que o Vaticano andou quase à beira da bancarrota, há quarenta anos, e que Gasparri foi obrigado a contrair um empréstimo de dez mil libras esterlinas para financiar a eleição papal. Agora, pelo menos, podemos pagar as nossas despesas e dar certa força à Igreja.

– Quando nos falou – disse Rahamani –, não o ouvi tratar de dinheiro, mas fez alusão a como os primeiros apóstolos foram enviados a pregar, sem leituras de qualquer espécie, sem alimentos ou dinheiro. Segundo ouvi contar, foi assim que o nosso Kiril veio da Sibéria para Roma.

– É possível – respondeu Benedetti, irritado. – Mas já algum dos senhores olhou para as faturas de viagens de um padre missionário, ou pensou em quanto nos custa educar um professor de seminário?

Abruptamente, Leone balançou a cabeleira branca e soltou uma gargalhada, de tal modo que os pássaros noturnos se agitaram nos ciprestes e os ecos reverberaram pelos vales.

– Eis o ponto. Nós o elegemos em nome de Deus, e agora estamos todos com medo dele. Não nos fez qualquer ameaça, não substituiu ninguém em seus cargos e nada nos pediu, a não ser o que professamos ter para oferecer. No entanto, aqui estamos nós a estudá-lo, como conspiradores, preparando-nos quase para combatê-lo. O que nos fez ele, afinal?

– Talvez tenha nos compreendido melhor do que desejaríamos – disse Semmering, o jesuíta.

– Talvez... – disse Valerio Rinaldi – talvez confie em nós mais do que merecemos.

Extrato das memórias secretas de Kiril I, pontífice máximo:

... É tarde, e a lua já vai alta. A praça de São Pedro está vazia, mas o rumor da cidade ainda me chega aos ouvidos, no vento da noite... passos surdos nas pedras, o ranger dos pneus de um automóvel, a estridência do seu buzinar, fragmentos de uma canção longínqua, o trote de um cavalo cansado. Estou sem sono, esta noite, e ressinto-me desta minha solidão. Quero passear, atravessar a Porta Angélica e juntar-me ao povo, ao meu povo que passeia, também, ou se senta pelas alamedas da *Trastevere,* ou se encerra em pequenos quartos, com seus receios e seus amores. Preciso dele, muito mais do que ele precisa de mim.

Um dia necessito me libertar das correntes da preocupação e do protocolo, e afrontar esta minha cidade, de modo que eu possa vê-la e que ela possa me ver, tal qual somos na realidade...

Recordo histórias da minha infância; como, por exemplo, o Califa Haroun se disfarçou e foi passear de noite com seu vizir, em busca do coração do seu povo. Recordo como Jesus Nosso Senhor se sentou a comer carne com os coletores de impostos e as mulheres públicas, e me pergunto por que os seus sucessores estavam tão ansiosos em assumir os encargos dos príncipes, que é governarem de dentro de uma câmara fechada e exibirem-se como semideuses, nas ocasiões festivas...

Tem sido um longo dia, mas aprendi muito dos outros e de mim próprio. Cometi um erro no consistório, creio. Quando os homens são velhos e poderosos, têm de ser levados pela razão e pelo calculismo, porque a seiva do coração seca com a idade...

Quando estamos em situação de poder, não nos devemos mostrar humildes em público, pois uma das funções do governante é reafirmar-se com decisão e energia. Se revelamos o coração, temos de fazê-lo em particular, para que o homem a quem nos mostramos julgue que recebeu uma confidência...

Estou a escrever como um cínico e sinto-me envergonhado. Por quê? Talvez por me haver confrontado com homens fortes, determinados a curvar-me às suas opiniões...

Leone foi, de todos, o que mais me irritou. Esperara encontrar nele um aliado, mas, em vez disso, encontrei um crítico. Estou tentando transferi-lo para outro cargo, e retirá-lo, assim, da posição de influência de que desfruta agora. Talvez isso seja um erro, o primeiro de muitos outros que me esperam. Se eu me rodeasse de homens fracos e pusilânimes, roubaria a Igreja de nobres servidores... e, no fim, me encontraria sem conselheiros. Leone é um homem formidável, e creio que se oporá a mim, em mais de uma ocasião. Não penso que seja do tipo intriguista, e gostaria de tê-lo como amigo, pois sou homem que precisa de amizade. Não acredito, porém, que Leone se entregue...

Gostaria de conservar Rinaldi a meu lado, mas estou disposto a aceitar seu pedido de demissão. Não é, penso, um homem profundo embora seja muito sutil e capaz. Sinto que tem contas a prestar a Deus, já tarde na vida, e que precisa de certa liberdade para meditar e ajustar certas questões com sua própria alma. É para isso, fundamentalmente, que estou aqui para mostrar aos homens o caminho da união com Deus. Se alguém o não conseguir, por minha culpa, o responsável serei só eu...

A carta de Kamenev está aberta diante de mim. A seu lado, o presente para a minha coroação: grãos de terra do solo russo e um pacote com sementes de girassol.

"'Não sei se as sementes crescerão em Roma", escreveu Kamenev, "mas talvez, se misturar com elas um pouco de terra russa, venham a dar flores no próximo verão.' Recorda-se de quando lhe perguntei, durante um interrogatório, o que lhe fazia mais falta? A sua resposta foi um sorriso, dizendo-me que eram os girassóis da Ucrânia. Odiei-o, nesse momento, porque eu também sentia a falta deles e porque éramos ambos exilados naquelas terras geladas. Vossa Santidade continua a ser um exilado, enquanto eu passei a ser o primeiro homem da Rússia.

"Sente a nossa falta? Duvido. Mas gostaria de pensar que assim fosse, pois eu sinto a sua. Juntos, poderíamos ter feito grandes coisas, mas Sua Santidade estava muito agarrado a esse sonho do além, enquanto eu só acreditava, e ainda acredito, que a melhor missão do homem é tornar fértil a terra estéril, ensinar os ignorantes e ver os filhos de pais enfezados crescerem altos, esbeltos e saudáveis, entre os girassóis.

"Seria cortês, suponho, dar-lhe os parabéns por sua eleição. Aqui os transmito, a você, embora valham pouco. Estou curioso por ver o que esse cargo fará de Sua Santidade. Deixei-o partir porque não conseguia mudá-lo e porque, também, nunca logrei obrigar-me a degradá-lo ainda mais. Eu me sentiria envergonhado se, agora, Sua Santidade estivesse para ser corrompido pela eminência do cargo.

"Ainda pode acontecer que venhamos a precisar um do outro. Sua Santidade ainda não viu nada, mas garanto-lhe, com toda a sinceridade, que nós levamos este país a uma prosperidade que, em todos os séculos do seu passado, ele jamais conhecera. Apesar disso, estamos cercados de espadas. Os americanos receiam-nos; os chineses invejam-nos e querem obrigar-nos a recuar cinquenta anos na história. Temos fanáticos dentro das nossas fronteiras, que não estão contentes com o pão, a paz e o trabalho para todos, e querem transformar-nos, de novo, nos místicos barbudos de Dostoiévski.

"Para Sua Santidade, eu talvez represente o anticristo, pois rejeita completamente tudo em que acredito. Mas, no momento, eu sou a Rússia e o guardião deste povo. Sua Santidade dispõe de muitas armas, e sei, embora não me atreva a dizê-lo publicamente, quão poderosas são elas. Só posso esperar que não as volte contra a sua terra natal, nem as ofereça em aliança aos nossos inimigos no Oriente ou no Ocidente.

"Quando as sementes derem rebentos, recorde a Mãe Rússia e recorde que me deve a vida. Quando chegar a altura de eu exigir o meu pagamento, vou lhe enviar um homem que lhe falará de girassóis. Creia no que ele contar, mas nunca negocie com outros, seja agora ou mais tarde. Ao contrário de Sua Santidade, eu não tenho um Espírito Santo que me proteja, e devo desconfiar, permanentemente, dos meus amigos. Gostaria de pensar que Sua Santidade é um amigo. Saudações. Kamenev."

... Li esta carta uma dúzia de vezes, e não consigo decidir se me leva à beira de uma revelação ou à beira de um precipício. Conheço Kamenev tão intimamente quanto ele a mim; todavia, nunca logrei desvendar o mais profundo da sua alma. Sei da ambição que o impelia e o impele, o seu desejo fanático de extrair o bom da vida, para se recompensar das degradações que infligiu a si mesmo e aos outros...

Tenho visto camponeses curvarem-se para colher um punhado de solo, e provarem-no, a ver se é doce ou amargo. Imagino que Kamenev está fazendo o mesmo com o solo da Rússia.

Sei muito bem como os fantasmas da história o ameaçam, a ele, ao seu povo, pois também sei como esses fantasmas ameaçam a mim. Não o vejo como um anticristo, nem sequer como um arqui-herege. Kamenev compreendeu e aceitou o dogma marxista, como o mais rápido e aguçado instrumento inventado até hoje para desencadear uma revolução social. Penso que Kamenev deveria tê-lo abandonado assim que percebeu a falha do instrumento ao seu propósito. Creio, embora sem certeza, que ele está pedindo meu auxílio para conservar o que já conseguiu de bom para o seu povo e para lhe dar uma possibilidade de crescer, pacificamente, em novas fases.

Também creio que, tendo chegado tão alto na hierarquia do seu país, só agora começa a respirar um ar fresco e a desejar para o povo a mesma fortuna que aprendeu a amar. Se é assim, então terei de auxiliá-lo...

Todavia, ocorrem certos acontecimentos que o tornam mentiroso, a cada passo. Sob a bandeira da foice e do martelo, dão-se invasões e refregas em múltiplas fronteiras. No seu país existem seres maltratados, famintos, fechados ao pensamento livre e aos caminhos da graça.

A grande heresia do paraíso terrestre ainda se arrasta pelo mundo qual um câncer gigantesco. Kamenev enverga ainda a túnica de seu sacerdote máximo. Terei de lutar contra isso, e já lhe resisti com o meu sangue...

Não posso, contudo, ignorar quanto são estranhos os caminhos de Deus, na alma dos mais diversos homens. Creio ver esses caminhos conduzindo, também, à alma de Kamenev... vejo, embora vagamente, que os nossos destinos talvez estejam unidos nos desígnios de Deus... o que eu não vejo é como deverei comportar-me, dada a situação existente entre nós...

Kamenev pede a minha amizade. Eu lhe daria, com prazer, o meu coração. Pede-me, parece, uma espécie de trégua, mas eu não posso dar tréguas ao erro, se bem que possa descobrir motivos nobres naqueles que o propagam. Não me atrevo a colocar a Igreja e os fiéis em perigo por causa de uma ilusão, pois sei que Kamenev ainda pode vir a atraiçoar-me. Correria, assim, o risco de me trair a mim próprio e à Igreja.

O que devo fazer?

Talvez a resposta esteja no girassol, se as sementes morrerem antes que aflorem os botões, e as flores crescerem enquanto os homens passam por elas, ignorantes de que um milagre está a acontecer sob os seus narizes.

Talvez seja este o significado de "à mercê de Deus". Mas não podemos simplesmente esperar, pois a natureza com que Ele nos dotou nos impulsiona para a ação. Teremos também de rezar na escuridão e na aridez, sob um céu cego...

Amanhã rezarei uma missa em intenção de Kamenev. Esta noite, terei de orar jogando luz para Kiril, o pontífice, cujo coração está inquieto e cuja alma errante está faminta de sua terra natal.

3

Para George Faber a coroação de Kiril I foi uma longa e elaborada chatice. As ovações ensurdeceram-no, as luzes causaram-lhe dor de cabeça, a sonoridade do coro deprimiu-lhe o espírito, e a vistosa procissão de clérigos, padres, monges e freiras, mestres de cerimônias e soldados de brinquedo foi um espetáculo de ópera que lhe provocou certo ressentimento, e não o entreteve de todo. O odor de oitenta mil corpos suados, comprimidos como sardinhas em lata, dentro da Basílica, chegou a provocar-lhe náuseas.

A sua reportagem já estava escrita e pronta para transmissão: três mil pomposas palavras sobre a tradição, o simbolismo e o esplendor religioso de Roma, num dia festivo. Já vira tudo aquilo antes, e a única razão que o fez comparecer novamente foi o orgulho de sentar-se no lugar de honra da imprensa, resplandecente em sua casaca nova, com a sua última condecoração italiana a reluzir no peito.

Agora estava a pagar por sua indulgência. Ficara entalado entre as vastas ancas de um alemão e as coxas angulosas de Campeggio, sem poder evadir-se, pelo menos durante as próximas duas horas, até que a distinta congregação se dispersasse pela praça para receber a bênção do novo coroado, juntamente com os mais humildes cidadãos e os turistas de Roma.

Exasperado, moveu-se no assento e tentou encontrar alguma consolação no que talvez Kiril I pudesse significar para ele e para Chiara. Até agora, a cúria não exibira muito o papa. Fizera poucas aparições públicas, e ainda nenhum discurso. Corriam rumores, todavia, de que se tratava de um inovador, um homem suficientemente jovem e estranho para possuir um espírito próprio de iniciativa e bastante vigor para o traduzi-lo em ação. Corria também o boato de que houvera discussão no consistório, e mais de um funcionário do Vaticano falava já de profundas modificações, não só no pessoal, mas em toda a organização central.

Se houvesse alterações, algumas delas poderiam afetar a Sagrada Rota Romana, onde o requerimento de anulação do casamento de Chiara dormia há quase dois anos. Os italianos tinham um dito irônico sobre o funcionamento deste augusto corpo eclesiástico: "*Non c'è divorzio in Italia*. Não há divórcio na Itália... e só os católicos o podem obter!" Como a grande maioria dos ditados italianos, tinha este também um duplo sentido. A possibilidade de divórcio não era sequer admitida pela Igreja ou pelo Estado, mas ambos viam, com aparente equanimidade, a concubinagem entre os ricos e o crescente número de uniões irregulares entre os pobres.

A Sagrada Rota era, por constituição, um departamento clerical, porém muitas das suas atividades estavam nas mãos de advogados, especialistas em Direito Canônico que, para lucro recíproco, formavam uma união muito rígida e reservada; de forma que o negócio das causas maritais se amontoava, indiferente às tragédias humanas decorrentes da maioria delas.

Em teoria, a Sagrada Rota devia estar adjudicada aos interesses de ricos e pobres; mas, na prática, os requerentes que podiam pagar, ou os de influência em Roma, contavam com decisões muito mais rápidas do que os seus mais pobres irmãos de fé. A lei era idêntica para todos, mas as suas sentenças eram formuladas com maior rapidez para aqueles que podiam recorrer aos serviços dos melhores advogados romanos.

O tal ditado tinha ainda outra intenção. Uma sentença de nulidade era muito fácil de obter se ambos os cônjuges dessem o seu consentimento simultâneo, na altura da primeira petição. Se tivesse de ser provado *error* do contrato matrimonial ou *conditio*, ou *crimen*, seria mais simples a sua tramitação, com duas vozes. Mas, se apenas um dos cônjuges formulasse a petição inicial e o outro apresentasse provas contraditórias, o caso estava destinado a um progresso muito lento e a um provável malogro.

Em tais casos, a Sagrada Rota faz uma clara distinção, dificilmente satisfatória: é que, no foro privado da consciência – e por conseguinte, *de facto* –, o contrato seria nulo e não existente; mas, até que assim fosse aprovado no foro exterior, por meio de provas documentais, os dois cônjuges teriam de ser considerados como casados, *de jure*, embora não vivessem juntos. Se a parte agravada conseguisse o divórcio e se casasse de novo, fora do país, ele ou ela seriam excomungados pela Igreja e perseguidos pelo Estado, por bigamia.

Na prática, portanto, a concubinagem era a situação mais cômoda, na Itália, visto que dava menos trabalho ser maldito dentro da Igreja do que fora dela, e se podia ser muito mais feliz amando em pecado que cumprindo uma pena de prisão na *Regina Coeli*.

Era essa, exatamente, a situação de George Faber e Chiara Calitri.

Enquanto assistia à aparamentação do novo pontífice por seus assistentes, em frente do altar-mor, Faber perguntava a si próprio, amargamente, o que sabia ele, ou o que esperava poder vir a saber, das tragédias íntimas dos seus súditos, das pesadas responsabilidades que suas crenças e lealdades lhe atiravam sobre os ombros.

Perguntava a si mesmo, ainda, se não seria chegada a hora de deixar de lado as precauções acumuladas por toda uma tradição e quebrar lanças, ou a cabeça, pela mais controversa matéria de Roma: conseguir a reforma da Sagrada Rota Romana.

Faber sabia que não era um homem brilhante, e nem sequer alguém valente. Possuía capacidade para observar e elaborar reportagens mundanas e certa habilidade teatral para cair nas boas graças de pessoas bem-educadas. Em Roma, estes predicados correspondiam ao que se esperava de um cronista internacional. Agora, contudo, pela vida que levava e os solitários anos passados, o talento já não era suficiente. George Faber estava apaixonado e, sendo um puritano nórdico, e não um latino, precisava casar-se a todo custo.

A Igreja também o queria ver casado, preocupando-se com a segurança da sua alma, mas, antes, queria vê-lo amaldiçoado por defecção ou revolta do que por parecer duvidar da natureza dos laços sacramentais, que considerava, por divina revelação, insolúveis.

Assim, gostasse ou não gostasse, o seu próprio destino e o de Chiara estavam nas severas mãos canônicas e nas macias e femininas mãos de Corrado Calitri, ministro da República. A não ser que Calitri perdesse sua influência, o que por ora não parecia provável, ambos ficariam em suspenso, até mais ver, em uma situação extralegal.

Do outro lado da nave, no recinto reservado aos dignitários da República italiana, Faber podia distinguir a esbelta e patrícia figura do seu inimigo, com o peito que brilhava de condecorações, o rosto pálido, qual máscara de mármore.

Cinco anos antes, fora um espetacular e jovem deputado, com dinheiro milanês por detrás e uma carreira ministerial à vista. As suas únicas deficiências eram ser solteiro, nutrir uma simpatia muito especial por moços de gostos duvidosos e frequentar estetas. O seu casamento com uma herdeira romana, recém-saída de um convento, dera-lhe uma pasta de ministro, à parte suscitar os risos e intrigas dos romanos. Dezoito meses depois, Chiara, sua esposa, entrava no hospital com um esgotamento nervoso. Quando se recompôs, a separação já era um fato consumado. O próximo passo foi apresentar um pedido de anulação à Sagrada Rota Romana. Desde então principiou o tedioso diálogo da tragicomédia:

"A requerente, Chiara Calitri, alega, primeiro, um defeito de intenção" – assim depuseram os advogados, em seu nome – "afirmando que seu marido contraiu os laços matrimoniais sem a intenção completa de cumprir os termos do contrato, com respeito à coabitação, procriação e relações sexuais normais."

"Eu tinha plena intenção de cumprir os termos do contrato..." – respondia Corrado Calitri. – "Mas à minha mulher faltavam a vontade e a experiência necessárias para me ajudar a cumpri-lo. O estado de casado implica apoio mútuo; eu não recebi esse apoio, nem assistência moral da minha mulher."

"A requerente alega que também é condição do casamento que o marido seja um homem de hábitos sexuais normais."

"Ela sabia muito bem o que eu era" – foi a resposta de Corrado Calitri. – "Não tentei esconder o meu passado, que era de conhecimento público. Ela desposou-me, apesar disso."

"Esplêndido!" – exclamaram os auditores jurídicos da Sagrada Rota. – "Qualquer destas afirmações seria suficiente para a anulação, mas simples declarações não constituem prova. Como é que a requerente tenciona provar o caso? Teria o seu marido expressado a sua intenção defeituosa a ela ou a outrem? Teriam as suas condições sido explícitas, antes de consumado o contrato? Em que ocasião? Em que forma oral ou escrita? E por quem podem essas condições ser confirmadas e verificadas?"

Assim, era inevitável, as rodas da engrenagem canônica emperraram; os advogados de Chiara aconselharam-na, discretamente, a suspender o caso até se encontrarem novas provas que lhe dessem uma conclusão favorável. Os homens da Rota ficaram firmes nos seus princípios dogmáticos e nas disposições da lei; Corrado Calitri continuava casado e alegremente livre, enquanto Chiara se debatia na ratoeira que ele lhe armara. Toda a cidade já adivinhara o seu próximo passo, antes mesmo de ela o dar. Tinha 26 anos, e seis meses depois ela e George Faber eram amantes. Roma, no seu modo cínico, sorriu ao ter conhecimento da ligação, e voltou-se para os escândalos mais picantes da colônia cinematográfica da *Cinecittà*.

Mas George Faber não era feliz como amante. Não estava de bem com a sua consciência, e odiava o homem que o forçara a fugir aos seus princípios.

Sentiu-se zonzo. Começou a transpirar, no rosto e nas mãos, e tentou recompor-se, enquanto o papa subia os degraus do altar, amparado por seus assistentes.

Campeggio olhou, com astúcia, para o seu incomodado colega, e curvou-se para ele, tocando-lhe no ombro:

– Eu também detesto Calitri, mas você nunca logrará ganhar pelo caminho que vai.

Faber empertigou-se e olhou-o com cara de poucos amigos:

– O que quis você dizer com isso?

Campeggio encolheu os ombros e sorriu.

– Não se zangue, meu caro. O seu caso não é segredo e, mesmo que fosse, estava escrito no seu rosto... claro que o odeia. Acho muito natural. Mas há várias maneiras de esfolar um gato...

– Gostaria bastante que mais dissesse – respondeu Faber, irritado.

– Convide-me um dia para almoçar, e eu lhe direi...

Faber teve de se contentar com isso, mas uma vaga esperança lhe invadiu a mente, enquanto Kiril, o pontífice, entoava a missa da coroação, e as vozes do coro soaram pela cúpula da Basílica...

RUDOLF SEMMERING, o Superior Geral da Companhia de Jesus, permanecia imóvel como uma sentinela no seu posto e meditava sobre o significado daquela cerimônia.

Uma vida inteira de sacrifícios inacianos havia-lhe dado a faculdade de se projetar, no tempo e no espaço, em estado de disciplinada contemplação. Não ouvia a música, o murmúrio ou o latim da cerimônia. Os seus sentidos, sob rígido controle, estavam cerrados a qualquer intrusão. Rodeava-o uma grande quietude, enquanto as faculdades do seu espírito se concentravam na essência do momento: as relações entre o Criador e as suas criaturas estavam sendo confirmadas e renovadas, pela coroação do seu vigário.

Aqui, em todo o apogeu simbólico, a cerimônia e o sacrifício, a verdadeira natureza da alma, estava sendo exibida... Cristo, Deus feito Homem, como chefe, com o pontífice como Seu vigário, dava vida a todo o corpo, por sua permanente presença e através da coabitação do paracleto. Aqui estava toda a ordem física estabelecida por Cristo, como símbolo visível e instrumento visível da Sua ação junto à humanidade... a eclésia, a hierarquia papal, bispos, padres e pessoas comuns, unidos numa só fé, com um único sacrifício e um único sistema sacramental. Aqui estava resumida toda a missão de redenção: o apelo do homem ao seu Criador, pela concessão da graça e pela pregação do Novo Testamento.

Aqui estava, também, a escuridão de um monstruoso mistério: por que é que Deus onipotente fizera instrumentos humanos capazes de se revoltar, instrumentos que podiam rejeitar os divinos desígnios, ou degradá-los, ou ainda impedir o seu progresso? Por que razão o onisciente permitiu aos que foram feitos à Sua própria imagem que duvidassem da Sua existência, correndo o perigo diário de para sempre se perderem? Aqui estava, finalmente, o mistério do *ministerium*, o serviço a que certos homens, ele próprio entre eles, eram chamados para assumir grande responsabilidade e grande risco, e para mostrarem neles mesmos a imagem de Deus, com o objetivo de salvarem os seus semelhantes.

Isto levava-o, por associação de ideias, ao lado prático de toda a sua meditação: o que ele próprio devia fazer, a serviço do pontífice, da Igreja e do Cristo, a quem estava ligado por voto perpétuo. Ele era o chefe, por eleição, de quarenta mil homens celibatários, devotados a obedecer ao pontífice, fosse para que missão fosse. Tinha sob seu comando alguns dos melhores cérebros do mundo, alguns dos mais nobres espíritos, os melhores organizadores, os mais inspirados professores, os mais audaciosos especuladores filosóficos. Sua função não era apenas usar esses instrumentos passivos, mas também auxiliar cada um a crescer e a aperfeiçoar-se, segundo a sua natureza, incorporando em si o espírito de Deus.

Não era suficiente oferecer ao pontífice a rede sólida e compacta da Companhia de Jesus e aguardar uma simples voz de comando para pô-la em funcionamento. A Companhia, como qualquer outra organização ou indivíduo na Igreja, tinha de lhe propor novas formas e novos esforços que auxiliassem a missão do Criador. Não era possível fugir ao imperativo renovador, nem limitar-se ao conforto dos métodos tradicionais. A Igreja não era um corpo estático; era, segundo a parábola do Evangelho, uma árvore cuja vida inteira estava implícita na menor semente, mas que todos os anos cresce em novas formas e torna a dar frutos, enquanto mais e mais pássaros vão fazer ninhos em seus ramos.

Mas a árvore nem sempre cresce ao mesmo ritmo ou com a mesma profusão de uma folha ou flor. Houve tempos em que a seiva parecia mais escassa e o solo menos fértil. Em tempos como esses, o jardineiro era chamado a abrir o solo e a injetar novo alimento nas débeis raízes. Já faz tempo que Rudolf Semmering vinha se preocupando com os relatórios que lhe chegavam de várias partes do mundo, informando-o de que a influência da Companhia de Jesus e da Igreja estava em declínio por toda parte. Mais e mais estudantes se afastavam da prática religiosa, após os seus primeiros anos universitários.

Os candidatos ao sacerdócio e às ordens religiosas eram em número cada vez menor. O impulso missionário parecia vazio de ímpeto. A pregação do púlpito convertera-se em mera formalidade... e tudo isso numa era em que o mundo vivia sob a ameaça da destruição atômica, em que os homens perguntavam, com crescente ansiedade, para que fim haviam sido feitos e para que trazer ao mundo crianças destinadas a um futuro tão duvidoso.

Nos seus primeiros anos de Companhia, fora treinado como historiador, e as suas experiências ulteriores lhe haviam confirmado as opiniões cíclicas da história. Todos os seus anos de Igreja lhe haviam mostrado que a história crescia e se transformava simultaneamente com os padrões humanos, apesar de, ou talvez por causa de sua conformidade perene ao Espírito Divino. Havia períodos de mediocridade e outros de decadência. Havia séculos de esplendor, em que o gênio humano parecia nascer em todos os campos e veredas. Havia períodos em que o espírito humano, impaciente sob o fardo da existência material, rompia a prisão e saltava, liberto, para lançar-se, alegre e exuberante, em gloriosos voos sobre os telhados do mundo, fazendo com que a humanidade ouvisse o trovejar de um céu esquecido e visse, uma vez mais, o rastro esplendoroso da Divindade.

Quando Semmering voltou a olhar para o altar-mor e viu o celebrante mover-se, pesadamente, sob trinta quilos de vestes douradas, perguntou a si próprio se o novo papa não seria, porventura, o anunciador de um desses períodos. Recordando o pedido do papa, de homens com asas nos pés e corações ardentes, Semmering pensou se não seria essa a primeira contribuição a dar, dos enormes recursos da sua Companhia: um homem podia dizer velhas verdades. de maneira nova, e caminhar como um novo apóstolo, num estranho mundo nascido de uma nuvem em forma de cogumelo.

Ele tinha esse homem, disto estava certo. Era pouco conhecido, mesmo no seio da própria Companhia, pois passara a maior parte da vida em estranhos lugares, em atividades que pareciam ter escassa relação com as coisas do espírito. Agora, contudo, pela sua correspondência, dava a impressão de estar disposto para outros serviços.

Finda a sua meditação, Rudolf Semmering, o homem imensamente metódico, tirou do bolso o seu diário e anotou que deveria mandar um telegrama para Djakarta. Depois, da cúpula da Basílica, as trombetas romperam numa longa fanfarra melodiosa, e Semmering viu Kiril, o pontífice, elevar acima de sua cabeça o corpo de Deus. que ele representava na Terra.

NA NOITE DE SUA COROAÇÃO, Kiril Lakota vestiu a negra batina e pôs o chapéu redondo, no trajar característico dos padres romanos. Saiu sozinho pela Porta Angélica, a fim de inspecionar o seu novo bispado. Os guardas do portão mal o notaram, habituados como estavam à procissão diária de *Monsignori* que entravam e saíam do Vaticano. Kiril sorriu para si mesmo, e ocultou num lenço seu rosto com a cicatriz, enquanto apressava o passo ao atravessar o Borgo Angelical, rumo ao castelo de Santo Ângelo.

Passavam poucos minutos das dez. O ar ainda era quente e empoeirado. As ruas estavam repletas de tráfego e de transeuntes. O papa andou a passos largos, livremente, enchendo os pulmões com o novo ar da liberdade, tão excitado como um menino que falta à aula.

Parou na ponte de Santo Ângelo e debruçou-se no parapeito, olhando para as águas cinzentas do rio que refletira, durante cinco mil anos, as loucuras de imperadores, os desfiles de papas e príncipes, os múltiplos nascimentos e mortes da cidade eterna.

Era, agora, a sua cidade. Pertencia-lhe, como nunca poderia pertencer a quem não fosse o sucessor de Pedro. Se não fosse o papado, a cidade poderia ter desmoronado como uma relíquia provinciana, porque todos os seus recursos eram a sua história, e a Igreja era metade da história de Roma. Mais do que isso, Kiril, o russo, era agora o bispo dos romanos... Era o seu pastor, o seu mestre, o seu guia em assuntos espirituais.

Em tempos antigos, o papa era eleito pelos romanos. Mesmo agora, ainda o consideravam coisa sua e, de certo modo, era verdade. Estava ancorado em seu solo, fechado dentro de suas muralhas, até morrer. Poderiam amá-lo, como ele esperava que acontecesse. Poderiam odiá-lo, como haviam odiado a muitos de seus antecessores.

Fariam anedotas sobre ele, como vinham fazendo ao longo dos séculos, chamando aos moços vagabundos da cidade *figli di papa*, filhos do papa, e culpando-o pela má disposição proverbial dos seus cardeais e clérigos. Suficientemente provocados, poderiam também matá-lo e atirar o cadáver ao Tibre. Mas era deles, e eles eram seus, embora a maioria nunca tivesse posto o pé na Igreja, e muitos levassem nos bolsos as carteiras que os indicavam como homens de Kamenev, e não do papa. A sua missão era para o outro mundo, mas o seu lar era ali, e como qualquer outro dono de casa teria de se entender bem com os seus vizinhos.

Cruzou a ponte e mergulhou no meandro de ruas e ruelas entre a rua do Santo Espírito e a via Zanadelli. Cinco minutos depois, perdia-se no coração da cidade. Os edifícios erguiam-se à sua volta, cinzentos e desbotados no altar votivo de uma Madona empoeirada. Um gato vadio rebuscava no lixo e voltou-se assanhado, para o papa. Uma mulher grávida estava encostada a um portal, sob o brasão de qualquer príncipe esquecido. Um jovem, numa Vespa ruidosa, gritou-lhe umas palavras, ao passar por ele, um par de prostitutas, conversando à luz de um candeeiro, riram-se, quando o viram, e uma delas fez o sinal contra o mau-olhado. Tratava-se de um acontecimento trivial, mas impressionou-o. Já lhe tinham falado deste velho costume romano, porém era a primeira vez que o via. Um padre usava saias, não era nem homem nem mulher, mas, sim, uma estranha criatura que, provavelmente, era *mal'occhio*. Convinha tomar precauções e mostrar-lhe os amuletos.

Pouco depois, encontrou-se numa pracinha; em uma de suas esquinas havia um pequeno bar com cadeiras na calçada. Uma das mesas estava ocupada por um grupo familiar, mastigando doces e discutindo no áspero dialeto romano; viu uma mesa livre e sentou-se, pedindo um *espresso*. O serviço era simples e os demais clientes ignoraram-no. Roma achava-se cheia de padres e um a mais ou a menos não era caso para admiração.

Enquanto bebia o café amargo, um velhote de mísero aspecto aproximou-se dele, para lhe vender um jornal. Procurou troco nos bolsos e lembrou-se, num sobressalto, de que não trouxera dinheiro consigo. Nem sequer poderia pagar o café. Por um momento, sentiu-se embaraçado e envergonhado; depois, viu o humor da situação e decidiu tirar dela o melhor partido. Chamou o criado e explicou-lhe a situação, revirando os bolsos numa prova de boa-fé. O moço fez um trejeito mal-encarado e afastou-se, murmurando imprecações contra os padres que sugavam o sangue dos pobres.

Kiril segurou-o pela manga e deteve-o na retirada.

– Não! O senhor interpretou-me mal! Eu quero pagar e pagarei!

O vendedor de jornais, a família e outros circunstantes aguardaram em silêncio o começo de uma comédia romana.

– Ora! – O criado fez um gesto de desprezo. – Com que então quer pagar? Quando e com quê? Como posso eu saber quem você é e de onde veio?

– Se quiser – disse Kiril, com um sorriso – deixarei o meu nome e endereço.

– E quer então que eu dê volta a Roma, para receber cinquenta liras?!

– Eu lhe trarei o dinheiro, ou enviarei por alguém.

– E entretanto, quem é que fica desembolsado? Eu! Julga que sou tão rico que possa pagar um café a todos os padres de Roma?

Os presentes já se tinham rido e estavam satisfeitos. O pai de família tirou do bolso algumas moedas, e atirou-as para cima da mesa.

– Tome lá! Deixe-me pagar, padre, e o jornal também.

– Muito obrigado... fico-lhe muito grato. Mas gostaria de lhe pagar.

– Não se preocupe, padre, não tem importância...

O *pater familias* fez um largo gesto tolerante.

– Desculpe o Georgio, tem tido muitas preocupações com a mulher.

Georgio resmungou umas palavras mal-humoradas e colocou as moedas no bolso.

– A minha mãe queria que eu fosse padre. Talvez tivesse razão...

– Os padres também têm problemas – disse Kiril, com suavidade. – Até o papa os tem, segundo me consta.

– O papa! Essa é boa! – comentou o vendedor de jornais que, sendo um vendedor de notícias, achava-se no pleno direito de as comentar. – Desta vez, nos aprontaram uma. Um russo no Vaticano, vejam só! Isto sim é uma notícia!

O velho abriu o jornal em cima da mesa e apontou, dramaticamente, para o retrato do pontífice, que enchia quase metade da primeira página.

– Ora então, digam-me lá se este tipo não é uma extravagância, dirigindo agora os romanos. Olhem para esta cara e... calou-se e fitou o rosto barbudo do recém-chegado. Sua voz tornou-se um murmúrio.

– *Dio!* Você, padre, parece-se muito com ele! – Os outros olharam também para o retrato.

– É estranho – disse Georgio – muito estranho! O senhor é quase um sósia dele!

– Eu sou o papa, meus filhos... – respondeu Kiril.

Os presentes ficaram olhando, boquiabertos, como se estivessem vendo um fantasma.

– Não acredito! – exclamou Georgio. – Parece-se com ele, não há dúvida, mas está aqui sentado, sem uma lira no bolso, a beber café... e, por sinal, o café nem é grande coisa.

– É melhor do que o que tomo no Vaticano...

Depois, notando o embaraço deles, Kiril pediu papel e lápis e escreveu os nomes e endereços de todos os presentes.

– Vou dizer-lhes o que pretendo fazer. Escreverei uma carta para convidá-los a almoçar comigo no Vaticano. Pagarei o que devo.

– Não está brincando conosco, não, padre? – perguntou o vendedor, ansioso.

– Não, não estou brincando... logo terão notícias minhas.

Levantou-se, dobrou o jornal e guardou-o no bolso da batina. Pousou a mão sobre a cabeça do velhote e sussurrou uma bênção.

– Pronto. Agora já pode dizer aos amigos que foi abençoado pelo papa...

Kiril fez o sinal da cruz para o pequeno grupo.

– E todos vós podereis dizer aos vossos conhecidos que me viram e que eu não tinha dinheiro para pagar um café.

Ficaram todos estupefatos, vendo-o afastar-se – uma escura e indefinida silhueta, mas estranhamente triunfante, após aquele primeiro encontro com o seu povo.

Como triunfo, era insignificante, é certo, mas Kiril esperava que fosse o presságio de outros e grandes encontros. Se a criação e a redenção significavam alguma coisa, então queriam dizer amor entre o Criador e as suas criaturas. Do contrário, a existência seria então uma terrível ironia, indigna do onipotente. O amor era um assunto do coração. A sua linguagem era a do coração. Os gestos de amor eram os da simplicidade nas relações comuns, e não os rituais barrocos do teatro eclesiástico. As tragédias do amor eram as de um criado, de pés doridos, e as de uma esposa que não o compreendia. O terror do amor era a face do ente amado ficar sempre escondida por trás de um véu, de forma que, quando alguém levantava os olhos, cheios de esperança, esse alguém só via o rosto oficial de um papa, de um padre ou de um político.

Certa vez, por um curto período em uma pequena nação, Deus revelara a Sua face aos homens, na pessoa do Seu filho. O povo O reconheceu, como o pastor amado, o curador dos enfermos e o amparo dos famintos. Depois, Ele voltou a Se esconder, deixando a Sua Igreja, como verdadeira extensão de Si próprio, através dos séculos; deixando também os Seus vigários e sacerdotes. para se mostrarem, quais novos Cristos, à multidão. Se eles desdenhassem das relações com os homens simples e esquecessem a linguagem do coração, depressa deixariam de ter a quem pregar...

As ruelas e as casas voltaram a cercá-lo. Subitamente encontrou-se desejando espreitar para além daquelas portas e janelas, para ver como viveriam os seus habitantes. Sentiu também uma momentânea nostalgia pelos campos e prisões, onde respirava o bafo dos seus companheiros de infortúnio e acordava, à noite, com o murmúrio dos seus pesadelos.

Já ia a meio de uma pequena ruela, quando se achou imobilizado entre uma porta fechada e um automóvel estacionado. Naquele momento, a porta se abriu e por ela passou um homem que o empurrou de encontro ao carro. O outro murmurou umas palavras de desculpa e, em seguida, ao ver a batina, parou e disse secamente.

– Um homem está à morte lá em cima. Talvez o padre possa fazer mais por ele do que eu...

– Quem é o senhor?

– Um médico. Nunca nos chamam, até ser demasiado tarde.

– Onde está?

– No segundo andar... Tenha cuidado, é contagioso. Tuberculose, pneumonia secundária e hemotórax.

– Não há ninguém cuidando dele?

– Sim, há uma moça... É muito competente. Nessa altura, é melhor do que dois médicos. Convém que se apresse; não dou a ele mais de uma hora..

Kiril, o pontífice, empurrou a porta e entrou. O edifício era um daqueles palácios decadentes, com um pátio e uma escadaria que cheiravam a lixo e a cozinha. Os degraus rangiam-lhe sob os pés, e o corrimão estava todo engordurado.

No segundo andar, deparou com um pequeno grupo de pessoas, à volta de uma mulher que soluçava. Olharam para ele, desconfiados, e quando Kiril os interrogou, um dos homens apontou para uma porta aberta:

– Está ali...

– Já esteve aqui algum padre?

O homem encolheu os ombros e desinteressou-se de Kiril. O soluçar da mulher prosseguiu no mesmo ritmo.

O quarto era amplo, muito abafado, tão atravancado de bugigangas quanto um armazém, saturado do mórbido olor da doença. Num canto, havia uma cama de casal, onde o homem jazia, encolhido e descarnado, sob uma colcha toda manchada. O rosto por barbear, o cabelo caído pela testa, a cabeça rolava de um lado para o outro, na almofada. Sua respiração era ruidosa e entrecortada, e dos cantos de sua boca escorria uma espuma sangrenta.

Ao lado da cama estava sentada uma senhora, cuja elegância destoava do lugar, enxugando o suor que molhava a testa do homem e seus lábios ressequidos, com um pano de linho.

Quando Kiril entrou, ela ergueu o olhar, mostrando um rosto jovem, estranhamente sereno, e olhos escuros e inquisitivos.

O papa disse, então, pouco à vontade:

– Encontrei um médico lá embaixo, e ele me sugeriu que talvez eu pudesse ajudar...

A mulher balançou a cabeça.

– Receio que não. Está inconsciente, e creio que já não vai durar muito.

Sua voz educada, e a calma quase profissional com que se exprimira, intrigaram Kiril. Formulou nova pergunta.

– A senhora é sua parenta?

– Não. As pessoas aqui da rua me conhecem. Costumam chamar-me sempre que estão com problemas.

– É então enfermeira?

– Fui, mas não sou mais.

– Já esteve aqui algum padre?

Ela sorriu, pela primeira vez.

– Duvido... a mulher dele é judia, e ele é membro do Partido Comunista. Os padres não são muito populares neste bairro.

Kiril, o pontífice, lembrou-se uma vez mais de que estava longe de ser um simples pastor. Os padres, de modo geral, traziam no bolso uma cápsula dos santos óleos para administrar a extrema-unção. Não os tinha com ele, e estava na presença de um moribundo. Aproximou-se da cama, e a mulher afastou-se para dar-lhe lugar, enquanto repetia a recomendação do clínico.

– Tenha cuidado, é muito contagioso.

Kiril, o pontífice, segurou a mão úmida do homem e curvou-se, tocando, com os lábios no ouvido do moribundo. Começou a repetir, lenta e distintamente, as palavras do ato de contrição. Quando terminou, disse-lhe em voz muito baixa:

– Se me pode ouvir, aperte a minha mão. Se não o puder fazer, diga a Deus, no seu coração, que se arrepende. Deus está à sua espera com amor, e basta um pensamento para o conduzir a Ele.

Kiril repetiu por várias vezes estas palavras, mas o homem não deu o menor sinal de o ter ouvido.

Por fim, a jovem disse:

– Não vale a pena insistir, padre. Já está completamente inconsciente.

Kiril, o pontífice, levantou a mão e pronunciou a absolvição.

"Deinde ego te absolvo a peccatis tuis... Eu te absolvo dos teus pecados, em nome do Pai, do Filho e do Espírito Santo. Amém."

Depois, ajoelhou-se à beira da cama e começou a rezar, fervorosamente, pela alma desse pobre viajante, que encetava a sua última e solitária peregrinação, enquanto ele acabava de ser coroado na Basílica de São Pedro.

A pequena tragédia terminou dez minutos depois, e o papa rezou os responsos para o espírito que partia, enquanto a jovem fechava os olhos fixos do morto e lhe compunha o cadáver, decentemente, na atitude fúnebre. Depois, disse com firmeza:

– Creio que devemos sair agora, padre. Nenhum de nós será visto com bons olhos.

– Gostaria de ajudar a esta família – disse Kiril, o pontífice.

– Devemos sair já – repetiu ela. – A família pode lidar com a morte. Só a vida os derrota.

Quando saíram do quarto a mulher deu a notícia, sem rodeios, ao pequeno grupo.

– Morreu. Se precisarem de ajuda, chamem-me.

Depois, sem esperar resposta, começou a descer as escadas, com Kiril no seu encalço. O grito lancinante da esposa perseguiu-os como uma maldição.

Um momento mais tarde, encontraram-se sós, na rua deserta. Ela tirou um cigarro da bolsa e acendeu-o, com a mão um pouco trêmula. Encostou-se ao carro e tirou algumas baforadas, em silêncio. Disse, abruptamente:

– Tento dominar-me, mas estas cenas sempre me afligem. Esta gente é tão incapaz...

– No fundo, somos todos incapazes – disse Kiril, muito sério.

– Por que se dedica a este gênero de trabalho?

– É uma longa história... prefiro não falar disso agora. Vou para casa... posso deixá-lo em algum lugar.

Kiril quase recusou, mas depois pensou melhor e perguntou:

– Onde mora?

– Num apartamento perto do Palatino, por trás do fórum romano.

– Então irei com a senhora até o fórum. Nunca o vi de noite, e a senhora parece necessitar de companhia.

Ela olhou-o de soslaio e abriu a porta do automóvel.

– Então venha... já chega para uma noite.

Conduziu em boa velocidade e sem qualquer precaução, até chegarem perto do fórum, cujos contornos se recortavam, escuros e fantasmagóricos, à luz crua do luar. Parou o carro, e ambos desceram juntos, caminhando até o gradeamento, além do qual as colunas do templo de Vênus apontavam para as estrelas. No seu modo incisivo de falar, a moça perguntou:

– O padre não é italiano, é?

– Não, sou russo.

– E já o vi antes, não vi?

– É provável. Nestes últimos dias, têm publicado muitos retratos meus.

– Que fazia naquele bairro miserável?

– Sou o bispo da cidade. Pensei que devia conhecê-la um pouco.

– Somos ambos estrangeiros, então – disse a moça, algo enigmática.

– De onde é?

– Nasci na Alemanha, sou cidadã americana e vivo em Roma.

– É católica?

– Não sei ainda o que sou. Estou tentando descobrir.

– Desta forma? – indagou Kiril.

– É a única que me resta. Já experimentei todas as outras.

Depois riu e, pela primeira vez, desde o início do encontro, pareceu descontrair-se.

– Desculpe-me, tenho estado a me portar muito mal. O meu nome é Ruth Lewin.

– O meu é Kiril Lakota.

– Já o sabia. O papa das estepes...

– É assim que me chamam?

– Entre outras coisas... diga-me, Santidade, essas histórias que contam a seu respeito, do tempo que passou na prisão, da sua fuga... são autênticas?

– São, sim...

– E agora está de novo na prisão.

– De certo modo, mas espero fugir dela.

– Todos nós vivemos numa prisão, desta ou daquela forma. Tem razão... e são os que o compreendem que mais sofrem.

Ruth ficou silenciosa por um momento, olhando para os mármores do fórum. Perguntou-lhe, então:

– Acredita, de fato, que está metido nos sapatos de Deus?

– Acredito.

– E como se sente?

– Aterrorizado.

– Ele fala-lhe? Ouve-o?

Kiril meditou um pouco e respondeu-lhe gravemente:

– Num certo sentido, sim... o conhecimento Dele próprio, que Ele revelou no Velho e no Novo Testamento, é a substância de que se alimenta a Igreja. Está nas escrituras e na tradição que nos foi legada pelos apóstolos e à qual chamamos artigos de fé. Essa é a luz que orienta meus passos. Num outro sentido, não. Rezo pela luz divina, mas tenho de trabalhar segundo a razão humana. Não posso exigir milagres. Neste momento, por exemplo, estou perguntando a mim mesmo o que posso fazer pelo povo desta cidade... o que poderei fazer pela senhora. Não tenho nenhuma resposta preparada. Não tenho qualquer diálogo privado com Deus. Procuro na escuridão e espero que a Sua mão me conduza.

– Sua Santidade é um homem estranho!

– Somos todos estranhos – retorquiu Kiril, com um sorriso – e por que não? Se todos nós somos uma centelha inflamada pelo ardente mistério da Cabeça Divina...

As palavras seguintes foram murmuradas por Ruth com uma simplicidade tão tocante, que sensibilizaram Kiril, o pontífice, até as lágrimas.

– Eu preciso de ajuda, mas não sei como e onde encontrá-la...

Kiril hesitou por instantes, indeciso entre a prudência e o impulso de um coração vulnerável. Então, sentiu, novamente, um sutil frêmito de poder dentro de si. Ele era o pastor e nada mais. Esta noite, uma alma lhe fugira por entre os dedos. Não podia arriscar-se a perder outra.

– Leve-me à sua casa – disse. – Faça uma xícara de café e então falaremos. Depois, pode me conduzir ao Vaticano.

NUM PEQUENO APARTAMENTO, escondido à sombra do monte Palatino, Ruth confiou-lhe sua história. Contou-lhe calmamente, sem o mais leve indício daquele histerismo que todos os confessores receiam das mulheres.

– Nasci na Alemanha, há trinta e cinco anos. Minha família era judia e estávamos no tempo das perseguições. Tivemos de fugir, de país em país, até que tivemos a sorte de conseguir entrar na Espanha. Antes de obtermos os vistos, disseram-nos que seria aconselhável tornarmo-nos católicos... meus pais, por este motivo, procederam às formalidades necessárias e converteram-se... Mouriscos... seria um nome melhor para nós! Tomamos nova identidade e deram-nos os vistos.

"Eu era uma criança naquela época, mas parecia-me que o novo país e a nova religião nos abriam os braços para nos acolherem. Recordo a música e a cor das procissões da Semana Santa, serpenteando pelas ruas de Barcelona, enquanto moças como eu, com seus véus brancos e flores nos cabelos, atiravam pétalas de rosas ao padre que transportava a custódia. Eu vivi tanto tempo no medo e na incerteza que aquilo era, para mim, como ser transportada a uma terra de contos de fadas.

"Depois, no começo de 1941, conseguimos vistos para a América. O departamento de Caridade Católica auxiliou-nos e fui admitida numa escola conventual. Pela primeira vez, senti-me completamente segura, e, embora pareça estranho, completamente católica.

"Meus pais não pareciam se importar. Eles também alcançaram um porto seguro e tinha sua própria vida para reconstruir. Por alguns anos fui muito feliz, e então... Como posso dizer isso? Eu e meu próprio mundo começamos a despencar. Eu ainda era uma menininha, mas a mente das crianças vai mais longe do que os adultos imaginam.

"Na Europa, morriam milhões de judeus. Eu era judia e vivia sempre oprimida pela ideia de que era uma renegada, tendo comprado a segurança pelo preço da minha raça e da minha religião. Mas era católica, também, e a minha fé identificava-se com o tempo mais livre e feliz da minha vida. Apesar disso, eu não podia aceitar a felicidade, porque me parecia comprada com dinheiro sangrento.

"Principiei a rebelar-me contra o ensino e a disciplina do convento, embora soubesse, todo o tempo, que me estava revoltando, no fundo, contra mim mesma. Quando comecei a sair com rapazes, escolhia sempre os mais rebeldes, os que rejeitavam toda e qualquer espécie de crença. Parecia-me mais seguro assim. Talvez, pensava eu, fosse melhor não acreditar em coisa alguma a ser despedaçada por uma dupla obediência.

"Mais tarde, apaixonei-me por um judeu. Ainda era católica e fui discutir o assunto com o meu pároco. Pedi-lhe a habitual dispensa, para poder casar com alguém de outra fé. Com grande surpresa e vergonha, ele me fez um severo discurso. Ouvi-o até ao fim e saí. Desde então, nunca mais voltei a entrar numa igreja. Esse padre era um imbecil, cego e tendencioso. Odiei-o por algum tempo e, depois, compreendi que, na realidade, estava a odiar-me a mim própria.

"O meu casamento foi feliz. Meu marido não tinha uma crença sólida, nem eu, ao que se vira; mas tínhamos uma raça comum, uma herança comum, e pudemos viver em paz um com o outro. Ganhamos dinheiro, fizemos amizade. Era como se eu tivesse alcançado a continuidade que faltara à minha vida desde o início. Eu pertencia a alguém, a um estado específico e, por fim, a mim própria.

"De súbito, sem razão aparente, aconteceu uma coisa muito estranha. Comecei a sentir-me deprimida e mórbida. Andava pela casa a chorar, desconsolada, imersa num desespero profundo. Por vezes tinha ataques violentos, à menor provocação. Cheguei a pensar no suicídio, convencida de que seria melhor morrer que causar tanta infelicidade a mim mesma e a meu marido.

"Após uns tempos, meu marido resolveu forçar uma decisão. Exigiu que eu consultasse um psiquiatra. Recusei, de início, mas ele me disse que eu estava me destruindo e também ao nosso casamento. Acabei por concordar e me submeti a um tratamento psicanalítico.

"Este é um caminho estranho e assustador; mas, uma vez que principiamos a percorrê-lo, torna-se difícil retroceder. Viver a vida é suficientemente duro. Revivê-la, recuando a cada passo através dos símbolos, da fantasia e da memória, é uma experiência esquisita. A pessoa que empreende a jornada conosco, o analista, assume, para nós, uma série de identidades: o pai, a mãe, o amante, o marido, o professor, até Deus!

"Quanto mais longa é a viagem, mais duro é o caminho, porque cada passo nos aproxima do momento da revelação, onde somos forçados, de uma vez para sempre, a encarar aquilo de que vínhamos fugindo. Tentamos escapar várias vezes, ou voltar atrás, mas somos sempre forçados a seguir em frente. Tentamos adiar, contemporizar, inventamos novas mentiras, para nos iludirmos e ao nosso guia; entretanto, elas são logo descobertas, uma a uma.

"No meio do tratamento, meu marido foi morto num acidente de automóvel. Para mim, isso foi mais uma culpa a acrescentar às outras. Nunca mais lhe poderia devolver a felicidade que lhe roubara. Toda a minha personalidade pareceu desintegrar-se com o choque sofrido. Levaram-me para uma clínica e a terapia começou de novo. Lenta e progressivamente, principiei a compreender a natureza dos meus recalques! Quando alcancei o âmago, já previra que o encontraria vazio. Eu não estava apenas só, mas vazia também, pois construíra um Deus à minha própria imagem e destruíra-O depois. Não havia ninguém para tomar o Seu lugar. Eu devia viver num deserto, sem identidade, sem propósito, já que, mesmo que um Deus houvesse, eu não podia aceitá-Lo, por não ter contribuído para a Sua presença.

"Acha tudo isto estranho, não? Para mim, era um terror, mas logo que me encontrei no deserto, vazia e só, senti uma nova calma apoderar-se de mim. De certo modo, até me senti realizada. Recordo a manhã seguinte à crise, quando olhei pela janela do meu quarto e vi o sol a rebrilhar na relva. Disse para mim mesma: 'Já vi o que de pior me pode acontecer e ainda aqui estou. O resto, seja o que for, poderei suportar.'

"Um mês depois deram-me alta. Resolvi os assuntos pendentes do meu marido e vim para Roma. Tinha dinheiro, era livre e podia planejar uma nova vida. Até poderia acontecer que voltasse a me apaixonar... tentei-o, mas no amor temos de nos entregar, e eu já não tinha nada para dar.

"Comecei a compreender uma coisa: se eu vivesse só para mim e só comigo mesma, permaneceria sempre vazia, sempre solitária. As minhas dívidas, em relação ao meu povo e ao meu passado, estavam ainda por pagar; nada podia aceitar da vida, sem começar a pagá-las.

"Sua Santidade perguntou-me, esta noite, por que motivo eu me prestava àquela espécie de serviços. É muito simples. Existem muitos judeus em Roma, as velhas famílias sefarditas, fugidas de Espanha nos tempos da Inquisição, emigrantes de Bolonha e das cidades lombardas. Continuam a ser um povo à parte, e muitos deles são tão pobres quanto o desta noite. Eu sei que lhes posso dar algo... sei que posso. Mas que tenho eu para dar a mim mesma? Para onde ir? Não tenho Deus, embora precise de um, desesperadamente... Sua Santidade diz-me que está nos sapatos Dele... poderá ajudar-me?..."

Extrato das memórias secretas de Kiril I, pontífice máximo:

Estou inquieto esta noite. Sinto-me só e perplexo. A minha instalação no trono de Pedro foi completada. Fui coroado com a tríplice tiara. O anel do Pescador está em meu dedo. A minha bênção já partiu sobre a cidade e o mundo. Apesar de tudo isso, talvez por causa de tudo isto, nunca me senti tão vazio e inadaptado. Sou como o bode expiatório que foi afugentado para o deserto com os pecados de toda a gente às costas...

Terei de pedir a Rinaldi que me encontre um padre sábio a quem me possa confessar diariamente, não só para a absolvição e a graça sacramental, mas para expurgar o meu espírito confuso... gostaria de saber se os fiéis compreendem que o vigário de Cristo precisa mais vezes do confessionário do que eles.

Tenho visto morrer muitos homens, mas a triste e solitária morte que presenciei esta noite em Roma afligiu-me profundamente. As palavras da mulher, que a ela assistiu comigo, ainda estão em meus ouvidos: "A família pode lidar com a morte. Só a vida os derrota...". Parece-me que essa derrota é a medida do nosso fracasso, no ministério da palavra divina.

Aqueles que mais precisam de nós são os que estão mais baixo na existência, aqueles cuja vida é uma luta diária pela simples subsistência, a quem faltam talento e oportunidade, que vivem no medo dos coletores de taxas e de dívidas. Não têm tempo, nem forças, quase, para se ocuparem de suas almas. A vida inteira é, para eles, um desespero que se arrasta... se não fosse pela infinita sabedoria e misericórdia de Deus, também eu poderia desesperar.

O caso daquela mulher, Ruth Lewin, já me dá certa esperança. Quando eu estava na prisão, durante o sofrimento dos longos interrogatórios, aprendi muito sobre o complexo funcionamento da mente humana. Estou convencido de que aqueles que se dedicam ao estudo dela e de suas enfermidades podem prestar um grande serviço ao homem e à causa da sua salvação. Não deveríamos, os pastores das almas, tratar esta nova ciência com suspeita ou censura, como qualquer outra ciência, ela pode ser também arrastada a fins ignóbeis. É inevitável que muitos dos que exploram o território enevoado da alma cometam erros e falsas profecias. Mas todas as investigações honestas sobre a natureza humana são também explorações da intenção divina a respeito dela.

A psique humana é o ponto de encontro de Deus com o homem. É possível, creio, que muito do significado do mistério da graça divina possa ser revelado quando o Homem entender melhor o funcionamento do seu subconsciente, onde as memórias escondidas e as culpas escondidas e os impulsos escondidos terminam, durante anos, até desabrocharem em estranhas florações. Terei de encorajar homens, dentro da Igreja, para que se dediquem a tais estudos e colaborem com os entendidos, fora dela, no intuito de conseguirmos, o melhor uso de suas descobertas.

A mente adoecida é um instrumento desafinado na grande sinfonia que é o diálogo de Deus com o Homem. Aqui, talvez, possamos ver uma revelação mais perfeita do significado da responsabilidade humana e da compaixão de Deus por suas criaturas. Aqui talvez possamos esclarecer a diferença entre a culpa formal e o verdadeiro estado da alma em face de Deus...

Poderei escandalizar muita gente se declarar abertamente que em uma mulher como esta Ruth vejo, ou creio ver, um espírito de eleição. A chave para tais espíritos é o seu reconhecimento de que uma batalha com a vida constitui, na realidade, uma batalha com Deus...

A mais estranha história do Velho Testamento é a de Jacó, que lutou contra um anjo e o venceu, forçando-o a dizer o seu nome... Mas Jacó retirou-se coxeando.

Eu também sou um espírito coxo. Senti abalarem-se a razão e os fundamentos da minha fé na cela negra e sob as luzes potentes da inquisição de Kamenev.

Eu ainda creio. Estou mais entregue do que nunca aos artigos de fé, mas já não me contento em dizer: "Deus é assim, o Homem é assim", sem voltar a pensar no assunto. Onde quer que me debruce, sou confrontado com o mistério. Creio na harmonia divina, que é o resultado do eterno ato criativo... mas nem sempre ouço a harmonia. Tenho de lutar com a cacofonia e a aparente discordância da partitura sabendo que não ouvirei a grande resolução final até o dia em que morra e em que, cheio de esperança, me una com Deus...

Foi isto que tentei explicar a Ruth, embora não esteja inteiramente certo de tê-lo feito com clareza. Evitei apresentar-lhe a questão por meio de proposições teológicas. O seu espírito confuso não estava preparado para recebê-las. Tentei mostrar-lhe que a crise do quase desespero, que aflige muitas pessoas de inteligência e espírito nobres, é, com frequência, um ato providencial, delineado para causar-lhes uma aceitação da sua própria natureza, com todas as suas limitações e deficiências, e da conformidade dessa natureza com um desígnio divino, cujo padrão e cuja finalidade não podemos totalmente apreender.

Eu entendo os seus terrores, porque também passei por eles. Tenho a certeza de que ela compreendeu isto. Aconselhei-a a ser paciente consigo própria e com Deus, que continuaria a trabalhar à Sua maneira e no Seu tempo secreto, mesmo que ela não acredite Nele.

Disse-lhe para continuar na bela missão a que se dedica, mas para não a considerar sempre como um pagamento de velhas dívidas. Nenhum de nós pode pagar as suas dívidas, a não ser pela redenção, que foi consumada por Cristo na cruz.

Tentei fazê-la ver que a rejeição da alegria de viver é um insulto ao Senhor. A Ele que a concede e nos deu o dom de rir, juntamente com o dom das lágrimas...

Creio que deveria escrever estas coisas para os outros, porque a doença do espírito é um sintoma dos nossos tempos, e todos nós devemos tentar curar-nos uns aos outros. O Homem não foi feito para viver só. O próprio Criador o afirmou. Somos todos membros de um mesmo corpo. A cura de um membro doente é função de todo o organismo...

Pedi a Ruth que me escrevesse e me visitasse de vez em quando. Não posso permitir que este cargo me separe do contato direto com o meu povo... por esta razão, penso que me devo sentar no confessionário, uma hora todas as semanas, e ministrar o sacramento a quem venha a São Pedro.

Muito perto estive de perder a minha fé e a minha alma quando me encontrei nu e solitário, numa cela subterrânea... quando me reconduziram às barracas, ao som da fala humana – até mesmo dos gritos de blasfêmia, de raiva e de iracúndia – isso foi como nova promessa de salvação.

Gostaria de saber se esta não será a maneira pela qual o ato criativo se renova diariamente: o espírito de Deus respirando sobre as águas conturbadas do espírito humano, infundin-do-lhes uma vida cuja diversidade e plenitude podemos ape-nas tentar adivinhar...

In manus tuas, Domine... nas tuas mãos, Senhor, confio todas as almas aflitas...

4

Passaram-se quase seis semanas, desde a coroação, antes que George Faber combinasse o almoço com Campeggio. Teria gostado de poder adiá-lo ainda mais, se Chiara não tivesse insistido, com lágrimas e rogos. Faber era, por natureza, um homem de decisões rápidas, mas já vivera o suficiente em Roma para desconfiar de qualquer gesto gratuito. Campeggio era um colega distinto, não havia dúvida, porém, não era propriamente um amigo. Devia, pois, haver alguma razão específica para o interesse que mostrará pelo caso de Chiara Calitri.

Assim, era certo que existia qualquer *combinazione,* com a etiqueta do preço escondida até o último momento. Quando se almoçava com romanos, era preciso uma longa colher e uma grande firmeza de mão. George Faber estava ainda abalado por sua discussão com Chiara.

A primavera caminhava, lentamente, para o verão. As azáleas bri-lhavam radiantes manchas vivas de cor na Escalinata Espanhola, e os vendedores de flores faziam grandes negócios com as novas rosas de Rapalho. Os turistas fatigados refugiavam-se na Casa de Chá Inglesa, e o tráfego rodava aceleradamente em torno do barco de mármore de Bernini, na *piazza.*

Para se dar coragem, Faber comprou um cravo vermelho e o pôs na lapela, antes de atravessar a praça e entrar na via Condotti. O restaurante que Campeggio indicara para o encontro era pequeno e discreto, longe dos locais preferidos pelos jornalistas e políticos... Em assunto tão delicado, dissera Campeggio, devia-se ir para longe dos ouvidos estranhos, ainda que Faber não visse a razão do segredo porquanto a história de Calitri era conhecida em Roma inteira. Todavia, era parte do jogo que toda *combinazione* e todo *progetto* fossem adornados com um pouco de teatro. Aceitara, pois, a regra, com o melhor humor possível.

Campeggio entretivera-o durante meia hora com uma vívida e graciosa crônica do Vaticano, e como o clero esvoaçava ao redor do papa, enquanto não sabia o que ele pretendia fazer. Depois, com tato diplomático, conduziu a conversa para o campo que interessava a Faber.

– ... talvez lhe agrade saber, meu caro amigo, que as suas reportagens foram notadas, favoravelmente, por Sua Santidade. Sei que ele está ansioso por travar contato direto com a imprensa. Fala-se num almoço periódico com os correspondentes mais idôneos, e o seu nome, naturalmente, é o primeiro da lista.

– Sinto-me honrado – respondeu Faber. – Tento sempre escrever com a máxima sinceridade, mas este homem é, por direito adquirido, um tema muito interessante.

– Leone também tem certa queda por você, e sei que está muito bem-visto na Secretaria do Estado... são amigos de peso, como sabe.

– Sei, sim...

– Esplêndido – disse Campeggio. – Então compreenderá a importância de conservar as boas relações, sem, digamos, incidentes embaraçosos.

– Sempre foi a minha maneira de ver. Gostaria de saber por que trouxe, agora, esse assunto à baila.

Campeggio baixou o olhar para as longas e bem cuidadas mãos.

– Depois lhe explicarei a razão da minha própria pergunta. Pretende você montar casa com Chiara Calitri?

Faber ruborizou-se.

– Já discutimos o assunto, mas ainda não chegamos a uma conclusão.

– Então permita que o aconselhe, insistentemente, a que não o faça por ora... não me interprete mal. Sua vida privada, só a você pertence.

– Eu não a chamaria de privada... Toda a gente em Roma está a par da situação entre nós. Imagino que os rumores já terão chegado ao Vaticano, há muito tempo.

Campeggio esboçou um sorriso.

– Enquanto não passar de rumores... ninguém o julgará, deixando-o nas mãos de Deus. Não há escândalo público que possa prejudicar o seu caso no tribunal da Rota.

– Por enquanto – disse Faber, incisivo – não temos argumentos. Está tudo suspenso até Chiara poder encontrar novas provas. Ainda não as conseguiu.

Campeggio concordou.

– Estou informado por pessoas que conhecem o funcionamento da Sagrada Rota que a melhor esperança em um veredicto favorável reside em provar que houve a má-fé. Em outras palavras, se vocês puderem provar que Calitri firmou o contrato matrimonial sem a plena intenção de cumprir todos os seus termos, e que essa intenção inclui a fidelidade, então haverá boa possibilidade de uma decisão favorável.

Faber encolheu os ombros.

– Como você prova algo que está na mente do homem?

– De duas formas: por uma declaração jurada dele próprio, ou pelos testemunhos de alguém que o tenha ouvido expressar essa intenção defeituosa.

– Já procuramos encontrar esse alguém, mas foi em vão, e tenho certeza de que Calitri não assinará tal declaração contra si mesmo.

– Creio que o fará, se houver uma pressão bastante forte sobre ele.

– Que espécie de pressão?

Campeggio mostrou-se pouco seguro de si próprio, pela primeira vez durante o almoço. Ficou silencioso por um momento e, finalmente, disse com firmeza:

– Um homem da espécie de Calitri, que está numa posição de destaque e que leva, por assim dizer, uma vida privada bastante anormal, é muito vulnerável. Vulnerável ao seu partido e ao ataque público. É vulnerável, também, àqueles que deixaram de estar nas suas boas graças... Não preciso explicar-lhe quão estranho é o mundo em que ele vive, um mundo de amores e ódios curiosos. Nada nesse

94

mundo é permanente. O favorito de hoje é rejeitado amanhã. Existem corações despedaçados, prontos a contarem a sua história a um bom ouvinte. Eu já ouvi alguns deles. Quando souber histórias suficientes, vá visitar Calitri.

– Devo ir vê-lo?

– Então quem queria que fosse? O senhor é um repórter, não é?

– Não para essa espécie de notícias...

– Mas conhece muitos que a isso se dedicam, não conhece?

– Sim...

– Bem, então não terei de lhe indicar o caminho...

– É chantagem pura – disse George Faber.

– Ou pura justiça – retorquiu Orlando Campeggio. – Tudo depende do ponto de vista.

– Mesmo que lográssemos arrancar-lhe um depoimento favorável, Calitri poderia alegar então o exercício, sobre ele, de pressões ilegais, e aí teríamos o caso lançado fora do tribunal, e para sempre!

– É um risco que você terá de correr. Se os resultados são compensadores, creio que lhe valerá a pena arriscar... gostaria de acrescentar, ainda, que terei possibilidades de lhe dar uma ajuda em suas pesquisas...

– Por quê? – perguntou Faber, de chofre. – Por que teria você de preocupar-se com o que possa acontecer a Chiara e a mim?

– Você virou romano, Faber – disse Campeggio, com uma ironia gelada. – Mas não deixa de ser uma pergunta razoável, assim mesmo... gosto de você. Acho que você e a sua pequena merecem mais do que têm. Não aprecio muito Calitri, como já lhe disse. A verdade é que nada me daria mais satisfação do que vê-lo destruído. Isso é quase impossível, mas se Chiara ganhasse o caso, ele seria grandemente prejudicado.

– Por que o odeia tanto?

– Prefiro não responder a essa pergunta.

– Temos interesses comuns. O menos que podemos fazer é ser sinceros um com o outro.

O romano hesitou um momento e depois estendeu os braços, num gesto de desespero.

95

– Que importância tem, afinal de contas? Em Roma não há segredos. Tenho três filhos. Um deles trabalha no Ministério de Calitri e, digamos, caiu sob a sua influência. Não culpo o rapaz. Calitri é encantador e não tem qualquer escrúpulo em servir-se da sua sedução.

– Um negócio sujo...

– É uma cidade suja, a nossa... – disse Orlando Campeggio – sou o último que devia dizê-lo, mas por vezes nem compreendo por que a chamam A Cidade dos Santos.

Enquanto George Faber ainda estava ruminando com ar infeliz seu diálogo do almoço, Chiara Calitri tomava banho de sol na praia, em Fregene.

Era uma pequena garota morena, charmosa como um gato; e os jovens que passavam, vadiando ao longo da praia, assobiavam-lhe e estufavam o peito para atrair sua atenção. Confiante, por detrás de seus óculos de sol, ela observava o vaivém dos paqueradores, colocando-se em posições muito atraentes sobre a toalha colorida.

Uma sensação de conforto e bem-estar invadia-lhe todo o corpo. Era jovem, e a admiração dos moços confirmava-lhe que era bela. Era amada. Faber, à sua maneira insegura, estava comprometido a lutar suas batalhas. Sentia-se mais livre do que nunca na vida.

Era a liberdade, precisamente, o que mais a intrigava, à medida que se tornava mais consciente dela, mais curiosa a seu respeito e mais ansiosa por ampliá-la. Nessa manhã, chorara e gritara como uma mulher do mercado, porque o pobre George parecia hesitante em arriscar-se em uma conversa com Campeggio. Se ele esmorecesse de novo, ela teria brigado com ele outra vez, pois que, de agora em diante, não poderia amar qualquer pessoa sem a liberdade de ser ela própria.

Com Corrado Calitri, abdicara de si mesma, soprada para aqui e para lá como um pedaço de papel ao sabor do vento. Por algum tempo, tempo terrível, foi como se tivesse cessado de existir como mulher. Agora, por fim, sentia-se completa, não a mesma Chiara, mas uma Chiara inteiramente nova. Ninguém mais voltaria a ter o poder de destruí-la.

Deliberadamente, escolhera um homem mais velho, porque a idade os torna mais tolerantes e menos exigentes. Pedem uma vida mais plácida. Oferecem afeto tanto quanto paixão. Movem-se com autoridade em um mundo mais amplo. Fazem uma mulher sentir-se menos vulnerável.

Sentou-se e pôs-se a brincar com a areia morna; filtrando-a por entre os dedos, de maneira a formar um pequeno monte a seus pés. Devaneando, pensou numa ampulheta, na qual o tempo corria, inexorável, em uma chuvinha miúda de grãos dourados. Mesmo quando garota, sempre vivera obcecada pelo tempo, tentando alcançá-lo como alcançara agora a liberdade, gastando-o loucamente, com o objetivo de, assim agindo, trazer o futuro ao presente. Na escola, quisera sempre ser crescida. Quando cresceu, quisera ser casada. No casamento, no amargo fiasco do seu enlace com Corrado Calitri, o tempo parara, súbita e aterradoramente, pois lhe parecia que o seu destino era ficar eternamente ancorada a essa união com um homem que desprezava a sua feminilidade e a degradava a todo momento.

Fora a partir desse terror do tempo estático que ela voara, por fim, para a histeria e o desequilíbrio de saúde. O futuro que buscara tão ansiosamente acabou por tornar-se intolerável, e agora já não queria avançar, mas apenas retirar-se para o escuro limbo da dependência.

Mesmo agora, o tempo era seu inimigo. Vida é tempo; uma extensão insustentável dos anos sem amor. A única maneira de lhe pôr termo seria morrer ou manter-se para sempre afastada. Mas, no hospital, as enfermeiras vigilantes detiveram a morte longe dela, enquanto os médicos a recuperavam, lenta e pacientemente, para novo encontro com a vida. Lutara contra todos, mas eles haviam sido inexoráveis. Despojaram-na das ilusões, uma a uma, como camadas de pele arrancadas gradualmente, até que os nervos ficaram expostos, e ela reagiu protestando contra a crueldade dos carrascos.

Depois, começaram a mostrar-lhe uma estranha alquimia: como a dor pode ser transmudada em caridade. Resistindo-lhe por tempo bastante, ela principia a diminuir. Querendo escapar-lhe, ela persegue-nos, cada vez mais monstruosa, qual fantasma de pesadelo.

Combatendo a dor, até é possível chegar a termos com ela, nem sempre os melhores termos, nem sempre os mais prudentes, mas um acordo que, pelo menos, é tolerável.

Ela firmara agora seu próprio tratado com a vida, e estava vivendo melhor do que havia esperado nesses termos. A sua família desaprovara as negociações, mas era bastante generosa para lhe dar algum amor e certa dose de afeto. Não poderia casar, porém, tinha um homem para cuidar dela. A Igreja condenava-a, mas, se mantivesse uma certa discrição pública, estaria a salvo da censura social.

A sociedade, em seus moldes paradoxais, enunciou um vago protesto e, depois, aceitou-a, com suficiente complacência... Não era inteiramente livre nem inteiramente amada, nem totalmente protegida, mas tinha o bastante de cada coisa para lhe fazer a vida suportável e para resistir ao tempo, já que, em cada um dos casos, havia uma promessa de melhoria.

Contudo, não era ainda a resposta total, e ela o sabia. O acordo era menos favorável que parecia à primeira vista. Havia nele um senão, uma cláusula aparentemente inocente, mas que, quando invocada, anularia todo o resto.

Olhou languidamente para as águas vazias do mar Tirreno e recordou-se das histórias que seu pai lhe contara de toda a estranha vida que habitava nas suas profundezas: árvores como corais, baleias grandes como barcos, peixes que batiam as asas como pássaros, joias que cresciam nas conchas das ostras, e algas como cabeleiras de princesas afogadas. Sob a face quieta, rebrilhando ao sol, havia todo um misterioso mundo e, algumas vezes, as águas abriam e tragavam o viajante que sobre elas se arriscara demasiado confiante. Algumas vezes, mas nem sempre... improváveis marinheiros sobreviveram e chegaram a salvo no porto.

Aqui, precisamente, residia o risco do seu próprio acordo com a vida. Acreditava em Deus. Acreditava nos ensinamentos da Igreja a Seu respeito. Conhecia a pena de ruína eterna que pendia sobre as cabeças daqueles que ousassem desafiar a ira divina. Cada passo, cada hora era um risco fatal de danação. A todo momento, o acordo podia ser revogado. E depois...?

Não obstante, o fundo do mistério ainda não era este. Havia ainda camadas mais profundas. Por que fora ela, e não outra, a eleita para a primeira injustiça de um falso contrato matrimonial? Por que ela, não outra, fora forçada à confusão suicida do esgotamento mental? E esta ânsia precipitada de se agarrar a toda e qualquer tábua de salvação. Por quê? Por quê?

Não bastava dizer, à semelhança do padre confessor, que isto era desígnio de Deus. Primeiro, fora desígnio de Corrado. Deus fora injusto para depois descarregar a maldição sobre as cabeças dos que haviam sido vítimas dessa injustiça? Era como se o mar se erguesse e a fizesse girar para trás na confusão de seu mal-estar.

Não havia cura para o pensamento inoportuno que viesse à noite ou à luz do dia, arrepiando a carne como um vento gélido. Não podíamos nos entregar a ele por medo de uma nova loucura. Não podíamos bloqueá-lo, exceto pelo exercício do amor e da paixão, os quais, de modo estranho, pareciam afirmar o que os pregadores diziam que eles negavam: a realidade do amor e da caridade, e a mão que ajudou o azarado marinheiro a salvar-se da maldição das profundezas...

Estremeceu no ar cálido e levantou-se, envolvendo-se na toalha. Um jovem bronzeado, como a figura de um deus grego, assobiou apreciativamente e dirigiu-lhe algumas palavras, que ela ignorou, afastando-se rápida para o seu automóvel. O que sabia aquele moço da vida, que ele ostentava como um símbolo fálico ao sol? George sabia mais... querido e maduro George, relutante, compartilhando com ela os riscos, mas ao menos procurando, destes, livrá-la. Desejou o conforto dos seus braços e o sono tranquilo que sobrevinha após o ato de amor...

RUDOLF SEMMERING, Superior Geral da Companhia de Jesus, estava sentado no aeroporto de Fiumicino, esperando a chegada do seu homem de Djakarta. Para os que o conheciam bem, a sua vigília tinha um significado singular. Rudolf Semmering era um homem eficiente, adaptado, por natureza e exercício ascético, ao espírito de disciplina militar da corporação de Inácio de Loiola. O tempo, para ele, era uma mercadoria preciosa, pois, só com o tempo, pode alguém preparar-se para a eternidade. O desperdício do tempo era, pois, um desperdício da moeda corrente de salvação. Os assuntos da sua ordem eram extremamente complexos e prementes. Ele poderia ter enviado alguém como seu representante para receber o obscuro membro que já vinha com meia hora de atraso.

Contudo, a ocasião exigia algo mais do que uma cortesia formal. O viajante era francês e um estranho para Roma. Passara mais de vinte anos no exílio: na China, na África, na Índia e nas ilhas dispersas da Indonésia. Era um simples padre e um estudioso distinto, a quem Rudolf Semmering mantivera em silêncio sob o voto de obediência.

Para um estudioso, o silêncio era pior do que o exílio. Era livre para trabalhar, para se corresponder com os seus colegas de todo o mundo, mas era-lhe vedado, por obediência formal, a publicação dos resultados das suas investigações e pesquisas ou o exercício do ensino em qualquer cátedra pública. Muitas vezes, na última década, Rudolf Semmering indagara a sua própria consciência quanto à interdição que pesava sobre tão brilhante cérebro. Mas mantivera-se sempre fiel à sua primeira convicção: este era um espírito eleito, que só ganharia em refinamento com a disciplina, e cujas especulações intelectuais necessitavam de um prazo de silêncio para obterem completa solidez.

Semmering, um homem com o sentido da história, estava convencido de que a efetividade de uma ideia dependia da mentalidade da época em que ela fosse pela primeira vez introduzida. Já não estávamos numa era da história em que se pudesse condenar um novo Galileu ou queimar um novo Giordano Bruno. A Igreja ainda sofria as consequências daqueles tristes debates sobre os ritos chineses. Semmering receava menos a heresia do que um clima de pensamento que pudesse gerar heresia a partir de um novo aspecto da verdade. Não lhe faltavam nem compaixão, nem compreensão dos sacrifícios que pedira a um nobre intelecto como este, mas Jean Télémond, como qualquer outro jesuíta, tinha jurado obediência, e, quando esta teve de lhe ser exigida, submetera-se prontamente.

Para Semmering, esta era a prova final do arcabouço religioso de um homem de fé, a evidência final da sua capacidade para o serviço de Deus, numa posição de confiança. O teste findara, e ele queria explicar-se a Télémond, oferecendo-lhe o puro afeto que todos os filhos tinham o direito de esperar do seu pai em espírito. Em breve, estaria pedindo a Télémond que caminhasse por nova estrada, não mais solitário, não mais inibido, mas exposto como nunca antes o estivera às tentações da influência e aos ataques dos interesses ciumentos. Desta vez, ele necessitaria mais de apoio que de disciplina, e Semmering queria oferecê-lo com calor e generosidade.

Havia também um aspecto diplomático. Desde o tempo de Pacelli, os cardeais da cúria e os bispos da Igreja receavam fazer qualquer tentativa para introduzir uma Eminência parda no conselho pontifício. Eles queriam – e até então tinham-no conseguido – um regresso à ordem natural da Igreja, onde a cúria era a única conselheira do papa, e os bispos eram os seus colaboradores, aceitando o primado como sucessor de Pedro, mas mantendo-se igualmente aferrados à própria autonomia apostólica. Se a Companhia de Jesus levantasse a mais leve suspeita de estar tentando introduzir um favorito na corte papal, uma onda de desconfiança e hostilidade seria inevitavelmente suscitada.

Entretanto, o papa pedira homens, e a questão era agora como oferecer-lhe este sem dar a aparência de querer impô-lo... a voz do oficial de tráfego ressoou nos amplificadores de som, anunciando a aterrissagem do voo da BOAC, de Djakarta, Rangoon, Nova Déli, Karachi, Beirute. Rudolf Semmering levantou-se, alisou a batina e encaminhou-se para a porta da alfândega, à espera do exilado.

Jean Télémond era um homem que chamaria sempre a atenção, na companhia de quem quer que fosse. Alto, com um metro e oitenta, empertigado como um espeto, seco de feições, cabelos grisalhos e olhos azuis, calmos e bem-humorados, vestia a negra batina como um uniforme militar, enquanto o tom amarelado, na sua pele, denunciava os efeitos da malária, e as rugas vincadas nos cantos da boca contavam a história das suas campanhas em lugares exóticos. Saudou o seu superior com respeitosa reserva e dirigiu-se depois ao carregador, que se via a braços com três sólidas e pesadas malas.

– Tenha cuidado com elas. Está aí dentro meia vida de trabalho.

A Semmering, disse com um ligeiro sorriso:

– Suponho que fui transferido. Trouxe todos os meus papéis comigo.

O Superior Geral retribuiu-lhe com um dos seus raros sorrisos.

– Tem razão, padre. Andou longe por muito tempo. Agora precisamos do senhor aqui.

Um lampejo de desconfiança brilhou nos olhos azuis de Télémond.

– Receava ser levado ante a Inquisição.

Desta vez, Semmering gargalhou abertamente:

– Ainda não, padre, ainda não... O senhor é muito, muito bem-vindo!

– Alegra-me sabê-lo – disse Télémond, com simplicidade. – Não foram anos nada fáceis para mim.

Rudolf Semmering estava atônito. Não esperava um homem tão brusco e decidido. Ao mesmo tempo, experimentou alguma satisfação. Não era um desses sábios teóricos, mas um homem com um espírito arrumado e um sólido coração. O silêncio não o enfraqueceu, tampouco o exílio o desanimou. Espírito obediente era uma coisa, mas um homem com a vontade esmorecida não tinha qualquer utilidade, nem para si próprio, nem para a Igreja.

Semmering respondeu-lhe gravemente:

– Eu sei o que o senhor fez. Sei o que sofreu. Talvez eu tenha feito a sua vida ainda mais difícil do que era necessário. Peço-lhe apenas que acredite que agi sempre de boa-fé.

– Nunca duvidei disso – retrucou Jean Télémond – mas vinte anos é muito tempo.

Quedou silencioso, contemplando as colinas verdes de Ostia, salpicadas de ruínas velhas e novas escavações, onde papoulas rubras cresciam entre as fendas de pedras anciãs. De repente, perguntou:

– Estou ainda sob suspeita, meu Superior?

– Suspeita de quê?! – perguntou Semmering.

– De heresia, rebelião, secreto modernismo, sei lá o que mais. O senhor nunca foi muito explícito comigo.

– Sempre o tentei ser – respondeu Semmering, com suavidade. – Tentei explicar-lhe que estava em jogo a necessária prudência, não a ortodoxia. Alguns dos seus primeiros escritos e lições chamaram a atenção do Santo Ofício. Não foi nem condenado, nem censurado. Entenderam, e eu concordei com eles, que você necessitava de mais tempo e mais estudo. Como vê, possui uma enorme autoridade. Nós quisemos usá-la para o maior proveito da fé.

– Estou convencido disso – comentou Jean Télémond – pois, de outro modo, creio que teria posto todo o meu trabalho de lado.

Hesitou por um momento e perguntou:

– Qual é agora a minha situação?

– Fizemo-lo regressar – começou Semmering cuidadosamente – porque reconhecemos o seu valor e porque precisamos de você. Há trabalho aqui para você, um trabalho urgente.

– Eu nunca impus condições, sabe muito bem, nunca tentei barganhar com o senhor ou com a Companhia. Trabalhei o melhor que sabia e podia, dentro dos limites que me foram impostos. Agora... agora gostaria de fazer um pedido...

– Diga o que pretende – respondeu Rudolf Semmering.

– Creio... creio que fui tão longe quanto podia na estrada solitária. Penso também que tudo o que fiz precisa ser discutido e debatido. Gostaria de começar a publicar as minhas teses, submetendo-as à crítica aberta. É a única maneira de fomentar o saber. O único caminho para ampliar os horizontes espirituais. Nunca pedi nada até hoje, mas neste ponto rogo o seu apoio e o apoio da Companhia.

– Concedido – respondeu Rudolf Semmering.

Nos apertados assentos do automóvel, encontravam-se, cara a cara, o superior e o subalterno, o homem sob a obediência e o homem que encarnava o cumprimento dos votos.

A face límpida de Télémond descaiu um pouco, e os seus olhos azuis pareciam enevoados. Disse, com embaraço:

– Eu... eu não esperava tanto. Isto é o que se pode chamar de boas-vindas.

– E o melhor ainda não sabe. Mas não está isento de riscos.

– Já estava contando com eles. O que pretende agora de mim?

– Primeiro, terá de passar no exame. Vai ser duro, e tem menos de um mês para se preparar.

– Que espécie de exame?

– No dia 31 de julho, é a festa de Santo Inácio de Loiola.

– Eu sei... fui ordenado nesse dia.

– É então um bom augúrio, pois nesse dia Sua Santidade visitará a Universidade Georgiana que, como sabe, deve a sua criação ao nosso fundador e a São Francisco Bórgia... Quero que seja o senhor a fazer a oração de sapiência, comemorativa da data, na presença de Sua Santidade, do corpo docente e dos estudantes.

– Que Deus me ajude! – exclamou Jean Télémond. – Que Deus ajude a minha língua emperrada.

Quando chegaram ao coração da cidade, passando pela Porta São Paulo, Télémond enterrou a face nas mãos e chorou.

RUTH LEWIN SENTOU-SE debaixo de uma sombrinha colorida, numa esplanada da via Veneto, bebericou uma *aranciata* e olhou as multidões que se dispersavam, à hora do almoço, a caminho da sesta. O ar macio do verão desanuviara-lhe o espírito e sentia-se como se todo o peso do mundo pudesse ser descartado com um longo, confortável bocejo. A própria cidade parecia ter mudado de fisionomia. O clamor do tráfego era, a seus ouvidos, um som amigo. As pessoas que passavam pareciam estar mais bem-vestidas que habitualmente. Os próprios empregados da esplanada lhe eram mais agradáveis e corteses. Os assobios dos homens não lhe causavam a irritação de sempre. Recebia-os agora como um cumprimento.

Nada se alterara em sua situação. As suas dúvidas e dilemas continuavam a ser os mesmos, mas pesavam-lhe menos e permitiam-lhe até uma espécie de boa disposição. Era como se a sua longa convalescença houvesse terminado e ela pudesse retomar a normalidade na vida.

Não se tratava apenas de uma ilusão. Sofrera demasiadas depressões e exaltações para se enganar sobre a sua cura. Continuava a sofrer, mas com menos intensidade. Já não se sentia tão aterrorizada. O pulso da vida voltara à sua toada normal. A febre desaparecera, finalmente, e o último momento da crise fora o seu encontro com Kiril, o pontífice, numa escura ruela romana.

A recordação do que acontecera permanecia acesa como uma espécie de surpresa. O aspecto do papa era tão estranho... a cicatriz, a barba, o contraste entre o seu alto cargo e o seu humilde traje. Quando voltara a olhá-lo, na sua própria casa, ambos banalmente sentados em frente do café e dos biscoitos, a impressão que a dominava não fora de estranheza, mas sim de uma extraordinária simplicidade.

Desde que se desligara da Igreja, ela adquirira uma crescente antipatia pelos padres e pelas convenções religiosas. Este homem não era, porém, como os outros. Vestia a sua crença como uma pele e exprimia as suas convicções com o carinho de quem pagara por elas um preço que nunca pediria a outros para pagar. Recordava perfeitamente as suas palavras, tão sinceras e compreensíveis:

"... A vida é um mistério, mas a sua solução está fora de nós, e não dentro. Não podemos nos descascar como se fôssemos cebolas, esperando que, ao alcançar a última camada, descubramos o que uma cebola realmente é. No final, nada nos restaria. O mistério da cebola ainda não foi explicado porque, tal como o homem, é o resultado de um ato criativo eterno... eu calço os sapatos de Deus, mas nada mais lhe posso dizer. Entende o que quero explicar? O que eu tenho de ensinar e propagar é um mistério! Quem pedir que lhe expliquemos a criação, do começo ao fim, pede o impossível. Já alguma vez terá pensado que, ao pedir uma explicação para tudo, está a cometer um ato de orgulho? Nós somos criaturas limitadas... como pode qualquer um de nós ter um saber infinito?..."

Aquelas palavras, ditas por outra pessoa, teriam soado ocas e áridas; mas, na boca de Kiril, tinham a qualidade de curar, porque não eram linhas de um livro e vinham, sim, do mais profundo do seu coração. O papa não a repreendera por ter negado a fé batismal, falando-lhe com grande carinho e compreensão.

"Todas as criaturas vão para Deus por caminhos inteiramente diferentes", continuara Kiril a explicar-lhe. "Só muito poucas alcançam Deus sem tropeços e quedas. Há sementes que crescem lentamente na escuridão antes de exporem os seus rebentos ao sol... há outras que surgem à luz num só dia... você está na escuridão, agora, mas se, na realidade, busca a luz, então virá a alcançá-la... a alma humana depara-se com barreiras que é forçada a atravessar, e nem sempre as pode transpor com um só salto. O importante é a direção que a alma toma. Se vai sempre para a frente, então terá de alcançar Deus..., mas, se recuar, é o mesmo que se suicidasse, pois sem Deus, nada somos... tudo o que nos impele para a frente... caridade, amor, as mais simples bondades... tudo isso pode ser um passo na direção do Criador..."

Perturbada como se encontrava naquela noite, não pudera apreender completamente o que ele lhe dissera. Mas as palavras haviam-lhe ficado inscritas na memória e, a cada dia que passava, descobria nelas novos significados, novas aplicações. Se agora estava ali calmamente sentada ao sol, observando a futilidade e despreocupação da cidade sem emitir qualquer sentença sobre elas ou sobre si mesma, era por causa de Kiril, que tinha o cargo de juiz e que, apesar disso, reservara o seu veredicto. Se o amor lhe voltasse a ser permitido, seria graças àquele que vivia, só e celibatário, na cidade do Vaticano.

Amor...! o amor era uma palavra-camaleão, e ela vira mais de suas modificações e matizes do que poderia confessar sem enrubescer.

Todas as grandes cidades têm a sua área de boêmios, vagabundos e aventureiros, que suportam a vida da melhor maneira possível, e ficam sempre gratos por qualquer alívio, mesmo temporário, da sua miséria solitária. Ali, em Roma, o reino dos pedintes de amor era um domínio muito estranho e poliglota; conhecera-o bem, percorrera-o de ponta a ponta...

Aquelas haviam sido jornadas imensamente traiçoeiras para uma viúva de 35 anos, dinheiro no banco e um coração vazio de recursos. Moços infelizes tinham chorado por suas mães, com a cabeça no seu regaço. Maridos perdidos e turistas joviais haviam-lhe batido à porta. Homens com nomes nobres tinham-na feito confidente das suas mais exóticas ligações. A fraternidade secreta oferecera-lhe entrada para os mistérios sáficos. Afastara-se deles, por fim, abalada e insatisfeita, sabendo que, mesmo no mundo dos solitários e perdidos, não havia lugar para ela.

Amor...! aqui na via Veneto, lindas moças, com um cachorro de luxo pela coleira, vendiam-no à prestação todas as noites. Nos clubes e nos bares, qualquer mulher com pronúncia estrangeira poderia comprá-lo com um sorriso e a armadilha de um lenço bordado.... mas onde e como descobrir o homem a quem entregar sua recém-descoberta personalidade, tão frágil e, subitamente, tão importante?

Miraculosamente, sua identidade, toda a sua personalidade, fora reconstruída. As peças que formavam o seu ser haviam sido reajustadas e coladas. Estava imensamente contente, mas... se caísse outra vez, e elas se descolassem? Quem poderia então ampará-la e voltar a remendá-la? Ó espírito vagabundo, por favor, por favor, não te percas!... Fica inteirinho, como neste momento...!

Por entre o clamor do tráfego, ouviu alguém que a chamava:

– Ruth Lewin! Por onde é que tem andado escondida?!

Descobriu então, a poucos passos, o elegante e grisalho George Faber, qual um autêntico dândi romano, olhando para ela.

No seu gabinete particular, Kiril, o pontífice, estava fechado com dois dos seus mais importantes ministros: o cardeal Goldoni, secretário de Estado, e o cardeal Clemente Platino, prefeito da congregação para a propagação da fé. A finalidade da reunião era analisar, em pormenor, os assuntos da Igreja: santa, católica e apostólica. O gabinete era uma sala muito vasta, vazia de qualquer ornamento, a não ser um crucifixo de madeira talhada por detrás da escrivaninha do pontífice e, na parede oposta, um quadro cheio de mapas indicando a distribuição das comunidades católicas através do mundo.

Num local diferente e em outros trajes, poderiam ter sido tomados por um trio de capitalistas internacionais: o papa, moreno, barbudo e exótico, o secretário de Estado, grisalho, corpulento e eloquente; e o cardeal Platino, alto, pálido, elegante, com as feições características de quem tinha um antepassado espanhol.

Mas, naquele local e naquela altura, dedicavam-se, cada um deles, até os limites do seu próprio talento, a uma loucura que não significaria grande lucro para qualquer empresa comercial ou industrial: a preparação da humanidade para a morte e para a união com um Deus invisível. As suas palavras tocavam uma imensidão de assuntos: dinheiro, política, tratados militares, acordos econômicos, personalidades de destaque em todo o mundo... mas o fulcro da conversa era sempre o mesmo: como divulgar pelo mundo o conhecimento de Cristo, os Seus ensinamentos e o órgão que Ele criara para os conservar e disseminar.

Para eles, cada questão, desde como os homens se casavam e eram educados, até como ganhavam a vida ou empregavam as suas lealdades nacionais, era a raiz de uma proposição teológica. Aqueles assuntos estavam relacionados com o Criador, com as Suas criaturas e com a eterna aliança entre um e outro. Tudo o que era realizado na dimensão do tempo tinha as suas raízes e a sua continuidade na eternidade.

Sempre que o secretário de Estado nomeava um embaixador para a Áustria ou um legado para o Uruguai, sua função era manter relações oficiais com o governo, para que, num clima de acordo entre a Igreja e o Estado, as almas humanas pudessem ser conduzidas mais facilmente aos conhecimentos e à prática da verdade redentora.

Sempre que Platino nomeava esta ou aquela congregação missionária para as selvas do Amazonas, fazia-o com inteira convicção de que obedecia a um comando bem definido de Deus: levar o Evangelho da esperança àqueles que se achavam na escuridão e na sombra da morte.

Esse era, porém, um ponto de vista que levantava problemas muito especiais. Os homens que realizavam o trabalho de Deus tinham uma certa tendência para descuidar-se do seu aspecto humano. Os homens que lidavam com a moeda da eternidade corriam sempre o risco de se preocuparem em demasia com o futuro, perdendo muitas vezes o comando do presente. Na realidade, todos os homens que se apoiavam na estrutura de dois mil anos da Igreja sentiam-se protegidos, muito comodamente, das consequências dos seus erros. Com tal tradição para se apoiarem, desconfiavam quase sempre de quaisquer novas formas de ação cristã.

Apesar disso, homens como Platino e Goldoni estavam bem ao corrente do mundo em que viviam e do fato de que, para cumprirem o trabalho de Deus, tinham de se conformar com o que o Homem fizera por si ou para si. Platino falava agora desta questão. O seu longo dedo apontava para um ponto no sudeste da Ásia.

– ... Aqui, por exemplo, Santidade, fica a Tailândia. Constitucionalmente, é uma monarquia, mas, na realidade, é uma ditadura militar. A religião do Estado é o budismo. De vez em quando, cada um dos membros masculinos da família real e também certos funcionários superiores vestem a túnica e passam algum tempo num mosteiro. Temos lá algumas escolas. São dirigidas por freiras e por padres professores. Estão autorizados a ensinar a religião católica, mas não durante as horas normais de escola. Quem quiser assistir a essas aulas tem de fazê-lo fora das horas do ensino oficial. Eis, pois, a nossa primeira dificuldade. Temos outra: as nomeações para cargos públicos e, por conseguinte, a subida a qualquer lugar de importância na vida do país só são facilitadas aos budistas. Oficialmente, claro, isto não é confessado, porém, na prática, é sempre assim. O país é subdesenvolvido. A maioria do comércio está nas mãos dos chineses e, assim, um homem que se converta ao cristianismo tem de abandonar qualquer esperança de melhoria econômica ou social... O temperamento do povo, condicionado pela crença budista, resiste vigorosamente a qualquer mudança e desconfia de qualquer influência exterior...

"Por outro lado, temos provas de um crescente conflito interior nos jovens da Tailândia. Por meio do auxílio econômico e militar dos Estados Unidos, começam a entrar em contato com a civilização ocidental; mas os jovens têm poucas oportunidades de mostrar o que sentem ou de exporem as suas dúvidas. Segundo um relatório digno de toda a confiança, que me transmitiram há pouco tempo, vinte e cinco por cento dos estudantes adultos são viciados em heroína ainda antes de saírem da escola. Trata-se, pois, de um grande problema. Como é que poderemos penetrar no espírito e no coração dessa gente?"

– Como resume o trabalho que agora estão fazendo? – perguntou o papa, gravemente.

– Basicamente, como um trabalho de educação e de caridade. No nível humano, auxiliamos a diminuir o analfabetismo. Temos hospitais que servem de centros de treinamentos. Contamos ainda com um lar de reabilitação para as mulheres que conseguimos salvar dos bordéis... servimos à comunidade. Mostramos a fé a todos aqueles que passam pelas nossas mãos. O número de conversões é, no entanto, muito reduzido, e a verdade é que ainda não entramos eficientemente no espírito e no coração do país.

– No Japão, a situação ainda é pior – comentou Goldoni – Temos lá uma concordata que nos dá, talvez, melhores condições de trabalho do que na Tailândia, mas ainda não conseguimos penetrar na alma da maioria do povo.

– Mas penetramo-la, uma vez – disse Kiril, com um sorriso. – Por meio de um homem: São Francisco Xavier. Os descendentes dos seus convertidos ainda lá estão... velhos cristãos de Nagasaki e de Nara. Por que falhamos agora? Temos a mesma mensagem. Dispensamos a mesma graça que a Igreja das Catacumbas. Por que falhamos?

O papa ergueu-se e aproximou-se do mapa, apontando para um e outro país, e falando dos fracassos e retiradas da Igreja.

– Olhem para a África. Os meus predecessores proclamaram constantemente a necessidade de treinar, com rapidez, um clero nativo: homens identificados com o seu próprio povo, conhecendo o seu idioma, entendendo-lhes os símbolos, os desejos e necessidades. A Igreja fez pouco, nesse sentido, e com demasiada lentidão. Agora, o continente move-se para uma federação de nações africanas independentes, e nós perdemos o pé... aqui, no Chile, deparamos com uma imensa expansão industrial e, ao mesmo tempo, com uma enorme população de camponeses vivendo na mais degradante pobreza. Para quem se voltam eles em busca de um campeão para a sua causa? Para os comunistas. Não pregamos nós a justiça? Não deveríamos estar prontos a morrer por ela, tal como por qualquer outro artigo de fé? Pergunto-vos de novo: em que falhamos?

Goldoni soltou um suspiro e deixou a resposta ao seu colega. Apesar de tudo, um secretário de Estado tinha apenas de preocupar-se com a situação do momento, lidar com diplomatas e políticos, fossem quem fossem: bons ou maus, cristãos ou pagãos. Platino, pelo contrário, estava diretamente encarregado de divulgar a crença cristã por todo o mundo. A sua autoridade era imensa e dentro da Igreja era chamado "papa vermelho", tal como o Superior Geral dos jesuítas era chamado "papa negro".

110

Platino não respondeu imediatamente, estendendo ao pontífice duas fotografias que se achavam em cima da escrivaninha. Uma delas mostrava um papua com o cabelo bem penteado, vestindo uma camisa branca e calções também brancos e usando um pequeno crucifixo ao pescoço. A outra era o retrato de um habitante das colinas da Nova Guiné, com uma coroa de plumas e um chifre de javali espetado no nariz.

O papa examinou as fotografias, e Platino começou a explicá-las:

– É possível que estes dois homens respondam à pergunta de Sua Santidade. São ambos nativos da mesma ilha, a Nova Guiné. Trata-se de uma ilha pequena, economicamente pouco importante, mas politicamente pode vir a ser o fulcro de uma Federação das Ilhas do Sul do Pacífico. Dentro de dois anos, cinco, no máximo, a Nova Guiné será independente...

Platino apontou para a foto do homem que usava um crucifixo.

– Este é um jovem educado numa missão. É professor em uma das escolas católicas da costa. Viveu toda a sua vida numa colônia missionária. Fala inglês, pidgin e motu. Ensina o catecismo e já foi proposto para candidato ao sacerdócio... o outro é um chefe tribal das montanhas: um líder de vinte mil homens. Não fala inglês, nem pidgin, e apenas conhece o seu próprio dialeto. Aqui, nesta fotografia, veste o seu traje de cerimônia. Ainda acredita nas velhas crenças pagãs... quando a ilha obtiver sua independência, será provavelmente o seu chefe, enquanto o nosso jovem não gozará da menor influência.

– Por quê? – perguntou Kiril, o pontífice.

– Tenho pensado muito nas razões, Santidade – respondeu Platina, senhor de si. – Tenho rezado muito, também. Ainda não estou bem certo se tenho ou não razão, mas vou dizer o que penso. Com este moço conseguimos, de certo modo, um sucesso admirável. Educamos um bom ser humano. Nós o colocamos no caminho da salvação. Vive castamente, é justo e mostra, pelo seu próprio exemplo, o que é uma existência sã e decente. Se vier a ser padre, ensinará a palavra de Deus e dispensará a graça dos sacramentos a todos aqueles que puder. Nele e em outros como ele, a Igreja cumpre a sua missão primordial: a santificação das almas humanas... por outro lado, contudo, falhamos, porque neste jovem, como poderei eu explicá-lo? – limitamos a importância da fé... na missão, criamos-lhe um pequeno mundo, seguro e acolhedor. Um mundo cristão, sim, mas um mundo que se separou da maior parte da vinha do Senhor. Fizemos dele um indivíduo apolítico e o Homem é, por natureza, um animal político e social, que tem uma alma imortal... deixamos este rapaz, em grande parte, despreparado para o diálogo que terá de travar ao longo de toda a sua vida com os seus semelhantes... Olhe para este outro, o que tem o chifre atravessado no nariz. Este é um homem poderoso porque pratica a poligamia e porque cada uma das suas mulheres lhe traz um pedaço de terra, cultivando-a para ele. Conserva as antigas crenças, porque elas são a via de comunicação com a sua tribo. É o seu intermediário com os espíritos, assim como o é também com os homens de outras terras. Compreende a justiça e as leis tribais. Na confusão e múltiplas dificuldades que surgirão com a independência da ilha, falará com mais autoridade do que o nosso jovem da missão, pois não se divorciou das realidades da existência social... Sua Santidade falou do Chile e da América do Sul. Existe uma analogia entre as duas situações. A Igreja tem de lidar com os homens, segundo as circunstâncias em que eles vivem. Se um homem tem fome, então teremos de alimentá-lo; se está oprimido, teremos de defendê-lo para que possa, pelo menos, ter um mínimo de liberdade para manter a sua alma em paz. Não podemos pregar do púlpito "Não roubareis" e depois permanecer inativos enquanto a injustiça social ou política é aplicada aos que ouvem as nossas palavras... Temos um exemplo muito estranho na Polônia, onde a Igreja foi obrigada, para sobreviver, a entrar em uma espécie de acordo com elementos hostis a ela. Ela tinha que provar a si mesma que era relevante, tinha de se mostrar conciliatória e conseguiu-o. Fortaleceu-se, por essa razão, embora a vida lhe seja muito dura...

Platino calou-se durante um breve momento e limpou a testa com um lenço.

– Perdoe-me, Santidade, se falo com tanta franqueza. Todos nós assistimos ao progresso obtido sob a gestão do vosso predecessor no sentido de conseguir maior unidade entre as diversas comunidades cristãs. O nosso trabalho, nesse campo, só há pouco tempo começou, mas creio que temos estado sempre na defensiva, em todos os sítios onde batemos em retirada, guardando a fé só para nós, como se receássemos que ela se pudesse contaminar pelo contato com o mundo, e nisso falhamos. Onde, pelo contrário, erguemos a fé como um estandarte, onde temos afirmado mais estritamente que o Evangelho está relacionado com todos os atos humanos e com todas as situações, temos sempre obtido maior sucesso.

– Você o afirma – disse o papa. – Eu o afirmo, tal como os nossos irmãos bispos dispersos pelo mundo, mas a afirmação não alcança os povos com a mesma clareza e a mesma compreensão... não alcança sequer o povo romano. Por quê?

– Creio que – respondeu o secretário de Estado bruscamente – o mundo se está educando mais depressa do que a Igreja. Escute e verá aonde quero chegar: o conhecimento necessário para fazer um ato de fé, um ato de contrição, não é suficiente para fundar uma sociedade cristã, ou para criar um clima religioso. Nos últimos vinte anos, a humanidade foi projetada numa nova e terrível dimensão da existência... o desenvolvimento da ciência humana, desde a invenção da roda ao motor de combustão interna, deu-se gradualmente durante quanto tempo? Cinco, dez mil anos... desde o motor de combustão interna até agora, esse desenvolvimento tornou-se vertiginoso, as linhas do gráfico apontaram para a lua... *Tempora mutatur*... os tempos mudam e os homens mudam com eles. Se a nossa missão tem algum significado, esse significado deveria ser o de que qualquer ampliação do pensamento humano é, também, uma ampliação da capacidade do Homem para conhecer, amar e servir a Deus.

– Parece-me que – disse Kiril com um sorriso – deveria enviar-vos para um posto missionário...

O papa sentou-se à escrivaninha e olhou para os seus dois ministros. Ficou pensativo, durante alguns instantes, como se absorvesse tudo o que acabara de ouvir e, depois, num tom de voz muito suave, quase humilde, explicou-se:

– Estou, como devem imaginar, muito ansioso. Receio, desde que me sentei na Cadeira de Pedro, agir com demasiada precipitação e, assim, prejudicar a Igreja que me foi confiada... tentei ser prudente e dominei os meus impulsos, compreendi também que um homem não pode mudar o mundo durante a sua vida. O símbolo da cruz é um símbolo do fracasso e da loucura aparentes do próprio Deus... mas é minha função ensinar e orientar, e agora decidi por onde começar... O que me disseram confirmou minha decisão. Fico-lhes muito grato. Peço-lhes que rezem por mim.

Os dois cardeais permaneceram em silêncio, esperando que o papa prosseguisse. Para surpresa, Kiril balançou a cabeça.

– Sejam pacientes comigo. Preciso de tempo e de orações antes de expor as minhas ideias e intenções. Podem se retirar; vão com Deus.

– SUPONHO – DISSE GEORGE Faber, com sua hesitação habitual – suponho que está intrigada por eu lhe ter contado estas coisas a respeito de Chiara.

Ruth Lewin riu-se e encolheu os ombros.

– Em Roma, nada mais me intriga.. as histórias como a sua não têm conta... e os melhores ouvintes são sempre os amigos menos íntimos.

– Já nos conhecemos muito bem, Ruth. Encontramo-nos meia dúzia de vezes, pelo menos... em casa dos Antonelli, dos Seidler e...

– Mas não somos íntimos...

– Sentia-me deprimido e tive tanto prazer em revê-la...

– Muito obrigada, meu caro senhor.

– Eu não conto a minha história a qualquer moça que encontro na rua.

– Não creio que, em Roma, seja muito importante que a conte ou não. As histórias sabem-se sempre... em versões diferentes, claro!

Faber piscou-lhe o olho e, logo a seguir, tornou-se mais sério.

– Nunca ouvi a sua história, Ruth.

Ruth sorriu.

– Eu nunca a contei e não pertenço à alta sociedade, para que falem de mim nos coquetéis.

– A que é que pertence, então?

– Nem eu sei.

– Tem muitos amigos aqui em Roma?

– Alguns. Convidam-me para jantar, às vezes. Visito-os, quando me apetece. Auxilio um pouco os infelizes dos bairros pobres. Quanto ao resto... *Mi arrangio*, cá me arranjo de um jeito ou de outro.

– É feliz?

Ruth Lewin esquivou-se à pergunta.

– Haverá alguém feliz? Você é feliz?

– Eu tenho andado muito confuso – respondeu George Faber com sinceridade.

– Não é isso o que dizem de você.

Faber olhou para ela muito surpreendido, como se pensasse que Ruth estava a troçar dele. Era um homem desconfiado, por natureza, e não gostava de graças a seu respeito.

– O que dizem de mim?

– Dizem que você tem a vida mais regular de toda Roma... e uma bela amante para a alegrar.

– Não é assim que eu vejo a minha vida. O que quero é casar-me. Parece que a única maneira de obtê-lo é envolver-me num caso de chantagem e meter-me na vida dos políticos, de alguns rapazes de hábitos duvidosos e, também, pelo visto, em grupos de gays e lésbicas.

– Não acha que o risco vale a pena?

George Faber passou a mão pelos cabelos:

– Suponho que sim. Ainda nem tive tempo para pensar bem no assunto.

– Isso significa que você ainda não está seguro de si...

– Não... não estou.

Como se quisesse mudar o rumo da conversa, Faber pediu ao garçom que lhe trouxesse outra xícara de café. Acendeu um cigarro e olhou para o outro lado da rua. Ruth Lewin, apesar do seu estado de espírito atual, sentiu uma certa piedade por ele. Já não era novo, embora a maioria das mulheres o achasse atraente. Construíra uma carreira confortável e possuía um nome respeitável em sua profissão. Agora, pediam-lhe que arriscasse ambos por causa de uma mulher que, quando se sentisse livre, talvez se cansasse dele e procurasse um amante mais jovem. Ruth resolveu abandonar o tom trocista de antes e interrogá-lo mais seriamente.

115

– Que deseja Chiara?

– Liberdade, a todo custo.

– Mesmo se o preço for a sua carreira?

– Não tenho bem a certeza.

– Não acha que deveria perguntar-lhe?

– É isso o que me preocupa... nem eu próprio sei bem quais são os riscos. Só sei que terei de me envolver em chantagem... e que eu serei o chantagista... não me interprete mal. Não sou nenhum inocente. Sei muito bem que todos os jornalistas são tentados, uma ou outra vez, a servirem-se da sua posição para lucro pessoal. A minha experiência ensinou-me que todos os que o fizeram acabaram sempre mal. Nunca me servi das misérias alheias e orgulho-me disso... por outro lado, contudo, luto por algo e por alguém que me é muito precioso...

– Se decidir iniciar um combate contra Corrado Calitri disse Ruth Lewin – garanto-lhe que será um combate duro e renhido.

George Faber olhou-a, admirado.

– Conhece-o?

– Conheço alguns dos seus amigos. Tornam-se terríveis, sempre que alguém lhes fere os sentimentos.

Faber hesitou e, após alguns instantes, fez-lhe uma pergunta:

– Poderá ajudar-me a encontrar alguns deles?

– Não – respondeu ela, com firmeza.

– Por quê?

– Vivi nesse meio durante algum tempo. Não gostei... e não quero voltar lá. Além disso, você é jornalista. Terá, com certeza, os seus contatos...

– Nenhum em que possa confiar. Estaria disposta a dar-me nomes... informações?

Com grande surpresa sua, Ruth começou a rir e, depois, notando seu espanto e embaraço, segurou-lhe a mão.

– Pobre George! Não devia rir-me de você. Mas gostaria de saber... gostaria muito de saber se...

– O quê?

– Você e Chiara... estarão ambos dispostos a seguir juntos, mesmo se perderem a batalha? Se perderem, sabe, arruinarão a reputação de vocês, a carreira... darão cabo de você. A Igreja também não iria querer saber de nenhum de vocês dois. Nunca mais seria bem-recebido no Vaticano ou no Quirinal. Estarão vocês dispostos a isso? Você tem amor suficiente por Chiara? E ela o tem por você?

George Faber encolheu os ombros e estendeu as mãos num gesto muito romano.

– Sei lá! Toda a gente em Roma fala de amor, mas ninguém o pratica da mesma forma. Não o levam a sério... eu também fui assim, mas agora já não tenho idade para brincadeiras. Não quero cometer mais erros.

– Gostaria de ajudá-lo – disse-lhe ela carinhosamente –, mas trata-se de sua vida e da sua amante... tenho de ir-me embora... já é tarde.

– Permita-me que a leve à sua casa?

– É melhor não. Irei de táxi.

– Poderei voltar a vê-la?

– Para quê?

O jornalista ruborizou-se.

– Gostei de falar com você. Espero que me ajude a decidir. E, se resolver atacar Calitri, você poderá ser-me muito útil. Precisarei de alguém em quem possa confiar.

– Por que julga que pode confiar em mim?

– Você foi a primeira a dizer que não andava metida no mundo das intrigas. Além disso, devo acrescentar que a considero boa conselheira.

– E só isso o que pensa de mim?

O senso de humor de George veio-lhe em socorro.

– Dê-me tempo e pensarei em mais e melhores galanteios...

– Poderá telefonar-me, sempre que quiser. O meu número está no catálogo.

Nesse tom indeciso, separaram-se. A caminho de casa, no caos do tráfego, lembrou-se de que também já não era nova e sentiu algo estranho por George e pelo ar encantador de indecisão com que falava e se movia.

Extrato das memórias secretas de Kiril I, pontífice máximo:

... Passa uma hora da meia-noite: o começo de um novo dia. Será um dia muito importante para mim porque, pela primeira vez, dirigirei a palavra a toda a Igreja. Tarde, ontem à noite, chamei o meu confessor para me expurgar dos meus pecados do dia e me purificar para a tarefa a que estou prestes a começar.

Depois, pedi-lhe para ficar comigo e me assistir na missa que eu desejava celebrar imediatamente após a meia-noite... É estranho quanta variedade há na forma dos padres dizerem a missa! Por vezes, são insípidos e frios e, para nos concentrarmos nos ritos familiares, temos de fazer um grande esforço. Outras vezes, contudo, o padre parece contagiado pelo espírito da própria Igreja. Deus faz-nos, então, sentir a Sua presença total. Sentimo-nos humildes e, ao mesmo tempo, imensamente emocionados, receosos e encantados...

Esta noite, foi diferente. Comecei a compreender a verdadeira natureza do meu cargo. Quando, no momento da elevação, ergui a óstia sobre a minha cabeça, senti o significado real do "nós", do qual todos os pontífices se servem ao falarem para o mundo. Não sou eu quem fala ou escreve; quem o faz é a Igreja, por meu intermédio, e Cristo por intermédio da Igreja e de mim.

Eu sou eu, claro, mas se falar por e para mim, então não sou coisa alguma. Seria como os sinos de vento, cujos sons mudam de tom segundo a aragem... mas o verbo não muda, não pode mudar. O verbo é imutável. "No princípio era o verbo, e o verbo era de Deus, e o verbo era Deus... " Apesar disso, o verbo tem de se renovar em mim, tal como o ato redentor da crucificação se renova nas mãos de cada sacerdote que diz a missa. Sou a trombeta pela qual a voz do Espírito deve ser soprada para que os homens a possam ouvir ao ritmo do seu tempo...

Tenho o papel branco diante de mim. Pronta a caneta. Estará Kiril pronto também? Rezo para que esteja. O que deverá ele escrever? E como? E para quem?

O meu tema será a educação, a preparação de um homem para ocupar o seu lugar neste mundo e no próximo. A minha carta será uma discussão sobre as funções educativas da Igreja... a sua missão: "extrair" a alma de um homem da escuridão da ignorância, da servidão da carne, para a luz e a liberdade dos filhos de Deus...

Como deverei escrever? Com a maior simplicidade de que for capaz, visto que a verdade mais profunda deve ser afirmada com a maior das simplicidades... deverei escrever com o coração – *cor ad cor loquitur*. Deverei escrever no meu próprio idioma, pois é a melhor forma de um homem falar de Deus e a Deus. Mais tarde, os latinistas poderão dar nova forma às minhas palavras e conservá-las para os arquivos da Igreja. Depois deles, virão os tradutores que as transformarão em cem outros idiomas, nos quais a palavra de Deus deve ser propagada... o mundo é uma torre de Babel de vozes conflitantes, mas dentro da Igreja existe, e deverá sempre existir, "a unidade do Espírito ao serviço da fé".

Fora da Igreja existe, também, uma unidade, que temos negligenciado por demais. É a unidade dos homens que sofrem juntos uma existência comum, que gozam juntos as alegrias comuns e que compartilham as mesmas confusões, arrependimentos e tentações.

Recordo algo que muitas vezes é esquecido por nós, os pastores: *O testemunho da alma*, de Tertuliano... "O homem é um nome comum a todas as nações da Terra. Em todos eles existe uma só alma embora repartida por vários idiomas. Cada nação tem o seu idioma e, apesar disso, os sentimentos que a alma exprime são os mesmos por toda parte."

Há outra razão que me leva a querer escrever em russo. Quero que Kamenev leia a minha carta, tal qual saiu do meu punho. Quero que ele ouça, por ela, os tons da minha voz, para que fique sabendo que eu o amo e ao povo em cujo seio nasci. Se fosse possível, gostaria até de que ele guardasse o meu manuscrito, mas creio que seria difícil fazê-lo chegar às suas mãos, e não posso me arriscar a comprometê-lo.

Para quem deverei escrever? Para toda a Igreja... aos meus irmãos bispos, a todos os sacerdotes, monges e freiras, a todos os fiéis sem os quais o nosso cargo seria vazio de sentido. Terei de mostrar a eles que a nossa missão não é meramente a de ensinar, mas, sobretudo, a de nos educarmos uns aos outros, com amor e compreensão, cada um de nós emprestando suas forças aos mais fracos, o seu saber aos ignorantes, a sua caridade a todos...

E quando eu houver escrito, o que virá depois? Terei de principiar a agir por meio da administração da Igreja para garantir que se façam reformas onde forem precisas, e que a inércia de uma grande e dispersa organização não se interponha no caminho das intenções de Deus. Terei de ser paciente, tolerante, compreensivo, pois não poderei esperar do Senhor que me conceda completo êxito em tudo o que tente. Eu sou apenas o jardineiro. Planto a semente e rego-a, sabendo que a morte pode me levar antes que eu possa ver o rebento ou a flor. Já é tarde e tenho de começar...

"Kiril, servo dos servos de Deus, aos bispos e aos irmãos de todas as Igrejas, paz e bênção apostólica..."

5

O regresso de Jean Télémond foi celebrado de maneira bastante insípida, o que esfriou o calor da acolhida que lhe fora dispensada pelo seu Superior.

O quartel-general da Companhia de Jesus, no número cinco do Borgo Santo Spirito, era um enorme edifício cinzento, triste e decadente, plantado à sombra da cúpula de São Pedro. O seu mobiliário era escasso, funcional e sem beleza discernível. A única pessoa a recebê-lo foi o irmão porteiro, um velho enferrujado que vira tantas sotainas entrando e saindo, que já não lhes prestava qualquer atenção.

O aspecto geral da casa era tristonho e provisório, um abrigo para homens cujo treino os habituara ao desconforto e à falta de calor humano, para se fazerem soldados de Cristo. Os próprios emblemas religiosos eram feios e produzidos em massa, evocando apenas uma vida interior que nenhum símbolo poderia jamais refletir.

Depois de terem rezado juntos, Semmering conduziu-o ao seu quarto, um cubículo caiado de branco e mobiliado com uma cama de ferro, um genuflexório, um crucifixo, uma escrivaninha e uma prateleira de livros. Suas janelas empoeiradas abriam-se para um pátio, frio e deserto, mesmo ao sol do verão. Jean Télémond vivera mais duramente do que a maioria dos outros e em locais menos acolhedores, mas a sua primeira olhadela à casa-mãe causara-lhe profunda depressão. O Superior Geral deu-lhe o horário da casa, prometeu-lhe apresentá-lo aos irmãos, à hora da ceia, e deixou-o só.

Télémond desfez as malas rapidamente e, em seguida, pôs-se a arrumar os seus manuscritos e apontamentos, metidos em volumosas pastas. Eram o fruto de sua vida de trabalho. Agora, que chegara o momento de compilar todo esse trabalho e de apresentá-lo ao público, parecia-lhe reduzido e insignificante.

Trabalhara durante vinte anos como paleontólogo na China, África, na América e nas Índias Orientais, traçando a geografia das mudanças, a história da vida registrada na crosta da Terra. Tivera como colegas e coinvestigadores alguns dos melhores cérebros científicos do mundo. Sobrevivera à guerra, à revolução, à doença e à solidão. Aguentara a perigosa dicotomia entre as suas funções como cientista e sua vida como religioso. Para quê?

Há anos que crescia nele a convicção de que o único propósito compreensível para tal esforço e sacrifício era demonstrar a vasta harmonia da criação, a convergência final de espírito e matéria, que marcaria o término eterno de um impulso criativo eterno. Ponderara muitas vezes o significado do velho provérbio: "Deus escreve certo por linhas tortas" e estava convencido até a medula de que o censor final de todas as várias forças da criação era uma flecha apontando em reta para uma divindade pessoal.

Muitos outros, antes dele, haviam tentado chegar a esta justificação de Deus para os homens. Os seus triunfos e fracassos eram marcos do pensamento humano. Platão, Santo Agostinho, Alberto Magno, Tomás de Aquino... cada um deles usara o saber do seu próprio tempo, para criar uma teologia, uma filosofia ou uma cosmologia... cada um deles acrescentou um novo escalão à jornada solitária da razão; cada um deles elevara o Homem acima da selva que o gerara.

Para Télémond, a empresa apresentava-se de uma forma diferente: traçar, a partir do texto da Terra viva, a jornada da não vida para a vida, da vida para a consciência, da consciência à união final da criação com o Criador.

O estudo do passado, acreditava ele, era a chave para o futuro. A justificação do passado e do presente estava no amanhã que deles resultasse. Não podia acreditar num Deus dissipador ou numa criação difusa, acidental, sem finalidade. Na raiz do seu pensamento – e acreditava na raiz de todas as aspirações humanas –, havia um desejo instintivo de unidade e harmonia cósmicas. Uma vez que os homens abandonassem a esperança nessa unidade, condenavam-se ao suicídio ou à loucura.

Que existia essa harmonia, estava ele convencido, além de qualquer dúvida. Que podia ser demonstrada, também acreditava, embora em outro modo de crer. O padrão estava assentado em seu lugar, mas ainda incompleto. Pensava ter apreendido as suas linhas principais; mas o seu problema era explicá-las e defini-las em termos acessíveis e aceitáveis à maioria da gente. Uma exposição tão vasta necessitava de novas palavras, novos e mais altos níveis de pensamento, novas analogias e uma nova audácia especulativa.

Já há muito o pensamento ocidental se vinha afastando do saber unificado do mundo. Mesmo na Igreja, o pensamento espiralado dos padres orientais, a tradicional gnose cristã, fora abafada pela tradição nominalista e racionalista dos teólogos ocidentais. Agora, mais elo que nunca, a esperança de sobrevivência do mundo parecia repousar, fora de qualquer lógica, na aceitação de novos e mais ousados modos de comunicação.

Não obstante, o terror do seu primeiro momento em Roma foi causado pelo fato de, sob o impacto inicial desta ruidosa e agitada cidade, onde o passado e o presente se misturavam a cada esquina, as suas convicções parecerem enfraquecer. Roma era tão segura de si mesma, tão sofisticada, tão cética, tão certa de que tudo o que acontecera ou poderia acontecer fora já pesado e julgado além de qualquer disputa, que a sua própria voz deveria soar insignificante.

Há muito tempo, numa barraca do deserto de Gobi, escrevera: "Compreendo agora quão pouco as viagens podem oferecer a um homem. A não ser que o seu espírito se projete na explosão de espaço que o rodeia, ele regressará o mesmo que partiu." Ali, na casa-mãe da Companhia, onde todos os quartos eram iguais, onde toda a gente vestia uniformemente a mesma batina negra, assistia a idênticos exercícios de devoção e comia à mesma mesa, perguntava a si próprio se, na realidade, algo mudara nele, e se a ampliação de conhecimentos que supunha ter alcançado não seria uma ilusão amarga.

Com um gesto impaciente, arrumou os últimos manuscritos na escrivaninha, fechou a porta atrás de si e foi passear pela cidade que o ameaçava tão vividamente.

Momentos depois, encontrou-se na ampla rua da Conciliação, de onde se desfrutava magnífica vista da praça de São Pedro. O delgado dedo do obelisco apontava para o céu e, de ambos os seus lados, a colunata de Bernini estendia-se para a cúpula da Basílica, iluminada pelo sol. A súbita majestade daquela visão... a cúpula dominante, as gigantescas figuras de pedra, a massa de colunas e pilares... oprimiram-no e fizeram-no sentir-se estonteado com a presença gritante do sol e do espaço.

Instintivamente baixou o olhar para o aspecto humano: os turistas da tarde, os cocheiros conversando junto aos seus cavalos, os vendedores com as suas pequenas caixas de rosários, os ônibus e automóveis, os finos jatos que saíam das fontes. Os dentes da roda da memória foram de novo engrenados, e ele recordou-se do que escrevera, ao contemplar, pela primeira vez, o Grand Canyon do

Colorado... "Costumo ficar ou completamente frio ou profundamente perturbado pela visão grandiosa da natureza, ou mesmo dos espetaculares monumentos antigos, abandonados por seus criadores. Logo que o homem aparece, sinto-me reconfortado porque ele é o único elo significativo entre a ordem física e a espiritual. Sem o homem, o universo é terra inculta e ululante, contemplada por um demônio invisível..." Se o homem desertasse desse esplendor de São Pedro, sobreviria a decrepitude, e ele se transformaria em um terreno baldio, onde as raízes das árvores cresceriam por entre as pedras, e os animais viriam beber nos tanques das fontes.

Mais reanimado, Télémond atravessou a *piazza* na direção da Basílica, parando para olhar os aposentos papais e imaginar que espécie de homem vivia agora neles. Não tardaria a encontrá-lo, face a face, e o jesuíta teria de justificar o trabalho de toda a sua vida a um homem encarregado de perpetuar a vida de toda a Igreja. Já corriam vários rumores a respeito do novo papa e sobre o seu desafio aos reacionários e aos tradicionalistas ferrenhos do Vaticano. Havia quem o visse como o iniciador de um segundo Renascimento no seio da Igreja, um novo e inesperado traço de união entre o Ocidente lógico e o Oriente iluminado.

Se esses rumores fossem verdadeiros, então haveria esperanças de que Jean Télémond se libertasse, por fim, do seu exílio. Se não...

No lado oposto da *piazza*, encontrava-se o Palácio do Santo Ofício, onde os cérebros de Deus vigiavam sobre o depósito da fé. Já conheciam Jean Télémond. Uma vez que um padre passasse nas suas malhas, nunca mais era esquecido, e tudo o que ele escrevesse iria às mãos deles, antes de poder ser impresso. O cardeal Leone ainda lá estava, com sua branca juba, olhar frio e temperamento instável. Não era segredo para ninguém que Leone gostava pouco do Superior Geral dos jesuítas e que favorecia mais as opiniões e o procedimento das ordens mais antigas da Igreja. Télémond gostaria muito de saber o que levara Semmering a arriscar o desfavor do velho leão, trazendo para Roma um homem de opiniões suspeitas.

Havia política dentro da Igreja, tal qual havia fora dela. Havia mentalidades curiosas e outras relutantes. Havia tradicionalistas cegos e inovadores excessivamente ansiosos. Havia homens que sacrificavam a antiga ordem ao crescimento, e outros que procuravam tão audaciosamente as mudanças, que acabavam por atrasar a Igreja por vários séculos. Havia muitos piegas e outros tantos ascetas inflamados. Havia administradores e apóstolos... e Deus ajudasse quem, homem infeliz, fosse alheio a qualquer das correntes.

Só havia então um refúgio: um compromisso a que ele se obrigara há muito tempo. Um homem podia andar apenas pelo caminho que via adiante de seus pés, ou pelo que lhe fosse indicado por um superior legal. Depois disso, estava nas mãos de Deus... e o Seu raio de ação era mais reconfortante que o das mãos de qualquer homem.

Apesar do calor que fazia, sentiu um arrepio e apressou o passo para o interior da Basílica. Sem olhar nem para a esquerda, nem para a direita, enfiou-se pela nave ressoante, na direção do Santuário, e ficou depois, por largo tempo, ajoelhado a rezar à beira do túmulo de Pedro.

Nas horas frias entre a meia-noite e a madrugada, George Faber, deitado, mas desperto, considerava a sua nova situação. A seu lado, Chiara dormia como uma criança, saciada e tranquila. Nunca, em todos esses meses de amor, ele experimentara uma paixão tão tumultuada e uma entrega tão absoluta como nessa noite. Todos os seus sentidos se haviam intensificado, todas as suas emoções haviam emergido e consumido no clímax de uma união tão vibrante que a própria morte parecia apenas um sussurro. Nunca se sentira tão homem. Nunca Chiara se mostrara tão generosamente mulher. Nunca as palavras haviam sido tão rapidamente abafadas pelas demonstrações de ternura e pelos transportes do desejo... nunca, em toda a sua vida, ele fora tão ferozmente dominado pelo desconsolo subsequente.

Consumado o ato de amor, Chiara soltara um suspiro de satisfação, enterrara o rosto na almofada e adormecera em seguida. Era como se ela o tivesse abandonado, sem avisá-lo e sem se despedir, para embarcar numa viagem solitária... Como se houvesse tocado o limite do amor, Faber sentia-se agora demasiado só para encarar a escuridão e os terrores de uma noite sem fim.

Os terrores eram mais reais do que haviam sido até então. Por um prazer tão pleno, de alguma forma, algum dia, um preço devia ser pago. Sabia, sem a menor sombra de dúvida, que seria ele a pagá-lo. O que sentira essa noite fora uma floração primaveril que talvez não voltasse a repetir-se, pois ele estava já no fim do seu verão, avançado nas colheitas, com o cobrador à sua espera, para reclamar o imposto.

Para Chiara, a vida era ainda sua devedora. O pagamento fora deferido por um prazo demasiado longo, e o seu corpo estava ávido do tributo. Para ele, um homem nos 40, o caso era outro. Sabia onde estavam escondidas as etiquetas dos preços. Conhecia as necessidades que se seguiam à satisfação do ato de amor: a urgência de continuidade, a de filhos nascidos das sementes tão generosamente gastas em prazer ou amor, a necessidade, enfim, de um porto de abrigo e de uma manhã ensolarada, após a tempestade da noite.

Enquanto meditava em tudo isto, Chiara movera-se e aproximara-se dele, em busca do calor do seu corpo. Era um gesto instintivo, esboçado no sonho, porém mais eloquente que quaisquer palavras. Até seu casamento com Calitri, fora protegida a cada passo pela riqueza dos pais, pelos desvelos das freiras e pelas tradições da sua classe. Quando o seu casamento fracassou, encontrara outro refúgio, e agora repousava-lhe nos braços. Aí ficaria, enquanto ele a acolhesse forte e seguramente. Mas no momento em que o seu braço afrouxasse e a sua coragem fraquejasse, ela fugiria dele.

O mais estranho era Chiara não ver o acordo unilateralmente. Dera-lhe o seu corpo e a sua reputação; que mais poderia ele desejar? Sabia que, se lhe confiasse o que ia em seu espírito, ela não o compreenderia. Casada e mãe de filhos, cresceria para a completa maturidade; contudo, neste intermédio, seria sempre a moça-mulher, meio deliciada pela aventura, meio receosa das suas consequências, mas nunca entendendo, totalmente, que a dívida do amor nem sempre era paga na moeda da carne.

Para ela, o encontro dessa noite, pleno, ruidoso e maravilhoso, fora uma espécie de voo, e ele já era demasiado velho, sabedor e calculista para acompanhá-la. Instintivamente, voltou-se, abraçou-a e aconchegou-a a si perguntando-se por que a milagrosa unicidade da carne era tão breve e por que, no final, dois amantes tinham de jazer tão frequente e longamente sós, quais ilhas isoladas num mar escuro. Sua mão adormecida pousara sobre o corpo dele, o cabelo roçava-lhe os lábios e seu perfume envolvia-o. Mas o sono é que não vinha. Recordou, uma vez mais, a conversa do jantar, ao falar-lhe da entrevista com Campeggio.

Chiara escutara-o atentamente, com o queixo apoiado nas mãos, os negros olhos ansiosos e pendentes da intriga em perspectiva.

– Claro, querido! É tão simples! Já devíamos ter pensado nisso! Em Roma há, pelo menos, vinte pessoas que gostariam muito de depor contra Corrado. Tudo o que temos de fazer é encontrá-las.

– Você conhece algumas delas, meu bem?

– Não. Corrado era sempre muito discreto. Mas estou certa de que, se procurarmos, depressa teremos uma lista de nomes.

– O que não podemos é procurar abertamente – disse Faber com firmeza. – Se ele descobre o que tencionamos fazer, o assunto fica liquidado, não compreende? Isto é uma verdadeira conspiração.

– George, meu querido, não seja tão melodramático. Tudo o que queremos é obter justiça. Isso não é conspirar, é?

– É como se fosse... aos olhos da Igreja e da lei civil, vem dar no mesmo. Só nos restam duas coisas a fazer: contratar um investigador profissional, ou fazer eu próprio as investigações. Se nos servirmos de um investigador, isso me custará mais dinheiro do que eu poderia pagar, e, no fim, ele me venderia ao seu marido. Se eu me encarregar disso... meto-me no negócio até os cabelos.

Chiara olhou-o com olhos muito arregalados e inocentes.

– Está com medo, George?

– Estou, sim...

– Do meu marido?

– Da sua influência.

– Não quer casar comigo, querido?

– Já sabe muito bem que sim, mas, uma vez casados, teremos de viver. Se eu perder a minha reputação em Roma nunca mais conseguirei trabalhar aqui. Teríamos de ir para a América.

– Não me importaria nada... e, além disso, eu não lhe atirei à cara a minha reputação, não é?

– Por favor, Chiara! Tente compreender que isto não é assunto moral, é um assunto de autoridade, de profissionalismo... o crédito pelo qual vivo e de que teríamos de viver. Se eu for considerado um chantagista comum... onde poderei começar de novo? Aqui reside a dificuldade da vida, meu bem. Podemos dormir com quem quisermos, podemos ganhar um milhão à custa dos pobres, mas se passarmos um cheque de dez dólares sem fundos, ou transgredirmos o código de ética profissional, ficaremos mortos e enterrados, sem possibilidade de retorno. Assim é o mundo, duro como pedra. Que cada um faça o que lhe dê na telha, que se aproveite do que possa, mas se tropeçar, que Deus o ajude! É isto que teremos de encarar juntos.

– Eu não tenho medo, George! Por que haveria você de tê-lo?

– Tenho de estar certo de que você, Chiara, sabe o que isto representa.

– E eu gostaria muito de saber se você se dá conta do que tudo isto representa para mim. Uma mulher precisa casar. Precisa de um lar e filhos, e de um homem que lhe pertença. O que nós temos é maravilhoso, mas não basta. Se você não quer lutar, George, que posso fazer?

E ali estava o desafio que o levara para os seus braços – o desafio à sua virilidade, o desafio de uma estupidez que ele jamais perdoou – por aceitar perder o mundo por amor. Mas George Faber era um homem com seu mundo próprio, sabia muito bem que não podia dispensar o amor. Sabia também que lhe era impossível viver sem sua carreira profissional. Não havia dúvida de que esboçara uma atitude que talvez o deitasse a perder. Mas, quando chegasse o momento de atacar com espadas e lanças, conseguiria ele aguentar? Seria um cavaleiro de brilhante armadura e o favor de uma dama a flutuar no seu elmo...? Ou ficaria reduzido a um Quixote maduro e arruaceiro, objeto de chacota para homens e anjos?

CARDEAL VALERIO RINALDI estava sentado no terraço da sua *villa* e contemplava o dia descendo sobre o mar. A ondulação da terra enchera-se de sombras purpúreas, as colinas tinham pinceladas de ouro e bronze e os telhados da aldeia pareciam de um vermelho incandescente. Uma suave brisa agitava-se sobre a terra, levando no seu frêmito o aroma dos lilases e das rosas. O som de risos infantis chegou-lhe, do jardim lá embaixo, onde as suas sobrinhas brincavam entre os mármores órficos.

Esta era a sua hora favorita, a hora entre o dia e o crepúsculo, em que o olhar repousava da crueza do sol e o espírito ainda não fora tocado pela melancolia da escuridão. As cicadáceas estavam imóveis e os grilos não tinham começado ainda o seu monótono trilar. Rinaldi abriu o livro que tinha pousado no colo e principiou a ler os estranhos caracteres gregos que escondiam as palavras mágicas de Eurípides.

> Ó jardim calmo e luminoso,
> Na orla do vasto mar ocidental
> Onde as filhas da Noite, em coro cantam,
> Sob as árvores de dourados pomos!
> Onde o bravo marinheiro vagabundo
> Encontrou, pelo Deus Oceano, barrados
> Os caminhos, de púrpura tingidos,
> Do vasto e ignoto mundo!
> Onde Atlas, o gigante, vive e guarda,
> As solenes fronteiras do Empíreo!
> Onde o vinho ambrosíaco a jorros flui,
> No palácio de Zeus, das claras fontes
> Para o festivo e divino alto assento;
> Enquanto a sacra Terra, amontoando
> Capitosos frutos de sabor raro,
> Abençoava o imortal festim, com abundância.

Era um homem de sorte e sabia-o. Poucos eram os que alcançavam a elevação e nela se conservavam com um coração forte e boa digestão, para desfrutar um jardim calmo, onde cantavam as filhas do crepúsculo... Poucos eram os que, na sua profissão, ouviam as vozes cristalinas de crianças no seu próprio jardim, fazendo-as saltar para os joelhos e contando-lhes histórias de fadas, dando-lhes a bênção de um velho padre, na hora de irem para a cama.

Outros, sabia ele, haviam morrido prematuramente. Outros, ainda, sobreviviam, dolorosamente, com olhos míopes, membros paralisados ou com lentos cânceres, amparados à caridade da Igreja. Tinha poucos motivos de arrependimento, porque este sentimento lhe parecera sempre uma vaidade alheia à sua natureza. Estava preparado para a reforma, preparado, sim, por uma mentalidade curiosa e escolar e, também, por uma diversidade de amizades e interesses. Não receava a morte, pois que, se tudo corresse normalmente, ainda lhe restava muito tempo de vida, uma vida que ele levara sempre com método, empregando os seus talentos, o melhor que sabia, no serviço da Igreja. Apesar disso, ao entardecer, nas noites de insônia de um velho, ou quando via os camponeses curvados na lavoura da sua propriedade, a pergunta dolorosa surgia-lhe algumas vezes: por que tenho eu tanto? Por que vivo tão opulento, e outros de maneira tão pobre? Ou será isto uma ironia divina, cuja intenção me será revelada apenas na eternidade?

O velho Eurípides levantara a mesma dúvida e não lhe soubera responder melhor do que ele.

Eles erram, dispersos, sobre as ondas,
Visitando sempre estranhas cidades,
Em demanda de mundos de riqueza
E seguros, todos, de os encontrar;
Mas o jogo da sorte o Homem perde,
E a outro, a fortuna em seu colo deixa...

E havia ainda outra pergunta. Que fazer com os frutos da vida? Botá-los fora, como o irmão Francisco, e percorrer o mundo, rendendo culto à pobreza? Era já demasiado tarde para isso. A graça da abdicação passara há muito por ele, se é que alguma vez o tocara. Por bem ou por mal, sua vida estava selada pela carreira que construíra.

Não era avarento nem perdulário. Estava a educar as filhas da sua irmã e ainda um par de seminaristas. Quando morresse, metade da sua fortuna iria para a família e a outra para a Igreja. O pontífice já aprovara esta disposição. Que motivo, tinha, então, para se censurar? Nenhum, aparentemente, exceto uma certa mediocridade de espírito, talvez, e uma necessidade imanente da sua natureza de possuir o melhor que havia nos dois mundos. Deus poderoso fora o criador de ambos, do visível e do invisível, para que o homem os habitasse e deles se beneficiasse. Criara o próprio Homem e era intenção da Sua misericórdia não esperar mais que o justo reembolso pelo maior ou menor talento que concedera a cada criatura humana.

Rinaldi era suficientemente inteligente para não se alegrar demasiado com a sua boa sorte. Contudo, tampouco poderia chorar, pois não via razões para lamentos. Assim, suspirou de leve com a aproximação das sombras noturnas, e continuou a ler a história de Hipólito, filho de Teseu.

> Entrar nas trevas!
> Agora, deixai-me que morra e passe
> Ao mundo sob a Terra, e à triste Noite!
> Já que Vós, ó mais querida de todas,
> Não estais mais ao meu lado
> E a morte que vos tocou
> É mais que a morte que vos tragou.

Quando, afinal, tombou a noite, Rinaldi fechou o livro e entrou em casa para as orações vespertinas com a sua família, preparando-se em seguida para jantar com o cardeal Leone.

O grisalho inquisidor estava tão rabugento e mal-humorado como sempre, mas suavizou-se logo que as crianças entraram na sala. Quando se aproximaram dele três meninas morenas, para receber a sua bênção, seus olhos enevoaram-se e as mãos tremeram-lhe, ao tocar-lhes nas frontes reverentes. As meninas afastaram-se depois, respeitosamente, mas Leone voltou a chamá-las para junto de si e falou-lhes com gravidade, como qualquer avô faria, sobre as suas lições, as suas bonecas e o acontecimento memorável de um dia no Jardim Zoológico. Rinaldi sorria secretamente ao ver o velho tão rapidamente domado. Ainda mais surpreendido ficou quando o velho guardião de tantos mistérios mergulhou na decifração de um quebra-cabeças, pedindo a Rinaldi que deixasse ficar as crianças, mais algum tempo, para o ajudarem a terminar o jogo.

Logo que, por fim, as meninas foram para a cama, e o jantar foi anunciado, Leone se mostrou estranhamente calmo, dizendo a Rinaldi:

– Você é um homem de sorte, meu caro. Deveria render graças a Deus por cada dia de vida.

– E rendo – respondeu o antigo camerlengo. – Incomoda-me ter feito tão pouco por merecer a felicidade que tenho.

– Aproveite-a, meu amigo. É a mais pura que jamais poderá conhecer.

Leone acrescentou depois, como uma recordação dolorosa:

– Quando ainda estava no seminário, um dos meus mestres dizia que todos os padres deviam educar uma criança, pelo menos, durante cinco anos. Na época, não compreendi o que ele queria dizer. Agora, já compreendo.

– Tem ainda parentes? – perguntou Rinaldi.

– Já não tenho. Eu costumava pensar que, como padres, não precisávamos deles. É uma ilusão, claro... sentimo-nos tão solitários dentro do hábito quanto fora dele.

Leone resmungou ainda umas palavras e sorriu:

– Todos acabamos sentimentais ao envelhecer...

Jantaram sós, como competia a um par de príncipes, homens que tinham em si alguns dos maiores segredos da Igreja. Um mordomo veterano servia-os e retirava-se após cada prato, para que pudessem conversar livremente. Leone parecia sensibilizado por seu encontro com as crianças e, enquanto comia distraidamente um prato de peixe, voltou a referir-se aos problemas da vida celibatária:

– ... Todos os anos, como sabe, temos uma série de casos difíceis no Santo Ofício: padres que se encontram envolvidos em questões com mulheres, aventuras pouco dignas entre mestres e alunos, e denúncias de propostas de padres no confessionário. É inevitável, claro. Há sempre maçãs podres em todo caixote, mas quanto mais envelheço, menos sei como tratar esses casos.

Rinaldi assentiu. Ele próprio servira no Santo Ofício e era ainda conselheiro para muitas das suas diversas deliberações.

Leone prosseguiu:

– Temos, neste momento, um caso bastante intrincado, que diz respeito a um padre romano e a uma jovem da sua paróquia. As provas são conclusivas. A moça está grávida, e há a possibilidade de um escândalo público. Senti-me na obrigação de levar o caso à presença pessoal de Sua Santidade.

– O que lhe disse ele?

– Encarou o caso com mais calma do que eu esperava. O padre em questão foi, naturalmente, suspenso dos seus deveres, mas Sua Santidade ordenou que ele fosse submetido a um exame médico e psiquiátrico, antes de o caso ser finalmente decidido... Trata-se de uma medida bastante invulgar.

– Não está de acordo? – perguntou Rinaldi, curioso.

– Da maneira como me foi dito – respondeu Leone, pensativo – não vi como poderia discordar. Sua Santidade explicou-me que, fizesse um padre o que fizesse, continuaria a ser uma alma errante, em busca de auxílio; o castigo não era suficiente, e teríamos de ajudar o homem a emendar o seu erro e a sua vida. Disse, depois, que pesquisas modernas revelaram que muitas aberrações sexuais tinham suas raízes numa doença real da mente, criando a vida celibatária problemas especiais naqueles que possuíssem uma predisposição psicopática... as regras canônicas são prudentes, neste particular, mas não são proibitivas. Um padre pode requerer ou ser encaminhado a tratamento psiquiátrico apenas em casos graves, e com a permissão do seu bispo. A autoridade de Sua Santidade é suprema no assunto.

– Ainda não me disse se concorda com a decisão – disse Rinaldi, com suave ironia.

Leone riu.

– Já sei, já sei... tenho uma péssima reputação. Ainda sou para a Igreja, uma espécie de grande-inquisidor, pronto a expurgar o erro a ferro e fogo... mas não é verdade. Vejo-me sempre num dilema em tais circunstâncias. Tenho de ser muito cauteloso na disciplina. Encontro-me sempre hesitante entre a compaixão e a minha obrigação

133

de fazer respeitar a lei... já tive uma entrevista com esse padre. É uma triste e conturbada criatura. Podemos acabar com ele com uma só palavra e, com a mesma palavra, pô-lo no caminho do mal. Por outro lado, que fazer à mulher e à criança que está para nascer?

– O que lhe disse Sua Santidade a esse respeito?

– Quer que a criança seja tutelada pela Igreja. Quer, também, que seja dado emprego e um dote à mulher. Uma vez mais, como ouve, trata-se de uma questão de precedente, mas admiro a sua atitude, mesmo que não possa concordar inteiramente com ela. Sua Santidade tem um coração muito bondoso... o perigo é que seja demasiado bondoso para o bem da Igreja.

– Ele sofreu muito mais do que nós. Talvez tenha mais direito a crer no seu coração do que nós temos.

– Eu sei disso. Desejaria que ele confiasse em mim um pouco mais.

– Engano seu, sei que ele confia em todos nós.

Rinaldi proferiu estas palavras com ênfase:

– Sei também que tem um grande respeito por você. Já tomou alguma atitude contra você?

– Ainda não. Creio que a prova real ainda está para vir.

– O que quer dizer com isso?

Leone lançou um astuto olhar ao seu anfitrião.

– Não acredito que ainda não sabe. O Superior Geral dos jesuítas trouxe de novo para Roma esse tal Télémond. Arranjou as coisas de modo que seja ele a falar, na presença do papa, no dia da festa de Santo Inácio de Loiola.

– Sim, ouvi falar. Fui convidado a assistir. Não creio que tenha grande repercussão. Télémond é um estudioso distinto. Creio ser muito natural que Semmering o queira reabilitar e lhe dar um campo de ação mais vasto no seio da Igreja.

– Pois eu penso que é um passo calculado – replicou Leone, de mau humor. – Semmering e eu temos tido vários atritos, e ele sabe que as opiniões expressas por Télémond são ainda suspeitas na minha jurisdição.

– Ora, vamos, vamos, meu caro! Ele teve vinte anos para rever as suas velhas concepções, e o meu amigo não pode, com justiça, classificá-lo de espírito rebelde. Submeteu-se, não é verdade, quando lhe impuseram silêncio? Nem o próprio Santo Ofício pode recusar-lhe agora a oportunidade de reiterar sua posição.

– A ocasião é demasiado pública. Demasiado simbólica, se preferir. Creio que Semmering cometeu uma indiscrição.

– Do que está realmente receoso, meu amigo? De uma vitória para os jesuítas?

Leone resmungou e balançou a cabeça.

– Sabe que isso não é verdade. Trabalham para Deus, como nós tentamos fazer, à nossa própria maneira.

– Então, onde está a sua dúvida?

– Já se encontrou alguma vez com esse tal Jean Télémond?

– Não.

– Eu já. É um homem de grande encanto e, na minha opinião, de uma singular espiritualidade. Estou inclinado a pensar que exercerá uma impressão muito favorável à Sua Santidade. Acredito que Semmering também pensa dessa forma.

– Isso é ruim?

– Pode ser. Com o patrocínio do sumo pontífice, ele poderá então exprimir muito mais livremente as suas opiniões.

– Mas o Santo Ofício estará, então, presente para domesticá-las.

– Será muito mais difícil manobrar contra um homem que se beneficie do apoio papal.

– Penso que está partindo de duas presunções sem fundamento. Que ele obterá apoio papal, e que você terá de atuar contra as opiniões de Télémond.

– Nós temos de estar prontos para qualquer coisa que possa acontecer.

– Não haverá uma solução mais simples? Por que não tocar no assunto, agora, com a Sua Santidade?

– E que lhe poderei eu dizer? Que desconfio da sua discrição ou que não tem confiança em mim o bastante?

– Sim, a coisa não seria muito fácil.

Rinaldi riu abertamente e tocou o gongo, ordenando que servissem o próximo prato:

135

– Vou lhe dar a minha opinião. Não se preocupe. Aproveite seu jantar, e deixe que o assunto siga o seu caminho. Nem o Santo Ofício pode fazer tanto bem pela Igreja quanto o Espírito Santo...

Leone sorriu com amargura, e voltou-se para o assado:

– Estou ficando velho, meu caro, velho e rabugento. Não consigo habituar-me à ideia de que um jovem de 50 anos use a tríplice coroa.

Rinaldi ironizou como um verdadeiro romano:

– Pois eu acho que a coroa lhe vai muito bem e não existe nada na fé que obrigue a Igreja a ser regida por uma gerontocracia. Disponho agora de muito tempo para pensar e estou convencido de que a idade nem sempre nos faz mais sábios.

– Não me compreenda mal. Eu vejo o bem que este homem nos trouxe. Age como um verdadeiro pastor, conduzindo o rebanho. Visita hospitais e prisões. No domingo passado, acredite ou não, ouviu três sermões inteiros em três diferentes igrejas de Roma... só para se inteirar da espécie de pregação que vai pelos nossos púlpitos.

– Espero que tenha ficado impressionado...

– Não ficou nada –, disse Leone, com um humor sombrio – e não fez segredo algum da sua opinião. Falou de "retórica exagerada" e "vaga devoção". Creio que falará disto na encíclica que está preparando...

– Ainda não está pronta?

– Ainda não. Consta-me que está elaborando a primeira versão em russo. Teremos algumas surpresas...

Leone voltou a sorrir.

– Eu já tive algumas. Sua Santidade desaprova o tom de certas proclamações do Santo Ofício. Acha que são demasiado severas, demasiado duras. Deseja que refreemos as condenações ostensivas, especialmente às pessoas, e que adotemos um tom de preferência admoestador e de advertência.

– E ele lhe disse os motivos?

– Disse, e daquela maneira bastante clara que lhe é habitual. Explicou que deveríamos deixar sempre uma porta aberta para os homens de boa vontade, mesmo quando cometessem um erro. Devemos apontar esses erros, mas, de maneira alguma, ser injustos com as intenções daqueles que os cometeram.

Rinaldi permitiu-se um leve sorriso.

– Agora começo a ver por que você está tão preocupado com Jean Télémond...

Leone ignorou a brincadeira e resmungou:

– Estou inclinado a concordar com Benedetti. Temos um papa reformador. Quer varrer todos os quartos ao mesmo tempo. Está falando, segundo creio, de uma Reforma na Sagrada Rota, de mudanças no ensino dos seminários e até de comissões separadas para representarem, em Roma, as várias Igrejas nacionais.

– Seria uma bela medida – respondeu Rinaldi, meditativamente. – Penso que todo mundo, exceto nós, romanos, concorda que centralizamos demasiado. Vivemos tempos conturbados, e, se houvesse outra guerra, as Igrejas do mundo estariam mais isoladas do que nunca. Quanto mais depressa puderem desenvolver uma vigorosa vida local, melhor para a causa da fé.

– Se houver outra guerra, meu amigo... será o fim do mundo.

– Demos graças a Deus, pois as coisas parecem agora estar um pouco mais calmas.

Leone balançou a cabeça.

– A calma é enganadora, creio. A pressão aumenta e, antes que passe outro ano, talvez assistamos a um novo surto de crise. Goldoni esteve conversando ontem comigo a tal respeito. Está preparando um relatório especial para o pontífice.

– Gostaria de saber – disse Rinaldi, com ar absorto – como será vista a crise por um homem que, durante dezessete anos, vegetou na sombra da morte...

PARA KIRIL, O PONTÍFICE, a crise apresentava-se sob uma variedade de aspectos.

Viu-a, primeiro, no microcosmo, sobre o campo de batalha da sua própria alma. No nível mais baixo, o nível a que vivera na cela da prisão, tratava-se de simples impulso de sobrevivência: o esforço desesperado para agarrar-se àquela singular centelha de vida que, uma vez extinta, jamais voltaria a se acender. Havia uma só infusão de vida na frágil carcaça do seu corpo. Quando a carcaça se despedaçasse, só

137

viria a se restaurar de novo no dia da ressurreição final. Assim, com a infusão de vida, infundia-se também o instinto de preservá-la a todo custo contra o que a pudesse ameaçar, ou parecesse ameaçá-la, de dentro ou de fora.

Cada animal contém em si próprio um mecanismo de sobrevivência. Só o Homem, o último e o mais nobre ser do reino animal, compreendeu, embora vagamente, que o mecanismo pode fatigar-se, e que, mais tarde ou mais cedo, terá de efetuar um ato consciente de abandono desse dom na mão do Criador, que primeiro lhe concedera. Este seria o ato para consumação para o qual toda a sua vida fora uma preparação; recusá-lo, seria cometer a rebelião final, da qual não havia saída possível.

Contudo, a vida cotidiana de cada homem é uma série de pequenas rebeliões contra o medo da morte, ou de vitórias esporádicas na esperança do impossível. Mesmo para Kiril, vigário de Deus na Terra, não havia caminho de retirada nessa guerra diária. O impulso de sobrevivência adquiriu diversas formas: a delícia do poder, que dá ao homem a ilusão da imortalidade; o receio de oposição que pudesse limitar essa ilusão; o desejo de amizade para acalentar o frágil corpo ou o espírito hesitante; a necessidade de ação que afirma a potência do Homem contra circunstâncias ameaçadoras; a ânsia de possuir o que, no final, deve ser abandonado; a covardia que o projetou no isolamento, como se ele pudesse bloquear todas as brechas contra a iminente invasão da morte. Mesmo para um pontífice, que se mantém, por suposição, mais próximo de Deus, não havia garantia de vitória sobre si próprio. Cada dia trazia o seu rol de derrotas, que deviam ser expurgadas e expiadas no tribunal de penitência.

Mas que se passaria com os outros homens, muito menos esclarecidos, muito mais vulneráveis; muitíssimo mais oprimidos pelo terror da extinção do corpo? Sobre eles, as pressões da existência iam-se acumulando, dia a dia, cada vez mais próximas do ponto de ruptura. Para eles, devia encontrar em si próprio forças para emprestar e caridade para gastar, antes que se desmoronassem sob o fardo, ou se voltassem uns contra os outros em uma guerra feroz, que os apagaria mais depressa do que a morte misericordiosa e quiçá longínqua de que queriam fugir.

Este era outro aspecto da crise, que ele lia em cada relatório depositado sobre a sua escrivaninha pelos seus conselheiros, em cada jornal e em cada boletim que chegava ao seu conhecimento.

Sempre que um homem era projetado, dentro de uma cápsula, para novas dimensões de espaço e tempo, o mundo exultava como se ele regressasse à Terra com uma promessa de eternidade no bolso do seu traje de astronauta.

Sempre que se anunciava um novo programa de armamento, era como se o promotores da iniciativa inscrevessem, com uma das mãos, uma nova cifra de lucro na bolsa de títulos e, com a outra, seus próprios epitáfios.

Cada acordo econômico trazia vantagens para os que o assinavam, e uma dose de injustiça para os que dele ficavam excluídos.

As nações do Oriente e da África explodiam em novos conceitos de grandeza, mas, apesar disso, os homens tomavam partido em assuntos de cor ou raça, como se estivessem investidos de um direito divino de eleição para um paraíso na Terra.

Cada nova vitória sobre a doença correspondia a um esvaziamento dos decrescentes recursos do planeta. Todo progresso na ciência era mais um remendo do manto em que o homem se abrigava contra o vento frio da dissolução.

E todavia... e todavia, esta é a natureza humana. O seu método histórico de progresso é um arame suspenso, por onde se caminha para um futuro tenuemente percebido, mas profundamente sentido. A Igreja está no mundo, embora não seja o mundo, sendo sua função sustentar a verdade como um farol que ilumina o porto da derradeira chegada do Homem.

Assim, Kiril, o pontífice, colhido como todos os seus irmãos no dilema humano, sentou-se à sua escrivaninha e seguiu, nas palavras formais do relatório do seu secretário de Estado, as nuvens de uma tormenta em formação:

"O fulcro da atual situação é a China. Os relatórios mais fidedignos indicam que o programa agrícola fracassou e que a colheita do próximo verão será deficiente. Isto significará, quase inevitavelmente, um novo impulso militar na direção dos arrozais do sudeste asiático, logo após as próximas monções. O treinamento militar foi acelerado e há notícias diárias de medidas repressivas contra elementos contrários. A nossa própria gente está sendo sujeita a novas campanhas de vigilância, a novas ondas de aberta perseguição.

"Na América, verificou-se um certo alívio na recessão econômica, mas devida em larga escala ao incremento dos programas de armamento militar. As nossas fontes de informação dos Estados Unidos relatam que qualquer nova tentativa chinesa de expansão na Birmânia, na Indochina ou na Tailândia, criaria perigo imediato de guerra...

"Em Bonn e em Paris, fala-se da participação da França e da Alemanha num programa conjunto para o desenvolvimento de armas nucleares. É o resultado lógico da sua situação de membros principais do bloco europeu, mas torna-se evidente que tal iniciativa será tomada qual ameaça aberta à Alemanha Oriental e a Moscou...

"Tem sido nossa esperança, há algum tempo, que o medo da Rússia à China pudesse acarretar uma melhoria nas relações da União Soviética com o Oriente, mas tal situação implica um elemento perigoso e adverso.

"Parece oportuno que Vossa Santidade faça um comentário, claro e público, sobre os perigos da nova corrida armamentista, a qual vem sendo justificada como necessidade de fortalecimento da aliança ocidental contra o comunismo.

"É difícil ver como isso poderia ser feito, mas se houvesse, para nós, uma possibilidade de entrar em contato, de algum modo, com o *Presidium*, no Kremlin, e apresentarmo-nos como elemento mediador nas relações Leste-Oeste, não haveria melhor oportunidade do que a presente. Infelizmente, nossa posição em relação às doutrinas comunistas é muito facilmente interpretada como uma aliança política com o Ocidente. Instruímos os nossos porta-vozes e legados por todo o mundo que acentuem, tanto em público quanto em conversações com personalidades políticas, os perigos da atual situação.

"Como Sua Santidade sabe, mantemos atualmente relações amistosas com representantes da Igreja Ortodoxa e com membros responsáveis de outras instituições cristãs. Podemos ver, com segurança, a colaboração deles nesta matéria. Contudo, a criação de um clima moral nunca é tão efetiva quanto a de um clima político, e teremos de encarar o fato de que os próximos seis a doze meses podem levar o mundo à beira de outra guerra...

"Na África..."

Kiril, o pontífice, pousou o relatório datilografado e tapou os seus olhos cansados com as palmas das mãos. Aqui, novamente em macrocosmo, estava a luta pela sobrevivência humana. Os chineses queriam uma tigela de arroz. Os russos procuravam conservar o conforto civilizado com o qual acabaram de se tornar familiarizados. Cento e oitenta milhões de americanos tinham de continuar a trabalhar, a fim de que não ruísse a precária economia do consumidor. A França e a Alemanha, roubadas de suas colônias, tinham de manter o seu poder de barganha na comunidade das nações europeias.

"O que nós temos o conservamos, porque é nosso, porque o ganhamos. Tudo o que nos engrandece é bom. Tudo o que nos diminui é uma ameaça... a lei da selva... A sobrevivência dos mais fortes... não há moral na política..."

Todavia, feitas as contas, a sobrevivência, mesmo para o indivíduo, nunca foi uma equação simples. A definição de direitos e deveres ocupara teólogos e juristas durante os dois mil anos de existência cristã, em muitos milhares de anos antes de Cristo. Uma coisa era proclamar a lei, mas aplicá-la, conseguir que todos os milhões da humanidade a vissem com os mesmos olhos, reconhecê-la como um decreto divino... isso era, pela realidade da vida, uma coisa impossível. Havia, contudo, uma promessa: "eu, se me erguerem, atrairei todas as coisas para mim." E, sem essa promessa, não havia ponto de apoio da razão no Universo. Se o Homem não acreditasse que a Terra, girando em sua órbita, estava segura pela continuidade de um ato criativo, então poderia desesperar e desejar vê-la dissolvida em fogo, para dar lugar a uma melhor.

Uma vez mais, acudiu-lhe à memória o fragmento de uma conversa que tivera com Kamenev, quase dez anos antes.

"A diferença entre nós dois, Kiril, é que eu me dedico ao possível, e você, ao sem sentido... Deus deseja a salvação de todos os homens e que alcancem o conhecimento da verdade. É isto o que você prega, não é? Mas você sabe que esse palavreado é uma rematada loucura. Uma loucura sublime, concordo, mas uma loucura rematada, de qualquer modo. Isso não acontece. Isso jamais acontecerá, não pode acontecer. O que é o seu céu, senão uma cenoura à frente de um burro, para fazê-lo trotar? O que é o seu inferno, senão um monte de lixo para os seus fracassos? Fracassos de Deus, meu amigo! E dizem vocês que ele é onipotente! E daqui, para onde vai? Você vem comigo para conseguir o possível ou continuará em busca do impossível?... já sei o que você quer dizer: Deus torna tudo possível. Você não vê? Não vê que sou Deus para você neste momento porque você nem sequer pode se mover dessa cadeira antes que eu dê a ordem?... Tome! Deus oferece-lhe um pequeno presente. Um cigarro..."

Kiril recordava-se de ter aceito o cigarro, fumando-o com gratidão, enquanto seu espírito exausto se debatia com o paradoxo que Kamenev lhe propusera!... O pequeno ganho ou a grande perda? Qual? O saber limitado ou a monstruosa loucura? Ele escolhera a loucura. Por isso fora de novo remetido à tortura e à fome, ao terror e à solidão, para expurgá-la de si.

E agora o paradoxo invertera-se. Kamenev encarava uma situação impossível, enquanto Kiril, o prisioneiro abjeto, estava nos sapatos de Deus, a quem tudo era possível.

Ficou sentado, a ponderar, durante longo tempo, o gigantesco humor da situação. Depois, pegou no telefone e pediu ligação para Goldoni, na secretaria de Estado.

– Tenho estado a ler o seu relatório. Estou impressionado e fico-lhe muito agradecido. Estou também muito preocupado. Gostaria que me dissesse uma coisa... se eu quisesse enviar uma mensagem ao primeiro-ministro russo, uma mensagem particular, qual seria a melhor maneira de fazê-lo?

Extrato das memórias secretas de Kiril I, pontífice máximo:

... É boa coisa que eu tenha conservado o senso de humor; de outra forma, seria levado à loucura pelas consequências das minhas atitudes mais triviais. Sempre que um homem na minha posição formula uma simples pergunta, todo o Vaticano começa a esvoaçar, como pássaros perturbados em seu ninho. Qualquer movimento que eu faça, é como se eu estivesse tentando abalar os alicerces do mundo. Só posso fazer o que julgo ser justo, mas há sempre vinte pessoas, pelo menos, com idêntico número de razões que me impedem o menor movimento... e eu seria um louco, se não ouvisse as suas opiniões!

Quando sugeri a Goldoni que me preparasse uma visita pastoral a toda a Itália, para estudar no próprio local os problemas dos clérigos de cada região, ele ficou de cabeça perdida. Há séculos que isso não acontece. Criaria problemas com o governo italiano. Levantaria, sabe Deus, quantas questões de protocolo, de logística e de etiqueta local. Recordou-me que eu era um príncipe, e que o custo de honras principescas suscitaria dificuldades nas áreas pobres e subdesenvolvidas. Tive de ser muito firme neste ponto, e disse-lhe que, antes de mais nada, sou um pastor, sucessor de Pedro, que foi executado como um criminoso comum na cidade dos imperadores. Mesmo assim, ainda não concordamos como e quando farei a viagem; mas estou determinado a fazê-la dentro de pouco tempo.

Ainda quero fazer outras viagens. Quero atravessar as fronteiras da Europa e os oceanos do mundo, para ver o meu povo: onde e como vivem, que fardos suportam em sua viagem para a eternidade. Isto, já sei, é um projeto muito difícil de realizar. Significará oposição de certos governos, um risco para mim e para a administração da Santa Sé... mas seria muito benéfico, creio; mesmo que fosse apenas para lembrar a missão apostólica do pontífice... No momento, contudo, tenho uma preocupação mais urgente: estabelecer e manter contato pessoal com Kamenev.

Logo após o meu telefonema, Goldoni apareceu rapidamente vindo da secretaria de Estado para conversar comigo. É um homem perspicaz, muito versado em diplomacia, e tenho grande respeito por ele. O seu primeiro conselho foi negativo. Não podia ver qualquer grau de comunicação com aqueles que pregam uma heresia ateísta e que se ocupam da ativa perseguição aos fiéis... salientou que todos os membros do Partido Comunista são automaticamente excomungados pela Igreja. Não pude deixar de comentar que, no século XX, a excomunhão era uma arma inócua e muito possivelmente fora de moda... acautelou-me, então, em bases muito válidas, de que qualquer diálogo privado com o Kremlin poderia constituir uma afronta diplomática aos governos ocidentais.

Não pude deixar de concordar com ele, mas continuo obcecado pela convicção de que o papel primordial da Igreja é pastoral, e, não, diplomático. Mostrei a Goldoni a carta que Kamenev me escrevera, e ele compreendeu, então, a minha ansiedade por iniciar negociações, de uma maneira ou de outra. Goldoni, entretanto, fez-me outra recomendação: qualquer medida por mim tomada poderia ser interpretada como sinal de fraqueza e ser usada como uma arma de propaganda pelos comunistas...

Goldoni tem razão, claro, mas não acredito que essa razão seja total. A verdade tem a sua virtude própria. Uma boa ação tem, também, a sua virtude, devemos contar sempre com o poder frutificante do Altíssimo...

Nunca acreditei que todos quantos venham a Roma tenham de vir pelo caminho de Canossa. Isto tem sido, creio, um dos nossos erros históricos. O bom pastor vai em busca das ovelhas perdidas e as leva para casa nas costas. Não exige que venham rastejando, de cauda murcha e arrependidas, com a corda da penitência em torno do pescoço... foi Santo Agostinho quem disse: "é preciso ter um grande espírito para cometer uma heresia...", e há espíritos nobres, e mentalidades nobres, a quem o dom da fé não foi concedido, a quem a salvação chega, apenas, pela misericórdia inconvencional de Deus. Com esses, temos do dar provas de grande paciência, tolerância e fraterna caridade, sempre humilhados pela misericórdia gratuita de Deus a nosso respeito. Por eles, temos de exercer, de maneira especial, o *ministerium* da fé, sem insistir demasiado no seu magistério.

Assim, finalmente, Goldoni e eu chegamos a um acordo. Tentaríamos enviar uma mensagem a Kamenev para informá-lo de que recebi a sua carta e de que nada sinto em relação a ele e ao meu próprio povo além de uma disposição amigável. O problema é, naturalmente, como fazer-lhe chegar às mãos a mensagem, mas Goldoni, no seu modo sutil, propôs uma solução bastante divertida. Um diplomata sul-americano que tem relações sociais no Kremlin tentará falar com o primeiro-ministro em uma recepção e dirá a ele que um amigo seu gostaria de conversar mais longamente com ele sobre plantação de girassóis... Assim, nenhum de nós será comprometido, e a próxima jogada competirá a Kamenev. Deus sabe que espécie de jogada será essa, mas eu tenho de rezar e ter esperança...

É curioso, mas estou muito mais perturbado por um caso que Leone me transmitiu do Santo Ofício: um padre acusado de fazer propostas indignas no confessionário e que se encontra agora em perigo de ser citado num processo civil de paternidade... esta espécie de escândalo é, naturalmente, muito esporádica na Igreja, mas estou incomodado pelo espetáculo de uma alma mortalmente enferma.

Há homens que nunca deveriam ser padres. O sistema de treino seminarista é delineado de modo a filtrar os candidatos inadequados, mas há sempre um ou outro que escapa a esse filtro pelas malhas. Há homens cuja única esperança de uma vida normal reside no estado matrimonial; todavia, a disciplina da Igreja ocidental impõe o celibato perpétuo a todos os sacerdotes.

Como pontífice, poderia dispensar esse desgraçado dos seus votos e permitir-lhe que se casasse. O meu coração urge-me a fazer isso, porém, não me atrevo. Fazê-lo, seria criar um precedente, que poderia causar estragos irreparáveis na disciplina do clero e na tradição que tem as suas raízes nos ensinamentos de Cristo sobre o estado de virgindade devota.

Tenho o poder de fazê-lo, sim, mas devo usá-lo para construir, e não para demolir o que me foi confiado. Estou bem cônscio de que poderei aumentar o perigo de maldição desta infeliz alma. Quero lidar com ele, o mais misericordiosamente possível, mas não me atrevo, pelo bem de uma alma, a pôr dez mil outras em perigo...

As chaves do reino foram-me confiadas, mas não são completamente minhas. Sou apenas o seu fiel depositário... Há vezes – e esta é uma delas – em que eu desejaria tomar sobre mim todos os pecados do mundo e oferecer a minha vida em sua expiação. Sei, porém, que sou um homem, apenas, e que a expiação foi feita, de uma vez para sempre, no Calvário. Através da Igreja, administro os frutos da redenção. Não posso mudar o convênio de Deus com o homem que governa a sua distribuição...

Já é tarde e a minha carta à Igreja ainda não está terminada. Esta noite trabalhei no texto *Uma geração eleita, um sacerdócio real*. Um sacerdote é um homem, e temos alguns anos apenas, para o treiná-lo na missão... Temos de oferecer o amor maternal da Igreja a todos quantos sob o seu peso tropeçam. Para eles temos de invocar o patrocínio da Virgem Mãe de todos os homens...

Faz calor esta noite. O verão aproxima-se, mas há muitos homens sós e perdidos, para quem a vida é um contínuo inverno. Não me deixe faltar àqueles que sentiram o inverno nos seus próprios ossos, que choraram de noite por amor numa prisão sem amor...

6

A princesa Maria Caterina Daria Poliziano era uma mulher pequena e grisalha, que dizia ter 75 anos e estava pronta a processar quem tivesse a ousadia de discutir as suas contas.

Tinha cabelo escasso, e a pele enrugada como pergaminho. O bico aguçado e os olhos negros de ágata davam-lhe o aspecto de uma águia mumificada, extraída de algum túmulo antigo. Mas a princesa Maria Rina estava muito longe dos mortos; pelo contrário, era uma velha senhora de grande vivacidade.

Possuía um apartamento em Roma, que raramente usava, pois "todos os romanos começavam a parecer-se com caixeiros-viajantes", uma *villa* em Fiesole, onde habitualmente mantinha a sua corte, propriedades na Sicília, fazendas nos Abruzos, e interesses nas culturas de beterraba e de arroz na Romagna e ao longo do vale do rio Pó. Sua fortuna principiara com o pai e crescera com a morte oportuna de dois maridos. Era uma das maiores fortunas da Itália, e a administrava com a astúcia de uma cigana.

Seus dedos ossudos estavam metidos em todas as conspirações políticas ao norte do Lácio, e todas as intrigas do poder que não principiassem nos seus aposentos, lá circulavam, inevitavelmente, antes de se tornarem públicas. Um convite à sua mesa era ou um mandado de execução ou uma garantia de promoção. Mais de um político atrevido resolvera desafiá-la, para se encontrar mais tarde sem fundos, sem popularidade e sem votos na eleição seguinte.

A sua maneira de vestir era antiquada, e os modos mais tirânicos do que principescos. Bebia uísque escocês e fumava cigarros egípcios em longas piteiras de ouro. Tinha uma língua escandalosa e uma memória perigosíssima, e era de uma discrição inesperada. Desdenhava os velhos e fazia a corte aos jovens qual uma vampira caprichosa conquanto espirituosa que podia pagar generosamente o sangue da juventude. No jardim da sua *villa*, entre fontes, ciprestes e aleias de mármores antigos, parecia, na realidade, que o tempo parara como se obedecesse à ordem imperiosa da proprietária.

O seu sítio favorito, nos jardins, era um recanto coberto de vinhas maduras, em frente de uma pequena fonte onde uma Leda antiga era namorada por cisnes lânguidos, ao som da música aquática.

Na sua juventude, a princesa Maria Rina também ali namorara. Agora, porém, namorava apenas o poder, o dinheiro e o prestígio. Uma vez por mês, o arcebispo de Florença vinha tomar café com ela. Uma vez por semana, alguém do Quirinal vinha almoçar e trazer-lhe um relatório pessoal do primeiro-ministro. O local escolhido para as conversas era esse recanto, e onde os dândis de outras eras se curvavam sobre a sua pequena mão, os políticos, os banqueiros e os corretores da bolsa vinham agora lhe prestar uma homenagem relutante, e um tributo de secreta confiança.

Ali, pois, se achava sentada, nessa manhã de verão, repreendendo severamente um ministro da República, seu sobrinho Corrado Calitri.

– Você é um louco! Já percorreu um certo caminho e pensa ter chegado ao fim da viagem. Quer sentar-se e brincar com as flores. Estou certa de que isso é muito agradável, mas não tem nada que ver com a política.

O rosto clássico e pálido de Calitri ruborizou-se.

– Ouça, tia! Já sabe que isso não é verdade. Eu faço o meu trabalho e cumpro bem as minhas obrigações. Ainda ontem o primeiro-ministro teve a gentileza de dizer-me...

– Teve a gentileza de dizer!

A voz da princesa crepitou de desdém. Prosseguiu:

– O que importa a você o que ele diga ou não diga? O que são os elogios, se não o desjejum de um condenado, antes de lhe cortarem o pescoço?! Você me desaponta, Corrado. É uma criança. Não consegue ver adiante do seu nariz...

– O que quer que eu veja, tia?

– O futuro! – respondeu a princesa secamente. – O futuro, daqui a doze meses, quando chegarem as eleições. Está preparado para elas?

– Claro que estou, tia. Tenho os fundos necessários, os meus comitês trabalham dia e noite, e não há a menor dúvida de que serei reeleito... creio que o partido obterá uma maioria reduzida. Teremos de afrouxar um pouco mais, numa abertura para a esquerda, porém, mesmo assim, terei, com certeza, um lugar assegurado no próximo gabinete.

– E então esse é o fim da história?!

Os seus olhos de ágata fuzilaram-no; os cantos da boca se contraíram num sorriso de piedade.

Calitri moveu-se na cadeira, pouco à vontade.

– Vê alguma outra finalidade, tia?

– Vejo, sim, claro que vejo!

Suas mãos encarquilhadas estenderam-se por cima da mesa e apertaram como garras os pulsos do sobrinho.

– Só tem doze meses para planejar, mas, se o fizer bem-feito, poderá dirigir os destinos da nação.

Calitri ficou a olhar para ela, boquiaberto, e a princesa soltou uma gargalhada.

– Nunca menospreze a sua velha tia, meu rapaz! Quem tem a minha idade sabe ver melhor as situações, digo-lhe, sem hesitação, que você pode conduzir a República pela mão...

– Pensa isso, de fato? – perguntou Calitri, quase num murmúrio.

– Eu não costumo contar histórias de fadas, meu rapaz, e há muito tempo que já deixei de nelas prestar atenção. Hoje, no almoço, vai encontrar-se com pessoas que lhe dirão como poderá consegui-lo. Haverá certa quantidade de dinheiro a distribuir, mas isso não tem a menor importância para nós. Quero falar-lhe de outro assunto. Há outro pagamento a fazer, mas este só pode ser arrumado por você.

– Que pagamento é esse, tia?

– Você terá de limpar a sua vida, e bem depressa. Liberte-se desse grupo de maricas e playboys que andam à sua volta, consiga esse tal de divórcio, o mais rapidamente possível, e descarte-se de Chiara. Ela não lhe serve. Volte a casar, sem barulho nem publicidade. Eu lhe encontrarei uma mulher que possa orientá-lo. Você precisa é de uma mulher forte, não de uma mocinha bonita, um animalzinho de luxo.

– Não farei tal coisa! – explodiu Corrado Calitri, numa fúria súbita. – Não me prestarei a ser vendido e comprado como qualquer mercadoria!

Levantou-se da cadeira e pôs-se a caminhar agitadamente, enquanto a velha princesa o observava, com um olhar calmo e calculista.

Quando sua ira se dissipou, a tia acercou-se dele e foram ambos passear pelo jardim da *villa*. Parecia uma mulher diferente. Não tentou provocá-lo nem irritá-lo, falando-lhe suavemente, como se se tratasse de um filho:

– ... Já lhe tinha dito que não dou ouvidos a contos de fadas ainda que me digam respeito. Sei o que sou, Corrado... uma velha ressequida, com a cara toda pintada e o seu passado de um milhão de anos... mas vivi, meu rapaz, vivi cada minuto de cada hora. Ouça-me, pois... bem sei que você não é como os outros homens. Sempre foi diferente, mesmo em pequeno... Observando-o, eu costumava pensar que você queria mudar o mundo e dar-lhe uma pintura nova. Eu poderia ter-lhe dado outro rumo à vida; mas seu pai nunca me deixou estar junto de você. Achava que eu era uma influência corruptora. Ele era um homem muito formal, sem senso de humor. Devo dizer que nunca descobri o que sua mãe encontrara nele.

– A infelicidade... – disse Corrado –, a infelicidade e a solidão. Amor, nenhum. Eu sempre odiei esse homem, do fundo do meu coração.

– Mas agora já não precisa fugir dele – disse a princesa, com suavidade. – Está morto e deve ter margaridas a lhe crescerem nas orelhas. Eu bem sei o que você busca: o amor que nunca encontrou nele. Sei, também, que o encontra algumas vezes, mas nunca dura muito. Sei os perigos que corre quando vai desesperadamente à sua procura, sem cautela.

Suas magras mãos apertaram o braço do sobrinho:

– Você tem inimigos, não tem?

– Quem não os tem, num lugar como o meu?

– Já lhe fizeram alguma chantagem?

– Já tentaram, uma ou duas vezes.

– Então deve saber do que estou falando. Os inimigos são cada vez mais e maiores... maiores do que você pensa. Campeggio, por exemplo...

– Campeggio?!

E Calitri voltou-se para encará-la, sinceramente surpreendido.

– Campeggio? Eu nunca lhe fiz mal algum!

– Mas tem o filho dele – disse Maria Rina, gravemente.

– É isso, então, o que dizem?!

Calitri soltou uma gargalhada, assustando os pássaros nas oliveiras.

– O rapaz trabalha para mim, gosto dele, tem talento e boas maneiras.

– ... E beleza?

– Também, se lhe interessa saber. Mas não para mim. Julga que vou querer ficar mal com Campeggio e o Vaticano?

– Já aconteceu isso mesmo – respondeu a princesa Maria Rina. – E, sem o Vaticano, não poderá chefiar a nação nas próximas eleições. Agora... agora vê do que estou falando?

O sobrinho não respondeu logo, e ficou pensativo. Seu jovem rosto refletia a preocupação. Os olhos enevoaram-se de súbita emoção. Depois, disse:

– A vida é muito longa, tia, muito triste às vezes, e muito solitária...

– Pensa que não sei disso, rapaz? Julga que, quando Louie morreu, não fiquei triste e solitária? Pensa que não soube o que era ser uma mulher de meia-idade e rica, capaz de comprar o que não podia obter por amor? Tentei-o, durante certo tempo. Isso o choca?

– Não. Compreendo perfeitamente.

– Depois, despertei, como há de suceder a você. Não podemos saltar da cama, de manhã, receando perder o que, de todos os modos, nunca foi nosso. Você não pode esperar e arriscar que lhe façam chantagem. Não pode orientar a sua própria vida segundo os caprichos de um mocinho bonito. Não! Um dia terá de se compenetrar de que o que tem não é realmente seu, e decidir que pode passar perfeitamente a vida com o que, de fato, é seu. O que é seu, bem vistas as coisas, é muito. Pode ser que até venha a encontrar um pouco de amor sincero.

– No casamento? – perguntou ele com ironia.

– No casamento ou fora dele, não importa. Para você... – e o dedo esquelético da velha apontava para ele como um punhal –, para você, o casamento é uma coisa necessária, muito necessária.

– Já o tentei, lembre-se...

– Com um bebê que ainda brincava com bonecas.

– E desta vez?

– Antes de mais nada – retorquiu a velha com decisão – teremos de arrancá-lo das complicações em que está metido. Aí então é que terá de fazer o primeiro pagamento.

– Quanto? – perguntou Corrado Calitri.

– Em dinheiro, nada. Em orgulho... talvez muito. Terá de entrar em contato com a Rota e alterar o depoimento anterior.

– Como quer que eu os faça acreditar em mim?

A princesa Maria Rina riu de novo.

– Arrependa-se! Haverá grande alegria no céu e no Vaticano quando você aparecer e confessar a grave injustiça que causou a uma moça inocente. Dirá a eles que vai mudar também os seus hábitos e eles ficarão muito felizes por terem recuperado um homem perdido.

– Não posso fazê-lo – disse Corrado Calitri, desanimado. – É uma hipocrisia monstruosa.

– Não é preciso que seja – disse a princesa. – E mesmo que o seja, o Quirinal vale bem uma missa, não acha?

Calitri sorriu a contragosto e fez, com mão afetuosa, uma ligeira carícia na face da velha.

– Às vezes, tia, creio que descende diretamente dos Bórgia.

– Descendo, sim – respondeu a velha princesa –, mas por linha torta... então, fará o que lhe peço?

– Terei de pensar sobre o assunto.

– Tem trinta minutos, rapaz. Os nossos convidados vão querer saber sua resposta durante o almoço.

Numa espelunca de um terceiro andar, a dois passos do Panteão, Ruth Lewin achava-se envolvida em mais um dos dramas cotidianos da velha Roma. Desde o cair da tarde até à meia-noite, auxiliara uma mulher de vinte anos a dar à luz sua primeira criança. O médico as acompanhou nessas duas últimas horas. Era um jovem que parecia muito preocupado com o seu próprio bem e o da paciente.

Quando, por fim, a criança veio à luz, com o auxílio do fórceps, era um monstro: um ser disforme, com cabeça humana e um corpo de pinguim, cujos pés e mãos estavam diretamente ligados ao tronco.

Ruth Lewin olhou o nascituro com horror e o jovem médico soltou uma praga.

– Santo Deus! Jesus! Olhe para isto!

Ruth Lewin sentiu que cambaleava.

– Mas por quê? O que teria causado isto? O que...

– Cale-se – ordenou o médico, com dureza. – Cale-se, dê-me água e uma toalha.

Maquinalmente, Ruth executou o que ele lhe pedira e ficou olhando, num horror fascinante, enquanto ele enrolava o corpo disforme e, depois, deixava cair algumas gotas de água sobre a cabeça, murmurando as palavras rituais: "Eu te batizo em nome do Pai, do Filho e do Espírito Santo. Amém."

Ruth Lewin reencontrou a voz.

– O que vai acontecer agora?

– Isso é comigo. Você pode lavar a mãe.

Zangada, quase em lágrimas, Ruth começou a lavar o jovem corpo, reconfortando a moça, enquanto ela ia recuperando a consciência. Quando, afinal, a jovem já repousava sobre as almofadas, Ruth Lewin olhou para o médico.

– E agora, doutor?

O médico achava-se de pé, junto da mesa, de costas para ela, remexendo na toalha que envolvia a criança. Seu rosto estava pálido e rígido.

– Está morto. Vá chamar o pai.

Ruth abriu a boca para fazer nova pergunta, mas não conseguiu formulá-la. Procurou uma resposta no rosto do médico, porém seus olhos estavam parados como pedras. Repetia a ordem:

– Vá chamar o pai.

Ruth Lewin abriu a porta e chamou um rapaz alto e forte, que bebia um copo de vinho e falava com um grupo de vizinhos, nas escadas.

– Queira entrar, por favor.

O marido entrou no quarto, e Ruth fechou a porta, não dando entrada a nenhum dos vizinhos.

O médico encarou-o tendo nos braços o pequeno corpo enrolado.

– Más notícias, meu amigo. A criança nasceu morta. O rapaz olhou-o estupidamente.

– Morta?

– Às vezes acontece. Não se sabe ainda bem por quê... Sua esposa encontra-se bem. Poderá ter outros filhos.

Atônito, o rapaz encaminhou-se para junto da cama e curvou-se sobre a moça pálida, ainda semiconsciente.

– Vamos embora – disse o doutor, abruptamente – tenho de entregar isto no hospital geral.

E, voltando-se para o rapaz:

– Tenho de levar o corpo, é a lei. Virei amanhã visitar sua esposa e lhe entregarei uma certidão de óbito.

Nem o rapaz nem a esposa pareceram ouvi-lo. Acompanhado de Ruth, o médico saiu, levando consigo o pequeno e patético embrulho. Em silêncio, o grupo da escada viu-os passar, e depois acercou-se da porta do quarto, murmurando entre si, excitadamente. Quando alcançaram a rua, o médico pousou o corpo da criança no assento traseiro do seu automóvel e fechou a porta. Em seguida, olhou para Ruth Lewin e disse-lhe com aspereza:

– Não me faça perguntas. Vou entregar o cadáver ao hospital geral e fazer um relatório.

– Não lhe farão autópsia?

– Não. E mesmo que o fizessem, não descobririam coisa alguma. A criança morreu de asfixia.

Naquele preciso momento, o médico pareceu perder o domínio de si próprio. Começou a tremer, e seu rosto contraiu-se, como se sofresse uma dor intolerável. Num desespero furioso, implorou:

– Não me deixe só, agora! Pelo amor de Deus, não me deixe! Venha comigo ao hospital, e depois... vamos a algum lugar. Algum lugar saudável Se ficar sozinho esta noite, enlouquecerei...

– Claro que irei. Não se deve culpar pelo que sucedeu. Você é médico. Sabe que tais coisas ocorrem todos os dias.

– Sei, sim! Sei muito bem!

Tentou sorrir, mas foi mais como um ricto de angústia.

– Vou-lhe dizer uma coisa que você não sabe: tenho mais vinte crianças para nascer, nas próximas oito semanas e, pelo menos metade delas será assim.

– Meu Deus! – disse Ruth Lewin, suavemente. – Ó Deus Todo-Poderoso... por quê?!

Em sua tranquila casa, à sombra do Palatino, ele lhe explicou o porquê. Disse-lhe com rudeza e brusquidão, como se o paradoxo da arte de curar – sua meia promessa de perpetuidade, sua rendição final à mortalidade – fosse demasiado para ele.

– É um pensamento disparatado... mas o arsenal médico parece trazer sempre, em uma das mãos, o elixir da vida e, na outra, uma ampola de veneno... na farmacopeia há antibióticos que curam umas pessoas e matam outras. Há a droga francesa que queima o cérebro humano. Há a talidomida, que provoca o sono e depois gera monstros no ventre materno. Agora há outra nova. Apareceu no mercado, há doze meses, uma fórmula combinada para evitar as náuseas no período de gravidez e reduzir os perigos de toxemia, mas, há uns três meses, vieram os primeiros alertas, da Alemanha, sobre deformidades causadas pela droga. Parece que vamos ter a repetição dos casos de talidomida; só que, desta vez, todo mundo tenta escondê-lo...

O médico recostou-se na cadeira, imagem da fadiga, do asco e da mais pura impotência.

– Eu me habituara a pensar que poderia exercer a minha profissão como uma espécie de apóstolo médico. Paguei medicamentos para os pacientes mais pobres, do meu próprio bolso. Fui eu também quem comprou essa maldita droga para aquela moça e para muitas outras do bairro.

– E não há esperança de que os outros partos sejam diferentes deste?

– Alguns serão normais. Mas o resto...

O médico elevou as mãos juntas, num apelo apaixonado.

– O que posso eu fazer? Não posso matá-los a todos!

155

– Primeiro, peço-lhe que não volte a usar essa palavra. Eu não vi nada esta noite. Eu não ouvi nada.

– Mas sabe, não sabe?

– Eu não sei nada, a não ser que você não pode censurar a si próprio e não deve voltar a fazer o papel de Deus. Há uma espécie de loucura nisso.

– Justamente, loucura é a palavra – Correu a mão trêmula pelos cabelos. – Foi uma loucura, esta noite, mas... que armas tem esta gente para fazer face a tal situação? Você sabe o que diriam se tivessem visto a criança? *Mal'occhio!* Mau-olhado. Alguém que olhou para a mãe e lhe rogou uma praga, quando a criança estava ainda no ventre. Não faz ideia do poder que a superstição exerce sobre o espírito desta pobre gente. O que fariam com a criança? Alguns, muito poucos, poderiam encarregar-se dela. Outros, a abandonariam, e o mais certo é que a atirariam ao rio. Seria provável, ainda, que a vendessem a algum pedinte profissional, que exploraria a sua deformidade para fazer lucro. E com os outros, os que estão para nascer? O que farei com eles? Doce Jesus, que deverei eu fazer?

Inesperadamente, o médico foi sacudido por um soluçar violento. Ruth Lewin correu para ele e abraçou-o, numa tentativa de consolação, murmurando palavras carinhosas mas inúteis. Quando, por fim, se acalmou, ela o obrigou a estender-se no leito, cobriu-o e permaneceu a seu lado, segurando-lhe a mão, até que ele foi envolto num sono piedoso. Ruth ficou só... só nas horas tristes, em face deste estranho mistério da vida e da morte, da dor e desta maldita confusão do mundo.

Vira um monstro nascer em consequência de um ato de caridade e de simpatia humana. Vira um homicídio ser cometido, em nome da misericórdia, e verificava que o seu coração estava meio de acordo com o ato. Aqui, em pequena escala, estava a inteira e poderosa tragédia humana, do supremo mistério da existência e do destino do Homem.

Em face daquele pobre embrião, como era possível dizer que os átomos da Criação não tinham fugido às regras imutáveis para caírem em monstruosa anarquia? Como era possível falar de onipotência, de onisciência e de uma divindade onipresente? Como era possível encontrar uma alma ou uma centelha de espírito na frágil, palpitante criatura, nadando às cegas no fluído uterino, para afrontar a luz do dia?

Onde estavam agora os alicerces da fé, da esperança e do amor? Onde encontrar um só vestígio de sanidade neste manicômio de doentes, aleijados, vítimas desamparadas da civilização? Se já não havia nenhum, então era tempo de desistir e desaparecer. A saída era bastante fácil, e ela, uma vez, estivera a ponto de cruzar-lhe os umbrais. Não era possível continuar correndo, sem rumo, através desse corredor de espelhos confusos, desordenados, sem propósitos. Se não houvesse uma solução para a dissonância, então era melhor despedir a orquestra e mandá-la para casa. Mas, se ainda houvesse, teria de ser já, antes que os nervos castigados gritassem num espasmo de horror.

A fadiga da vigília apoderou-se, gradualmente, dos seus ossos, e Ruth estendeu-se sobre a cama, ao lado do homem adormecido. Mas o contato com o seu corpo perturbou-a, e, quando ele murmurou umas palavras e se voltou para o lado dela, ela se assustou e foi para a cozinha fazer café.

Recordara-se de outra noite, com outro homem, naquela mesma casa, e como, por um momento, ela entrevira uma réstia de luz. Perguntou a si própria que teria ele dito e feito em um caso como o dessa noite; que resposta teria sido a sua para os horrores que estavam ainda por chegar. Então, um pensamento súbito a feriu, congelante. Aquela era a cidade dele. Ele mesmo a considerava sua. Intitulava a si mesmo pastor e servo do seu povo.

Ruth Lewin estava ainda desperta quando os primeiros alvores da madrugada se anunciavam sobre o monte Palatino. E antes que a cidade tivesse esfregado os olhos estremunhados, ela já escrevera uma carta solicitando audiência privada a Kiril, o pontífice.

AO MESMO TEMPO, o papa terminara a sua própria carta para a Igreja, e a minuta em russo passara às mãos dos tradutores. Agora, que já estava escrita, sentia-se estranhamente vazio, oprimido por um senso de futilidade e de frustração.

Enquanto a escrevera, sentira-se empolgado como nunca pelo poder do verbo, pela certeza da sua inevitável frutificação nas almas e nos corações dos homens de boa vontade. Todavia, era confrontado pela fria realidade de que, sem a graça de Deus – e dos homens colaborando com a graça de Deus –, a semente poderia jazer fértil, mas sem frutos, por mais cem anos. Entre os milhões de crentes que professavam obediência ao verbo e à sua própria autoridade como supremo pregador do verbo, quantos haveria de quem ele pudesse esperar total colaboração?

Via bem claro o que sucederia com esta sua encíclica. Seria lida, dentro de poucos meses, em todos os púlpitos católicos do mundo. Receberia testemunhos de bispos, confirmando sua lealdade e acatamento aos conselhos, prometendo cumpri-los o melhor que soubessem. Mas, entre a promessa e o cumprimento, levantavam-se centenas de obstáculos: falta de homens, falta de dinheiro, falta de visão e de coragem algumas vezes, e o natural ressentimento do homem, chamado à ação, perguntando-se por que esperam dele que faça tantos tijolos com tão pouco barro.

O melhor que se poderia esperar seria que, aqui e acolá, o verbo inflamasse a alma de um homem, iluminasse seus olhos com visão e o pusesse no caminho de conseguir o divino impossível. Quanto a ele, sabia não ter outra solução, a não ser continuar pregando, ensinando, exortando à ação e esperando, vazio de tudo, exceto de esperança na promessa do paracleto.

Bateram à porta, e o *maestro di camera* entrou para indagar de Sua Santidade se estava pronto para dar início às audiências da manhã. Kiril passou os olhos pela lista e notou que o primeiro nome inscrito era o de Ruth Lewin.

A carta dela deixara-o profundamente perturbado, por ter-lhe chegado às mãos em um momento de tentação... a tentação de se dedicar aos aspectos políticos da Igreja e de desafiar, como uma demonstração de poder, homens como Leone, que não escondiam os seus desacordos com ele. Havia muitos, já o sabia, que consideravam a sua próxima encíclica como uma novidade no gênero. Esses sentiam que a carta era muito pessoal e específica, criticando excessivamente a política passada. Pedia novos métodos de ação, no treinamento dos clérigos e na orientação do ensino missionário. Para ele, que estava no topo, era muito fácil servir-se da sua autoridade e fazer calar as críticas inoperantes dos seus subordinados, bastando-lhe para isso invocar a obediência religiosa.

A carta de Ruth Lewin recordara-lhe, porém, que o verdadeiro campo de batalha não era ali, no Vaticano; era, sim, nos quartos tristes e nos corações solitários, entre gente que ignorava a Teologia, mas que tinha familiaridade íntima e assustadora com os problemas de viver e morrer. Ruth Lewin representava o contato com essa gente. Se ele conseguisse incutir-lhe fé, então, fosse qual fosse o resultado de seu pontificado, poderia estar certo de que não teria sido em vão e não teria conhecido o fracasso.

Quando Ruth foi conduzida à sua presença, Kiril acolheu-a calorosamente e, sem mais preâmbulo, referiu-se ao assunto que a trouxera.

– Pedi-lhe que me viesse ver o mais depressa possível por saber que a senhora deve estar sofrendo muito.

– Estou muito grata a Sua Santidade – disse-lhe ela, no seu modo direto. – Não me sinto no direito de incomodar Sua Santidade, mas trata-se de um assunto terrível.

– Para a senhora? – perguntou Kiril.

– Para mim, envolve tudo. Mas, primeiro, quero falar das outras...

– Que outras?

– Das outras que vão dar à luz essas crianças. A maioria delas, creio, não está preparada para o que vai acontecer.

O rosto de Kiril anuviou-se, e um nervo começou a palpitar na cicatriz da sua face.

– O que quer que eu faça?

– Nós... quero dizer, as mães precisam de auxílio. Precisam de um local onde possam deixar as crianças, se não forem capazes de tomar conta delas. As crianças têm de ser cuidadas. Disseram-me que a perspectiva de vida é curta, mas precisarão de um certo tratamento especial e, também, de um carinho especial.

– Pensa a senhora que a Igreja pode provê-lo?

– Tem obrigação de o fazer – retorquiu Ruth Lewin, sem pestanejar. – Se é que procede como prega...

Ruth pôs-se muito vermelha, compreendendo que cometera uma indelicadeza, e tentou explicar-se:

– Sou mulher, Santidade. Perguntei a mim mesma, ontem à noite, o que eu teria feito, o que teria sentido, se fosse a mãe de semelhante criança. Não sei. Não creio que me portasse muito bem.

Kiril, o pontífice, sorriu ligeiramente.

– Creio que está se subestimando. A senhora tem mais coragem do que julga... Diga-me: quantas dessas crianças é provável que venham a existir em Roma?

– Nós esperamos umas vinte, nos próximos dois meses. É possível que haja muitas mais.

O papa ficou imóvel por um momento, silencioso e pensativo.

Depois, curvou-se e, com um sorriso largo, disse:

– Bem, vejamos que espécie de autoridade tenho eu dentro da Igreja.

Pegou no telefone e mandou ligar para o secretário das sagradas congregações religiosas.

Explicou rapidamente a situação, perguntando depois:

– Quais das nossas freiras enfermeiras, em Roma, estão mais bem preparadas para cuidar dessas crianças?

Ouviu-se um barulho indistinto do outro lado da linha, e Ruth Lewin viu a expressão do pontífice contrair-se de tédio.

– Já sabemos que é difícil. Tudo é difícil. Mas isto é uma obra urgente de caridade, que tem de ser realizada. Se precisarem de dinheiro, nós o providenciaremos. A vossa tarefa será encontrar alojamentos e os serviços de enfermagem. Queremos tudo pronto nas próximas vinte e quatro horas.

Desligou o telefone com um gesto brusco.

– Esta gente vive num mundo muito seu. Temos de trazê-los à realidade... Em todo caso, pode estar certa de que facilitaremos assistência e alojamento aos que precisarem. Será informada por carta e por telefone dos arranjos feitos. Depois, publicaremos um comunicado no *Osservatore* sobre o caso, e faremos com que toda a imprensa romana o reproduza.

– Sou muito grata à Sua Santidade.

– Eu é que lhe estou muito grato. E, agora, que posso eu fazer pela senhora?

– Não sei – disse Ruth, levemente hesitante. – Tenho me perguntado o mesmo desde que me pus a caminho do Vaticano. Por que sucedem tais coisas? Por que é que um Deus caridoso as deixa acontecer?

– Se eu pudesse responder – disse Kiril, o pontífice, com humildade – eu seria o próprio Deus. Não sei, embora, por vezes, desejasse sabê-lo. Não deve imaginar que o mistério da fé é mais simples para mim do que para a senhora. Um artigo da fé constitui ato de aceitação, nunca de explicação. Vou lhe contar uma história que ocorreu comigo... quando fui preso pela primeira vez, foi numa época em que as coisas na Rússia iam muito mal. Havia muita tortura, muita crueldade. Certa noite, trouxeram para a minha barraca um homem que fora maltratado mais brutalmente do que qualquer outro que eu jamais vira. Estava num terrível sofrimento e pedia, chorando, que alguém o matasse para lhe abreviar a dor. Digo-lhe que me senti sinceramente tentado a fazê-lo. É terrível assistir a tamanha agonia. Degrada e aterroriza quantos a ela assistem e nada podem fazer para dar-lhe alívio. É por isso que posso compreender, embora não possa endossar, o que o médico, seu amigo, fez. É quase como se uma pessoa aplicasse a misericórdia divina, dando a morte por caridade. Mas nenhum de nós é divino e não pode dar nem a vida nem a morte.

O papa emudeceu por momentos, parecendo mergulhar numa íntima contemplação.

Ruth Lewin falou-lhe carinhosamente:

– E qual foi o desenlace dessa história, Santidade?

– O homem morreu nos meus braços. Gostaria de poder dizer-lhe que ele morreu de maneira cristã, mas não tenho meios de sabê-lo. Não consegui penetrar a sua dor, para tocar nas molas da sua vontade. Morreu, simplesmente, e eu o encomendei a Deus... é a única resposta que lhe posso dar.

– É um salto na escuridão – disse Ruth Lewin, gravemente. – Não estou certa de que o possa fazer.

– É menos duro continuar onde está?

– É mais duro, creio.

– Mas a senhora já deu um salto na escuridão.

– Não entendo.

– Não conseguiu aceitar este assassínio, mesmo tratando-se de uma criatura monstruosa.

– Não, não inteiramente.

– E voltou-se para mim em busca de auxílio, não para a senhora, mas sim para as crianças.

– Senti-me tão impotente... precisei de alguém que pudesse agir...

– Talvez – disse Kiril, o pontífice, com um sorriso –, talvez isso seja parte do significado da dor... que desafia a nossa posse arrogante da vida; que nos confronta à nossa própria fragilidade e nos torna conscientes, ainda que vagamente, do poderoso amparo de Deus.

– Quem me dera poder acreditar nisso! Mas como poderemos ver Deus numa criança que tem aspecto de peixe?

– O mistério não é novo, Ruth. É muito, muito antigo. Como a senhora vê a Deus, personificado num criminoso moribundo e pregado nos troncos de uma árvore?

– Não basta dizer isso. Tem de haver algum amor, em alguma parte. Tem de haver...

– É verdade... tem de haver algum amor. Se o mistério da dor não é o mistério do amor, então tudo isto... – seus braços alargaram-se num amplexo que envolvia a opulenta câmara e toda a cidade para além dela. – Então tudo isto é um disparate histórico. E o meu cargo é um posto para fantoches.

A sinceridade do papa tomou-a de surpresa. Ruth ficou olhando para ele, cativada pelo contraste entre o seu estranho e expressivo rosto e a austeridade de suas vestes religiosas. E disse depois:

– Sua Santidade pensa assim, de fato?

– Penso, sim, minha senhora.

– Então por que não penso também assim?

– Creio que, no fundo, pensa como eu. Foi por isso que me procurou. Foi por isso que agiu dentro dos princípios da fé, embora ainda esteja a travar uma luta com Deus.

162

– Se eu, ao menos, pudesse saber que fui amada... que mereço ser amada...

– A senhora não pediria isso a alguém a quem amasse... por que havia de pedi-lo a si própria?

– Sua Santidade é demasiado inteligente para mim.

– Não, não sou um homem inteligente. Compreendo-a, Ruth Lewin, melhor do que a senhora pensa, porque já percorri o mesmo caminho que a senhora agora segue. Vou contar-lhe outra história, e, depois, teremos de nos despedir, pois tenho mais pessoas à espera para falarem comigo... minha fuga da Rússia foi-me permitida, como já deve saber. Fui libertado da prisão e enviado a um hospital, pois já me encontrava doente há algum tempo. Os médicos trataram-me bem e com solicitude. Após 17 anos de martírio, foi para mim uma estranha experiência. Já não tinha de lutar mais. Era como se eu estivesse na pele de outro ser humano. Estava limpo e bem alimentado. Tinha livros para ler, distrações e uma espécie de liberdade. Sentia-me bem. Orgulhava-me de ser decente. Levou-me tempo compreender que estava sendo submetido a nova forma de tentação. Sentia-me de novo amado. Queria ser amado. Comecei a aguardar com impaciência a chegada da enfermeira, do seu sorriso e dos serviços que me prestava. Depois, chegou o momento de entender que o que Kamenev não fora capaz de fazer, eu o estava fazendo a mim próprio. Já quase exigia a experiência do amor. Apesar do meu sacerdócio, do meu bispado, estava sendo tentado pela atração de uma simples comunhão humana. Entende o que estou dizendo?

– Sim, entendo... é o que sinto todos os dias.

– Pois bem. Então estou certo de que entenderá mais uma coisa: que aceitar e o pedir são apenas um dos lados da medalha do amor. Dar é o reverso que prova o verdadeiro cunho da medalha. Se eu só aceitasse, nada mais teria a dar. Se eu desse, dar renovaria o processo, e foi isso o que me manteve inteiro durante os 17 anos de cárcere.

– E a recompensa do amor?

– A senhora é parte dela – respondeu Kiril, o pontífice, suavemente. – A senhora e essas crianças, a quem aprenderemos a amar, e ainda todos aqueles a quem eu possa ajudar, aqui e ali, na minha Igreja, sempre que a minha voz ecoe nos seus corações... muitas vezes ainda me sinto só, como a senhora. Mas estar só não é não ter amor, é apenas aprender o valor do amor e que ele tem muitas formas, algumas delas difíceis de reconhecer.

O papa levantou-se e estendeu a mão.

– Agora tenho de me despedir, mas voltaremos a nos ver.

Por muito tempo, ela não aceitou a autoridade dele; mas agora dobrava seus joelhos e encostava seus lábios no anel de Pescador em seu dedo, e ouvia com gratidão suas palavras abençoadas: "Benedictio Dei omnipotentis descendat, Patris et Filiet Spiritus Sancti, super te et maneat semper..."

PARA KIRIL, O PONTÍFICE, foi uma grande ironia verificar que a sua encíclica sobre a educação cristã provocara menos agitação que o comunicado do *Osservatore Romano* a respeito das vítimas da nova droga. Todos os correspondentes em Roma divulgaram o texto completo, publicado no *Osservatore*, o qual foi interpretado, na Europa e na América, como uma ordem papal, bem-definida, para pôr os recursos médicos e sociais à disposição das mães e crianças que fossem afetadas por esse medicamento.

Durante uma semana, sua escrivaninha esteve inundada de cartas e telegramas, de bispos e leigos, felicitando a sua ação como uma oportuna demonstração da caridade da Igreja. O cardeal Platino escreveu, expansivamente: "Quer-me parecer que Sua Santidade revelou, de modo muito especial, a importância da missão da Igreja em cada ato e circunstância da vida humana. É muito possível que o comunicado de Sua Santidade indique o caminho de um método missionário de incalculável valor: a reintegração da Igreja na vida privada e pública, através de uma ação de caridade prática. Historicamente falando, este método foi o começo da maior atividade evangélica permanente e é, na realidade, uma réplica autêntica do trabalho do Senhor que, nas palavras do Evangelho, *partiu para cuidar dos enfermos e para fazer o bem...*"

Outro homem teria se sentido lisonjeado com uma carta tão espontânea a um ato executivo, mas Kiril Lakota estava preocupado com aspectos do problema que a imprensa ou ignorava, ou dramatizava.

Dia e noite, o papa era perseguido pela imagem de uma mulher esperando durante nove meses de medo e de incerteza para dar à luz uma disformidade; ou pela imagem de um médico obrigado a intervir, em face do trágico momento; ou ainda pela da própria criança, pensando no que poderia acontecer-lhe se atingisse a idade adulta. Para todos eles, a caridade da Igreja não passaria de um *post-scriptum* ou, ainda pior, de um inoportuno prolongamento da dor e do desespero.

A missão da Igreja deveria ser para estas pessoas bem mais do que uma concessão de caridade. Deveria ser, sobretudo, um confronto com os fatos nus da sua existência, todos os seus terrores e riscos, e ainda com o fato de que ela os colocara numa determinada relação com o Criador. A Igreja não podia alterar essa relação. Não podia iluminar uma única das suas consequências. As suas funções eram apenas interpretá-la à luz da revelação e da razão, dispensando a graça pela qual a relação funcionava.

Em teoria, cada um dos milhares de sacerdotes que andam pelas ruas de Roma, de chapéu redondo e batina negra, é um intérprete oficial da doutrina, um distribuidor oficial da graça e um pastor com o saco cheio de compaixão para o seu rebanho. Na prática, havia muito poucos que tivessem o talento ou a compreensão suficientes para participarem totalmente destas tragédias íntimas da humanidade.

Era como se a simbiose da Igreja fracassasse em dado momento, e as vidas do seu povo divergissem, a partir daí, das vidas do seu clero. Era como se a interpretação de Deus pelo homem se tornasse um exercício didático, e as realidades da graça divina fossem apagadas pelas realidades da dor e da perda.

Na metodologia da Igreja, o padre devia estar sempre à disposição dos seus paroquianos. Se eles não o procuravam seria apenas por causa da sua própria negligência e falta de fé. Isto era, pelo menos, o tema de muitos sermões dominicais, mas, na realidade, o fracasso ocorria porque o sacerdote deixara de compartilhar as tragédias da sua gente, sendo delas protegido por sua roupa e por sua educação.

Educação! Ele voltava ao princípio, por uma rotação completa, vendo mais nitidamente que nunca que o fruto da sua missão para o mundo não deveria ser julgado qual espetáculo ou aclamação, mas apenas como o florescimento no coração do indivíduo.

Em meio à pilha de felicitações, havia outras e mais inquietantes cartas. Como a do cardeal Pallenberg, da Alemanha:

"Com todo o meu respeito, por conseguinte, rogo à Sua Santidade que examine a atual constituição e método de trabalho da Sagrada Rota Romana. Sua Santidade deve estar a par de que, por causa das circunstâncias peculiares existentes na Alemanha, um grande número de casos matrimoniais são remetidos anualmente a Roma. Muitos deles têm demorado três a quatro anos, com sérias consequências e grave perigo espiritual para as partes em litígio. Parece-me, a mim e aos meus irmãos bispos, que seria aconselhável reformar rapidamente a Rota, seja por ampliação de poderes aos tribunais eclesiásticos provinciais, seja por um aumento do número de funcionários da Rota, instituindo um método mais rápido de exame. Aventuramo-nos a sugerir à Sua Santidade que, em vez de todos os documentos serem traduzidos para o latim, procedimento lento e dispendioso, possam ser examinados no vernáculo original..."

À primeira vista, a Sagrada Rota Romana estava muito longe de um ato de infanticídio que vinha de uma espelunca de terceiro andar. Todavia, os processos que encontravam o seu caminho para os arquivos deste augusto departamento eclesiástico não eram dramas menos importantes de amor e de paixão. A Sagrada Rota era o último tribunal de apelação para casos matrimoniais dentro da Igreja, e cada um deles era uma história de amor ou de ausência dele, e de uma relação humana, deficiente ou não, que tinha de ser medida em face de uma relação divina.

Para o teólogo e o canonista, a função da Rota era muito simples. Tinha de decidir se um casamento era ou não válido, segundo a lei moral e os cânones. Para muitos, dentro da Igreja, era evidente que tal opinião pecava por excessivo simplismo. A Rota era meticulosamente cuidadosa, no intuito de dispensar justiça. Não tinha a menor importância que parecesse ter sido feita justiça. Seus métodos eram antiquados e, frequentemente, dilatórios. Cada documento e cada depoimento tinha de ser traduzido para o latim. O quadro de pessoal, tanto eclesiástico como secular, era inadequado para manejar a quantidade enorme de processos, fosse ao ritmo que fosse. O menos compreensivo dos homens não poderia deixar de pressentir as dificuldades que tal lentidão infligia a quantos haviam apelado para o tribunal.

Kiril, o pontífice, entendia o problema com mais clareza do que outros, mas já aprendera que, para realizar uma reforma em Roma, era precisa preparar-se lentamente e atuar com energia no momento oportuno; de outra forma, acabaria por travar uma batalha inglória com a burocracia, o que, por fim, significaria lutar contra si próprio.

Tomou um apontamento no seu diário, para discutir o assunto com Valerio Rinaldi, o qual, tendo-se retirado da política da Igreja, talvez lhe desse bons conselhos sobre como a combater.

De Ragambwe, o cardeal negro do Quênia, chegou uma carta de ainda maior urgência.

"... Os acontecimentos na África sucedem-se com demasiada rapidez, muito maior do que julgaríamos possível há dois anos. Creio que, na prazo de 12 meses, assistiremos a um levantamento sangrento dos negros contra os brancos da África do Sul. É uma consequência inevitável das medidas repressivas do governo da África do Sul, sob o estandarte do *apartheid* e dos métodos arcaico-feudais dos portugueses, por vezes brutais. Se essa revolução ocorrer – e, com auxílio das outras nações africanas, há razões para assim se pensar – pode muito bem acontecer que se assista ao fim do Cristianismo nos próximos cem anos no Sul do continente africano. Estamos treinando catequistas tão rapidamente quanto possível, mas não podemos esperar treinar nem mesmo o número mínimo de sacerdotes nativos, no tempo de que dispomos. Sei que isto poderá parecer a Sua Santidade uma sugestão revolucionária, porém, pergunto a mim mesmo se não deveríamos considerar seriamente um novo programa de treinamento, no qual o idioma nativo, em vez do latim, seria a base de toda a instrução local, celebrando-se toda a liturgia no vernáculo. Se este método fosse aprovado, seria possível treinar um sacerdote nativo na metade do tempo que levamos agora a prepará-lo segundo os princípios fixados pelo Concílio de Trento.

"Sei bem que isto significaria um clero menos educado do que em outras terras, mas a questão é se devemos procurar ter um clero, de todo em todo, pregando o verbo e dispensando os sacramentos, válidos religiosamente, ou se é preferível não termos clero algum.

"Sua Santidade compreenderá que me refiro a medidas desesperadas, para uma época desesperada, e que..."

Uma vez mais, era levado ao assunto da sua encíclica, à educação dos sacerdotes do verbo. Uma vez mais, estava face a face com o intangível x, o elemento que dominava todo o pensamento da Igreja: a infusão do Espírito Santo no que é deficiente no homem, para que sua alma se conserve sempre viva. Até que ponto, portanto, era possível continuar confiando à Igreja a esta influência dominante do Espírito? Até que ponto seria legal arriscar o verbo e os sacramentos, entregando-os a homens parcialmente instruídos, confiando no paracleto para lhes fornecer o que faltasse? Além disso, quem, senão ele próprio, poderia dizer o que é uma instrução deficiente ou suficiente? Atuaria o Espírito Santo menos eficazmente agora, no século XX, do que nos tempos da Igreja primitiva, quando a 12 pescadores fora confiado o depósito da fé e a missão de pregar a todos os povos?

Lá fora, o dia de verão já morria. Os sinos da cidade badalavam, em vão, os toques de recolhimento e de repouso. Mas a cidade estava cheia de outros sons, e tudo o que restava a Kiril, o pontífice, era reunir o seu séquito para as orações de véspera e a evocação do Deus oculto.

– Você fez um excelente trabalho, meu caro.

Campeggio pousou à sua frente as folhas datilografadas e olhou para George Faber com um novo respeito.

– É o mais completo dossiê que tenho visto sobre Corrado e os seus amiguinhos.

Faber encolheu os ombros, desolado.

– Fui treinado como repórter criminal. Tenho um certo talento para este gênero de trabalhos... mas não posso dizer que me sinta muito orgulhoso de ter escrito isso...

– O amor é um negócio muito dispendioso, não é? – Campeggio sorriu, ao dizê-lo, mas não havia qualquer vislumbre de humor em seus olhos escuros.

– Eu ia falar-lhe sobre isso mesmo. As informações contidas neste documento custaram-me mil dólares. É possível que tenha de gastar ainda muito mais...

– Em quê?

– Para obter uma declaração assinada por uma ou mais pessoas entre as mencionadas no dossiê.

– Tem alguma ideia de quanto vai lhe custar isso?

– Não. Mas pelo que descobri até agora, muitos deles estão curtos de dinheiro. O máximo que poderei gastar são outros mil dólares.

Campeggio ficou silencioso por um momento, olhando para os montes de papéis acumulados sobre a escrivaninha de Faber. Por fim, disse:

– Acho que não devia pensar nesses termos.

– Que quer dizer?

– Segundo o ponto de vista da Rota e da lei civil, isso poderia significar o suborno de testemunhas.

– Já pensei nisso, também.

– Estou certo de que já teria pensado. Você é um homem honesto... demasiado honesto, para o seu próprio conforto, ou para o meu. Vejamos isto por outro lado. Como tenciona encontrar as possíveis testemunhas?

– Marquei três nomes no documento. Cada um deles mostrou uma animosidade aberta contra Calitri. Um é ator e há doze meses que não consegue um papel; outro é pintor: Calitri financiou-lhe uma exposição e depois desinteressou-se dele; temos, afinal, uma mulher. Dizem-me que é escritora, mas nunca vi qualquer publicação sua. Os dois homens passam o verão em Positano. A mulher tem uma casa em Ischia. Proponho-me ir ao Sul, durante as férias de verão, e tentar conhecê-los.

– Pensa levar Chiara com você?

– Não. Ela quer ir, mas creio que não seria de boa diplomacia. Além disso... vai fazer-me bem ficar afastado dela por algum tempo.

– Talvez tenha razão...

Os olhos astutos de Campeggio procuraram em seu rosto qualquer segunda intenção:

– Duvido que qualquer um de nós se conheça perfeitamente, antes de passar a meia-idade... Diga-me outra coisa: por que julga que as testemunhas lhe exigirão dinheiro?

– É humano – respondeu George Faber, com amargura. – Ninguém quer, na realidade, ser perseguido só por ajudar à justiça. Todo mundo quer aproveitar alguma coisa e fazer um lucro com isso.

– Você é católico, Faber. Que sente em sua consciência a respeito desta transação?

– A minha consciência já está comprometida. Estou comprometido com Chiara. Não posso permitir-me agora o luxo de ter escrúpulos.

Campeggio concordou.

– É um ponto de vista muito nórdico. Talvez seja mais honesto do que o meu...

– E qual é o seu ponto de vista?

– Sobre o dinheiro? Tenciono dar-lhe mil dólares, mas não quero saber o que você fará deles...

O afiado humor de Faber veio de novo à superfície:

– E isso o deixa com a consciência tranquila?

– Sou um casuísta – disse Campeggio, sorrindo ligeiramente. – Posso fazer diferenciações tão sutis como qualquer jesuíta. Convém-me ficar na dúvida. Mas se quer a verdade... – Campeggio levantou-se e pôs-se a andar pelo escritório de Faber. – Se quer a verdade, estou muito confuso. Penso que Chiara tem a justiça a seu lado. Penso que você tem todo o direito de lutar para dar isto a ela. Penso que tenho também a justiça a meu lado, quando quero tirar meu filho da influência de Calitri. Mas começo a ter dúvidas, quando penso nos meios de agir. Não quero examiná-los muito de perto. É por isso que desejo cooperar com você, embora lhe deixe o fardo da decisão moral e legal... é um truque muito latino...

– Pelo menos foi sincero comigo – disse Faber simplesmente.

– Fico-lhe muito agradecido.

Campeggio deteve-se a meio do escritório e olhou para Faber, que estava enterrado na sua cadeira:

– Você é um homem de bom coração. Merece um amor com menos problemas...

– A culpa é mais minha do que de Chiara... tenho de trabalhar duas vezes mais, para ficar livre nestas férias. Estou preocupado com a questão de dinheiro. Receio ser incapaz de dominar as consequências do que estamos fazendo.

– E Chiara?

– É muito jovem. Está magoada. A sua posição é muito pouco agradável para uma mulher... por isso, quer se divertir... Não a censuro. Mas já não tenho a energia suficiente para ir cinco vezes por semana ao Cabala ou ao Papagallo...

– De que se ocupa ela, enquanto você trabalha?

Faber sorriu.

– O que faz uma moça de sua idade em Roma? Almoços, desfiles de modas, recepções, chás...

– Já sei, já sei! As nossas mulheres são boas amantes e boas mães. Como esposas, mesmo sem o vínculo da legalidade, falta-lhes algo... Ressentem-se dos seus maridos e mimam os filhos.

Por um momento, Faber pareceu concentrar-se em seus pensamentos íntimos, dizendo, distraidamente:

– O amor ainda é bom... mas tenho a impressão de que ambos já principiamos a fazer cálculos. Quando nos encontramos pela primeira vez, ela estava numa situação angustiosa. Eu parecia poder dar a ela tudo o que ela precisava. Agora que voltou à normalidade, sou eu quem tem necessidades.

– Chiara não compreende isso?

– Aí está o fulcro da questão... Chiara é, por natureza, generosa e impulsiva, mas o convívio com Calitri transformou-a bastante. É como se... como se pensasse que os homens lhe são devedores de uma vida especial.

– E você acha que não lhe pode pagar a dívida?

– Não estou bem certo...

– Então, no seu lugar – comentou Campeggio – eu cortaria desde já as amarras. Diga-lhe adeus, chore na sua almofada e esqueça-se de tudo.

– Estou apaixonado por ela – respondeu Faber, humildemente. – Sinto-me disposto a pagar qualquer preço para conservá-la.

– Então estamos ambos no mesmo barco, não é?

– O que quer dizer com isso?

Campaggio hesitou um momento, e então explicou-se deliberadamente.

– No princípio... a posse parece ser sempre o triunfo final do amor. Você tem agora a sua Chiara, mas não é feliz, enquanto não a possuir pelo contrato legal. Então, pensa, é que estará seguro. Arranca-se uma rosa do jardim, põe-se numa jarra da sala, e, algum tempo depois, a flor murcha. Já não lhe parece tão importante ter uma flor viçosa. Quando vêm os nenéns, aparece uma outra espécie de posse. Dependem completamente de você. Procuram em você o sustento e a segurança. Ao crescerem, notamos que esses elos enfraquecem e que já não os possuímos tanto como antes. Eu... quero o meu filho! Que ele seja a minha imagem e a continuação de mim mesmo. Digo-me que é para o próprio bem dele, mas sei, no meu foro íntimo, que é para minha exclusiva satisfação. Não posso suportar a ideia de que ele se separe de mim e se dê a outro... homem... ou mulher. Mas no fim ele partirá, para melhor ou pior... Olhe para mim, agora. Sou um homem de confiança do Vaticano. Como editor do *Osservatore*, sou o porta-voz da Igreja. Tenho a reputação íntegra e creio bem que a ganhei e mereço. Apesar disso, começo hoje a comprometer-me. Não por sua causa! Não pense que o acuso. É apenas por causa do meu filho – que perderei de todas as maneiras –, e por minha causa, pois ainda não cheguei a termos com a idade e a solidão.

George Faber levantou-se e foi postar-se em frente ao colega. Sentiu, pela primeira vez, durante o encontro, encher-se de dignidade e de uma força pouco familiar.

– Eu não tenho o direito de lhe impor quaisquer condições. Você está numa posição mais delicada do que a minha. Não o censuraria, se retirasse a sua oferta.

– Muito obrigado – disse Orlando Campeggio. – Mas não posso retirá-la. Estou metido nisto... por causa do que quero e do que sou.

– O que é você? O que sou eu?

– Deveríamos ter sido amigos – respondeu Orlando Campeggio, com certa ironia. – Já nos conhecemos há muito tempo, mas perdemos a oportunidade de ser amigos. Receio, por isso, que sejamos apenas conspiradores... e bastante fracotes!...

Dez dias antes da festa de Santo Inácio de Loiola, Jean Télémond recebeu uma carta de Sua Eminência, o cardeal Rinaldi:

Caro reverendo,
Esta carta não é uma comunicação oficial, mas sim uma mensagem pessoal. Pouco antes da sua chegada à Roma, o Santo Padre concedeu-me autorização para abandonar o meu cargo e estou agora vivendo no campo. Fui, contudo, convidado a comparecer, na próxima semana, à Universidade Gregoriana, onde o reverendo irá falar aos estudantes e professores. Gostaria muito de ter a oportunidade de encontrá-lo e conversar com você, antes desse dia.

Já sei muito, mais do que pensa, sobre seus trabalhos e atividades. Considero-o um homem favorecido de Deus com aquilo a que chamo de graça da dedicação.

Esta graça é um raro dom. Pessoalmente, nunca a recebi e, talvez por esse motivo, posso notá-la melhor nos outros. Tenho também verificado que, para aquele que a recebe, ela constitui mais uma cruz, que uma fonte de consolação.

Creio que o seu regresso à Roma poderá vir a ser muito importante para a Igreja. Imagino quão decisivo é para você. Gostaria, pois de oferecer a você minha amizade, o meu apoio e, talvez, os meus conselhos nas suas futuras atividades.

Se lhe fosse conveniente, sugeria que me visitasse na próxima segunda-feira, passando a tarde comigo. Será um favor que lhe ficarei devendo, e espero, sinceramente, poder ser-lhe de alguma ajuda.

Fraternamente em Jesus Cristo,
Valerio Rinaldi
Cardeal presbítero

Para um homem que atravessa uma crise, esta carta era um encorajamento principesco. Télémond sentiu-se profundamente emocionado. Esse fato o fez recordar o momento em que mais precisava lembrar-se disso, por toda a sua fé monolítica, que a Igreja era um recolhimento de diversos espíritos, entre os quais reinava a virtude da fraternidade e da compaixão.

Sentira-se um desconhecido na ruidosa e gregária sociedade clerical de Roma. As suas convenções irritavam-no. A brusca ortodoxia perturbava-o, como se estivesse a ser repreendido por seus vinte anos passados entre os mistérios da criação. A melancolia do ambiente pesava-lhe na alma. Por outro lado, estava aterrorizado pela perspectiva do momento em que apresentaria ao público as especulações de toda a sua vida. Por outro, sentiu-se aguardando o momento com uma espécie de cálculo, o qual fazia os riscos por ele corridos parecerem fúteis e até repreensíveis.

Agora, inesperadamente, encontrava a mão estendida de alguém que lhe dava as boas-vindas e uma voz que lhe falava com o acento de rara compreensão e carinho. A amizade nunca lhe faltara na vida. O seu trabalho nunca demandou patrocínio ou encorajamento. Não obstante, ninguém o compreendera ainda claramente. Era uma dedicação, com efeito; era viver, saber e crer, com a mais completa convicção de que cada momento da existência, cada ampliação do saber, cada ato de fé, era um passo na mesma direção, para Deus-feito-homem e homem-feito-à-imagem-de-Deus.

O que mais o perturbara em Roma fora a impressão de que certas pessoas, na Igreja, viam o seu trabalho como prova de arrogância. Contudo, um homem arrogante não poderia ter-se metido em uma tal jornada, nem poderia arriscar-se tanto em uma obstinada busca da verdade.

Jamais receou equivocar-se, pois toda a sua experiência lhe ensinara que o saber era um corretivo superior, e que uma busca honesta teria, por conseguinte, de levar o homem cada vez mais perto das fronteiras da revelação, ainda que o outro lado da barreira ficasse para sempre escondido da sua vista.

Havia uma atitude na ortodoxia que era, por si própria, uma heresia: a manifestação da verdade, tal como fora repetidamente manifestada em cada século da Igreja, era exibi-la em cheio e para sempre. Todavia, a história da Igreja era a história de uma revelação imutável, desenrolando-se cada vez mais complexa, na proporção em que o pensamento do homem se abre mais, para recebê-la cada vez mais completamente. A história do progresso espiritual de cada indivíduo era a história da sua autopreparação com o intuito de cooperar, mais e mais voluntária, consciente e gratamente com a graça de Deus.

Para Jean Télémond, a carta de Valerio Rinaldi tinha o aspecto da concessão de uma graça. Aceitou o convite e tomou nota de que teria de visitar o cardeal em sua casa de campo.

Deram-se bem, um com o outro, logo nos primeiros instantes. Rinaldi mostrou a *villa* e os seus jardins ao convidado e contou-lhe a história da casa, desde o primeiro túmulo etrusco no jardim, até o templo órfico, cujo pavimento estava soterrado numa parte mais retirada do parque. Jean Télémond ficou cativado pela amabilidade e cortesia do seu anfitrião; falou-lhe com maior sinceridade do que estava habituado a fazer, havia muito tempo, de forma a que o ancião visse, através dos olhos do visitante, paisagens exóticas e uma procissão de histórias novas e estranhas para ele.

Depois de terminada a visita, sentaram-se junto ao pequeno lago e tomaram chá inglês, observando uma gorda carpa que se movia lentamente por entre os nenúfares. Depois, muito gentil mas astutamente, Rinaldi começou a tentar descobrir o que ia no pensamento de Jean Télémond.

– Roma é uma cidade-camaleão. Veste cores diferentes para cada visitante. O que vê nela, padre?

Jean Télémond meditou por um instante e respondeu com franqueza:

– Estou pouco à vontade. O idioma é estranho para mim. Sou um gaulês entre os romanos, um provinciano entre os citadinos. Regressei tão certo de ter aprendido muito em vinte anos, e agora sinto como se houvesse esquecido alguma coisa – talvez um modo essencial de exprimir-me. Não sei bem o que é, mas essa falta me incomoda.

175

Rinaldi pousou a xícara e limpou as mãos num guardanapo de fino linho. As feições patrícias de seu rosto suavizaram-se.

– Creio que se faz demasiado modesto, padre... A Gália há muito deixou de ser uma província de Roma, e creio que fomos nós quem perdemos o sentido da arte de comunicar... não nego que você tenha um problema, mas inclino-me a apreciá-lo sob um diferente prisma.

As feições magras e austeras de Jean Télémond descontraíram-se num límpido sorriso.

– Gostaria muito de ouvir a interpretação de Sua Eminência.

O velho cardeal acenou eloquentemente, de maneira que o anel de esmeralda do seu cargo rebrilhou ao sol.

– Há quem, meu amigo, vista a Igreja como se fora uma luva. Eu mesmo, por exemplo. Fui feito para envelhecer confortavelmente dentro de uma ordem estabelecida, Entendo a organização. Sei onde é rígida e onde pode ser flexível... Isto não tem qualquer mérito nem virtude especial. É, no fundo, uma simples questão de temperamento e de aptidão. Nada tem que ver com a fé, a esperança ou a caridade. Há quem tenha nascido para ser um bom servo do Estado e há também quem tenha uma aptidão especial para o governo da Igreja. É um talento, se preferir assim vê-lo, mas um talento que tem as suas tentações, e eu sucumbi a algumas delas durante a minha vida...

Rinaldi calou-se, contemplando o lago de lírios, onde os peixes nadavam, dourados e vermelhos, e as flores abriam suas pétalas sob a carícia do sol da tarde. Télémond aguardou, até que o velho príncipe retomasse o fio de seus pensamentos.

– Há outros, meu amigo, que vestem a Igreja como uma camisola felpuda e incômoda. Não creem menos que os outros, talvez amem até com mais riqueza e audácia; mas sentem comichões, movem-se pouco à vontade, como você, dentro da disciplina. Para esses, a obediência é um sacrifício diário enquanto que, para mim e para os do meu gênero, é uma acomodação – frequentemente uma acomodação compensadora – às circunstâncias. Entende o que quero dizer?

– Entendo, sim, mas creio que Sua Eminência está sendo demasiado modesto para ser amável comigo.

– Não! Não! – A resposta de Rinaldi foi rápida e enfática. – Já estou velho para amabilidades fúteis. Já me julguei a mim mesmo, e sei bem quais são os meus defeitos e qualidades... Neste momento, você é um homem preocupado...

– Tão preocupado, Eminência! – disse Télémond, em voz baixa. – Tão preocupado! Vim para Roma por obediência, mas aqui não consigo a paz de que preciso. Bem o sei...

– Você não nasceu para ter paz, meu amigo. Isso é a primeira coisa de que tem de se convencer. É muito possível que nunca venha a obter, até o dia da morte. Cada um de nós suporta a sua própria cruz, feita à medida dos seus ombros relutantes. Sabe qual é a minha?

– Não.

– Ser rico, estar satisfeito e realizado, sabendo, na minha velhice, que não mereci nada disso e que, quando for chamado ao Juízo Final, terei de depender inteiramente da misericórdia de Deus e dos méritos de outros que a mereçam mais que eu.

Télémond escutou-o em silêncio, emocionado por esta análise de uma íntima e secreta tortura. Finalmente, perguntou:

– E a minha cruz, Eminência?

– A sua cruz, meu filho...

A voz do velho assumiu novo calor e compaixão.

– A sua cruz é estar sempre dividido entre a fé que o anima, a obediência de que fez voto e a sua investigação pessoal, em busca de um conhecimento mais profundo de Deus, através do universo que ele criou. Acredita não haver conflito entre ambos, mas apesar disso está diariamente envolvido nesse conflito. Não pode renunciar a um artigo de fé sem que isso envolva uma catástrofe pessoal; não pode abandonar a busca sem ser desleal consigo mesmo e arruinar-se. Terei razão, padre?

– Sim, Eminência, tem razão. Mas não é tudo... Sua Eminência mostrou-me a cruz, mas não como devo carregá-la.

– Já a carrega há vinte anos sem mim.

– E agora estou cambaleante sob o seu peso. Acredite, estou cambaleando... E agora mais este fardo, Roma!...

– Quer ir embora?

– Quero. Mas, apesar disso, teria vergonha de fazê-lo agora.

– Por quê?

– Por esperar que este seja para mim o momento da grande decisão. Sinto que já estive silencioso o tempo suficiente para o meu pensamento tomar forma. Sinto ser meu dever expô-lo para debate e dialética. Esta exposição parece-me tanto um dever quanto todos os anos de estudo e de meditação.

– Então, tem de cumprir o seu dever.

– Isso levanta outro problema, Eminência – disse Télémond, com uma centelha de humor. – Não sou publicista, não sei me apresentar muito bem. Não sei como acomodar ao ambiente local.

– Então ignore isto! – disse Rinaldi, decisivo. – Você veio armado de um coração reto e de uma visão pessoal da verdade. É armadura bastante para qualquer homem.

Télémond franziu a testa, balançou a cabeça e disse:

– Eminência, não confio na minha coragem.

– Eu lhe diria que confiasse em Deus.

– Confio, e contudo...

Télémond calou-se e olhou, desprendidamente, para os confins do jardim clássico.

– Continua, meu filho...

– Tenho medo... Um medo desesperado!

– De quê?

– De que chegue o momento em que este conflito que dentro de mim se trava me divida em dois e me destrua por completo. Não sei explicá-lo de outra maneira. Faltam-me as palavras. Só posso esperar que Sua Eminência me entenda.

Cardeal Valerio Rinaldi levantou-se e pousou as mãos nos ombros curvados do jesuíta:

– Entendo, sim, meu filho. Compreendo-o muito bem. Sinto por você o que por poucos homens tenho sentido em toda a minha vida. Aconteça o que acontecer, depois de seu discurso da próxima semana, quero que tenha em mim um amigo. Já lhe disse que você me faria um favor se me permitisse ajudá-lo. Repito-o agora com mais ênfase: peço a você que me dê a oportunidade de ganhar algum pequeno mérito para mim... é a tradição em Roma, padre... pintores, poetas e filósofos, todos eles precisam de um patrono que os proteja da inquisição, e eu talvez seja o único que resta...

Extrato das memórias secretas de Kiril I, pontífice máximo:

Toda esta semana me senti assaltado por aquilo a que poderia chamar de uma tentação da escuridão. Nunca, desde o meu tempo de cárcere, me senti tão oprimido pela absurda loucura do mundo, pelo desperdício de esforço do homem, na luta pela sobrevivência, pela aparente idiotice de qualquer tentativa de mudar a natureza humana, ou criar uma melhoria nas suas condições.

Argumentar com a tentação seria simplesmente gerar outro absurdo. Argumentar comigo próprio seria provocar novos motivos de confusão. Antigamente, havia em mim um certo espírito de troça. Sempre que me olhava, via um bobo a tentar deter ciclones. Quando rezava, meu espírito era árido. As palavras eram um encantamento, como se proferidas por algum velho bruxo – sem virtude nem recompensa. Era uma espécie de tortura que eu pensara nunca mais ter de sofrer; mas, desta vez, senti-me mais profundamente ferido que dantes.

Na minha confusão, entreguei-me a uma meditação profunda: sobre a paixão e a morte do Senhor. Comecei a compreender, embora vagamente, o significado da tortura no Jardim de Getsemane, quando a confusão no Seu espírito humano se comunicou tão dolorosamente ao Seu corpo, que o mecanismo principiou a falhar, e Ele sofreu, à semelhança de um enfermo de leucemia, o suor sangrento que é a degustação da morte.

Por um momento, também me dei conta do Seu derradeiro e desolador lamento do alto da cruz: *Meu Deus! Meu Deus Por que Me Abandonastes?* Nesse momento, creio, Ele deve ter visto, como eu vejo agora, a cegueira feroz de um mundo enlouquecido, explodindo em cinzas, os estilhaços voando, tangenciais, a partir do centro.

Nesse momento, a Sua vida e morte devem-Lhe ter parecido uma futilidade imensa, tal a minha vida e esforços, como Seu vigário, me parecem agora. Mas Ele tudo suportou, e eu terei também de fazê-lo. Se Ele, Homem-Deus, pôde sofrer, sem o conforto da Cabeça de Deus, poderei eu recusar o cálice que Ele me concedeu?

Conservei esse pensamento com uma espécie de terror, não fosse ele fugir e deixar-me para sempre cativo da escuridão e do desespero. Depois, lentamente, a escuridão dissipou-se, e eu senti-me abalado, quase doente, mas de novo seguro da essencial sanidade da crença. Via algo de muito claro: o sofrimento dos que não tiverem um Deus para dar um significado ao monstruoso disparate de todo o esforço humano.

Para um crente, a vida é, na melhor das hipóteses, um mistério doloroso, tornado aceitável pela revelação parcial de um desígnio divino. Para um ateu – e existem centenas de milhões a quem a graça da crença nunca foi concedida – a vida deve apresentar-se, por vezes, como uma espécie de loucura, sempre ameaçadora, e outras vezes, como algo insuportável. Talvez esteja aí o significado do que sou, e do que me aconteceu: que sendo pobre de tudo o mais, possa oferecer ao mundo o amor de um coração compreensivo...

Recebi hoje a segunda carta de Kamenev. Foi entregue em Paris, ao cardeal arcebispo, e chegou a minhas mãos por um correio especial. É mais enigmática do que a primeira, mas senti maior urgência nesta.

Recebi a sua mensagem e fico-lhe muito grato. Os girassóis estão florescendo agora na mãe Rússia, mas, antes que floresçam de novo, é possível que precisemos um do outro.

Sua mensagem diz-me que Sua Santidade confia em mim, mas eu tenho de ser honesto e pedir-lhe que não confie no que eu faça ou no que se diga que eu disse. Vivemos em ambientes diferentes, como sabe. Sua Santidade comanda uma obediência e uma lealdade impossíveis na minha esfera de ação. Eu só posso sobreviver pela compreensão do que é possível, curvando-me a uma pressão para evitar uma pressão maior.

Dentro de 12 meses, talvez antes, teremos chegado à beira de uma guerra. Eu quero a paz. Sei que não a poderemos ter mediante um acordo unilateral. Por outro lado, não posso ditar as condições nem ao meu próprio povo. Estou algemado à corrente da história. Posso reduzir-lhe o andamento, mas nunca o seu curso.

Rogo-lhe que se esforce por compreender o verdadeiro significado do que estou tentando dizer e que, se for possível, o interprete tão claramente quanto possa, junto ao presidente dos Estados Unidos. Já me encontrei com ele. Eu o respeito. Numa negociação privada, poderia confiar nele, porém, no domínio da política, ele está tão sujeito a pressões como eu; talvez mais até do que eu, pois o seu tempo de ofício é mais curto, e a influência da opinião pública é mais forte. Se Sua Santidade puder comunicar-se com ele, rogo-lhe que o faça, mas em segredo, e com a maior da discrições. Sabe perfeitamente que eu poderia repudiar por completo qualquer sugestão de que existe um contato privado entre nós.

Ainda não me é possível indicar-lhe um método seguro, pelo qual Sua Santidade me pudesse escrever. De tempos a tempos, receberá solicitações de audiência privada por parte de um homem chamado Georg Wilhelm Forster. Com esse, poderá falar livremente, mas sem deixar nada por escrito. Se conseguir uma conversa com o presidente dos Estados Unidos, poderá referir-se a ele pelo nome de Robert. É um contrassenso que para discutir a sobrevivência da raça humana, tenhamos de recorrer a métodos tão infantis.

Sua Santidade tem a sorte de poder rezar. Eu estou limitado à ação, e, se estou metade certo, por metade do tempo eu tenho sorte.

Volto a recomendar prudência. Sua Santidade acredita que está nos sapatos de Deus. Eu tenho de calçar os meus próprios, e o chão está muito escorregadio. Não confie mais em mim, do que eu mesmo posso fazê-lo. O martírio não está mais em moda neste país.

Saudações

Kamenev

Nenhum homem permanece imutável após a experiência do poder. Alguns são pervertidos ao ponto da tirania. Outros, pela corrupção da lisonja e da autoindulgência. Muito poucos são os que atingem a sabedoria pela compreensão das consequências dos atos executivos. Creio que foi isso o que aconteceu a Kamenev.

Nunca foi um homem desagradável. Quando o conheci, entregara-se ao cinismo, mas essa rendição não era completa. Isso ficou provado pelo que fez comigo. Eu diria que no seu pensamento não existe qualquer influência de ordem espiritual ou religiosa. Aceitou uma concepção do homem e do universo demasiado materialista. Todavia, creio que, nos limites da sua própria lógica, ele atingiu certa compreensão da dignidade do homem e um sentido de obrigação para a preservar, tanto quanto possível. Não creio que ele seja governado por sanções morais, tal como as compreendemos no sentido espiritual. Entretanto, admite ser essencial uma certa moralidade prática na ordem social, e até na sobrevivência da civilização, como a conhecemos.

Creio que isto é o que ele está tentando me dizer: que posso confiar nele, no que diz respeito a proceder logicamente e segundo o seu próprio sistema de pensamento, mas que nunca poderei esperar vê-lo proceder de acordo com o meu. De minha parte, não devo esquecer que, enquanto o homem está limitado às vias convencionais da graça, que lhe foi concedida pelo ato redentor de Cristo, Deus não é tão limitado, pelo que, no fim, a lógica de Kamenev pode ser uma das vias da lógica Divina. Mesmo no que concerne à ordem humana das coisas, sua carta tem uma importância histórica. O homem que incorpora no seu cargo a heresia marxista, que tentou tão violentamente

182

extirpar a fé sobre toda a terra da Rússia, recorre agora ao papado no intuito de obter um método secreto e livre de comunicação com o resto do mundo.

Vejo nitidamente que Kamenev nada me oferece: nenhuma entrada da fé na Rússia, não propõe qualquer alívio de opressão ou de perseguição. O cardeal Goldoni informou-me que, neste preciso momento, as nossas escolas e seminários na Polônia, na Hungria e na Alemanha Oriental correm o risco de ser encerradas, em virtude do estabelecimento de novos e pesados impostos. Perguntou-me o que tenciona Kamenev oferecer, seja à Igreja, ou aos Estados Unidos, em troca de um passo para a paz...

À primeira vista, nada oferece. Até seria justificado pensar que ele me quer usar para as suas próprias conveniências. Tenho de refletir muito seriamente sobre essa possibilidade, embora continue convencido de que existe um desígnio divino nesta relação entre nós, e que não devemos permitir que venha a degenerar em uma intriga política...

É um fato histórico que, quando o poder temporal da Igreja foi maior, a sua vida espiritual alcançava o mais baixo nível. É perigoso interpretar a revelação divina em cada parágrafo da história, mas eu não posso deixar de sentir que, quando estamos como o Senhor, pobres em temporalidade, talvez sejamos mais ricos em substância divina.

Para mim, esta ocasião requer prudência e oração... normalmente, deveríamos nos comunicar com o governo dos Estados Unidos, através do nosso secretariado de Estado. Neste caso, não nos atrevemos a fazê-lo. Enviei, por conseguinte, um telegrama ao cardeal arcebispo de Nova York, pedindo-lhe que viesse a Roma, tão depressa quanto possível para que eu pudesse lhe dar instruções sobre a situação e ele se comunicasse diretamente com o presidente dos Estados Unidos. Depois que tiver falado com o cardeal Carlin, estaremos pisando todos em ovos. Se a mais leve sugestão do assunto fosse revelada à imprensa americana, perdida estaria para sempre esta pequena esperança de paz... de manhã, terei de oferecer uma missa em intenção dos bons resultados dessa iniciativa.

Hoje, tive a primeira de uma série de conferências com as congregações religiosas e com os chefes das várias ordens. O propósito destas conferências é determinar o modo por que se pode melhor adaptar às novas condições mundiais e participar mais ativa e flexivelmente na missão da Igreja junto às a almas dos homens.

Há muitos problemas envolvidos, e não devemos resolvê-los de uma só vez. Cada ordem conserva orgulhosamente sua tradição própria e a sua esfera de influência no seio da Igreja. A tradição é, muitas vezes, uma desvantagem no esforço apostólico. Os sistemas de educação diferem. O "espírito da ordem" – o método de pensamento ou de ação que lhe incute um caráter específico – tende frequentemente a enrijecer-se em um "método da ordem", reagindo, por consequência, lenta e teimosamente, aos imperativos da época.

Há ainda outro problema. A proporção no recrutamento de novos membros tornou-se perigosamente lenta porque muitos espíritos voluntariosos se encontram demasiado limitados e constrangidos por uma constituição arcaica e até por uma maneira de viver e de vestir que os separa ostensivamente dos tempos em que vivem...

Uma vez mais, encontro-me em face do problema fundamental do meu cargo: como traduzir a palavra em ação cristã; como separar o trigo do joio, na tradição histórica, para que a essência da fé primitiva venha à tona em toda a sua riqueza. Quando os homens estão verdadeiramente unidos com Deus, pouco importa o hábito que vestem, pouco importa a que exercícios piedosos se dedicam, sob que constituição vivem. A obediência religiosa deveria conceder aos homens a liberdade que lhes cabe como filhos de Deus. A tradição deveria ser, apenas um facho luminoso a seus pés, iluminando-lhes o caminho do futuro. Renunciar ao mundo não é abandoná-lo, mas sim restaurá-lo em Cristo, para a beleza dos seus primordiais desígnios... herdamos o passado, mas estamos amarrados ao presente e ao futuro.

Já é tempo de iniciar uma investigação mais profunda e uma definição mais clara do papel dos leigos na vida da Igreja. O anticlericalismo é um sintoma de insatisfação entre os fiéis. É um fato que a rebelião contra a doutrina da Igreja é menos comum que a deserção gradual de um ambiente religioso irreconciliável, ao que se supõe, com o mundo em que vivem os homens. Aqueles cujas aspirações excedem as dimensões da mentalidade do pastor local desaparecem progressivamente das igrejas em busca de substitutos mentais e de verdades parciais que, em geral, não lhes acarretam qualquer paz ou alegria mas, de certo modo, lhes dão um sentido de integridade. A quantidade destes casos já é tão grande que se transformou numa situação reconhecida pela própria Igreja. Embora ambígua, é uma situação radicalmente diferente daquela que, por obscurantismo militante de uma determinada categoria de homens, tenta eliminar da consciência humana a noção da existência do homem na dependência de Deus...

Neste nosso mundo, quando os homens tentam alcançar a lua a dimensão do tempo parece estreitar-se diariamente, perturba-me verificar que não podemos nos ajustar mais rapidamente à evolução...

A época das férias na Europa principiará dentro de duas semanas. É costume, então, que o pontífice deixe o Vaticano e passe uma temporada em Castel-Gandolfo. Apesar da minha impaciência, agrada-me a ideia de uma curta mudança. Isso me dará tempo para pensar, para avaliar as mil e uma impressões diversas nestes primeiros meses de ofício.

Ainda não me atrevi a mencioná-lo ao secretário de Estado, mas creio que me aproveitarei da oportunidade para viajar um pouco, em caráter privado, pelo campo... Precisarei de um bom chofer. Seria muito embaraçoso para mim e para o governo italiano, se tivéssemos qualquer acidente na estrada... seria bastante gracioso se o pontífice fosse encontrado a discutir, no meio da estrada, com um motorista italiano de caminhão... desejaria ter um companheiro, passando as férias comigo, mas ainda não tive tempo para cultivar qualquer amizade real. O meu isolamento é ainda maior, porque sou muito mais novo que os membros da cúria, e Deus me livre de tornar-me velho antes do tempo.

Compreendo agora por que é que alguns dos meus predecessores caíram no nepotismo e se rodearam de parentes, enquanto outros cultivaram favoritos no Vaticano. Não é bom para homem algum estar sempre só...

Kamenev é casado, tem um filho e uma filha. Gostaria de pensar que se trata de um casal feliz... se assim não é, deve estar muito mais só do que eu. Nunca me arrependi do meu próprio celibato, mas invejo aqueles cujo trabalho na Igreja está relacionado com crianças...

Um súbito pensamento sombrio. Se houver outra guerra, o que será das crianças? São os herdeiros dos nossos erros, e o que lhes acontecerá no horror generalizado de uma hecatombe atômica?

Não é possível... não é possível!

7

No seu apartamento de solteiro, em Parioli, Corrado Calitri, ministro da República, conferenciava com os seus advogados. O mais antigo, Perosi, era um homem alto e seco, de maneiras acadêmicas. O outro tinha um rosto gordo e rosado, e um sorriso de superioridade. Num canto da sala, a princesa Maria Rina estava sentada a observá-los, com os seus olhos maliciosos e velados.

Perosi juntou os dedos como um bispo pronto para entoar os salmos e resumiu a situação:

– ... Tal como eu vejo o caso, o senhor tem andado com a sua consciência pouco tranquila nestes últimos tempos. Disse-me ter-se aconselhado com o seu confessor, e que ele lhe advertiu ser seu dever alterar o seu depoimento anterior com respeito ao casamento.

O rosto pálido de Calitri não se alterou, e a sua voz fez-se ouvir sem a menor expressão:

– Sim, é essa a posição...

– Vejamos bem, então, a nossa atual posição. O pedido de nulidade da sentença, por parte de sua esposa, foi feito nos termos do cânone 1086, que declara duas coisas: primeiro, o consentimento interno do Espírito presume-se que esteja sempre de acordo com as palavras ou sinais usados na celebração do casamento; segundo, se uma ou ambas as partes, por um ato positivo da vontade, exclui o casamento em si próprio, ou os direitos decorrentes do ato conjugal, ou qualquer propriedade essencial do casamento, então o contrato não tem validade.

O advogado remexeu nos papéis e continuou a falar, num tom profissional.

– A primeira parte do cânone não nos interessa. Exprime apenas uma hipótese da lei, que pode ser contrariada por prova oposta. O pedido de sua esposa apoia-se na segunda parte. Ela alega que o senhor excluiu deliberadamente, no seu próprio consentimento, o direito dela ao ato conjugal, e que o senhor não aceitou o contrato como inviolável, mas como meio de terapia, que podia ser abandonada, caso falhasse. Se esse argumento fosse demonstrado, então o casamento seria, naturalmente, declarado nulo. Entendeu?

– Sempre o compreendi.

– Mas o senhor negou, num depoimento escrito e jurado, que a sua intenção fosse defectiva.

– Realmente, neguei.

– Agora, contudo, está pronto a confessar que a sua declaração foi falsa e que, na realidade, cometeu perjúrio.

– Sim, é isso. Reconheço que cometi uma grave injustiça e quero repará-la. Desejo que Chiara seja livre.

– Está então pronto a jurar outra declaração, confessando o perjúrio e a intenção defectiva?

– Estou.

– Até aqui, vai tudo muito bem. Isto nos dá uma base para reabrir o caso com a Rota.

Perosi torceu seus pálidos lábios e franziu a sobrancelha.

– Infelizmente, não será bastante para uma sentença de nulidade.

– E por que não?

– Trata-se de uma questão de procedimento, segundo o cânone 1971, e pelos comentários ao código, datados de março de 1929, julho de 1933 e julho de 1942. Um cônjuge, parte culpada na nulidade, fica privado do direito de impugnar o contrato. Além disso, não tem lugar no Tribunal.

– Então, aonde isso nos leva?

– Precisamos de uma ou mais testemunhas que atestem que você expressou, clara e explicitamente, a sua má intenção antes da consumação do casamento.

A voz áspera da princesa introduziu-se na conversa.

– Creio que pode tomar como certo que tais testemunhas serão obtidas.

– Nesse caso – disse o advogado Perosi – creio que tenho o caso arrumado. Podemos olhar com certa confiança para uma decisão favorável.

Perosi sentou-se e começou a arrumar a pilha de papéis. Como se isso fosse um sinal, o outro advogado juntou-se à discussão.

– Com respeito aos comentários do meu ilustre colega, gostaria de propor duas sugestões. Seria de grande vantagem se tivéssemos uma carta do seu confessor, indicando que o senhor está a atuar sob o seu conselho, com o fim de reparar a injustiça cometida. Também ajudaria se escrevesse uma carta amigável à sua esposa, confessando sua culpa e pedindo-lhe que o perdoasse... nenhum desses dois documentos teria o mínimo valor como prova, mas poderiam, digamos, desanuviar a atmosfera.

– Farei o que sugere – retorquiu Calitri, no mesmo tom impessoal de antes. – Agora gostaria de levantar duas questões. Confesso falha e confesso perjúrio, mas, por outro lado, tenho de proteger a minha reputação e a minha posição pública.

– Todas as deliberações da Rota e todos os depoimentos no seu Tribunal são rigidamente protegidos pelo sigilo. Você não precisa recear nada nesse aspecto.

– Muito bem. Quanto tempo lhes parece que tudo isto levará?

Perosi considerou a pergunta por uns momentos:

– Não muito. Nada pode ser feito, claro está, antes das férias, mas se todos os depoimentos estiverem em nossas mãos antes do fim de agosto, poderemos ter a tradução feita em duas semanas. Depois, em virtude da sua posição e da longa suspensão do caso, creio que teremos um julgamento bastante rápido. Eu diria dois meses, no máximo. Até antes, talvez.

– Estou-lhes muito grato – disse Corrado Calitri. – Terei os papéis prontos em fins de agosto.

Perosi e o seu colega despediram-se, com grandes saudações.

– Estamos sempre ao inteiro dispor do senhor ministro.

– Muito bom dia, meus senhores, e obrigado.

Quando a porta se fechou atrás deles, a princesa jogou a cabeça para trás e soltou uma gargalhada.

– Pronto! Não lhe tinha dito? É tão simples como descascar ervilhas... claro, temos de encontrar um confessor. Conheço um *monsignore* bastante compreensivo, que me atende quando estou em Florença. Sim, creio que terá de ser ele. É inteligente, culto e bastante zeloso, à sua maneira... falarei com ele e combinaremos um encontro... vamos, sorria! Dentro de dois meses, será um homem livre, e dentro de um ano será o líder da nação.

– Eu sei, tia, eu sei.

– Ah, mais uma coisa... a sua carta para Chiara. Você não precisa mostrar-se demasiado humilde. Dignidade, sobriedade, um desejo de reparação, sim. Mas nada de comprometedor. Não confio nessa moça, nunca confiei.

Calitri encolheu os ombros, indiferente.

– É uma criança, tia. É incapaz de malícia.

– As crianças crescem, e a malícia é atributo de todas as mulheres quando querem alguma coisa.

– Pelo que tenho ouvido, ela já tem o que quer...

– Com o decano da imprensa estrangeira. Como ele se chama?

– George Faber. Representa um dos diários de Nova York...

– O maior – disse a princesa, enfaticamente. – E você não deve menosprezá-lo. Tal como está já é bastante vulnerável, meu garoto. Tem o *Osservatore* contra você, e Chiara na cama com a imprensa americana. Não pode se permitir uma situação dessas.

– Não posso mudá-la...

– Por que não?

– O filho de Campeggio trabalha comigo. Gosta de mim e nem um pouco do pai dele... Chiara, provavelmente, se casará com esse

Faber, logo que obtiver a nulidade. Nada posso fazer a respeito de qualquer destas duas situações.

– Creio que pode – ela o encarou compreensiva. – Esse jovem Campeggio... por exemplo, sabe o que eu faria no seu lugar?

– Gostaria de saber.

– Promovia-o. Empurraria este rapaz para a frente o mais depressa possível. Prometia-lhe um lugar ainda mais alto, logo após as eleições. Eu o aproximaria mais de mim, pela confiança e pela amizade. O pai dele iria detestar você, mas o rapaz iria adorá-lo, e não creio que Campeggio lutasse contra o seu próprio filho... quanto a Chiara e ao seu namorado americano, deixe-os por minha conta.

– O que você propõe que seja feito, tia?

A velha princesa sorriu, enigmática, e balançou a cabeça.

– Você não sabe lidar com mulheres, Corrado. Fique quietinho, e eu tratarei dela.

Calitri abriu as mãos, em um gesto de resignação.

– Seja feita a sua vontade, tia... Eu a deixo em suas mãos.

– E não se arrependerá.

– Vou aceitar seus conselhos, tia.

– Sei que irá. Dê-me um beijo e alegre-se. Amanhã, venha jantar comigo. Quero que se encontre com alguns amigos meus do Vaticano. Agora, que vai voltar a estar nas boas graças da Igreja, poderá começar a servir-se deles.

Corrado deu um beijo naquele encarquilhado rosto e esperou que ela saísse, perguntando a si próprio como seria possível que tanta vitalidade habitasse dentro de tão frágil corpo.

Não estava bem certo de poder levar a bom termo o acordo que fizera com os seus caciques eleitorais.

Toda a sua vida estava cheia de acordos como esse. O preço era sempre pago na mesma moeda: mais um fragmento de si mesmo. De cada vez que o sugavam, ficava menos seguro de sua própria identidade, sabia que, no fim, se encontraria vazio de todo, e as aranhas teceriam teias no oco do seu coração.

A depressão apoderou-se dele como uma nuvem. Serviu-se uma bebida e foi sentar-se à janela, de onde podia ver a cidade e o voo dos pombos sobre os telhados antigos. O primeiro-ministro Quirinal talvez valesse uma missa, mas nada, nada mesmo, merecia uma vida inteira de perdição no vazio, como lhe exigiam.

Não havia dúvidas de que fizera um acordo. Ele, Calitri, personificaria o cavaleiro branco, sem medo e sem mácula, e os democratas-cristãos permitiriam que ele os conduzisse ao poder. Mas havia espaço ainda para uma nota de rodapé, e a princesa Maria Rina a expôs a ele: confiança e amizade... talvez ainda mais! No acordo amargo que fizera, encontrava, repentinamente, algo de doce...

Pegou no telefone, ligou para o seu ministério e pediu ao jovem Campeggio que lhe trouxesse o expediente da tarde ao seu apartamento...

Às dez e meia de uma manhã enevoada, Charles Corbet Carlin, cardeal arcebispo de Nova York, desceu no aeroporto de Fiumicino. Um emissário da secretaria de Estado esperou-o à saída do avião e conduziu-o através da alfândega e da polícia. Hora e meia depois, estava em conferência com Kiril, o pontífice, e Goldoni, o secretário de Estado.

Carlin era, por natureza, um homem sem rodeios e compreendia os hábitos do poder. Depressa notou a mudança que os poucos meses de ofício haviam causado no papa. Não perdera nada do seu encanto, nem o seu calor perspicaz e instintivo. Contudo, parecia ter alcançado uma nova dimensão de autoridade. Seu rosto com cicatriz estava mais magro, sua fala era mais dinâmica e todo o seu aspecto, mais ansioso e preocupado. Com sua maneira característica, o papa iniciou a entrevista com um sorriso e uma desculpa.

– Estou muito grato a Sua Eminência por ter vindo tão prontamente. Sei como tem estado ocupado. Eu teria desejado explicar-me com mais pormenores, mas não me foi possível transmitir a informação, mesmo em código.

Depois, em frases concisas e objetivas, explicou o motivo da sua convocação e mostrou a Carlin o texto das duas cartas de Kamenev.

O americano passou os olhos, com um olhar astuto e calculista, e devolveu-as ao pontífice.

– Compreendo perfeitamente a preocupação de Sua Santidade. Confesso que já compreendo menos o que pode Kamenev esperar obter com esta manobra.

Goldoni esboçou um ligeiro sorriso.

– A reação de Sua Eminência foi idêntica à minha. Uma manobra! Sua Santidade, porém, alimenta uma opinião diferente.

Kiril estendeu as mãos sobre a escrivaninha e explicou-se, com simplicidade:

– Quero que compreenda, em primeiro lugar, que conheço este homem. Conheço-o mais intimamente do que a qualquer um de vocês. Foi ele o meu inquisidor na prisão, durante muito tempo. Cada um de nós exerce grande influência sobre o outro. Foi ele quem planejou a minha fuga da Rússia. Estou profundamente convencido de que isto não é uma manobra política, mas sim um genuíno apelo de auxílio, para atalhar a crise que paira sobre nós.

Carlin assentiu, pensativamente.

– Sua Santidade talvez tenha razão. Seria uma loucura, da nossa parte, menosprezar a Sua experiência com este homem e o seu íntimo conhecimento da situação russa. Por outro lado, e digo-o com todo o respeito, nós temos outra espécie de experiência com Kamenev e os soviéticos.

– Quando você diz "nós", você se refere à Igreja ou aos Estados Unidos da América?

– A ambos – respondeu Carlin. – No que diz respeito à Igreja, o secretário de Estado confirmará as minhas palavras. A perseguição ativa aos católicos ainda continua nos países satélites. Na Rússia, a fé está totalmente dominada. Os nossos irmãos bispos que foram encarcerados com Sua Santidade estão todos mortos. As fronteiras soviéticas estão fechadas à infiltração da fé. Não vejo maneira de serem reabertas nos dias de hoje.

Goldoni concordou:

– Eu já manifestei esse ponto de vista à Sua Santidade...

– E eu – disse Kiril, o pontífice – não discordo... agora, fale-me do ponto de vista americano.

– À primeira vista – interveio Carlin –, esta carta parece outra versão das antigas conferências de cúpula. Todos nós recordamos os argumentos: "Deixemos os níveis mais baixos e que os líderes falem, familiar e livremente, sobre os nossos problemas; esqueçamos os pormenores e tratemos dos assuntos fundamentais que nos dividem..." Pois bem. Tivemos essas conferências e todas abortaram. No fim, as discussões eram sempre arruinadas pelos pormenores. Qualquer coisa de positivo que existisse antes dessas conferências acabava logo por ser diminuída, talvez destruída. A verdade é que os baixos escalões de um governo são sempre mais decisivos que os mais altos, dado que, sob o nosso sistema e também do russo, o líder está sempre sujeito a pressões políticas e burocráticas das camadas inferiores. Nenhum indivíduo pode suportar, sozinho, o fardo da decisão nos grandes problemas.

Carlin sorriu expansivamente ao pontífice.

– Temos a mesma situação na Igreja. Sua Santidade é o vigário de Cristo. Todavia, a eficiência das suas decisões está limitada à cooperação e obediência do ordinário local.

Kiril, o pontífice, pegou as duas cartas e ergueu-as no ar.

– Então, que devo eu fazer com estas? Ignorá-las?

Carlin fugiu à pergunta.

– O que pede Kamenev que Sua Santidade faça?

– Creio que ele foi muito explícito. Pede-me que comunique o recebimento das cartas ao presidente dos Estados Unidos e lhe comunique também a minha interpretação pessoal das suas intenções.

– E quais são elas, Santidade?

– Deixe-me que cite as suas próprias palavras: "Dentro de doze meses, talvez antes, teremos chegado à beira de uma guerra. Eu quero a paz. Sei que não a poderemos ter mediante um acordo unilateral. Por outro lado, não posso ditar as condições nem ao meu próprio povo. Estou algemado à corrente da história. Posso reduzir-lhe o andamento, mas nunca o seu curso. Creio que você entende o que estou tentando dizer, e peço, se você puder, que o interprete o mais claramente possível, para o presidente dos Estados Unidos." Para mim, conhecendo o homem, a mensagem é evidente: antes que a crise se torne irreversível, Kamenev quer estabelecer um campo de negociação no intuito de salvar a paz.

– Mas que campo? – perguntou Goldoni. – Sua Santidade terá de admitir que ele não se exprime com muita precisão de termos.

– Vejamos isto por outro lado – disse Carlin, pragmático. – Eu regresso à América, vou a Washington e peço uma audiência privada com o presidente. Mostro-lhe estas cartas e digo-lhe que a Santa Sé alimenta a opinião de que Kamenev deseja encetar negociações secretas para evitar a crise que está por vir. O sumo pontífice será um intermediário nessas negociações... O que pensa, Sua Santidade, que o presidente dirá ou fará depois? O que diria Sua Santidade no lugar dele?

O rosto com cicatriz de Kiril revelou uma expressão divertida.

– Eu diria que as negociações nada custariam. Diria que, enquanto houver comunicação entre os homens, mesmo que o façam com altivez, mantém-se uma esperança de paz. Diria que, quando todas as portas estão fechadas, arames farpados levantados por toda a parte e construídos muros cada vez mais altos e impenetráveis, então, cada nação é uma ilha, preparando em segredo a destruição do mundo.

Abruptamente, Carlin contestou o argumento.

– Há uma pequena falha nessa lógica, Santidade. Perdoe-me, mas terei de mostrá-la. As negociações têm sempre um preço, especialmente este gênero de negociações. As negociações secretas são perigosas, porque, no momento em que vêm à luz, e isso é inevitável que aconteça, podem ser negadas pelos que nelas tomaram parte. Podem ser usadas como armas perigosas no tráfico político.

– Não se esqueça – acrescentou Goldoni – que não existem apenas duas grandes potências no mundo, a Rússia e os Estados Unidos. Temos também o bloco europeu. Temos a China e as nações neutralistas da Ásia, da África e da América Latina. Não se trata apenas de uma corrida armamentista. Há a corrida para alimentar os famintos e a corrida para alinhar grande parte da raça humana sob uma ou outra ideologia. Não nos arrisquemos a formular uma opinião demasiado simplista acerca deste mundo tão complexo.

– Hesito em dizê-lo, Santidade – disse Carlin, gravemente –, mas não gostaria de ver a Santa Sé comprometida ao oferecer-se como intermediária em discussões bilaterais e muito provavelmente abortivas... pessoalmente, desconfio de qualquer acordo com o urso soviético, pouco importando a maneira como ele dance.

– O brasão papal carrega um urso – argumentou Kiril. – Também desconfia dele neste lugar?

– Deixe-me responder à essa questão com outra. Pode Sua Santidade crer nele, completamente, neste assunto? Não se trata de dogma ou de doutrina, mas de um negócio de Estado. Sua Santidade está tão sujeito a errar quanto qualquer um de nós.

Fora perigosamente sincero, e o sabia. Ser cardeal arcebispo de Nova York significava estar numa posição de muito destaque no seio da Igreja, dispor de muita influência, gerir dinheiro e recursos vitais à economia do Vaticano. Todavia, na constituição da fé, o sucessor de Pedro era supremo, e, na história, muitos príncipes cardeais haviam baqueado, graças a uma simples palavra de um pontífice ofendido. Charles Corbet Carlin ficou sentado, aguardando, não sem um certo receio, a resposta papal.

Para surpresa sua, a resposta foi pronunciada num tom imensamente humilde.

– Tudo o que você diz é verdade. É com efeito um reflexo do meu próprio pensamento sobre o assunto. Fico muito agradecido por você ter sido tão sincero comigo e ter tentado convencer-me com palavras diplomáticas. Eu também não quero convencê-lo. Eu não quero forçá-lo a agir contra a sua própria prudência. Não se trata de um caso de fé ou de moral. Trata-se, sim, de um assunto de convicção pessoal, e eu gostaria de compartilhar a minha com você... Vamos almoçar primeiro, e, depois, quero mostrar a ambos uma coisa. Já a viram antes, mas espero que hoje ela adquira um novo significado para vocês.

Depois, notando a dúvida e a surpresa nos seus rostos, o papa riu quase infantilmente.

– Não, não se trata de uma intriga, nem de uma sutileza bórgica. Aprendi uma coisa na Itália. Nunca se deve discutir assuntos importantes com estômago vazio. Creio que Goldoni concordará que, pelo menos, já reformei as cozinhas do Vaticano. Venham... Vamos descansar um pouco.

195

Comeram modestamente, mas comeram bem, nos aposentos privados de Kiril. Conversaram tranquilamente sobre homens, acontecimentos e as múltiplas intimidades da sociedade hierárquica à qual pertenciam. Era como se fossem membros de um clube internacional, muito reservado e exclusivo, cujos sócios estivessem espalhados por todo o globo, mas cujos interesses fossem comuns, em todos os idiomas.

Terminada a refeição e com o Vaticano imerso na sonolência da hora da sesta, Kiril vestiu uma beca negra e conduziu os seus dois convidados para a Basílica de São Pedro. A essa hora os turistas eram escassos, e ninguém notou os três sacerdotes de meia-idade que entravam nos confessionários, junto à sacristia. Kiril apontou para um deles, que ostentava na porta a lacônica legenda "polaco e russo".

– Venho aqui sentar-me, duas horas por semana, para ouvir em confissão qualquer um que possa aparecer. Gostaria de receber as confissões também em italiano, mas ainda não estou familiarizado com os dialetos. Vocês dois sabem como funciona este tribunal. Os bons frequentam o confessionário e os maus não aparecem, mas, às vezes, apresenta-se uma alma em desespero... alguém que precisa da colaboração especial do confessor para regressar a Deus. É sempre uma loteria, uma aposta no momento e no homem. Temos de extrair do nosso próprio coração, e distribuir, os prêmios da palavra, mas apesar disso, ali, naquele cubículo abafado, encontramos todo o significado da fé: a conversa privada do homem com seu Criador, comigo como servo de Deus e do homem. Ali encerrado, com o cheiro de chouriço, de água de couves e suor de um homem assustado, eu sou o que me ordenaram que fosse: um sublime oportunista, um pescador de almas, não sabendo nunca o que vou pescar na minha rede, ou mesmo se chegarei a pescar alguma coisa. Venham agora comigo.

Kiril indicou ao guarda que os acompanhasse, dando o braço aos dois cardeais e descendo as escadas que conduziam à confissão de São Pedro, em frente ao grande altar de Bernini. O guarda abriu a grade de bronze, fronteira à estátua ajoelhada do papa Pio VI. Ao entrarem no recinto, o guarda fechou a porta por detrás deles e afastou-se para uma respeitosa distância. Kiril encaminhou os seus dois conselheiros ao local onde um buraco negro indicava a boca das grutas do Vaticano. Depois voltou-se e encarou-os. Sua voz baixou até não ser mais do que um sussurro, ecoando suavemente pelo recinto:

– Lá embaixo, dizem, está o túmulo de Pedro, o Pescador. Sempre que estou com medo e me sinto na escuridão, venho aqui rezar e perguntar-lhe o que eu, seu herdeiro, devo fazer. Pedro foi também um oportunista, como sabem. O Senhor deu-lhe as chaves do reino. O Espírito Santo concedeu-lhe o dom da sabedoria e o talento dos idiomas. Depois foi abandonado, ainda pescador, um estrangeiro no império de Roma, para plantar a semente do Evangelho onde quer que houvesse terra para recebê-la... não tinha método. Não possuía templo algum. Não tinha livros, apenas o Evangelho vivo. Estava condicionado pela época em que vivia, mas não podia ser limitado por essa condição... tampouco eu. Recorde a história de Paulo, chegando à cidade de Atenas, entre os filósofos e os reitores, quando viu o altar do Deus desconhecido? Recordam o que fez ele? Gritou bem alto: "Homens, irmãos! O que vocês adoram sem conhecer, eu prego!" Não será este um oportunista, também? Não raciocinou de acordo com o momento. Não fez apelo ao sistema ou à história. Jogou a si próprio e à sua missão, com uma palavra atirada à multidão. Não vê? A fé é isso mesmo! Isso é o risco da crença!

Kiril, o pontífice, voltou seu rosto iluminado para Carlin, não ordenando, mas quase rogando:

– Antes de Sua Eminência chegar eu estava na escuridão. Vi-me como um louco a gritar desvarios a um mundo igualmente louco. Que assim seja, então! É isso o que pregamos, uma transcendente loucura, que, confiamos, se torne, por fim, em lógica divina...

Bruscamente, desenhou-se-lhe no rosto um sorriso malicioso.

– Na prisão, aprendi a jogar e descobri que, no final, o homem que ganhava era sempre o menos mesquinho em suas apostas. Já sei o que você pensa. Pensa que pretendo navegar na barca de Pedro à mercê dos elementos... mas se o vento for soprado pela boca de Deus, e as ondas do mar forem agitadas por Suas mãos... que outra coisa melhor posso eu desejar? Responda-me!... Que coisa melhor posso eu desejar?

No minúsculo recinto, Goldoni agitou-se pouco à vontade. Carlin, que continuava tão obstinado e inamovível como o rochedo de Plymouth, disse agudamente:

– Essa é, por certo, a fé que move montanhas, Santidade. Lamento que não me tenha sido concedida na mesma medida. Sou obrigado a trabalhar com a prudência normal. Não posso concordar em que os negócios do Estado sejam administrados por inspiração pessoal.

Kiril, o pontífice, ainda sorria quando lhe respondeu:

– Sua Eminência me elegeu por inspiração. Pensa porventura, que o Espírito Santo já me desertou?

Carlin não se desconcertou. Insistiu com teimosia:

– Não foi essa a intenção das minhas palavras, Santidade. O que eu digo é que ninguém é suficientemente grande para poder considerar-se um homem universal. Sua Santidade quer ser todas as coisas para todos os homens, mas, na realidade, não poderá consegui-lo. Pede-me que arrisque mais por esse Kamenev do que eu arriscaria pelo meu próprio irmão, se ele fosse presidente dos Estados Unidos da América. Não posso fazê-lo.

– Então – disse Kiril, com uma suavidade inesperada – não lhe pedirei que o faça. Não lhe pedirei que arrisque coisa alguma. Peço que se apresente ao presidente dos Estados Unidos. Dou-lhe uma simples ordem. Entregue estas cartas ao presidente, junto com uma que eu escrevi. Se pedirem a sua opinião, terá toda a liberdade de dizer o que lhe apraz, como sua opinião de sacerdote e de americano, mas não tentará interpretar nem o meu pensamento, nem o de Kamenev. Assim, espero, vou senti-lo livre ao desempenhar o seu dever para com a vossa Igreja e o vosso País.

Carlin ruborizou-se e disse, constrangido:

– Sua Santidade é demasiado generoso para comigo.

– Generoso, não, Apenas lógico. Se eu creio que o Espírito Santo pode atuar através de mim e de Kamenev, por que não poderá atuar, também, através do presidente dos Estados Unidos da América? Nunca é aconselhável menosprezar o onipotente. Além disso – acrescentou Kiril, gentilmente – você poderá ser muito mais útil, para mim, em oposição. Pelo menos, garantirá a sinceridade da Santa Sé com os Estados Unidos... penso que seria melhor rezarmos agora juntos. Não seria de esperar estarmos todos de acordo sobre o que é ou não prudente, mas, sim, que a nossa vontade comum deve estar devotada ao serviço do mesmo Deus...

À MEDIDA QUE O MÊS de julho se aproximava, e o êxodo do verão começava em Roma, Ruth Lewin via-se de novo mergulhar no drama cíclico do desespero mental.

Os sintomas eram sempre os mesmos: uma profunda melancolia, um sentimento de solidão, uma sensação de desarraigamento, como se, de súbito, tivesse pousado num planeta desconhecido, onde o seu passado não tinha o menor significado, seu futuro era uma incógnita e a comunicação ininteligível.

A melancolia era a pior de todas as sensações. Era-lhe familiar como sintoma; contudo, a ela não se habituava, nem lograva expulsá-la. Causava-lhe ataques de choro. Quando as lágrimas paravam, sentia-se vazia e incapaz do mais simples prazer. Quando se olhava num espelho, via-se gasta e envelhecida. Quando passeava pela cidade, era uma estrangeira, um objeto de troça para os transeuntes.

A falha na sua personalidade devia ser evidente para todo mundo. Era alemã de nascimento, judia pela raça, americana por adoção, uma exilada no país do sol. Pedia crença e, com o mesmo gesto, a recusava. Precisava de amor e sabia-se impotente para exprimi-lo. Queria viver, com desespero, mas sentia-se perseguida pela insípida atração da morte, era tudo e nada. Havia momentos em que se enrolava toda, no seu apartamento, como um animal doente, receosa da clamorosa saúde dos da sua espécie.

Todas as suas relações pareciam falhar-lhe ao mesmo tempo. Movia-se como uma desconhecida, entre os seus protegidos da velha Roma. Dava telefonemas dispendiosos para os seus amigos da América. Quando não os encontrava em casa, – ficava desolada. Quando lhe respondiam, falando-lhe de futilidades, convencia-se de que fizera papel de imbecil. Sentia-se oprimida pela perspectiva do verão com Roma deserta, e o calor caía qual uma camada de chumbo sobre as alamedas e sobre a vida morna das *piazzas*.

199

À noite, não conseguia dormir, com dores nos seios, atormentada pelo fogo da carne. Quando tomava um calmante para dormir, sonhava com seu falecido esposo e acordava soluçante na cama deserta. O jovem doutor com quem trabalhava costumava visitá-la, mas estava preocupado demais com os seus próprios problemas, e ela era tão orgulhosa que não lhe revelava os seus. Ele estava apaixonado por ela, dizia. Quando principiava a refugiar-se dentro de si mesma, ele aborrecia-se. Passado algum tempo, deixou de visitá-la, e ela se culpou por sua negligência.

Tentou, uma ou outra vez, tomar o velho remédio para as viúvas infelizes de Roma. Sentava-se num bar e bebia, procurando perder a consciência. Mas três bebidas punham-na doente, e, quando era, abordada, reagia brusca e furiosa.

A experiência era salutar. Fazia-a prender-se, com uma espécie de desespero, ao último vestígio de razão. Dava-lhe um pouco mais de paciência para aguentar a doença, que ela sabia passageira, embora não se atrevesse a esperar muito da cura. Cada pequena crise esgotava-lhe as reservas e levava-a, cada vez mais perto, ao armário dos medicamentos, onde os frascos dos barbitúricos troçavam dela, com a ilusão do esquecimento.

Depois, num dia pesado e ameaçador, a esperança voltou à sua vida. Levantara-se tarde e vestia-se quando o telefone tocou. Era George Faber. Ele disse que Chiara estava fora de Roma e que se sentia só e deprimido. Gostaria de convidá-la para jantar. Hesitou um momento e logo aceitou.

O incidente levara apenas dois minutos, mas arrancara-a imediatamente à depressão, devolvendo-a à vida e a um mundo quase normal. Marcou hora no cabeleireiro; comprou um vestido novo, pelo dobro da quantia que tencionava gastar; comprou flores para o apartamento e uma garrafa de uísque escocês para Faber. Quando ele veio buscá-la às oito horas, achava-se tão nervosa como uma debutante no seu primeiro baile.

George Faber estava com um aspecto mais cansado, pensou ela, um pouco mais grisalho do que no último encontro. Mas continuava a ser o mesmo dândi de sempre, de cravo na lapela, um sorriso encantador, e um buquê de violetas Nemi para o seu toucador. George Faber beijou-lhe a mão à maneira romana e, enquanto ela lhe preparava a bebida, explicou-se:

– Tenho de ir ao Sul, tratar daquele negócio do Calitri. Chiara detesta Roma no verão, e os Antonelli convidaram-na a passar um mês em Veneza. Alugaram uma casa no Lido... espero reunir-me a eles mais tarde. Entretanto...

Faber sorriu, um pouco constrangido.

– Perdi o hábito de viver sozinho, e você me disse que eu podia telefonar quando quisesse.

– Estou muito contente por ter telefonado, George. Eu também não gosto de viver só.

– Não está ofendida?

– Por que estaria? Uma noite na cidade, com o decano da imprensa estrangeira, é mais do que uma mulher poderia ambicionar...! Aqui tem a sua bebida...

Beberam à saúde um do outro e esgrimiram então os primeiros golpes no jogo da conversação.

– Onde gostaria de jantar, Ruth? Tem algum lugar preferido?

– Estou nas suas mãos, cavalheiro...

– Quer um ambiente calmo ou divertido?

– Divertido, por favor! Já tenho bastante calma.

– Ótimo! Estou de acordo. E agora: gostaria de ser romana ou turista?

– Romana, creio.

– Esplêndido! Conheço um pequeno restaurante, na Trastevere. Há sempre muita gente lá, é muito barulhento, mas a cozinha é boa. Tem um guitarrista, um ou outro poeta, e um tipo que faz desenhos nas toalhas.

– Maravilhoso!

– Costumava frequentá-lo bastante, mas faz tempo que não vou lá. Chiara não gosta desse gênero de restaurantes.

Faber ruborizou-se e, brincando com o copo, voltou:

– Perdoe-me... não fui muito delicado.

– Façamos um acordo, George.

– A respeito?...

– Esta noite, nada será mau. Diremos o que sentirmos, faremos o que quisermos e, depois, esqueceremos tudo... nada de truques, nem de promessas, nem desculpas... É assim que eu quero passar esta noite...

– Eu também, Ruth. Acha que isto será desleal?

Ruth curvou-se para ele e tocou-lhe com um dedo nos lábios.

– Lembre-se! Não quero esse tipo de pensamentos!

– Tentarei não esquecer... fale-me de você. O que tem feito nos últimos tempos?

– Trabalho... trabalho com os meus judeus e pergunto a mim mesma por que ainda o faço...

– Não sabe por quê?

– Às vezes, sei. Outras não lhe vejo o sentido...

Ruth Lewin levantou-se e ligou o rádio. O quarto encheu-se dos acordes sacarinos de um cantor napolitano. Ruth riu.

– Bastante *schmaltzy,* não acha? Meloso...

Faber piscou-lhe o olho e recostou-se na cadeira, sentindo-se mais à vontade.

– Agora quem é que tem segundas intenções? Gosto muito dessa palavra... *schmaltzy.* Há muito tempo que não a ouço, desde que cheguei de Nova York.

– É a judia em mim. Vem à superfície, quando estou distraída...

– E isso a preocupa?

– Uma vez ou outra...

– Por quê?

– Essa é uma longa história, e não combina com este momento. Acabe de beber, George, e leve-me por aí. Faça de mim uma romana, só por esta noite.

À porta do apartamento, Ruth beijou-o de leve nos lábios e, de braços dados, começaram a andar, depois, pelos mármores fantas-magóricos do fórum. Numa rendição final ao capricho, chamaram uma carruagem e sentaram-se, de mãos dadas, enquanto o cansado animal os transportava, trotando, sobre a ponte Palatina e através das ruelas populosas da Trastevere.

O restaurante chamava-se Cavallucio. Sua porta era uma velha porta de carvalho, cravejada de pregos rústicos. O letreiro era um potro saltando, embutido toscamente na pedra polida pelo tempo e caiada de branco. O interior era uma vasta adega, decorada com empoeiradas lanternas penduradas e com mesas de madeira pesada de refeitório. A clientela, na sua maioria, compunha-se de famílias do bairro, e o ambiente local era de uma benévola tirania.

O proprietário, homem obeso e corpulento, de avental branco, instalou-os num canto escuro, plantou uma botija de vinho branco e outra de tinto em frente a eles e anunciou a sua mercadoria, com um sorriso aberto.

– Todo o vinho que quiserem! É bom vinho, podem estar certos, embora não tenha rótulos bonitos! Só temos duas espécies de *pasta* e dois pratos principais: um assado de galinha e um cozido de vitela ao Marsala. Depois disso, os senhores estão nas mãos de Deus!

Tal como Faber prometera, havia um guitarrista, um jovem moreno, com um bandolim vermelho ao pescoço, e uma lata presa ao cinto para as doações. Havia também um poeta barbudo, em jeans, de sandálias, camisa de saco, que ganhava a vida satirizando os clientes, em versos improvisados no dialeto romano. O resto das diversões era fornecido pelas palhaçadas dos próprios comensais e pelo coro estridente que o guitarrista incitava. A *pasta* era servida em grandes tigelas de madeira, e um garçom impudico atou-lhes um enorme guardanapo à volta dos pescoços, para proteger seus nobres peitos das nódoas do molho.

Ruth Lewin estava deliciada com a novidade, e Faber, fora do seu ambiente habitual, parecia rejuvenescido de dez anos e dotado de um brilhantismo insuspeito.

Encantou-a com suas histórias de intrigas romanas e mexericos do Vaticano, e Ruth pôs-se a contar, desembaraçadamente, as peripécias da longa e tortuosa jornada que a havia trazido, finalmente, à cidade imperial. Estimulada pela simpatia de Faber, expôs-lhe os seus problemas com mais liberdade do que jamais fizera, a não ser ao psicanalista, e concluiu, com grande surpresa, que já não se envergonhava deles. Pelo contrário, pareciam definir-se agora com maior clareza, e o terror que antes lhe inspiravam diminuíra como por magia.

– ... Para mim, tudo se resumia numa questão de segurança e na necessidade de criar raízes no mundo que mudara demasiado depressa, segundo o meu entendimento infantil. Nunca o consegui. Tudo na minha vida, as pessoas, a Igreja, a felicidade que tive – e tive momentos de intensa felicidade –, tudo parecia ter o aspecto de improvisação... Descobri que não podia acreditar na constância das relações mais simples. Os piores momentos eram quando me punha a duvidar da realidade de tudo o que me acontecera. Era como se vivesse num sonho, e eu, a sonhadora, fosse também um sonho. Parece-lhe estranho, George?

– Estranho, não; triste, sim. Mas também bastante reanimador.

– Por que diz isso?

George Faber bebeu um trago de vinho pensativamente, e encarou-a depois, por cima do copo.

– Suponho que é por Chiara ser o oposto. Apesar de tudo o que lhe aconteceu, parece absolutamente certa do que quer na vida e como o alcançar. Só há uma forma de ser feliz... à maneira dela. Só há uma fórmula para ser-se divertido ou alegre... é a fórmula de Chiara no meio em que cresceu e viveu. O seu casamento com Calitri chocou-a terrivelmente, mas, no fundo, não lhe alterou a visão da vida: na realidade, creio que você, no fundo, é a mais afortunada das duas...

– Quem me dera!

– Tenho a certeza do que digo. É possível que ainda não seja feliz, e pode ser que nunca venha a sentir-se segura, mas é mais flexível, mais compreensiva quanto às mil maneiras como vivem, sofrem e pensam as pessoas.

– Eu muitas vezes me pergunto se isso é uma coisa boa, ou apenas mais uma ilusão de minha parte. Sabe, tenho o mesmo sonho, repetido muitas vezes. Falo com alguém, no sonho. Não me ouve. Tento tocar em alguém. Não me vê, sequer... Aguardo alguém. Passa por mim, sem parar. Convenço-me de que não existo de todo.

– Acredite-me – disse George Faber, com um sorriso – você existe, e é muito perturbadora.

– Por que perturbadora?

Antes que George tivesse tempo para responder, o poeta barbudo acercou-se da mesa e principiou a declamar uma longa versalhada, que pôs todos os comensais a rir. George Faber riu-se também e deu-lhe uma boa gorjeta. O poeta acrescentou novo estribilho e levantou nova gargalhada. Recuou, depois, curvando-se como um cortesão.

– O que disse ele, George? Não compreendi a maior parte do dialeto em que fala...

– Disse que somos demasiado maduros para ser solteiros, mas não demasiado velhos para sermos amantes... Disse ainda que gostaria de saber se o seu marido estaria de acordo com o que você está fazendo e com quem se pareceria o neném, comigo ou com ele... Depois de eu lhe dar o dinheiro, acrescentou que eu era suficientemente rico para não me preocupar, mas que se eu quisesse conservá-la, faríamos melhor em casar no México.

Ruth Lewin ruborizou-se.

– É um poeta bastante desconcertante, mas gosto dele, George...

– Eu também. Gostaria de ter dinheiro bastante para ser o seu patrono.

Ficaram silenciosos durante uns momentos, ouvindo a música melancólica da guitarra, tocada em surdina. Depois, com ar distraído, Faber perguntou:

– Que tenciona fazer este verão?

– Não sei, no momento, estou hesitante. Acabarei, talvez, me metendo num desses circuitos turísticos organizados pelo CIT. São bastante monótonos, mas, pelo menos, não se está só.

– Você poderia pensar em ficar comigo por alguns dias? Primeiro em Positano e, depois, em Ischia.

Ruth não se esquivou ao convite, mas respondeu-lhe na sua maneira direta:

– Em que condições, George?

– As mesmas desta noite: sem truques, sem promessas nem desculpas...

– E Chiara?

George Faber encolheu os ombros, respondendo, constrangido:

– Não lhe perguntarei o que ela faz em Veneza e não creio tampouco que ela me interrogue. Além disso, que mal tem? Estarei trabalhando para ela, e nós somos já adultos, sabemos o que fazemos. Gostaria que pensasse na sugestão.

Ruth sorriu e recusou, gentilmente.

– Não devo pensar nisso, George. Você já está em apuros por causa de uma mulher. Duvido que pudesse ver-se às voltas com duas...

Estendeu a mão e acariciou a de George.

– Você tem uma luta difícil pela frente e não poderá ganhá-la se estiver dividido em dois. Eu também não posso dividir-me... não se zangue comigo, mas eu me conheço perfeitamente.

George sentiu-se logo arrependido.

– Desculpe-me, Ruth, devo ter parecido muito rude, mas a minha intenção não era essa.

– Sei que não era. E se tentasse dizer-lhe quão grata me sinto, choraria. Agora, por favor, leve-me para casa.

O cocheiro esperava-os, paciente, na ruela estreita. Acordou o preguiçoso cavalo e o pôs a caminho: a ponte Margarida, a *villa* Borghese, a *piazza* Quirinale, o Coliseu e a rua de São Gregório. Ruth Lewin encostou a cabeça no ombro de Faber e dormitou, embalada pelo toque-toque do cavalo e pelo arfar do peito de George.

Quando chegaram à casa de Ruth Lewin, Faber ajudou-a a descer e segurou-a por um momento, à sombra do portal.

– Deixa-me entrar por um momento?

– Se quiser...

Estava demasiado fatigada para recusar e, ao mesmo tempo, ciosa do pouco que restava da noite. Fez-lhe café e sentaram-se para ouvir música, esperando cada um que o outro quebrasse aquele encantamento perigoso. Impulsivo, George Faber tomou-a nos braços e beijou-a. Ruth encostou-se a ele, num longo e apaixonado abraço. Depois, Faber afastou-a ligeiramente e disse-lhe, sem qualquer reserva.

– Quero ficar com você esta noite, por favor... por favor, deixe-me ficar.

– Eu também desejaria que ficasse, George, mais que outra coisa qualquer neste mundo... mas vou mandá-lo para casa.

– Não brinque comigo, Ruth. Você não é desse gênero... por amor de Deus, não brinque comigo.

Todas as solicitações de anos e anos lhe passaram pela mente, quase forçando-a a se render. Mas conseguiu afastá-lo e, por sua vez, implorou:

– Vá para casa, George, não posso tê-lo assim... ainda não sou bastante forte para tal. Você acordaria de manhã e se sentiria culpado, por causa de Chiara. Agradeceria a mim e sairia. E só porque se sentiria desleal, eu não voltaria a vê-lo. Mas eu quero vê-lo. Podia amá-lo muito, se me deixasse a mim própria, mas não quero metade de um coração e metade de um homem... por favor, retire-se agora...

George Faber estremeceu, como se tivesse saído de um sonho.

– Voltarei, Ruth, já sabe.

– Sei que voltará.

– Não me detesta?

– Como poderia detestá-lo? Mas não quero que se deteste a si próprio por minha causa...

– Se não for bem-sucedido com Chiara...

Ruth fechou-lhe os lábios com um último beijo.

– Não diga isso, George! Depressa saberá... talvez demasiado depressa para nós dois...

Ruth acompanhou-o até o portal, viu-o entrar na carruagem e esperou até que o trotar do cavalo se extinguisse absorvido pelo murmúrio da cidade. Depois foi-se deitar e, pela primeira vez em meses, dormiu tranquilamente.

NA SALA MAGNA da Universidade Gregoriana, Jean Télémond se achava de pé em frente ao público. O texto da sua oração estava pousado sobre o *rostrum,* traduzido em impecável latim por um seu companheiro. Suas costas eram firmes. Suas mãos firmes. Sua mente era clara. Agora, que o momento agudo da crise já passara, sentia-se profundamente calmo, deleitado até, por esta apresentação final e decisiva de uma vida inteira de trabalho, aos riscos de uma crítica pública.

Toda a autoridade da Igreja se encontrava ali presente, consubstanciada na pessoa do pontífice, que se sentava, esbelto, moreno e estranhamente jovem, com o Superior Geral da Companhia de Jesus, de um lado, e o cardeal Leone, do outro. Os melhores espíritos da Igreja não haviam faltado: seis cardeais da cúria; os teólogos e filósofos, trajando os seus diversos hábitos, jesuítas, dominicanos e franciscanos, e até homens da antiquíssima ordem de São Bento. O futuro da Igreja estava também ali: os estudantes, com seus rostos ansiosos, que tinham sido escolhidos em cada país do mundo para estudar na sede da Cristandade. A diversidade da Igreja estava ali expressa nele próprio, o exilado, o investigador solitário, o padre exótico que continuava a usar a negra batina da fraternidade e compartilhava o ministério dos servos de Deus.

Jean Télémond aguardou um momento, concentrando-se. Depois, fez o sinal da cruz, proferiu a alocução introdutória, dirigida ao pontífice e à cúria, e deu início à conferência.

– Foi necessária uma jornada de vinte anos para me trazer a esta tribuna. Tenho, por conseguinte, de pedir a Sua Clemência, enquanto me explico e explico os motivos que me impeliram nesta longa, e por vezes dolorosa, peregrinação. Sou um homem e sou um sacerdote. Tornei-me sacerdote porque acreditava ser a relação entre o Criador e a criatura a única primordial e perfeitamente duradoura, e porque desejava demonstrar essa relação de modo muito especial, através de uma vida de trabalho. Mas nunca deixei de ser um homem e, como homem, encontrei-me ligado, sem recurso, ao mundo em que vivo.

"Como homem, minha convicção mais profunda, confirmada por toda a minha experiência, é a de que sou uma pessoa. Eu, que penso, que sinto, que temo, que sei e creio, sou unidade. Mas esta unidade do meu *ego* é parte de uma unidade muito mais vasta. Estou separado do mundo, mas sou do mundo, porque cresci para além do seu crescimento, tal qual o mundo cresceu para fora da unidade de Deus, em resultado de um único ato criativo.

"Eu, por consequência, estou destinado a participar na unicidade do mundo, tal como estou destinado a participar na unicidade de Deus. Não posso isolar-me da criação, mais do que posso, sem me destruir, isolar-me do Criador.

"Desde o momento em que esta convicção se me tornou nítida, outra se lhe seguiu, inevitavelmente. Se Deus é um e o mundo é um resultado do Seu ato eterno, e se eu sou uma pessoa individual gerada dessa unicidade complexa, então, todo o conhecimento – do meu *ego*, da criação, do Criador – é um só conhecimento. Que eu não possua todo o conhecimento, que se me apresenta fragmentado e diverso, nada significa, exceto que eu sou finito, limitado pelo tempo, pelo espaço e pela capacidade do meu cérebro.

"Cada descoberta por mim feita aponta na mesma direção. Por contraditórios que os fragmentos de conhecimento possam parecer, nunca fundamentalmente se contradizem uns aos outros. Passei toda uma vida dedicada a um pequeno ramo da ciência: a Paleontologia. Mas também me devoto a todas as outras ciências, a Biologia, a Física, a Química inorgânica, a Filosofia, a Teologia, porque todas são ramos da mesma árvore, e esta cresce na direção do mesmo sol. Nunca, por conseguinte, nos podemos arriscar demasiado, ou aventurarmo-nos com demasiada ousadia na busca do conhecimento, pois cada passo em frente é um novo passo para a unidade – do homem com o homem, dos homens com o universo, do universo com Deus..."

Télémond ergueu o olhar, tentando perceber nas expressões do público uma reação às suas primeiras palavras. Mas nada havia a perceber. Queriam ouvir todo o seu caso, antes de revelarem o veredicto final. Voltou ao texto e prosseguiu.

– Hoje, quero repartir com vocês uma parte da jornada que realizei nos últimos vinte anos. Porém, antes de começar, tenho duas coisas a lhes dizer. A primeira é que uma investigação é uma jornada muito especial. Não se faz como uma viagem de Roma a Paris. Não podemos exigir que se chegue na hora, ou com toda a bagagem intacta. Anda-se, lentamente, de olhos e mente abertos. Quando as montanhas são demasiado altas para a escalada, há que contorná-las e medi-las desde os planaltos. Quando a selva é demasiado densa, tem de se romper caminho através dela, sem se ressentir muito o labor e a frustração.

"A segunda coisa é esta: quando se chega à altura de relatar a jornada feita, os novos contornos, as novas plantas, o exotismo e o mistério, verifica-se, frequentemente, que o nosso vocabulário é inadequado. Inevitavelmente, a narrativa não é tão completa quanto a realidade. Se vocês encontrarem este defeito no meu relato, rogo-lhes que o tolerem e não se deixem desencorajar da contemplação de estranhas paisagens que, contudo, têm nelas impresso o dedo criador de Deus.

"Agora, para começar..."

Fez uma pausa, ajustou a batina aos ombros magros e levantou a face enrugada, numa espécie de desafio.

– Quero que me acompanhem, não como teólogos ou filósofos, mas como cientistas, homens cujo saber principia com o ver. O que pretendo que vejam é o Homem: um tipo especial de ser, que existe num ambiente visível, num ponto determinado do tempo e do espaço.

"Olhemos, primeiramente, para o Homem no Espaço. O universo que ele habita é imenso, galáctico. Estendeu-se para além da lua e do sol, em uma dimensão infinita que os nossos matemáticos podem apenas exprimir por uma quantidade infinita de zeros.

"Olhemos agora para o homem no tempo. Existe neste exato momento, mas o seu passado recua até um ponto em que o perdemos de vista. O seu futuro prolonga-se para além da nossa concepção de qualquer possível circunstância.

"Olhemos para o homem em números. Encontramos este homem tentando contar os grãos de areia de uma praia sem limite.

"Olhemos para ele em escala e proporção. Encontraremos, por um lado, o homem como um minúsculo anão, em um universo sem limites aparentes e, por outro lado, se o medirmos por diferente escala, o encontraremos em comando parcial da imensidão em que vive..."

Os mais céticos dos seus ouvintes – e havia muitos, no público, dispostos a duvidar dele – sentiram-se empolgados pela forte corrente da sua eloquência. A paixão da sua convicção estava expressa em cada ruga da sua face, em cada gesto de suas expressivas mãos.

Rudolf Semmering, o homem severo e disciplinado, surpreendeu-se aprovando, com lentos gestos de cabeça, a nobre têmpera do seu subordinado. O cardeal Rinaldi sorriu, um pouco irônico, perguntando a si mesmo o que estariam a pensar os pedantes deste valente intruso nos seus domínios privados. Até o próprio Leone, o duro vigilante da fé, encostara a mão no queixo e registrara, no seu íntimo, um tributo relutante à coragem deste espírito suspeito.

Em Kiril, o pontífice, a convicção crescia, rápida como os gestos de um prestidigitador, de que este era o homem de quem precisava: um homem completamente entregue ao risco do viver e do saber, embora ancorado firmemente, qual rocha no mar, à crença numa unidade divinamente arquitetada. As ondas poderiam destroçá-lo, os ventos poderiam fustigar-lhe o espírito, mas ele ficaria imóvel e imperturbável ante o ataque. Encontrou-se a murmurar uma mensagem de apoio: "Vamos, para a frente, não tenha medo. O seu coração está certo e palpita a compasso com o meu. Não importa que as palavras tropecem e o relato cambaleie. A visão é clara, a vontade aponta, direita e verdadeira, para o centro. Vamos!..."

Télémond estava em plena dissertação, expondo a sua tese sobre a matéria: a substância do universo, que se exprimira, sob tão diferentes aspectos e, por fim, na aparição do homem.

– Deus criou o homem da poeira da Terra! A imagem bíblica reflete adequadamente a mais primitiva convicção do homem – confirmada pelas mais avançadas experiências científicas – que a substância que o forma pode ser desdobrada em sucessivas e infinitas partículas, infinitamente pequenas... a certo ponto deste processo, a visão que o homem tem de si próprio torna-se desfocada. Precisa de óculos, depois de microscópio e, em seguida, de todo um arsenal de instrumentos que suplementem a sua insuficiência visual. Perde-se, por um momento, na diversidade – moléculas, átomos, elétrons, nêutrons, prótons... tantos e tão diferentes! Depois, subitamente, todos voltam a se reunir. O universo, desde as mais longínquas nebulosas à mais simples estrutura atômica, é um todo, um sistema, um *quantum* de energia, em outras palavras: a unidade. Mas – e tenho a pedir que se concentrem bem e meditem ainda melhor sobre a importância deste *mas* – o universo não é um todo estático; encontra-se num estado constante de mutação e transformação, encontra-se em estado de gênesis... um estado de vir-a-ser, um estado de evolução. Esta é a pergunta que eu lhes peço para encararem agora comigo. O universo evolui, e o homem evolui com ele – para onde?

Todos estavam com ele, agora. Críticos ou adeptos da ideia, todos o apoiavam. Podia vê-los inclinados em suas cadeiras, atentos a cada frase e a cada inflexão de voz. Sentia o interesse deles arremeter na sua direção tal qual uma onda. Concentrou-se uma vez mais e pôs-se a esboçar, com traços rápidos e decisivos, o quadro do cosmo em movimento, se rearrumando, se diversificando e se preparando para o advento da vida, para o advento da consciência, para a chegada das primeiras espécies sub-humanas, afinal, para a chegada do homem.

Estava ele agora no seu terreno e obrigava todos a seguirem com ele e para fora dos primórdios enevoados de um mundo cristalizante; para o momento em que a mutação da não vida para a vida teve lugar, ao se transformar a megamolécula em micro-organismo, e as primeiras formas bióticas surgirem no planeta.

Mostrou-lhes como as formas primitivas de vida se espalharam numa vasta rede sobre a superfície do globo; como se juntaram e se separaram em uma multiplicidade de combinações; como algumas das conjunções foram rapidamente suprimidas, por não estarem adaptadas ao tempo e à condição da marcha evolutiva; como outras haviam sobrevivido, transformando-se, tornando-se mais complexas, para garantia de sua própria resistência.

Mostrou-lhes os primeiros contornos de uma lei fundamental da natureza – a primeira forma de vida especializada fora a primeira a perecer. A mutação é o preço da sobrevivência.

Télémond não fugiu às consequências do seu pensamento, forçando o público a encarar, com ele, essas consequências.

– Mesmo tão cedo, na cadeia evolutiva, encontramo-nos, face a face, com o fato brutal da competição biológica. A luta pela vida é sem fim. E sempre acompanhada da morte, da destruição e da violência de uma ou outra espécie... Vocês se perguntarão, tal como me perguntei mil vezes, se esta luta se transfere, obrigatoriamente, num estágio mais avançado da história, ao domínio do homem. À primeira vista, a resposta é afirmativa. Mas eu me recuso a uma aplicação tão crua e radical do padrão biológico. O homem hoje não vive no mesmo nível em que vivia, quando surgiu no planeta. Atravessou sucessivos níveis de existência, e é minha crença, confirmada por consideráveis testemunhos, que a evolução do homem é marcada por um esforço para encontrar outros modos de competição na vida, menos brutais e destruidores...

Curvou-se para a frente, na tribuna, e desafiou-os, com o pensamento que já sabia dominar a mente de todos.

– Poderão me perguntar por que não invoco, neste momento, a intervenção divina no padrão da evolução humana. Não a invoco porque precisamos prosseguir sós no caminho investigativo que nos impusemos. Limitamo-nos, por enquanto, apenas ao que vemos. Tudo o que vemos, neste momento, é o homem que emerge, como um fenômeno do universo em evolução. Se estamos perturbados pelo que vimos, teremos de suportar essa perturbação, sem procurar uma resposta demasiado simplista para isso. Saliento isto desde já, se bem que o homem não tenha ainda surgido ante nossos olhos exploradores. Saltamos para a frente, ao seu encontro, mas agora temos de retroceder.

Télémond quase podia sentir o alívio da sua tensão. Olhou rapidamente para a primeira fila da assistência. Leone balançava a sua cabeça branca e murmurava qualquer comentário ao ouvido do cardeal à sua esquerda. Rinaldi sorria e moveu a mão na sua direção, num gesto quase imperceptível de encorajamento. Kiril, o pontífice, sentou ereto em sua cadeira, o rosto imóvel e os olhos escuros, brilhando de interesse.

Cuidadosamente, agora, Télémond conduziu-os de regresso ao tema principal da sua dissertação. Mostrou-lhes formas de vida primitiva e como se reproduziam, se multiplicavam, se juntavam e separavam, agrupando-se engenhosa, mas indiferentemente, na direção da estabilidade e da permanência. Pormenorizou a árvore da vida, mostrando-lhes como se enramava, sem deixar nunca de crescer em altura: falou-lhes de como certos galhos morriam e caíam; como certos ramos paravam de crescer mas, apesar de tudo, como o impulso principal do crescimento era sempre para cima, na direção do enorme cérebro e do organismo complexo e do mais flexível mecanismo de sobrevivência. Revelou-lhes os caracteres das primeiras espécies sub-humanas: o hominídeo, prelúdio do humano e, por fim, apresentou-lhes o homem.

Então, inopinadamente, propôs-lhes um quebra-cabeças.

– ... Do ponto em que estamos agora, vemos uma continuidade e uma unidade no processo evolutivo, mas, se olharmos com atenção, veremos que a linha de progresso nem sempre é firme e definida. Não sabemos onde, no tempo, a vida começou. Mas sabemos que começou. Sabemos que existiu o pterodáctilo. Mas teria sido, no início, um casal, ou teriam sido sempre muitos? Não sabemos... da mesma forma, o homem... quando o encontramos pela vez primeira na Terra, foi em quantidade. Se falarmos como cientistas, não há registro do homem como um único casal. No registro histórico escrito no barro primário, os homens estão subitamente presentes. Não digo que tivessem aparecido de chofre, assim como não digo que o pterodáctilo tenha aparecido de repente. Toda a evidência aponta para uma lenta emersão das espécies, mas, a certa altura da história, o homem está presente e, com ele, aparece algo de novo, também... a consciência... o homem é um fenômeno especial: é um ser que sabe, e, o que é mais, um Ser que sabe *que sabe*. Atingimos, como veem, um ponto crucial da história. Existe uma criatura cônscia de que sabe...

"Agora, desejo que analisem a minha seguinte pergunta apenas como cientistas, apenas como testemunhas de uma prova visível: como emergiu este fenômeno especial?

"Retrocedamos por um momento. Consideremos todos os fenômenos que o precederam, muitos dos quais ainda coexistem com ele, desde o micro-organismo ao macaco hominídeo. Todos eles têm algo em comum: o impulso, a busca, o instinto de preparação para a sobrevivência da espécie. Para empregar um termo bastante usado, embora impreciso, é o instinto de agir, de participar nas combinações e associações que lhes permitirá prosseguir ao longo da sua própria linha de continuidade. Eu prefiro usar outra palavra, em vez de instinto. Eu prefiro dizer que tal impulso, tal capacidade é uma forma primitiva, mas em evolução, daquilo que no homem culmina... a consciência."

214

Télémond mais uma vez os levou a uma crise, e ele sabia. Pela primeira vez, sentia-se realmente incapaz de lhes expor todo o curso e sutileza daquele pensamento. O tempo estava contra ele, assim como a simples limitação semântica e o poder retórico que os persuadisse a crer em uma nova, mas, ainda assim, harmoniosa, visão da natureza e origem da humanidade. Contudo, continuou, resolutamente, a desenvolver a sua própria visão do padrão cósmico: energia primária, vida primitiva, consciência primitiva, tudo evolucionando e convergindo para o primeiro ponto focal da história, o homem cogitante. Levou-os mais além, ainda, por meio de um atrevido salto para dentro do território deles próprios, mostrando-lhes todas as linhas do desenvolvimento humano em convergência para uma unidade final, a unidade do homem com o seu Criador.

Mais do que nunca, podia sentir a transformação na disposição do público. Alguns estavam surpresos, outros em dúvida, e outros ainda mostravam uma completa hostilidade ao seu pensamento.

Não obstante, quando chegou às suas conclusões, sabia que fizera tudo quanto podia e que, para além da sua possível generalização de alguns aspectos e a por vezes arriscada especulação, a sua dissertação era um reflexo exato da sua posição intelectual. Nada mais podia fazer agora do que entregar-se ao julgamento e aceitá-lo com coragem. Humildemente, mas com profunda emoção, concluiu:

– Não lhes peço que concordem comigo. Eu não ponho qualquer das minhas presentes conclusões além da reconsideração ou de novo desenvolvimento, mas estou perfeitamente convencido disto: o primeiro ato criativo de Deus foi dedicado a fazer, e não a destruir. Se o universo não está centrado no homem, se o homem, como centro do universo, não está centrado no Criador, então o cosmo é uma blasfêmia sem significado. Não está longe o dia em que os homens compreenderão, mesmo em termos biológicos, ter apenas uma alternativa: o suicídio ou um ato de fé.

Suas mãos tremiam, a voz vibrava, emocionada, ao recitar-lhes as palavras de Paulo aos colossenses:

– "Nele toda a coisa criada tomou o ser, no céu e na Terra, visível ou invisível... tudo foi criado através d'Ele e Nele. Ele precede a tudo, e Ele subsiste em tudo... foi o prazer de Deus deixar toda completude duradoura, Nele e através Dele, para ter de volta todas as coisas, seja na Terra ou no céu, até a reunião com Ele, promovendo a paz através de Seu sangue vertido na cruz..."

Jean Télémond nem se apercebeu da trovoada de aplausos que o acompanhava ao descer da tribuna. Quando se ajoelhou, para render seu preito ao pontífice, depondo-lhe nas mãos o texto da conferência, ouvia apenas as palavras de bênção e de convite – ou seriam de comando? – que se seguiram:

– Você é um homem ousado, Jean Télémond. O tempo dirá se está certo ou errado; mas, neste momento, eu preciso de você. Todos precisamos de você.

Extrato das memórias secretas de Kiril I, pontífice máximo:

Ontem conheci um homem inteiro. É uma experiência rara, mas sempre luminosa e nobre. Custa tanto ser um homem completo, que existem muito poucos que tenham a sabedoria e a coragem para pagar o preço... para o conseguir, é preciso abandonar, completamente, a procura de segurança e arriscar-se à vida com ambos os braços. Para o conseguir, é preciso abraçar o mundo como um amante e não esperar um regresso fácil do amor. Para o conseguir, é preciso aceitar a dor como condição da existência. Para o conseguir, tem de se cortejar a dúvida e a escuridão, como preço da sabedoria. Para o conseguir, é preciso ter-se uma vontade férrea ante o conflito, mas sempre apta a aceitar totalmente quaisquer consequências da vida ou da morte.

Foi assim que eu vi Jean Télémond. Foi por isso que decidi trazê-lo para o meu lado, pedir-lhe a sua amizade, utilizá-lo da melhor maneira possível no trabalho da Igreja... Leone não está muito contente. Confessou-me claramente. Indicou, com certa razão, as ambiguidades e obscurantismos do seu sistema de pensamento, que ele classifica de imprudência perigosa, em algumas das suas especulações. Exigiu outro exame completo de todos os seus escritos, pelo Santo Ofício, antes de se lhe permitir ensinar publicamente ou divulgar as suas investigações.

Não discordo de Leone. Não sou tão ousado que me disponha a arriscar o depósito da fé, o qual constitui, apesar de tudo, o compromisso de Cristo com o homem. Preservá-lo intacto é todo o significado do meu ofício. Essa é a tarefa que foi legada a Leone, dentro da Igreja...

Por outro lado, nada receio de Jean Télémond. Um homem que se concentrou de tal maneira em Deus, como ele o fez, que aceitou vinte anos de silêncio, já correu todos os riscos, inclusive o de errar. Hoje, disse-o por outras palavras, e eu acreditei nele... nada receio dos seus escritos. Não possuo o saber nem o tempo necessários para ajuizar profundamente do seu valor conclusivo. É para isso que tenho conselheiros e especialistas em Ciências, em Teologia e em Filosofia, para me ajudarem.

Estou convencido, além de tudo o mais, de que o erro sincero é um passo para a maior iluminação ou esclarecimento da verdade, visto que expõe, em debate, para sua melhor definição, aqueles assuntos que, de outra forma, ficariam obscuros e indefinidos nos ensinamentos da Igreja. De maneira muito especial, a Igreja está também a evoluir para um melhor plano de compreensão, uma consciência mais profunda da vida divina dentro dela.

A Igreja é uma família. Como qualquer família, alberga dentro de si as pessoas pacatas e caseiras e as dadas à aventura. Tem os seus críticos e os seus conformistas; tem aqueles que são ciosos das suas tradições menos importantes; aqueles que querem lançá-la para a frente, como um facho brilhante indicando um glorioso futuro. Eu sou o pai comum de todos eles... quando os aventureiros regressam de uma nova fronteira, cansados e marcados pela viagem, vindos de mais uma missão, triunfantes ou derrotados, contra os muros da ignorância, eu tenho de os receber com a caridade de Cristo e protegê-los, com gentileza, daqueles que obtiveram maior preeminência só porque não se atreveram a ir tão longe. Pedi ao Superior Geral dos jesuítas que me envie Jean Télémond a Castel-Gandolfo, para me fazer companhia durante o verão. Espero e rezo para que possamos ser amigos. Ele poderia me enriquecer, creio. Eu, por minha parte, talvez lhe possa incutir coragem e repouso, após a sua longa e solitária peregrinação.

De certo modo, ele também me deu coragem. Já há algum tempo que travo contínuo debate com o cardeal-secretário da Congregação dos Ritos sobre a questão de introduzir a liturgia vernacular e um sistema vernáculo de ensino, nos seminários e igrejas dos países onde temos missionários. Tal medida significaria, inevitavelmente, um declínio do latim, como idioma litúrgico em muitas áreas do mundo. Significaria, também, uma tarefa imensa de tradução e comentário, para que os trabalhos dos doutores da Igreja fossem acessíveis aos seminaristas nos seus próprios idiomas.

A Congregação dos Ritos mantém o ponto de vista de que os méritos da mudança são inferiores às suas desvantagens. Argumenta que essa eventual decisão iria contra o disposto pelo concílio de Trento e outros concílios e papas posteriores. Afirma, ainda, que a estabilidade e uniformidade da nossa organização dependem muito do uso de um idioma oficial comum, na definição da doutrina, no treino de professores e na celebração da liturgia.

Pessoalmente, estou inclinado a crer que o nosso dever primeiro é pregar a palavra de Deus e dispensar a graça dos oito sacramentos, e que tudo o que se possa interpor nesta missão deve ser colocado de lado.

Sei, contudo, que a situação não é tão simples assim. Existe, por exemplo, uma curiosa divergência de opinião na pequena comunidade cristã do Japão, pois os japoneses desejam ver o sistema latino preservado. Devido à sua posição isolada, inclinam-se a recear qualquer mudança. Por outro lado, os padres missionários informam que a sua ação é prejudicada quando não utilizam o vernáculo.

Na África, o nativo cardeal Ragambwe é bem explícito, ao dizer que desejaria tentar o sistema vernacular. Está a par dos riscos e problemas, mas sente que, mesmo assim, deveríamos tentar. Trata-se de um santo e iluminado homem, e tenho em grande conta a sua opinião.

A decisão terá de ser minha, mas a adiei, porque estou tão cônscio da complexidade do problema e do perigo histórico envolvido, que receio até a separação dos pequenos e isolados núcleos de cristãos, dispersos pelo mundo, da vida diária da Igreja. Não estamos construindo apenas para hoje, mas para amanhã e para a eternidade.

Não obstante, ao ouvir a dissertação de Jean Télémond, senti-me encorajado a tomar uma medida decisiva. Resolvi escrever a todos os bispos que desejam introduzir o sistema vernacular e pedir-lhes que me proponham um plano definitivo para seu uso. Se tais planos forem viáveis e se, ao mesmo tempo, um certo número de clérigos puder continuar a ser treinado, na forma tradicional, estou disposto a tentar o novo sistema... conto com a oposição renhida da Congregação dos Ritos e de muitos outros bispos da Igreja, mas é preciso fazer algo que quebre as cadeias inibidoras do nosso trabalho apostólico, de forma que a fé possa expandir-se com mais liberdade nas novas nações.

Todas essas nações estão ciosas da sua nova identidade e devem ser levadas a crescer na fé e, com ela, nos caminhos de uma legítima e gradual melhoria social e econômica. Ainda não somos um mundo só, e não o seremos por muito tempo, mas Deus é só um, o Evangelho é só um também, e deveria ser pregado em todos os idiomas da Terra...

Essa foi a visão que Télémond renovou para mim: a unidade do espírito nos laços da fé, na diversidade de todos os conhecimentos e de todas as línguas.

Hoje, dei a última série de palestras, antes das férias de verão. Entre os que recebi em particular havia um certo Corrado Calitri, ministro da República. Eu já recebi praticamente a maioria dos membros do gabinete italiano, mas nunca havia antes estado com esse homem. A circunstância fora suficientemente estranha para que pudesse deixar de comentá-la com o *maestro di camera*.

Ele me informou que Calitri era um homem de grande talento, que tivera uma ascensão meteórica no Partido Democrático Cristão. Disse-me, também, que se comentava até a possibilidade de vir ele a chefiar o governo depois das próximas eleições.

Informou-me, depois, que a vida privada de Calitri era notória há bastante tempo, e que estava envolvido num caso matrimonial, atualmente sob consideração da Sagrada Rota Romana. Ao que parecia, Calitri estava se esforçando agora por reformar seus hábitos e entregar os cuidados da sua vida espiritual a um confessor.

Não discuti esses assuntos com Calitri, é claro. Uma audiência é um assunto de Estado, e nada tem que ver com a relação espiritual entre o papa e os fiéis.

Apesar disso, senti uma certa curiosidade pelo homem e estive tentado a pedir o seu processo. Decidi não fazê-lo. Se ele subir ao poder, teremos relações diplomáticas, e será mais aconselhável que elas não se compliquem por um conhecimento pormenorizado da sua vida íntima. Será melhor, também, que eu não interfira com demasiada minúcia nas várias funções dos tribunais e congregações. O meu tempo é muito limitado. As minhas energias também e, ultimamente, estão de tal modo esgotadas, que sentirei grande prazer em sair do Vaticano e ir para a relativa serenidade do campo.

Vejo claramente o grande problema pessoal que se levanta a todos os homens que têm este cargo: vejo como a pressão do trabalho e os pedidos de tanta gente podem empobrecê-lo, ao ponto de nem sequer lhe restar tempo para regular os problemas pessoais da sua própria alma. Anseio pela solidão e pelo repouso, para a contemplação. "Olhai os lírios do campo... não trabalham nem se movem!" Que sorte a daqueles que têm tempo para cheirar as flores e fazer a sesta sob as árvores de laranjeiras!...

8

George Faber saiu de Roma muito cedo, na manhã de um sábado. Saiu pela Porta de Latrão e tomou a nova via Ápia, a caminho da autoestrada do Sul. Tinha pela frente uma viagem de cinco horas: Terracina, Formia, Nápoles e, depois, pela serpenteada estrada peninsular, Castellamare, Sorrento, Amalfi e Positano. Não tinha pressa de chegar. O ar da manhã era agradável e o tráfego arrastado. Não tencionava arriscar a vida tal como estava arriscando a reputação.

Em Terracina, foi detido por duas moças inglesas que iam a caminho da costa. Deu-lhes carona, e a companhia delas agradou-lhe durante a primeira hora, mas quando chegou a Nápoles, ficou muito contente por desembaraçar-se das duas. A alegre certeza das moças sobre o mundo e seus caminhos fizeram-no sentir-se avô.

O calor do dia começava agora a apertar – uma opressão seca e poeirenta, que turvava o ar e lhe perturbava a visão. Em Nápoles, entrou pela via Caracciolo e foi sentar-se, por algum tempo num restaurante junto ao mar, bebendo café gelado e ponderando sobre o que deveria fazer logo que chegasse a Positano. Teria de visitar duas pessoas: Sylvio Pellico, artista, e Theo Respighi por vezes ator – ambos, segundo se dizia, associados infelizes de Corrado Calitri.

Há muitas semanas que tentava decidir qual seria o melhor método de os abordar. Vivia na Itália há bastante tempo para saber que os italianos adoram o drama e a intriga, mas o seu temperamento nórdico revoltava-se contra o espetáculo de um correspondente de imprensa americano representar o papel de um detetive latino de capa de chuva e chapéu preto. Finalmente, escolhera uma fórmula muito simples e direta.

– Creio que os senhores conheceram Corrado Calitri... estou apaixonado pela esposa dele. Quero casar-me com ela e julgo que os senhores podem me dar provas contra ele. Estou pronto a pagar bem.

Por muito tempo, recusara raciocinar além deste ponto, mas agora, a três horas de Roma e muito longe de Chiara, já estava preparado para pensar no *se*. E se tudo falhasse, estaria tranquilo com a sua

221

consciência. Teria provado a Chiara que arriscara a sua reputação por causa dela. Poderia, então, exigir um amor bilateral. Se também falhasse nessa parte? Agora, já começava a pensar que poderia sobreviver a essa eventualidade. A melhor cura para o amor é arrefecê-lo um pouco e deixar um homem livre para medir uma e outra mulher, o tormento de um amor unilateral contra a paz do desamor total.

Não era possível jogar com um coração de meia-idade, da mesma forma que se joga com uma bola de borracha, saltitando de aventura em aventura; mas, pensar em Ruth Lewin dava-lhe um certo conforto e apreciava, até, de certo modo, a sua recusa em comprometer o seu coração, e o dele em um novo martírio sem promessa de segurança.

Ruth era mais esperta do que Chiara. Sabia-o. Vivera mais e sobrevivera melhor. Mas o amor é um mundo em arco-íris, que pode ou não apontar para uma mina de ouro. George Faber pagou a bebida, entrou no automóvel e encetou a última etapa da sua jornada para a incerteza.

A baía de Nápoles era um espelho liso e oleoso, cortado apenas pelas ondas dos pequenos barcos a vapor e pela espuma dos *aliscafe* em que passeavam os turistas, a oitenta quilômetros por hora, para as ilhas de sereias de Capri e Ischia. O cume do Vesúvio esbatia-se numa suave névoa de calor e poeira. Os telhados caiados da aldeia brilhavam ao sol. A terra cinzenta, nos campos de lavoura, estava calcinada. Os camponeses curvavam-se sobre as plantas, quais figuras de uma paisagem medieval. Havia no ar um cheiro de poeira e podridão, esta causada pelos tomates e laranjas em decomposição. Automóveis buzinavam estridentemente em cada curva. Carroças de madeira rolavam, chiando com ruído sobre os paralelepípedos da estrada. Fragmentos de música ecoavam, aqui e além, misturados aos gritos das crianças e às pragas dos camponeses, colhidos em pleno tráfego do verão.

George Faber viu-se a dirigir veloz e livremente, cantarolando uma canção desafinada. Na ladeira em espiral da estrada de Amalfi, foi quase forçado a sair da pista por um carro esporte em tentativa de recorde mundial, e Faber insultou-o alto e em bom som em rico dialeto romano. Ao atingir Positano – a pitoresca e pequena vila que se debruça em sucessivos degraus, desde o alto da montanha até o mar –, ele se sentia completamente senhor de si, e a experiência era tão embriagadora como o vinho genuíno das montanhas sorrentinas.

Meteu o carro numa garagem, pegou a mala e desceu por uma rua íngreme, para a praça da vila. Meia hora mais tarde, já limpo e de roupa mudada, com calças de algodão e uma camisa listrada, achava-se sentado numa esplanada, bebendo um Carpano e preparando-se para seu encontro com Sylvio Pellico.

A galeria do artista era um longo túnel que ia da rua a um pátio repleto de sucata e fragmentos de velhos mármores. As suas telas estavam dependuradas ao longo do túnel; abstratos berrantes, alguns retratos à maneira de Modigliani e várias paisagens convencionais, evidentemente dedicadas aos turistas sentimentais. Era fácil ver por que razões Corrado Calitri o abandonara tão depressa, e era mais difícil compreender o que o aproximara dele. Tratava-se de um jovem de rosto fino, magro e alto, com uma barba desordenada, trajando uma camisa suja de algodão, jeans desbotados e sandálias de lona. Estava deitado sobre duas cadeiras juntas, à entrada do túnel, dormitando ao sol, com um chapéu de palha sobre os olhos.

Quando George Faber entrou no túnel e começou a examinar os quadros, ele voltou a si imediatamente e se apresentou, a si próprio e ao seu trabalho, com um vibrante.

– Sylvio Pellico, ao seu dispor! Gosta dos meus quadros? Alguns já foram expostos em Roma.

– Já sabia – disse George Faber. – Fui à exposição.

– Esplêndido! Então o senhor é um *connaisseur!* Não quero que olhe sequer para estas porcarias! – exclamou apontando para as paisagens, com a sua mão fina. – Estes são só para a alimentação.

– Já sei... já sei... Todos nós temos de comer. Como tem sido a sua temporada?

– Fraca... o senhor já deve saber como é. Todo mundo olha, mas ninguém quer comprar. Ontem, consegui vender duas das telas pequenas a uma americana. Anteontem, nada. No dia anterior...

O artista encolheu os ombros e examinou melhor George Faber.

– Não é italiano, é, *signore*?

– Não, sou americano...

– Mas fala um italiano magnífico!

– Muito obrigado... Diga-me, quem patrocinou a sua exposição em Roma?

– Um homem muito eminente. Um ministro da República. Bom crítico, também... talvez você tenha ouvido falar dele. Chama-se Calitri.

– Conheço-o de nome – disse George Faber. – Gostaria de falar com você a respeito dele.

– Por quê? – ele deixou tombar a cabeça para o lado como um papagaio. – Foi ele quem o mandou aqui?

– Não. Trata-se de um assunto privado. Pensei que você talvez me pudesse ajudar. Poderei pagar esse auxílio. Está interessado?

– Quem não se interessa por dinheiro? Sente-se. Vou buscar-lhe uma xícara de café.

– Não, obrigado. Isto não levará muito tempo.

Pellico limpou o pó de uma das cadeiras, e os dois homens sentaram-se, frente a frente, sob o estreito arco da entrada.

Rápida e incisivamente, Faber explicou os seus objetivos e fez uma oferta.

– Quinhentos dólares, em dinheiro americano, por uma declaração jurada sobre o casamento de Calitri, escrita nos termos que eu lhe ditarei.

George Faber recostou-se na cadeira, acendeu um cigarro e aguardou um longo momento, enquanto o artista pensava, com o rosto entre as mãos. Depois, ergueu a cabeça e disse:

– Gostaria de fumar um cigarro americano.

Faber passou-lhe o maço e ofereceu-lhe fogo.

Pellico deu algumas tragadas e começou a falar:

– Eu sou um homem pobre, *signore*. Além disso, não sou grande pintor e é natural que fique pobre por muito tempo. Para alguém como eu, quinhentos dólares é uma fortuna, mas receio não poder atender ao que me pede.

– Por que não?

– Por diversas razões...

– Tem medo de Calitri?

– Um pouco... quando se vive neste país, sabe-se como correm as coisas. Quando se é pobre, está-se sempre um pouco fora da lei, e nunca é bom cair no desagrado das pessoas importantes. Mas há ainda outra razão.

– Qual?

– Eu sei o que isto lhe significa, *signore* – explicou Pellico, com rara simplicidade. – Quando um homem está apaixonado... eh!... há gelo no coração e fogo nas entranhas... perde-se o orgulho. Quando o amor nos desfavorece, o orgulho volta. Muitas vezes, o orgulho é tudo o que nos resta... eu não sou como o *signore*... sou mais como Calitri... Ele foi bom para mim, uma vez. Eu gostava muito dele. Não creio que o possa trair por dinheiro.

– Mas ele o atraiçoou, não é assim? Organizou-lhe uma exposição, e depois abandonou.

– Não!

As magras mãos tornaram-se eloquentes.

– Não! Não foi assim. Pelo contrário, foi muito honesto comigo. Disse que todos os homens têm direito a mostrar, pelo menos uma vez na vida, o seu talento. Se o talento não existisse, então eu deveria esquecê-lo depois disso... pois bem, deu-me a oportunidade. Falhei. Não posso culpá-lo por isso.

– Quanto pediria para traí-lo? Mil dólares?

Pellico levantou-se e limpou a poeira das mãos. Apesar de todo o desmazelo, parecia revestido de uma curiosa espécie de dignidade. Apontou para as paredes cinzentas do túnel.

– Por vinte dólares, *signore,* pode comprar as minhas visões. Não são lá grande coisa, já sei, mas são o melhor que tenho. Eu não me vendo... nem por mil; nem por dez mil dólares. Desculpe-me...

À medida que se afastava pela rua empedrada, George Faber, o nórdico puritano, sentiu a graça de se envergonhar de si próprio. O seu rosto ardia de rubor, suas mãos transpiravam. Experimentara um desagradável e pouco razoável ressentimento contra Chiara, banhando-se em Veneza, a quinhentos quilômetros de distância. Entrou num bar e, enquanto bebia um uísque duplo, estudou, uma vez mais, o dossiê do seu próximo contato. Theo Respighi.

225

Tratava-se de um ítalo-americano, nascido em Nápoles e transportado para Nova York, na infância. Era um ator medíocre, que representara pequenos papéis na televisão, extra em Hollywood, e que, mais tarde, regressara à Itália para continuar desempenhando papéis de menor importância em épicos bíblicos e disparates pseudoclássicos. Em Hollywood, alimentara alguns escândalos bastante falados: condução em estado de embriaguez, um par de divórcios, um breve e turbulento romance com uma estrela em ascensão. Em Roma, juntara-se ao irrequieto bando que vivia na esperança das superproduções espetaculares e do patrocínio de playboys romanos. Faber resumia-o como um devasso, que teria o maior prazer em ganhar uma nota de dólar.

Encontrou Respighi, finalmente, nessa mesma noite, num bar onde ele bebia na companhia de três rapazes e de uma senhora francesa que falava o italiano com acento genovês. Levou uma hora para afastá-lo dos companheiros e outra hora para torná-lo sóbrio, à custa de um jantar e café. Mesmo assim, depois destas medidas, encontrou-se com uma carcaça musculosa e vazia que, quando não ajeitava o cabelo louro com as mãos, procurava avidamente a garrafa de *brandy*, Faber tentou esconder, na voz, o tremor da sua consciência e uma vez mais apresentou a proposta:

– Mil dólares por um depoimento assinado. Nada de restrições nem de problemas. Tudo o que vai para a Sagrada Rota fica secreto. Ninguém, e ainda menos Calitri, virá a saber do seu testemunho.

– Raios o partam! – exclamou o lourinho. – Eu não vou engolir essa, Faber! Em Roma não há segredos. Tanto faz que seja a Igreja ou a *Cinecità*, mais cedo ou mais tarde, Calitri acabaria por sabê-lo. E depois, que seria de mim?

– Teria mil dólares, e ele não poderia tocar em você.

– Acha que não? Olhe, queridinho, sabe como são feitos os filmes neste país? Os fundos vêm de toda a parte. A lista dos anjos estende-se de Nápoles a Milão e volta para Nápoles. Também temos aqui uma lista negra, como em Hollywood. Quem estiver nela, está liquidado. Por mil dólares não quero ser liquidado.

– Você não ganha isso em seis meses.

– E que tem isso? O negócio é assim. Às vezes, fome; outras vezes, come-se. De vez em quando, uma pequena fortuna... agora, se você oferecesse dez mil dólares, era outra cantiga. Já começaria a pensar no caso a sério. Com esse dinheiro, até podia voltar para a América e tentar recomeçar a carreira, decentemente... vamos, Romeu, desembuche! Qual é o seu jogo, o grande romance ou um saco de amendoins?

– Dois mil – propôs George Faber.

– Nem pensar nisso.

– É o máximo que posso oferecer.

– Isso não vale nada. Dois mil dólares posso ganhar só por telefonar a Calitri e dizer-lhe que você anda no seu rastro... ouça lá... dê-me os mil dólares, e eu não telefonarei a Calitri.

– Vá para o inferno!

George Faber levantou-se e saiu do bar. O gargalhar do louro seguiu-o, escarnecendo dele pela rua escura...

– QUANTO MAIS VIVO – dizia Jean Télémond, pensativo –, mais claramente compreendo a profunda veia de pessimismo que atravessa o pensamento moderno. Mesmo o de muitos membros da Igreja... nascimento, crescimento e decadência. O padrão cíclico da vida, tão vividamente aparente, obscurece o padrão interior: o do desenvolvimento e progresso humanos. Para muitas pessoas, a roda da vida gira apenas em torno do seu eixo, parecendo não avançar para lugar algum.

– E você, Jean, acredita que ela leva a algum lugar?

– Mais que isso, Santidade. Creio que ela precisa levar a algum lugar.

O papa e o jesuíta haviam retirado as suas capas e estavam sentados, repousadamente, à sombra de um pequeno bosque, com uma cerca de morangos silvestres às costas e, em frente a eles, as águas brilhantes do lago Nemi. Jean Télémond fumava, satisfeito, o seu cachimbo, e Kiril entretinha-se a lançar pedras dentro do lago. O ar vibrava com os gritos estridentes das cigarras, e as lagartixas banhavam-se ao sol, entre as pedras e os troncos das árvores.

227

Achavam-se os dois entregues ao conforto bucólico e à companhia um do outro. De manhã, costumavam trabalhar juntos e, por vezes, Kiril refugiava-se sozinho no seu escritório para estudar os relatórios diários que lhe enviavam de Roma, enquanto Télémond, no jardim, preparava os seus manuscritos para o exame do Santo Ofício. À tarde, saíam de automóvel para o campo. Com Télémond ao volante, exploravam colinas e vales e visitavam as pequenas aldeias que se dispersavam pela região, há quinhentos anos ou mais. À noite, jantavam juntos, lendo, conversando ou jogando cartas até as horas de recolhimento, com as últimas orações do dia.

Era um tempo bem agradável para ambos: para Kiril, uma pausa nos encargos do seu ofício; para Télémond, um verdadeiro regresso do exílio, na companhia de um espírito compreensível e amoroso. O papa não tinha de medir as suas palavras. Télémond não sentia o menor receio em expor os seus pensamentos mais profundos. Kiril confiava-se inteiramente ao jesuíta e encontrava um surpreendente alívio em compartilhar as suas mais íntimas preocupações.

Lançou nova pedra na água e ficou observando os círculos concêntricos que avançavam para a outra margem, até se perderem no resplendor da luz do sol. Depois, formulou nova pergunta.

– Você nunca foi um pessimista, Jean? Nunca se encontrou perdido neste rodopiar incessante da roda da vida?

– Às vezes, Santidade. Quando estive na China, por exemplo, nos confins do Noroeste, no vale estéril dos grandes rios. Havia muitos mosteiros. Edifícios enormes que só poderiam ter sido construídos por grandes homens, homens com larga visão que queriam desafiar o enorme vazio em que viviam... pensava que, de uma ou outra forma, Deus deveria ter estado com eles mas, quando entrava em qualquer desses mosteiros e observava os homens que lá vivem agora... aborrecidos, falhos de inspiração, apáticos... era afligido por uma profunda melancolia. Quando regressei ao Ocidente... quando li os jornais e falei com os meus irmãos cientistas, fiquei desolado pela cegueira com que parecemos cortejar a nossa própria destruição. Por vezes, até me parece impossível acreditar que o homem possui um destino divino...

Kiril assentiu pensativamente. Colheu um ramo caído e provocou uma lagartixa adormecida, que logo desapareceu entre as folhas.

– Eu sei o que é isso, Jean. Chego a sentir o mesmo, até na Igreja. Espero e rezo por um grande movimento, por um grande homem que nos leve de novo à vida plena...

Jean Télémond não respondeu. Aspirou, placidamente, o cachimbo, aguardando que o papa completasse o seu pensamento.

– Um homem como São Francisco de Assis, por exemplo. O que ele realmente significa? Um rompimento completo com o padrão da história... um homem nascido fora do seu tempo, uma súbita e inexplicável revivência do espírito primitivo do cristianismo. O trabalho que ele começou ainda continua... mas já não é o mesmo. A revolução por ele inaugurada terminou, e os revolucionários tornaram-se conformistas. Os irmãozinhos do pequeno homem pobre estão invadindo e roubando as caixas de esmola nas estações ferroviárias, ou, então, negociando em propriedades para lucro da ordem.

O papa deu uma risada tranquila.

– Claro, não fazem só isso. Ensinam, pregam, obram por Deus tão bem quanto podem, mas já não é uma revolução. Penso que estamos bem precisados de uma agora.

– Talvez – disse Jean Télémond, com uma centelha no olhar astuto –, talvez Sua Santidade seja um revolucionário.

– Já tenho pensado nisso. Acredite, já tenho pensado bastante nisso, mas creio que nem você, Jean, pode compreender quão limitado sou pelo mecanismo que herdei, pelas atitudes históricas de que estou cercado. Tenho grande dificuldade em trabalhar diretamente. Tenho de encontrar instrumentos que se ajustem à minha mão. Sou bastante jovem, é verdade, e poderei, por isso, assistir a grandes mudanças no decurso da minha vida. Contudo, tais mudanças têm de ser feitas por outros, em meu nome... por você, Jean, por exemplo...

– Por mim, Santidade?

Télémond voltou-se, muito surpreendido, para o pontífice:

– O meu campo de ação é bem mais limitado do que o seu.

– Será? – perguntou Kiril, intrigado. – Já pensou, alguma vez, que a Revolução russa, a presente possibilidade da Rússia soviética, foi construída pelo trabalho de Karl Marx, que passou grande parte da sua vida no Museu Britânico e está agora enterrado em Londres? A coisa mais explosiva do mundo é uma ideia!

Jean Télémond riu-se e bateu com o cachimbo no tronco de uma árvore.

– Não dependerá isso do Santo Ofício? Ainda tenho de passar por suas malhas...

Kiril olhou-o de soslaio, interrogando-o de novo:

– Se falhasse, Jean, que faria então?

Télémond encolheu os ombros.

– Recomeçaria tudo, suponho. Espero ter ainda energia bastante para o fazer...

– Por que diz isso?

– Em parte, porque tenho medo e, em parte, porque... porque não me encontro muito bem. Vivi duramente, por muito tempo. Dizem-me que o meu coração não está em tão bom estado quanto poderia estar...

– Lamento muito sabê-lo, Jean. Tem de cuidar de sua saúde. Eu farei tudo quanto possa para ajudá-lo.

– Permita-me que lhe faça uma pergunta, Santidade?

– Naturalmente.

– Sua Santidade honrou-me com a sua amizade. Aos olhos de muitos, que não aos meus, parece que Sua Santidade patrocinou o meu trabalho. O que fará se o Santo Ofício não considerar válidos os meus escritos?

Com grande surpresa para Télémond, Kiril soltou uma gargalhada.

– Jean, Jean! Acaba de falar o verdadeiro jesuíta! Que farei eu? Continuarei a ser seu amigo e rezarei para que você tenha saúde e coragem para continuar em seus estudos.

– E se eu morresse, antes de terminá-los?

– Isso o preocupa?

– Por vezes... acredite, Santidade, quando digo que, suceda o que suceder, tentei preparar-me para isso. Mas estou convencido de que há verdade nas minhas investigações. Não gostaria de vê-las perdidas ou suprimidas.

– Não serão suprimidas, Jean. Isso lhe prometo.

– Perdoe-me, Santidade, por já ter dito mais do que devia...

– Não tem motivo para pedir desculpa, Jean... Revelou-me o seu coração. Para um homem solitário, como eu, isso é um privilégio. Você tem coragem. Quem sabe? Quem sabe? Ainda é possível que o vejamos doutor da Igreja. Agora, se isso não ofender os seus olhos de jesuíta, o papa de Roma vai nadar no lago...

Quando Kiril tirou a roupa e se preparava para se atirar à água, Jean Télémond viu, nas costas, as marcas de cicatriz de um chicote e teve vergonha de sua própria covardia.

Dois dias depois um correio de Washington entregou ao pontífice uma carta pessoal do presidente dos Estados Unidos.

"... Li com muito interesse a carta de Sua Santidade e as cópias das cartas do primeiro-ministro da U.R.S.S. que me foram entregues por Sua Eminência, o cardeal Carlin. Concordo que temos de manter o mais rigoroso sigilo sobre esta situação.

"Deixe-me dizer-lhe quão grato estou pela informação que me deu a respeito das suas relações privadas com Kamenev e as suas opiniões sobre o seu caráter e intenções. Fiquei também profundamente impressionado pelo franco desacordo manifestado pelo cardeal Carlin. Sei que ele não teria falado tão livremente sem a autorização de Sua Santidade, e sinto-me incentivado a ser-lhe igualmente franco.

Devo dizer que duvido muito do valor das conversações privadas, a este nível. Por outro lado, terei o maior prazer em realizá-las, enquanto houver esperança de evitar a crise explosiva que, a meu ver, parece inevitável nos próximos seis a 12 meses.

O problema, conforme o encaro, é tão simples quanto complexo. Kamenev exprimiu-o muito bem. Estamos algemados à corrente da história e podemos travar-lhe o curso, mas nunca desviá-lo. A única ação que poderia conseguir tal feito seria uma ação de tamanha magnitude e risco que nenhum de nós seria autorizado a tentá-la.

Eu não poderia, por exemplo, condenar o meu país a um desarmamento unilateral. Não poderia abdicar de nossas reivindicações quanto à unificação alemã. Gostaria muito de abandonar Quemoy e Matzu, mas não podemos desertar sem uma séria perda de prestígio no Sudeste da Ásia. Eu compreendo que Kamenev receie os chineses e que não possa abandonar uma aliança, mesmo incômoda e perigosa, que lhe garanta um sólido bloco comunista, desde a Alemanha Oriental até o arquipélago das Kurilas.

O mais que posso esperar é manter fluida a situação, no intuito de obter uma plataforma de negociação e de evolução histórica. Temos de evitar, a todo custo, um conflito frontal o qual, inevitavelmente, causaria um cataclisma atômico.

Se uma correspondência secreta com Kamenev pode ajudar, então estou preparado para correr o risco, e sinto-me honrado e feliz por aceitar Sua Santidade como intermediário. Sua Santidade poderá comunicar, se tal lhe aprouver, os meus pensamentos e o conteúdo desta carta a Kamenev. O primeiro-ministro soviético sabe que, sozinho, eu não posso me mover, assim como ele próprio não o pode. Ambos vivemos sob a ameaça do mesmo risco.

Não professo o mesmo credo cristão de Sua Santidade, mas encomendo-me às suas preces e às de todo o cristianismo. Nós trazemos sobre nossos ombros o destino do mundo e, se Nosso Senhor não nos apoiar, então ruiremos sob o enorme peso...

Depois de ler a carta, Kiril soltou um suspiro de alívio. Não era mais do que esperara, mas também não era menos. As nuvens de tempestade amontoavam-se, maciças e ameaçadoras, sobre o mundo. Mas restava uma pequena brecha, e ainda se podia vislumbrar vagamente a luz do sol. O problema era, agora, como dilatar essa brecha, e Kiril perguntou a si mesmo o que poderia fazer para consegui-lo.

Uma coisa era certa: seria um erro para o Vaticano assumir a atitude de negociador, ou propor bases para um acordo. A Igreja também carregava às costas o fardo da história. Politicamente, era suspeita; mas, essa própria suspeita constituiu um indicativo para a sua tarefa: afirmar, não o método, mas, sim, os princípios de uma sociedade humana capaz de sobreviver e de se acomodar aos termos de um plano concedido por Deus. A Igreja devia ser um guia, e não uma fábrica de acordos. A sua tarefa não era governar os homens, na ordem material, mas, sim, treiná-los para se governarem segundo os princípios da lei natural. A Igreja teria de aceitar o produto acabado, se, contudo, se pudesse falar de um acabamento, sem intenções cínicas. O acabamento devia ser sempre uma aproximação, uma fase no processo evolutivo.

Fora este pensamento que o levara de novo ao jardim de Castel-Gandolfo, onde Jean Télémond, absorto em seus estudos, trabalhava à sombra de um velho carvalho.

– Aqui está você, meu Jean, escrevendo suas visões de um mundo em aperfeiçoamento, enquanto eu me sento, como qualquer telefonista, entre dois homens, cada um dos quais nos poderia despedaçar pela simples pressão sobre um botão... há um dilema para você. Sua ciência explica como resolvê-lo? Que faria se estivesse em meus sapatos?

– Rezaria – disse Jean Télémond com um sorriso.

– Eu rezo, e muito, Jean. Faço-o todos os dias, constantemente. Mas a oração não basta; tenho também de agir. Você devia ter sido um explorador antes de repousar neste local. Diga-me, que devo fazer?

– Nesta situação, creio que você não deveria fazer coisa alguma. Aguarde o momento apropriado.

– Pensa que isto basta?

– Em sentido mais lato, não. Creio que a Igreja perdeu a iniciativa que deveria ter hoje no mundo.

– É o que eu penso. Gostaria de julgar que, no meu pontificado, conseguiríamos recuperar algo dessa iniciativa. Não sei bem como... tem algumas ideias?

– Algumas – disse Jean Télémond, tenso. – Tenho sido um viajante, toda a minha vida. Uma das coisas que os viajantes têm de fazer é acomodarem-se ao local e tempo onde se encontram. Têm de comer

233

alimentos estranhos, usar moedas pouco familiares, aprender a não se escandalizar entre pessoas sem quaisquer inibições, buscar o bem que subsiste nas mais primitivas e grosseiras sociedades. Cada indivíduo, cada organização tem de manter uma conversação com o resto da mundo. Não pode falar, sempre, por negações e contradições.

– E acredita que nós temos feito isso?

– Nem sempre, Santidade, mas, nos últimos tempos, demasiado... Temos vivido por nós e para nós. Quando digo *nós,* refiro-me a toda a Igreja, pastores e fiéis. Escondemos a luz da fé sob um toldo, em vez de revelá-la para iluminar o mundo.

– Continue, Jean... Mostre-me como é possível iluminá-lo.

– Vivemos num mundo plural, Santidade. É possível concebê-lo como um só, na esperança, fé e caridade. Mas não é tanto assim. Há muitas esperanças e uma estranha variedade de amores. Esse é o mundo em que vivemos. Se quisermos participar do drama da ação de Deus, teremos de principiar a usar palavras que todos compreendam. A justiça, por exemplo... nós a compreendemos, mas, quando os negros dos Estados Unidos reivindicam justiça e plenitude de direitos, somos nós quem os auxiliamos? Somos nós quem os apoiamos fortemente em suas legítimas aspirações? Sua Santidade sabe muito bem que não. Na Austrália existe um embargo para os imigrantes de cor. Muitos australianos pensam que tal medida é uma afronta à dignidade humana. Apoiamos nós os seus protestos? Tudo indica que não. Em princípio, sim, mas, na prática, nada fazemos. Proclamamos terem os *cules* chineses direito ao trabalho e à subsistência, mas não fomos nós quem, até hoje, auxiliamos. Foram os homens que participaram da *Grande Marcha.* Se levantamos objeções ao preço que os libertadores puseram nas novas tigelas de arroz, temos de nos culpar tanto quanto os culpamos... se desejarmos voltar ao diálogo humano, teremos de buscar qualquer território comum que nos seja facultado, tal como Sua Santidade está tentando fazer no caso de Kamenev. O território da fraternidade humana e das esperanças legítimas da humanidade... Tenho meditado muito sobre aquela cena do Evangelho onde Cristo mostrou a moeda do tributo e proclamou: "A César o que é de César, e a Deus o que é de Deus".

A que César? Já terá Sua Santidade pensado nisso, alguma vez? A um assassino, um adúltero, um pederasta... mas Cristo não repeliu a possibilidade de a Igreja se entender com um tal homem... pelo contrário, afirmou-a como um dever, ordenando que se lhe desse o que só a ele pertencia.

– Mas isso de que me fala agora, Jean, não é a ação de um só homem. É a ação de toda a Igreja: papa, pastores e quinhentos milhões de fiéis.

– Tem razão, Santidade, mas que aconteceu? Os fiéis não atuam porque lhes faltam iluminação e chefes corajosos. Conhecem os riscos, melhor do que nós, os que estamos protegidos peja organização, enquanto a eles nada mais resta que o manto de Deus onde se abrigarem. Lutam diariamente, contra todos os dilemas humanos; nascimento, paixão, morte e o ato do amor... mas não ouvem as trombetas, nem enxergam a cruz das cruzadas...

O jesuíta encolheu os ombros e calou-se, por um momento.

– Perdoe-me, Santidade, creio que estou ficando demasiado irascível.

– Pelo contrário, Jean. A sua ajuda é-me preciosa. Alegro-me de tê-lo aqui.

Nesse momento aproximou-se um criado, com café, água gelada e uma carta que acabava de chegar. Kiril abriu-a, e leu a breve e pouco cerimoniosa mensagem:

"Sou o homem que cuida dos girassóis. Gostaria de visitá-lo amanhã, às dez e meia da manhã."

A mensagem estava assinada: "Georg Wilhelm Forster".

A chegada de Forster foi surpreendente, em mais de um aspecto.

Assemelhava-se a um bávaro incongruentemente vestido por um alfaiate italiano. Calçava sólidos sapatos alemães e usava grandes e grossos óculos para miopia, mas seu terno, camisa e gravata vinham de Brioni; na sua pequena mão papuda brilhava um enorme anel, quase do tamanho de uma noz. Seus modos eram educados, embora vagamente irônicos, como se troçasse de si próprio e de tudo o que ele representava. Apesar do seu nome, falava russo com acento marcadamente georgiano.

Quando Kiril o recebeu, no seu escritório, curvou-se sobre um joelho e beijou o anel papal; depois, sentou-se muito empertigado na cadeira, colocando o chapéu panamá nos joelhos e adquirindo a aparência de um empregadinho de escritório a ser entrevistado para uma candidatura de emprego. As suas palavras de abertura foram outra surpresa:

– Creio que Sua Santidade recebeu uma carta de Robert. Kiril olhou-o, surpreendido, e notou um início de sorriso em seus lábios grossos:

– Não há qualquer mistério, Santidade. É tudo uma questão de ritmo. O ritmo é muito importante no meu trabalho. Eu sabia quando a carta de Kamenev devia chegar ao Vaticano. Soube quando o cardeal Carlin regressou a Nova York. Fui informado do dia e da hora da sua entrevista com Robert. Desde esse ponto, foi muito simples deduzir que a carta de Robert viria a alcançá-lo no Castel-Gandolfo.

Agora era Kiril quem sorria. Assentiu e perguntou:

– Você vive em Roma?

– Tenho um apartamento por aqui, Santidade. Mas, como deve calcular, viajo muito... o negócio de girassóis está muito espalhado.

– Imagino que sim.

– Poderia me mostrar a carta de Robert?

– Sem dúvida.

– Kiril entregou-lhe o papel. Forster leu-o atentamente e o devolveu.

– Poderei mandar tirar uma cópia, se o desejar... como vê, o presidente está perfeitamente de acordo que a carta seja lida por Kamenev.

– Não há necessidade de qualquer cópia. Tenho uma memória fotográfica que me vale muito dinheiro. Estarei com Kamenev dentro de uma semana. Vou lhe dar uma transcrição exata da carta e da conversa com Sua Santidade.

– Você tem poderes para falar com Kamenev?

– Até certo ponto, sim.

Com grande surpresa de Kiril, Forster citou textualmente uma passagem da segunda carta de Kamenev.

236

"De tempos a tempos, receberá solicitações de audiência, por parte de um homem chamado Georg Wilhelm Forster. Com esse, poderá falar livremente, mas sem deixar nada por escrito. Se conseguir uma conversa com o presidente dos Estados Unidos, você poderá referir-se a ele pelo nome de Robert. É um contrassenso que para discutir a sobrevivência da raça humana, tenhamos de recorrer a métodos tão infantis."

Kiril riu.

– Isso foi uma exibição impressionante, mas diga-me, se ambos sabemos que estamos nos referindo ao presidente por Robert?

Georg Wilhelm Forster deliciou-se ao explicá-lo:

– Trata-se de um truque mnemônico. Nenhum homem pode proteger-se completamente quando dorme ou quando está sendo interrogado... e por isso que praticamos essa espécie de evasão. Funciona, sabe? Ainda não fui apanhado.

– Espero que não o seja desta vez.

– Eu também espero, Santidade. Esta troca de cartas poderá vir a ter grandes consequências.

– Gostaria de poder prevê-las.

– Robert já as indicou na sua carta – respondeu Forster.

E recitou de novo:

– "A única ação que poderia consegui-lo seria de tal magnitude e de tal risco, que nenhum de nós seria autorizado a tentá-la."

– A proposição contradiz-se – replicou Kiril, suavemente.

– Tanto Kamenev quanto o presidente – desculpe, Robert – indicam a necessidade de tal ação, mas ambos sublinham que não são a pessoa indicada para iniciá-la.

– Talvez busquem um terceiro homem, Santidade.

– Quem?

– Sua Santidade.

– Se eu pudesse prometê-lo, meu amigo, acredite que seria o mais feliz dos mortais. Mas, como o nosso contemporâneo, Stalin, perguntou uma vez: "Quantas divisões tem o papa?"

– Não é uma questão de exércitos, e Sua Santidade bem o sabe. É, no fundo, uma questão de influência e de autoridade moral. Kamenev crê que Sua Santidade tem, ou poderá vir a ter, uma tal autoridade...

Forster sorriu, e acrescentou, meditativo:

– Pelo pouco que sei, eu diria que Sua Santidade tem mais envergadura no mundo de hoje do que pensa...

Kiril considerou aquelas palavras, por um instante, e disse, depois, com firmeza:

– Compreenda, meu amigo, uma coisa que vou lhe dizer: informai Kamenev, claramente, como já informei para o outro lado do Atlântico, que eu sei quão tênues são as esperanças de paz. Estou preparado para fazer tudo quanto seja moralmente válido e humanamente possível para salvaguardá-la, mas não permitirei que eu ou a Igreja nos transformemos em instrumentos para vantagem de um ou de outro lado. Entendeu?

– Perfeitamente. Já esperava ouvir isso mesmo de Sua Santidade. Permita-me que lhe faça uma pergunta?

– Por favor...

– Se fosse possível, e se assim tornasse desejável, estaria Sua Santidade disposto a sair de Roma? Estaria disposto a servir-se de outros canais de comunicação além da rádio Vaticano, da imprensa vaticana e dos púlpitos das Igrejas católicas?

– Onde?

– Não me cabe a mim sugeri-lo, Santidade. Fiz a pergunta em tom genérico.

– Nesse caso, responderei com uma generalidade. Se eu puder falar livremente e as minhas palavras forem honestamente retransmitidas, irei a qualquer lugar e farei tudo para ajudar o mundo a respirar com desafogo, no entanto por um curto espaço de tempo.

– Relatarei também essas palavras de Sua Santidade, e com a maior satisfação. Agora, teremos um pequeno assunto de ordem prática. Sei que o *maestro di camera* possui uma lista de todas aquelas pessoas que podem ser recebidas por Sua Santidade, em audiência privada, sem prévia solicitação. Agradeceria a Sua Santidade se o meu nome fosse inscrito nessa lista.

– Já lá está. Será bem recebido, sempre que vier visitar-me... agora, também eu tenho uma mensagem para Kamenev. Diga-lhe que, primeiro, não estou a negociar, que não estou a implorar, que não ponho quaisquer condições para servir de intermediário, que o faço livremente e sem esperar qualquer vantagem. Sou realista. Sei quão limitado ele está por aquilo em que acredita e pelo sistema a que está sujeito, tal como eu estou ao meu. Depois, isto dito, acrescente, da minha parte, que a minha gente sofre na Hungria, na Polônia, na Alemanha Oriental e no Báltico. O que ele possa fazer para aliviá-la, por mais ínfimo que seja, será considerado como se o fizesse a mim próprio, e sempre o recordarei, com gratidão, nas minhas orações.

– Não deixarei de dizê-lo – respondeu Georg Wilhelm Forster, com solenidade. – E, agora, permite Sua Santidade que eu me retire?

– Vá com Deus... – disse Kiril, o pontífice.

O papa acompanhou o homem até o portão do jardim, e viu um automóvel conduzi-lo para o luminoso e hostil mundo que havia além dali.

A PRINCESA MARIA RINA era um velho general, altaneiro e autoritário, e planejara a campanha do sobrinho com meticulosidade. Já conseguira fazer que ele se pusesse de bem com a Igreja, sem o que nunca poderia chegar aos cimos do poder, nem tampouco chefiar sem preocupações. Depois, tinha isolado Chiara, durante um mês, do seu amante americano. Instalara-a num alegre ambiente de recreio, rodeada de jovens, um dos quais seria bastante ardente para seduzi-la. Agora, só lhe faltava a próxima cartada.

Acompanhada de Perosi e com a carta de Calitri no bolso, dirigiu-se a Veneza. Foi buscar Chiara na praia e levou-a para almoçar num pequeno restaurante de Murano. Depois, acrescentou um comentário brusco à carta de Calitri.

– ... Veja, minha querida, é tudo muito simples. Corrado reconsiderou, pôs a sua consciência em ordem e dentro de dois meses você será livre.

Chiara ficou deliciada com a notícia. Estava pronta a confiar em todo mundo:

– Não compreendo. Por quê? Que bicho o mordeu?

A velha princesa ignorou a pergunta, com um largo gesto.

239

– Já está mais velho. Tem, andado muito amargurado e ferido... agora, já se encontra em melhores disposições de espírito... Você já não tem nada com o que se preocupar.

– E se ele mudar ainda de ideia?

– Não mudará, prometo-lhe... de resto, o seu depoimento já está nas mãos de Perosi. Os documentos finais estarão prontos para serem apresentados à Rota logo que terminem as férias. Depois, é mera formalidade... como vê por esta carta, Corrado está disposto a ser generoso. Quer pagar-lhe uma quantia bastante grande, que a compense de tudo o que se passou. Com a condição, claro, de nada mais lhe pedir.

– Não quero dinheiro. Só desejo a minha liberdade.

– Claro, claro, compreendo perfeitamente. Você é uma mocinha de bons sentimentos. Há, ainda, um ou dois assuntos para tratar. Perosi vai lhe explicar...

Foi tudo encaminhado com tanta limpeza que Chiara sentiu-se completamente desarmada. Sentou-se, olhando ora para um, ora para outro, enquanto Perosi explicava, num tom de suave formalidade:

– Compreende, *signora*, que seu esposo é uma figura pública. Creio que concordará, sem dúvida, em que seria muito injusto, depois de um gesto tão generoso por parte dele, expô-lo a comentários e a uma desagradável notoriedade.

– Sem dúvida, tampouco gostaria que isso acontecesse...

– Esplêndido! Então, compreendemo-nos mutuamente... Depois de encerrado o caso, teremos de deixá-lo morrer sem barulho. Nada de publicidade. Nem uma palavra aos jornais e, sobretudo, nenhuma ação precipitada de sua parte...

– Que espécie de ação? Não compreendo...

– Casamento, é o que ele quer dizer – interrompeu a princesa. – Seria muito indesejável, para você e para Corrado, se fosse casar-se logo em seguida à anulação.

– Sim, compreendo...

– E isso leva-nos ao ponto seguinte – disse Perosi, com todas as cautelas. – Refiro-me à sua atual situação com um jornalista americano. Chama-se, creio, George Faber.

Chiara ruborizou-se e sentiu-se furiosa.

– Isto é assunto meu! Não diz respeito a mais ninguém.

– Pelo contrário, minha querida menina! Quero convencê-la de que diz respeito a todos nós. O dinheiro, por exemplo, não lhe seria pago se casasse com Faber, ou, na realidade, se casasse com quem quer que fosse, dentro de um prazo de seis meses.

– Então não quero o dinheiro!

– Não seja precipitada. Trata-se de uma quantia vultosa. Além disso...

A princesa estendeu a sua garra ossuda e apoderou-se da mão de Chiara.

– Além disso, não quer cometer outro erro, não é? Já foi suficientemente magoada... Eu não gostaria de vê-la sofrer de novo. Espere algum tempo, divirta-se, ainda é muito jovem. O mundo está cheio de homens atraentes. Faça o que lhe apetecer, sem se prender enquanto não apreciar bem todos os homens que andam à sua volta. Há, ainda, outra coisa... Se casasse com Faber, talvez encontrasse certas dificuldades...

– Que espécie de dificuldades?

Agora Chiara estava assustada. O medo refletia-se em seus olhos. Perosi aproveitou-se da vantagem, com astúcia.

– Vocês são ambos católicos e, naturalmente, desejarão casar-se pela Igreja...

– Claro, mas...

– Nesse caso, ambos incorreriam imediatamente em conflito com a lei canônica. Têm, se me permite dizê-lo, vivido em pecado. É uma questão delicada, mas, nos termos da lei canônica, talvez a situação de vocês possa constituir "concubinato público e notório". Minha opinião é que sim. Nesses casos, o princípio aplicado é que "uma pessoa culpada não pode gozar dos frutos da culpa". Em lei canônica, isto chama-se *crimen* e é um impedimento invalidativo do casamento. Seria necessário pedir dispensa especial à Igreja. Devo informá-la de que nem sempre é concedida.

A velha princesa acrescentou um comentário final:

– Não quer mais essa complicação, não é verdade? A menina merece coisa melhor. Um fiasco já é suficiente na vida... Compreende isto, não é?

Chiara percebia-o perfeitamente. Percebia que estava em uma armadilha e que dela não poderia livrar-se sem luta. Via algo mais também. Algo que a excitava e a envergonhava, ao mesmo tempo. Era isso o que, precisamente, ela desejava. Queria livrar-se de uma ligação que para ela já se tornara monótona. Queria ser livre para dar as mãos e brincar de jogos de amor com o jovem Pietro Antonelli, enquanto o luar os iluminava e os bandolins soavam, lânguidos, numa gôndola do Grande Canal.

No DIA SEGUINTE ao de seu encontro com Theo Respighi, George Faber regressou a Nápoles. O seu amor-próprio fora severamente maltratado, por um homem com demasiada honra e outro sem nenhuma. Sentia-se abalado e sórdido. Mal se podia olhar no espelho, ao fazer a barba. A imagem do grande jornalista achava-se ali refletida, mas, por detrás dela, havia um homem oco, sem coragem nem sequer para pecar com audácia.

Estava desesperado e ansiava pelas doces palavras do amor. Tentou telefonar a Chiara, em Veneza, porém, ela nunca estava em casa e não lhe retribuía os telefonemas. Ficava muito despeitado. A imaginação atormentava-o, figurando-a a divertir-se e a flertar, enquanto ele próprio, por causa dela, estava fazendo aquela triste e desolada viagem pelo seu íntimo, ao centro vazio do seu espírito.

Devia, ainda, avistar-se com outra pessoa: Alícia de Nogara, a escritora de Ischia. Mas tinha de recompor-se, antes de poder enfrentá-la. Passou um dia em Nápoles buscando exemplares dos seus livros, até encontrar, finalmente, um delgado mas dispendioso volume: *A ilha secreta*. Sentou-se num jardim, tentando lê-lo, e desistiu, desencorajado pela sua prosa floreada e suas tímidas insinuações de um amor pervertido entre donzelas. Por fim, acabou folheando-o para colher suficiente informação que lhe desse motivo de conversa com a autora. Depois, deu-o a uma criança esfarrapada, que o iria empenhar pelo preço de um biscoito.

Regressou ao hotel e telefonou a Ruth Lewin. A sua empregada informou que a senhora estava de férias e que só esperava o regresso dela dentro de alguns dias. Terminou desistindo, decepcionado, e resolveu ir divertir-se, numa reação vingativa. Se Chiara podia fazer o que lhe apetecesse, ele também podia. Resolveu ir até Capri, onde passou três dias de vida de solteiro. Nadava durante o dia, flertava esporadicamente pela tarde, bebia o dobro da sua conta, e acabava dormindo com uma viúva alemã. Ainda mais desgostoso que antes, voltou a fazer as malas e regressou a Ischia.

A *villa* de Alícia de Nogara era um edifício pseudomourisco, plantado na encosta oriental do Epomeu, com uma vista espetacular das vinhas escalonadas e das águas azuis da baía. A porta foi-lhe aberta por uma moça pálida e lisa, vestida com uma camisa à cigana e calças de seda. Ela conduziu-o ao jardim, onde a grande autora estava escrevendo, num caramanchão. A primeira impressão que teve dela foi um choque profundo. Estava vestida como uma sibila, com túnicas transparentes e esvoaçantes, mas o seu rosto era o de uma moça envelhecida, e seus olhos azuis tais como os de uma mulher com grande sentido de humor. Alícia de Nogara escrevia com uma pluma de pássaro e sobre um papel espesso e caro. Quando Faber se aproximou, ela levantou-se e estendeu-lhe uma gélida e magra mão, para que ele a beijasse.

Aquilo era tudo tão estilizado, tão teatral, que ele quase rebentou de riso. Mas, voltando a olhá-la e notando-lhe a vivacidade e inteligência dos olhos, achou melhor não rir. Apresentou-se por fim, com a maior formalidade, e sentou-se na cadeira que ela lhe oferecia, tentando descobrir uma forma de iniciar a conversa. A moça movimentava-se ao redor da sua protetora como para protegê-la do visitante masculino.

– Venho visitá-la para tratar de um assunto bastante delicado. – disse Faber, pouco à vontade.

Alícia de Nogara fez um gesto imperioso:

– Deixe-nos a sós, Paula. Seria muito gentil se nos trouxesse café, dentro de meia hora.

A moça pálida afastou-se, desiludida, e a sibila principiou a interrogar o seu visitante:

– Você está muito preocupado, não está? Eu o sinto. Sou muito sensível às emanações... acalme-se, antes de mais nada. Olhe para o

243

seus rapazinhos, de novo metido no jogo das promessas e recusas. Gostaria muito de saber se Corrado é agora mais feliz do que quando viveu comigo.

– Duvido...

– Você quer lhe fazer mal?

– Não. Só pretendo que Chiara seja livre, para que eu possa fazê-la feliz.

– Mas, se eu assinar esta declaração, prejudicarei Corrado, não é?

– Vou ferir-lhe o orgulho, possivelmente...

– Esplêndido! É no orgulho que ele precisa de ser ferido! Quando se ama, é preciso ser humilde. Quando nos entregamos ao ar, temos de ser humildes. Você, Faber, é humilde?

– Tenho de ser – respondeu Faber, de mau humor. – Já não me resta muito orgulho. Vai ou não vai assinar este documento? Não lhe devia dizer, mas estou pronto a retribuir o serviço.

– Pagar?!

Alícia pareceu dramaticamente insultada:

– Meu caro amigo, você está mesmo desesperado, não está? No amor nada se deve pagar... nunca! Deve-se dar, dar! Livremente e de pleno coração. Diga-me uma coisa: acha que poderia amar-me?

George Faber engoliu em seco, tentando imaginar a situação. Fez um trejeito com a boca, cheio de boa vontade para imitar um sorriso, e respondeu com o maior tato:

– Eu teria muita sorte se o pudesse, mas receio que não o mereceria.

Alícia estendeu a mão fria e seca, e tocou-lhe no rosto:

– Fique tranquilo. Não o vou seduzir, embora ache que podia fazê-lo muito facilmente. Não estou bem certa se devo deixá-lo enterrar-se no casamento. Mas terá de aprender à sua própria custa, suponho... Muito bem, assinarei.

Alícia de Nogara empunhou a pena e, floreadamente, assinou a declaração.

– Pronto, aí o tem. É só isto?

– Creio que seria mais indicado ter uma testemunha...

– Paula!

246

A moça apareceu instantaneamente e assinou o documento. George Faber dobrou-o e meteu-o no bolso. Já conseguira o que queria. Manchara-se, ao fazê-lo, mas o conseguira. Tomaram café, conversaram, e os rituais da boa educação pareciam não ter fim. Faber tentou ser gentil com elas. Riu-se das suas graças patéticas e, por fim, como um verdadeiro *gentleman*, curvou-se sobre a mão da sibila para se despedir.

Já encostado à amurada do vaporzinho que o levava de volta a Nápoles, palpou o documento, que lhe ardia sobre o peito. *Finita la commedia*! A farsa terminara, e ele podia voltar a ser um homem.

Ao regressar a Roma, encontrou uma carta de Chiara, anunciando-lhe que Calitri concordara em cooperar na sua separação canônica e que estava apaixonada por outro homem. *Finita la commedia*! Rasgou o documento em mil pedaços e, em seguida, selvagem e sistematicamente, começou a embriagar-se.

Extrato das memórias secretas de Kiril I, pontífice máximo:

> Tive umas férias maravilhosas, as primeiras em mais de vinte anos. Sinto-me repousado e renovado. Sou confortado por uma amizade que cresce em calor e em profundeza a cada dia. Nunca tive irmãos, e minha única irmã morreu na infância. Assim, a, minha fraternidade com Jean Télémond se tornou para mim preciosa. Nossas vidas estão cheias de contrastes. Eu estou no cume da Igreja. Jean Télémond está sob a rígida obediência da sua ordem. Eu passei 17 anos na prisão; ele passou vinte anos a viajar pelos quatro cantos do mundo. Contudo, nos entendemos perfeitamente. Comunicamo-nos um com o outro rápida e intuitivamente. Estamos ambos presos a esta dourada esperança de unidade e crescimento comum em direção a Deus, o princípio, o centro e o fim...
>
> Temos conversado muito sobre os grãos da verdade que germinam subjacentes aos mais diversos erros. Os islamitas adoram a um só Deus e isso é já um salto do paganismo para

a ideia de um único Criador espiritual. É o princípio de um Deus universal. O budismo degenerou em uma série de fórmulas estéreis, mas o código budista, embora tenha poucas exigências morais, conduz à cooperação, a não violência e ao entendimento pacífico entre as várias comunidades humanas. O comunismo repeliu a ideia de um Deus pessoal, mas na sua teoria está implícita a fraternidade entre os homens...

O meu predecessor imediato estimulou o crescimento do espírito ecumênico do cristianismo: a exploração e a confirmação de terrenos comuns de crença e de ação. Jean Télémond e eu temos falado muito de uma possibilidade de infiltração da ideia cristã nas grandes religiões não cristãs. Poderemos nós, por exemplo, fazer qualquer penetração no Islã, que se está expandindo tão rapidamente por todas as novas nações da África e da Indonésia? Talvez seja uma utopia, mas pode vir a ser, também, a ideia para uma nova e ousada experiência, semelhante à dos Padres Brancos.

O grande gesto! A ação que muda o curso da história! Gostaria muito de saber se virei a ter a oportunidade de cometê-lo... O gesto de um Gregório, o Grande, ou de um Pio V. Quem sabe? É uma questão de circunstância histórica e de preparação de um homem para cooperar com Deus, no momento exato.

Desde a visita de Georg Wilhelm Forster, tenho tentado colocar-me na situação de Kamenev e na do presidente dos Estados Unidos. É um fato, creio, que todos os homens que alcançam os pináculos da autoridade revelam certas atitudes comuns. Nem sempre são justas as suas atitudes, mas, pelo menos, proveem um terreno para a sua compreensão. Um homem no poder tem vistas mais largas. Se não tiver sido corrompido, suas paixões pessoais tendem a diminuir com a idade e a responsabilidade. Busca, senão a permanência, pelo menos o desenvolvimento pacífico do sistema que ajudou a criar. Por um lado, está vulnerável às tentações do orgulho. Por outro, não pode deixar de se sentir humilde, ante a magnitude e complexidade dos problemas humanos... compreende o significado da contingência e da dependência mútua.

Não deixou de ser um bem, creio, que o papado tenha gradualmente perdido algum do seu poder temporal. Esse fato oferece à Igreja a oportunidade, mais do que em outras eras, de falar mais livremente e com menos suspeitas sobre os seus possíveis interesses materiais. Eu terei de continuar consolidando essa autoridade moral, que tem as suas analogias na influência política de pequenas nações como a Suécia, a Suíça, ou mesmo Israel.

Dei instruções ao secretariado de Estado para encorajar as visitas ao Vaticano dos representantes de todas as nações e credos. Na pior das hipóteses, constituem uma cortesia diplomática muito útil. Na melhor das hipóteses, poderão ser o início de uma fértil amizade e compreensão...

Esta semana almocei com o cardeal Rinaldi. Gosto desse homem. Conversei com ele sobre a possível reforma da Sagrada Rota Romana; Rinaldi forneceu-me informações valiosas sobre os seus métodos e personalidades. Na sua maneira tranquila de se exprimir, manifestou, ao mesmo tempo, certa reprovação. Disse-me, também, que o cardeal Leone sente que eu não confio muito nele. Chamou-me a atenção para o fato de que, por todo o seu vigor, era um ancião que muito fizera pela Igreja, e que eu deveria premiá-lo com algum sinal do meu apreço. Devo dizer que não gosto de Leone: é demasiado romano. Mas concordo com Rinaldi. Escrevi uma carta amável a Leone, agradecendo todo o seu labor, e pedindo-lhe que me visite, logo que eu regresse a Roma. Solicitei, igualmente, o seu conselho pessoal acerca da nomeação de um novo cardeal para tomar o lugar do inglês Brandon, que faleceu há dois dias. Brandon foi um dos que votaram contra mim no conclave, e as nossas relações foram sempre muito formais e distantes. Todavia, era um espírito apostólico, e é sempre de lamentar, profundamente, o passamento de um trabalhador da vinha do Senhor. Eu disse ontem uma missa especial de sufrágio por sua alma...

249

As notícias que me chegam da Hungria e da Polônia são más. As novas leis e impostos já nos coagiram a fechar mais escolas e seminários. Potocki está doente em Varsóvia. Tenho informações de que melhorará; mas a doença é séria, e tenho de pensar desde já na nomeação de alguém para auxiliá-lo e, mais tarde, tomar o seu lugar como primaz da Polônia, Potocki é um homem com um gênio político e uma vida espiritual muito profundos. Será difícil encontrar uma personalidade à sua altura...

O primeiro volume de Jean Télémond, *O progresso do homem*, está prestes a entrar no prelo. É esta a parte fundamental da sua obra, sobre a qual todo o resto foi construído. Está ansioso por vê-la examinada pelo Santo Ofício, tão depressa quanto possível. Eu também estou impaciente, por causa dele. Pedi ao cardeal Leone que nomeasse os censores, sem perda de tempo, informando-me rapidamente dos resultados do exame. Sugeri que esses censores não sejam os mesmos que exerceram a primeira censura. Teremos, assim, dois grupos de opiniões, e não haverá o perigo de influência das obras anteriores, menos completas. Verifico, com prazer, que Jean se acha muito calmo. Parece estar de boa saúde, embora eu note que se fatiga e perde o fôlego com muita facilidade. Ordenei-lhe que se submeta a um exame do médico do Vaticano, logo que regressemos a Roma...

Quero conservá-lo a meu lado, mas ele receia me prejudicar. A hierarquia e a cúria estão desconfiadas, e receiam uma Eminência parda no Vaticano. O cardeal Rinaldi repetiu o seu convite para que Jean vá trabalhar na sua *villa*. A ideia não desagrada a Jean, suponho que terei de o deixar partir. Pelo menos, não estaremos muito longe um do outro, e terei, aos domingos, o prazer do seu convívio, para jantar. Agora que o encontrei, detestaria vê-lo partir...

Aprendi muito com ele, durante os nossos dias passados no campo. O que mais vividamente me impressionou foi o contraste entre a riqueza feudal e a terrível pobreza em que ainda vive muita gente. É este o motivo da força e atração do comunismo na Itália. Levará muito tempo, mais do que tenho ao meu dispor, para restabelecer o equilíbrio. Contudo, pensei num gesto que talvez se torne o símbolo do que precisamos.

A Congregação dos Ritos informou-me de que estavam prontos a proceder à beatificação de dois novos servos de Deus. A beatificação é um longo e dispendioso processo, e as cerimônias que a rematam são também muito custosas. Estou informado de que o custo total será superior a cinquenta mil dólares americanos. É possível que eu venha a ser acusado de reduzir o esplendor da vida litúrgica da Igreja: mas decidi resumir a cerimônia a uma simples formalidade e dedicar os fundos assim economizados a obras locais de filantropia. Tomarei medidas para que as minhas razões sejam divulgadas tão amplamente quanto possível a fim de que o povo compreenda ser o serviço dos servos de Deus muito mais importante do que a sua glorificação.

Por estranho que pareça, recordei-me, nesse momento, de Ruth Lewin e do trabalho que ela e outras vêm fazendo, sem incentivo nem auxílio espiritual aparente em vários lugares do mundo. Recordei, também as palavras do Senhor, ao dizer que um copo de água dado em Seu nome é uma dádiva feita a Ele. Mil velas em São Pedro nada significam ao lado de um pobre homem grato a Deus, por que ele está agradecido a um dos seus semelhantes.

Volte-me eu para onde quer que seja, encontro-me sempre atraído irresistivelmente, pela intenção primitiva da Igreja, e recuso-me a pensar que esteja sendo atraído para o erro. Não tenho qualquer inspiração pessoal. Estou na Igreja e sou da Igreja. Se o meu coração palpita em cadência com o seu pulso, não posso estar muito enganado. "Julgai-me Senhor, e distingui a minha causa da causa dos malditos..."

9

O verão chegava ao fim. As primeiras tonalidades do outono já surgiam na terra. O ar esfriara e, em breve, os ventos frios principiariam a soprar, desde as estepes às cristas alpinas. Mas as multidões dominicais da *villa* Borghese estavam ainda carentes de calor, e passeavam descuidadamente, entre vendedores de bugigangas e novidades, enquanto suas crianças olhavam embasbacadas as palhaçadas do Pulcinella.

Ruth Lewin achava-se entre elas, acompanhando uma criança, pequena criatura espasmódica, de aspecto muito pobre, que ela trouxera de uma favela para dar um passeio. Sentada num banco, contemplava agora um flautista, acompanhado de um macaco bailarino. A criança ia enchendo a boca de caramelos balançando um grotesco balão, numa feliz ignorância de sua infelicidade.

Ruth Lewin sentia-se calma e contente com a missão a que se dedicara. Estava curada de sua antiga doença. Voltara bem-disposta das férias. Caíra em si, finalmente. Após tantos anos de confusão, seu espírito agora estava bem claro. Sabia o que era e o que tinha direito a ser. Não se tratava de uma conversão, mas de uma chegada. Ainda não se considerava cumprida, mas, pelo menos, já não fugia. Não se encontrava ainda completamente satisfeita, mas alimentava esperanças de melhoria mais completa.

Era judia. Herdara a raça e a história. Estava pronta a aceitar a ambas, não mais como um fardo, mas sim como um enriquecimento. Compreendia que, na realidade, nunca as rejeitara, mas que fora forçada a fugir delas pelas circunstâncias de sua infância. A evasão não fora uma culpa, fora antes uma aflição. Sobrevivera a ela, tal qual seus antepassados haviam sobrevivido aos cativeiros, às dispersões e à miséria dos guetos europeus. Pelo simples fato da sua sobrevivência, pelo ato meio consciente da aceitação, ganhara o direito de ser o que quisesse, de acreditar no que quisesse, para crescer em qualquer forma que a sua natureza lhe ditasse.

Compreendia ainda mais: que o contentamento era uma dádiva que se devia aceitar com gratidão, e não se devia pagar, tal como não havia preço para a luz do sol e a canção de um pássaro. Deviam-se estender ambas as mãos para receber a dádiva e, depois, compartilhá-la com os outros. Pagamento era palavra demasiado grosseira para descrever um reembolso como este. Cresciam flores nos olhos dos mortos, mas o fato de se colherem flores não obrigava a carregar cadáveres por todo o resto da vida. Nasciam crianças inválidas ou disformes, mas negar-lhes a beleza e o amor, por uma penitência pessoal, seria um paradoxo monstruoso. A dúvida era um fardo em todos os espíritos curiosos, mas, uma vez resolvida, não se podia querer ficar amarrado a ela, no luxo do autotormento.

Ruth já não tinha dúvidas. Entrara no credo cristão na infância. Fizera dele um refúgio e saíra dele, depois, para o terror e a confusão. Agora, porém, já não era um refúgio mas um ambiente em que ela desejava crescer e viver. Tanto quanto a luz do sol, os cânticos dos padres e as flores, Ruth era livre. Não tinha direito à liberdade, mas tampouco tinha razão de a recusar. Todas as pessoas tinham direito a repousar a cabeça na sua própria almofada, dura ou macia, porque, sem dormir, se morre; e os mortos não pagam dívidas, apenas as cancelam.

Assim, muito simplesmente, num domingo de manhã, Ruth encontrou-se, de súbito, reconfortada consigo própria.

Para o viajante, atormentado pela procela, o regresso ao lar sempre se apresenta como um drama, um momento de revelação ou de posse. Mas, quando esse momento chega, é quase sempre calmo e concedido. Nunca há nem bandeiras nem trombetas. Chega-se a uma rua familiar, vendo rostos familiares assomando às portas, perguntando a si mesmo se a passagem do tempo, a cavalgada dos acontecimentos não é afinal uma ilusão.

A criança puxou a manga de Ruth, pedindo-lhe que a levasse a um banheiro. Ruth sorriu à ironia. Eis a real imagem da vida – uma sequência de simplicidade, narizes escorrendo, lenços sujos, bacon e ovos para o desjejum, alguns risos, lágrimas e, pairando sobre tudo isso, a majestade da mera existência. Deu a mão à criança e levou-a consigo...

Quando chegou a casa, já era tarde, a aragem do outono apossara-se da cidade. Tomou um banho, mudou de roupas, e, depois, porque era dia de folga da empregada, preparou ela mesma o jantar, pôs um monte de discos na radiola e instalou-se para desfrutar uma noite agradável.

Já ia longe a época, não faz muito tempo, em que a perspectiva de uma noite solitária a teria levado ao desespero. Agora, em paz consigo própria, estava satisfeita. Ainda não se considerava bastante, mas a vida, com os seus pequenos serviços e seus casuais encontros picantes, podia ser agora suficiente para ela. Já não era uma estranha. Tinha o seu domínio de dar, e, mais cedo ou mais tarde, também lhe chegaria o tempo de receber. Podia comungar consigo mesma, porque se descobrira. Era uma, era real. Era Ruth Lewin, viúva, judia por nascimento, cristã por adoção. Era suficientemente madura para compreender, e suficientemente jovem para amar se o amor lhe fosse oferecido. Para um dia, e para uma nova mulher, tudo isto era mais do que bastante.

A campainha da porta tocou e, quando a foi abrir, deparou com George Faber, embriagado e gaguejante, no topo da escada. Tinha a camisa amassada. Suas roupas estavam manchadas e o cabelo em desordem. Não se barbeava há alguns dias.

Levou uma hora a cuidar dele, dando-lhe café e tentando apurar algum nexo na história que ele contava. Bebia sem parar, desde que Chiara o tinha abandonado. Não trabalhava. O seu escritório estava sendo gerido por um amador e pela generosidade dos seus colegas, que enviavam reportagens em seu nome, respondiam os seus telegramas e os salvavam de dificuldades com Nova York.

Para um homem tão sério e compenetrado, o espetáculo que ele agora oferecia era de uma desoladora decadência. Para um homem tão preeminente em Roma, a tragédia poderia tornar-se irremediável. Todavia, George Faber parecia não ter forças para se emendar. Desprezava-se completamente. Contava a todo mundo a história da sua masculinidade afrontada. Abandonava-se às lágrimas de desespero. Perdera a ambição e parecia ter perdido qualquer ponto de apoio, de onde pudesse recuperar a dignidade.

Submeteu-se, como uma criança, quando Ruth o mandou tomar uma ducha e depois o meteu na cama para dormir o resto da bebedeira. Enquanto ele dormia, agitado e resmungão, Ruth esvaziou-lhe as algibeiras, juntou as roupas sujas e dirigiu-se ao apartamento dele, para buscar um terno, roupa lavada e o estojo de barba. Faber ainda dormia, quando ela regressou. Ruth instalou-se, para mais uma vigília e um exame crítico do seu próprio papel, no drama de George Faber.

Seria demasiado fácil apresentar-se como Nossa Senhora do Socorro, pronta com um unguento e adesivo para fazer um curativo no seu orgulho ferido. Seria perigosamente simples meter o seu amor numa vistosa caixa de bombons e oferecê-la como recompensa pela mulher que ele perdera. Não podia fazê-lo, tanto por si quanto por ele. O amor era menos do que a metade da resposta, quando os pilares do autorrespeito de um homem eram abalados e sobre ele os telhados ruíam. Mais tarde ou mais cedo ele teria de emergir dos destroços e ruínas pelo seu próprio pé, e a mais sincera receita do amor era deixá-lo só, para que se desvencilhasse.

Quando George Faber se levantou para o desjejum, e apareceu, cansado ainda, mas refeito, Ruth disse-lhe, severamente:

– Isto tem de acabar, George – agora e já! Você está fazendo de você mesmo uma triste figura por causa de uma mulher. Não é o primeiro, nem será o último. Mas não se destrua por causa de Chiara ou de qualquer outra mulher.

– Destruir-me?! Não compreende? Foi isso que descobri! Nada tenho que destruir. Eu não existo. O que existe é só um saco de boas maneiras, e os hábitos de jornalista... Chiara foi suficientemente esperta para o ver. Foi por isso que ela me deixou.

– Pelo que entendi, Chiara não passa de uma cadelinha egoísta. Teve muita sorte em ver-se livre dela.

George Faber continuava na sua autopiedade. Balançou a cabeça.

– Campeggio tinha razão. Sou demasiado frágil, levo um empurrão, e lá vou eu...

– Chega um tempo em que lá vamos todos, George... o teste verdadeiro é quando temos de voltar e pôr-nos outra vez de pé.

– E que espera, então, que eu faça? Que me sacuda e escove, ponha uma flor na lapela e volte para o escritório, como se nada houvesse acontecido?!

– Isso mesmo, George!

– *Schmaltzy!*

George lançou a palavra com fúria.

– *Schmaltzy* judeu! Diretinho de Brooklyn e do *Marjorie Morningstar!* Roma inteira está a rir de Chiara e de mim! Julga que eu vou deixar que se riam de mim e ficar na mesma?

– Não terá outro remédio.

– Pois não contem com isso!

– Otimo! Então, qual é a alternativa? Embriagar-se todos os dias e gastar o dinheiro que os seus amigos estão ganhando para você?

– E que tem você com isso?

Ruth Lewin quase disse "Porque o amo", mas engoliu as palavras e deu-lhe uma resposta brutal.

– Eu não tenho nada com a sua vida, George! Foi você quem veio bater-me à porta! Eu não fui à sua procura! Lavei, vesti, cuidei de você e dei-lhe outra vez o aspecto de um homem decente! Mas, se não quer ser, o problema não é meu!

– Mas eu não sou um homem, querida! Chiara já me provou isto. Fui passar duas semanas fora, e ela encontrou logo outro amante no Lido... arrisquei tudo por ela, e ganhei um par de chifres! Então, isso é que é ser homem?

– E será mais homem por andar bêbedo?

Ruth conseguira silenciá-lo, por fim, e agora começava a tentar convencê-lo:

– Oh, George, ouça. A vida de um homem só diz respeito a ele mesmo. Eu gostaria muito que a sua me dissesse também respeito, mas não será assim enquanto você não me disser clara e sobriamente que me quer. Não vou ter pena alguma de você, porque já não estou para isso. Você fez uma figura muito triste. Confesse-o! Pelo menos, seja mais digno do que os chifres. Pensa que eu não sei o que você sente? Também tenho sofrido muito, e há mais tempo que você. Por fim, acabei por me tornar adulta. Eu estou amadurecendo agora,

George. É tarde, mas estou amadurecendo. Você também vai ter de crescer, George!

– Estou tão só! – disse George Faber, patético.

– Eu também. Já dei também a volta dos bares. Se não fosse fraca de estômago, teria sido uma verdadeira alcoólatra... a resposta não está nos bares, creia-me.

– Onde está então?

– Numa camisa lavada e num cravo à lapela.

– Só isso?

– Há mais, mas isso fica para depois. Tente, por favor, George.

– Promete ajudar-me?

– Como poderei ajudá-lo?

– Não sei bem. Talvez.

George sorriu, pela primeira vez:

– ... Talvez me deixe exibi-la na lapela...

– Se for para recuperar o seu orgulho, está bem.

– O que quer dizer?

– Eu também sou meio romana, sabe? Perde-se uma mulher, tem-se de encontrar outra. É a única maneira de a gente se ver livre dos chifres.

– Não era isso o que eu queria dizer...

– Sei que não era, querido. Mas eu disse... no momento que você disser a si próprio que eu estou tentando fazer-me de sua mamãe, ou transformar-me noutra Chiara, já não presto mais. Você estará recuperado, e ao largo, outra vez metido na garrafa. Assim, faça de mim uma flor na lapela. Para que toda a cidade veja que George Faber está de volta ao trabalho. Combinado?

– Combinado!... Obrigado, Ruth.

– *Prego, signore!*

Serviu a Faber uma xícara de café e perguntou-lhe, então, calmamente.

– O que há ainda dentro dessa cabeça, George?

Ele hesitou, por um momento, e então disse:

– Tenho medo de Calitri.

– Pensa que ele sabe o que você fez?

– Sei que ele, se quiser, pode sabê-lo. Houve um cara, em Positano, que me ameaçou contar a ele. Se lhe pagarem o serviço, a esta hora já o terá feito.

– Mas você ainda não teve notícias de Calitri...

– Ainda não. Mas pode bem suceder que esteja preparando um golpe...

– Para quê?

– Vingança.

– Que espécie de vingança?

– Não sei. Mas estou numa posição bem periclitante. Cometi um ato criminoso. Se Calitri quiser, pode levar-me aos tribunais.

Ruth respondeu resolutamente:

– E você aguentará isso também, George, se acontecer...

– Não terei outro remédio. Entretanto, creio que deveria pôr Campeggio a par...

– Ele está envolvido nisto?

– Claramente, não. Mas emprestou-me dinheiro. Não faz segredo algum da sua hostilidade em relação a Calitri. E Calitri poderia, facilmente, suspeitar de uma ligação entre nós dois. Como súdito do Vaticano, Campeggio é ainda muito mais vulnerável do que eu...

– Então, deve contar-lhe tudo... mas, George...

– Sim?

– Suceda o que suceder, não esqueça jamais a camisa limpa e a flor na lapela!

Faber olhou-a, longamente, e perguntou:

– Isso lhe importa muito, não é verdade?

– Sim, muitíssimo.

– Por quê?

– Volte a perguntar-me dentro de um mês, e eu lhe direi... e agora, a caminho do escritório e mãos à obra... Deixe-me a sua chave, e irei limpar seu apartamento... Está uma verdadeira pocilga.

Quando se separaram, George beijou-a na face, e ela o viu descer para a rua, ao encontro das realidades da vida. Ainda era demasiado cedo para ele recuperar a sua própria dignidade, porém, ela soubera conservar a sua, e a consciência disso era uma grande força. Ruth pôs um vestido novo e meia hora depois ia a caminho do confessionário, na Basílica de São Pedro.

– FOMOS BATIDOS – disse Orlando Campeggio. – E no nosso próprio terreno – com todas as vantagens para ele.

– Ainda não compreendo o que o motivou... – disse George Faber.

Estavam os dois sentados no mesmo restaurante em que haviam levado a cabo a primeira conspiração. Campeggio estava desenhando sobre a mesa, e George Faber, perplexo, tentava juntar as peças do quebra-cabeça. Campeggio parou o que estava fazendo e olhou para cima.

– Ouvi dizer que você andou por aí fora da circulação...

– Tive uma escorregadela...

– Então, perdeu o princípio de uma boa história... Calitri está sendo encaminhado para chefiar o país nas próximas eleições. A princesa Maria Poliziano acha-se por detrás da campanha, mexendo os pauzinhos.

– Meu Deus! – exclamou Faber. – Tão simples assim.

– Tão simples quanto complicado. Calitri precisa do apoio da Igreja. O seu regresso ao confessionário foi discretamente divulgado. O próximo e o mais óbvio passo é regularizar o seu casamento.

– E julga que ele o conseguirá?

– Estou certo que sim. A Rota, como qualquer outro tribunal, só pode atuar segundo as provas que lhe forem apresentadas. Não se pode julgar a consciência de cada um.

– Bastardo! – quase gritou George Faber, cheio de uma raiva imensa.

– É um bastardo, sim... mas inteligente. Foi também esperto no que me diz respeito. Meu filho foi promovido. Agora julga maravilhas de Calitri.

– Lamento muito.

Campeggio encolheu os ombros:

– Você já tem os seus próprios problemas.

– Sobreviverei! Assim espero... aguardo que Calitri me ataque a qualquer momento. Gostaria muito de saber o que ele pensa fazer comigo.

259

– Na pior das hipóteses – disse Campeggio pensativo – leva-o ao tribunal, com uma denúncia penal e, depois expulsão do país. Pessoalmente, não creio que o faça... tem muito que perder se houver escândalo público a respeito do casamento. Na melhor das hipóteses – e receio que não seja um "melhor" muito confortável – poderia tornar-lhe a vida tão desagradável que você acabaria indo embora... Você não pode trabalhar como correspondente, se não estiver em bons termos com as pessoas que dão notícias. Além disso, poderia embaraçá-lo com uma série de legalismos insignificantes...

– É o que penso, também. Mas há uma possibilidade de que Calitri ignore as minhas atividades. O nosso ator alcoólico de Positano é muito capaz de ter blefado.

– Sim, tem razão... não o saberemos, claro, até que a Sagrada Rota dê a sentença. Quer Calitri o saiba, quer não, ficará calado até que o caso se arrume.

– E eu, que remédio, esperarei...

– Posso fazer-lhe uma pergunta, Faber?

– Pois não...

– Terá mencionado, alguma vez, as nossas relações?

– Sim... a Chiara e a outra pessoa amiga. Por que me pergunta?

– Porque, nesse caso, eu não posso esperar como você... Tenho de tomar a ofensiva.

– Pelo amor de Deus! Que espécie de ofensiva?

– Terei de pedir demissão do *Osservatore*... já lhe disse, uma vez, que sou homem de confiança no Vaticano. Não me posso comprometer nem aos meus superiores, continuando a trabalhar sob a constante ameaça da denúncia.

– Não creio que haja denúncia...

Campeggio sorriu e balançou a cabeça.

– Mesmo assim, não posso decidir com uma consciência perturbada... já não posso ser homem de confiança porque não confio em mim. Terei de me demitir. A única questão, agora, é como fazê-lo. Não sei se será preferível contar tudo ao pontífice ou invocar a idade e os achaques...

– Se confessar tudo – disse George Faber – vai me arruinar mais depressa do que Calitri o poderá fazer. O meu trabalho é tanto no Vaticano quanto no Quirinal.

– Eu sei disso. Você já tem problemas suficientes, sem os meus. Eis, portanto, o que me proponho fazer. Esperarei até que a Sagrada Rota se decida a respeito do casamento de Calitri. Se este nada fizer contra você, irei ao Santo Padre e pedirei minha demissão, dizendo simplesmente que foi motivada por questões de saúde. Se, por outro lado, Calitri o atacar, contarei tudo ao papa. Assim, ambos poderemos salvar algo do desastre.

Campeggio ficou mudo, por um momento, e acrescentou depois, num tom mais amigável:

– Tenho muita pena, Faber. Mais do que posso exprimir... você perdeu Chiara e eu perdi meu filho. Além disso, ambos perdemos algo mais importante ainda...

– Já sei – disse Faber, mal disposto. – Eu devia seguir seu exemplo. Arrumar as malas e ir para casa. Mas já estou aqui há vinte anos, e desagrada-me a ideia de ser expulso por um bastardo como Calitri!

Campeggio fez um gesto expressivo com a mão e citou, num murmúrio:

– *Che l'uomo il su destin fugge di raro...* (É raro o homem que foge ao seu destino.) Ambos nascemos para um destino agitado. Não lute muito, deve-se guardar sempre um pouco de dignidade para a saída final.

NO SEU ESCRITÓRIO no número cinco, Borgo Santo Spirito, Rudolf Semmering, Superior Geral dos jesuítas, conversava com o seu subordinado, Jean Télémond. Tinha diante de si os relatórios dos médicos do Vaticano e mostrou-os a Télémond.

– Sabe o que isto diz, padre?

– Sei.

– Os seus eletrocardiogramas revelam que você já sofreu um, possivelmente dois ataques cardíacos.

– É certo. Tive um ligeiro ataque há dois anos, na Índia, e outro nas Celebes, em janeiro último. Sei que posso sofrer novo ataque, de um momento para outro.

– Por que não me escreveu dizendo que estava doente?

– Parecia tão pouco importante... não havia nada que fazer.

– Poderíamos ter-lhe dado uma vida menos dura...

– Eu era feliz no meu trabalho. Queria seguir com ele adiante.

O Superior Geral franziu a testa e disse com firmeza:.

– É uma questão de regulamento e de obediência, padre. Devia ter-me informado.

– Desculpe-me... não vi a coisa por esse lado, confesso. Tem razão, devia tê-lo informado.

As feições severas do Superior Geral descontraíram-se.

– Sabe o que isto significa, padre? Que o senhor é um homem à sombra da morte. Que pode ser chamado, sem aviso, a qualquer instante.

– Já o sei há muitos meses...

– Está esperando a chamada?

Jean Télémond nada respondeu, e o Superior Geral continuou falando, em voz baixa.

– Compreenderá, padre, que o significado essencial do meu cargo é cuidar das almas que me foram confiadas pela Companhia e pela Igreja. Certo ou errado, dei-lhe pesados fardos. Agora, quero ajudá-lo tanto quanto me for possível.

– Estou-lhe muito grato, padre – disse Jean Télémond. – Não sei bem como responder à sua pergunta. Estará um homem verdadeiramente preparado, alguma vez, para a morte? Duvido. O mais que posso dizer é o seguinte: que tentei viver uma vida coerente e lógica, como homem e como padre. Tentei desenvolver os meus talentos para servir ao mundo e a Deus. Tentei ser um bom ministro da palavra, da graça e dos sacramentos. Nem sempre fui bem-sucedido, mas creio que os meus pecados foram honestos. Não tenho medo de morrer... não creio que Deus deseje deixar cair qualquer de nós das Suas mãos.

O rosto vincado de Semmering abriu-se num sorriso de genuíno afeto.

– Estou muito feliz por você, padre... Espero tê-lo conosco por muito tempo ainda. Quero dizer-lhe quão impressionado fiquei com sua conferência na Gregoriana. Não creio que possa concordar com tudo o que disse, e há certas proposições que me perturbaram e ainda me perturbam. Mas estou seguro de você. Diga-me uma coisa: quão firmemente crê no que sugeriu nesse e em outros seus trabalhos?

Télémond considerou a pergunta, cuidadosamente, e respondeu:

– Puramente de um ponto de vista científico, padre, a experiência e a pesquisa levam-nos a um determinado ponto de chegada. Até que se atinja esse ponto, estamos cientificamente certos, pois as descobertas foram documentadas e a lógica foi corroborada pela experiência... para além do ponto de chegada, a linha projeta-se infinitamente mais longe. Temos de segui-la por hipótese e especulação... temos de aceitar que a lógica continuará a ser demonstrada, como antes. Não podemos estar certos, naturalmente, até que a lógica especulativa se ajuste à lógica da descoberta... assim – continuando a falar como um cientista –, temos de conservar a mente aberta. Creio tê-lo conseguido... Como filósofo, estou menos preparado, mas acredito que o saber não se contradiz. Desenvolve-se em planos sucessivos, de forma que tudo o que, de princípio, vemos como símbolo, possa expandir-se em outro plano, para a realidade que, aos nossos olhos estrangeiros, é diferente. Temos de conservar, de novo, o espírito vigilante, em face das novas formas de pensamento e de conhecimento. Sabemos que a linguagem é, no melhor dos casos, um instrumento limitado para exprimir os nossos conceitos em expansão. Agora, como teólogo, eu estou entregue à realidade da razão como um instrumento adequado para alcançar um conhecimento limitado do Criador. Sou também devotado, por um ato de fé, à validade da revelação divina, expressa no depósito da fé... de uma coisa estou certo – tal como estou certo da minha própria existência –, de que não há conflito possível entre quaisquer formas de conhecimento, em qualquer plano, uma vez que o conhecimento seja apreendido na sua totalidade... Recordo o velho provérbio espanhol "Deus escreve direito por linhas tortas", mas o vetor final é uma flecha que aponta direto para o Todo-Poderoso. Por essa razão, tentei viver tão plenamente, e com o mundo, jamais separado dele. O ato redentor é estéril sem a cooperação do homem... Mas o homem, tal como é, no mundo em que vive – Télémond calou-se e encolheu os ombros. – Desculpe-me, padre, não queria fazer outra conferência...

– Foi uma conferência excelente – disse Rudolf Semmering.

– Mas eu quero que lhe acrescente algo mais. Pelo seu voto, o padre é um filho da obediência, de uma obediência de ato formal, de vontade submissa e de intelecto submisso. Terá conformado os termos do seu voto aos termos da sua investigação pessoal?

– Não sei – respondeu Jean Télémond, suavemente. – Não estou certo de que possa mesmo saber, enquanto não for submetido a uma prova final. O cardeal Rinaldi exprimiu a ideia com muita clareza, quando disse que esta era a cruz que me fora destinada para carregar, desde que nasci. Admito que, algumas vezes, o seu peso oprime... Devo dizer, porém, que estou certo de que, no final, não existirá qualquer conflito entre o que busco e o que creio. Desejaria poder exprimir-me bastante melhor, mas não sei...

– Haverá algum modo de eu ajudá-lo?

Télémond balançou a cabeça.

– Não creio, padre. Se houvesse, eu não deixaria de lhe dizer. Neste momento, estou mais receoso do dilema que da morte.

– Não acha que foi um pouco ousado nas suas teorias?

– Não, não penso. Tive de ser ousado, porque toda exploração é um risco. Fui, talvez, audacioso, mas nunca imprudente. Confortado pelo mistério de um universo ordenado, não se pode ser senão humilde. Não se pode ser senão verdadeiro, mesmo à custa de certos riscos... Télémond pareceu presa de um novo pensamento. Fez uma pausa para meditar bem, e depois disse: – Há um problema nas relações com a Igreja. – Não com a fé, bem entendido, mas com o corpo da Igreja. O problema é este; há muitos crentes que são tão ignorantes do mundo real quanto os ateus ignorantes do mundo da fé. "Deus é grande e terrível", dizem eles. Mas o mundo também é grande e terrível, porém, maravilhoso; seríamos hereges se o ignorássemos ou negássemos. Somos como os antigos maniqueus, que afirmavam ser a matéria diabólica e a carne corrupta. Não é verdade. Não é o mundo ou a carne que são corruptos. É, sim, a vontade do homem que se despedaça entre Deus e ele próprio. Esse é o verdadeiro significado da Queda.

– Um dos aspectos que me perturbaram na sua conferência foi precisamente o fato de nunca mencionar a Queda. Sei que isso preocupará também o Santo Ofício.

– Não a mencionei – disse Jean Télémond – porque não creio que tenha um lugar na ordem fenomenológica, mas apenas na moral e espiritual.

– Dirão – insistiu Rudolf Semmering – que confundiu as duas.

– Nunca houve confusão no meu pensamento, embora haja, talvez, no meu modo de expressão.

– Será segundo a sua expressão que eles o julgarão.

– Sob esse aspecto, sou passível de crítica.

– Será julgado dentro em breve. Espero que encontre em si paciência para aceitar o veredicto.

– Espero que sim, também – disse Jean Télémond, fervorosamente. – Por vezes, sinto-me tão cansado!

– Eu nada receio de você – disse Rudolf Semmering, com um sorriso. – Sua Santidade fala a seu respeito com calorosa amizade. Já sabe que ele quer conservá-lo no Vaticano?

– Sei. Eu também gostaria de ficar a seu lado. É um grande e carinhoso homem, mas, até que eu seja julgado, não quero comprometê-lo. O cardeal Rinaldi convidou-me para trabalhar na sua *villa* enquanto o Santo Ofício examina a minha obra. Tenho eu sua permissão para fazê-lo?

– Naturalmente. Quero que se sinta tão livre e confortável quanto possível. Creio que bem o merece.

Os olhos de Jean Télémond enevoaram-se. Juntou as mãos com força para evitar que tremessem:

– Sou-lhe muito grato, meu padre, ao senhor e à Companhia.

– E todos nós muito gratos a você...

Semmering levantou-se, rodeou a escrivaninha e pousou a mão amigável no ombro do seu subordinado:

– É uma estranha fraternidade, esta da fé e da nossa Companhia. Somos muito temperamento e muito mente, mas seguimos todos o mesmo caminho e precisamos muito de uma caridade comum...

Jean Télémond parecia ter-se recolhido para o seu mundo privado. Disse, vagamente:

– Estamos vivendo num mundo novo, mas não o sabemos. Ideias profundas fermentam na massa humana. O homem, apesar da sua fragilidade, está sendo sujeito a tensões gigantescas: políticas, econômicas e mecânicas. O saber aproxima-se de nós, como um foguete através das galáxias. Tenho visto máquinas que fazem cálculos para além do espírito de Einstein... há quem receie que explodamos num novo caos. Não me atrevo a prever tal coisa. Não o julgo possível. Penso que o nosso tempo não passa de um momento de preparação para algo de infinitamente maravilhoso, nos desígnios de Deus para com as Suas criaturas. Desejaria – desejaria tanto – que eu pudesse estar aqui para ver.

– Por que esperar? – perguntou Rudolf Semmering, com paternal carinho. – Quando morrer, irá para Deus. Nele e através Dele, verá tudo. Espere em paz, padre.

– Por julgamento? – perguntou Jean Télémond, com uma ironia amargurada.

– Por Deus! – respondeu Rudolf Semmering. – Não cairá das Suas mãos.

Logo após o seu regresso de Castel-Gandolfo, Kiril, o pontífice, foi absorvido por novos e variados assuntos.

O instituto para as obras religiosas preparara o seu balanço anual dos recursos financeiros do papado. Tratava-se de um longo e intrincado documento, que Kiril teve de estudar com o maior cuidado e atenção. As suas reações foram múltiplas. Por um lado, era forçado a elogiar o engenho e exatidão de quantos haviam tornado o Banco Vaticano e o Estado papal em instituições estáveis e solventes, com operações financeiras levadas a cabo em todo o mundo. Eram essas as funções de cinco cardeais e de um pessoal financeiro competente, que administravam os bens temporais da Igreja. Compravam e vendiam nas Bolsas do mundo inteiro. Investiam em propriedades, hotéis e empreendimentos públicos, e dos seus esforços dependia a estabilidade da Santa Sé, como instituição temporal cujos membros tinham de ser alimentados, vestidos, alojados e hospitalizados, para que pudessem obrar livremente em função da eternidade.

Mas Kiril era demasiado irônico para não ver a disparidade entre a eficiência de uma operação financeira e a dúvida que pairava sobre tantas obras de salvação das almas humanas. Treinar um padre ou uma irmã de caridade custava muito dinheiro. Construir escolas, orfanatos e asilos para velhos era também dispendioso. Mas não havia dinheiro no mundo que pudesse comprar um espírito voluntarioso ou encher um descrente com o amor de Deus.

Quando acabou de ler o documento e de estudar o relatório financeiro, chegara já a uma conclusão. Os seus financistas tinham-se portado muito bem. Teria de os deixar tal qual estavam, mas ele próprio teria de concentrar todo o seu tempo e energia na função primordial da Igreja: conduzir os homens ao conhecimento da sua relação com o Criador. Um homem centrado em Deus podia sentar-se, descalço, sob uma árvore e incendiar o mundo. Um ateu, com um milhão em ouro e a casa cheia de notas, sairia deste planeta sem deixar atrás de si uma recordação ou luto sentido.

Havia motivos de preocupação na Espanha. O clero mais jovem estava revoltado contra o que considerava atitudes arcaicas e obscurantistas de certos sacerdotes mais idosos. A questão tinha duas faces. A autoridade pastoral tinha de ser mantida e, ao mesmo tempo, o espírito vívido e apostólico dos espanhóis mais jovens tinha de ser preservado. Alguns dos mais idosos achavam-se extremamente identificados com o sistema ditatorial.

Os novos, identificados com o povo e as suas esperanças de reforma, sentiam-se reprimidos e inibidos de cumprir a sua ação. Uma reação violenta começara a desenhar-se no trabalho semissecreto da *Opus Dei*, que era, aparentemente, uma instituição de ação leiga, no seio da Igreja espanhola, mas que muitos diziam ser controlada por elementos reacionários da Igreja e do Estado. Em momentos como este surgia a rebelião. E essas situações não acabavam de um dia para outro.

Após uma semana de discussões com os seus conselheiros, Kiril decidiu tomar uma dupla medida: uma carta confidencial ao primado e aos bispos de Espanha, indicando-lhes que procedessem com maior liberalidade e mais caridade à mudança de ambiente, e uma carta aberta ao clero e ao laicado, aprovando o bom trabalho feito, mas lembrando-lhes o dever da obediência ao ordinário local. Era, na melhor das hipóteses, um compromisso, e ele sabia. Mas a Igreja é tanto uma sociedade humana quanto divina, e o seu desenvolvimento é o resultado de altos e baixos, conflitos e retiradas, avanços e desacordos, compromissos e lento esclarecimento.

Na Inglaterra, havia a questão do novo cardeal que sucederia a Brandon. A nomeação levantava uma alternativa bem-definida: um político ou um missionário? Um homem de envergadura e de prestígio, que pudesse manter a dignidade da Igreja e o lugar que ela recuperava na ordem estabelecida? Ou um severo evangelista, que entendesse o fermento de um populoso país industrial e a dissolução de uma sociedade que fora imperial e começava a perder confiança numa religião social e humanitarista?

À primeira vista, a escolha era simples. Mas, devido ao temperamento britânico, à sua histórica desconfiança de Roma, à sua estranha reação perante as memórias passadas, não era tão simples quanto parecia.

O cardeal Leone resumiu a situação:

– Parker, em Liverpool, é um bispo verdadeiramente missionário. Seu trabalho entre as classes trabalhadoras e os imigrantes irlandeses tem sido espetacular. Por outro lado, é frequentemente ousado e já foi acusado de ideias políticas perigosas. Eu não creio. É um homem de ação. Talvez demasiado, para o feitio fleumático dos ingleses. Ellison, em Wales, tem uma reputação muito sólida com os poderes estabelecidos: é urbano, inteligente e entende muito bem a arte do possível. Sua vantagem, para nós, é poder preparar uma situação na qual mais agentes apostólicos possam trabalhar em liberdade.

– Que prazo nos resta, antes de a nomeação ser necessária?

– Dois meses, diria eu, três, no máximo. A Inglaterra precisa de um cardeal.

– Se a decisão competisse a Sua Eminência, quem escolheria? Parker ou Ellison?

– Eu optaria por Ellison.

– Creio que estou inclinado a concordar com Sua Eminência. O que faremos é aguardar mais um mês; no entanto, peço-lhe que ausculte a opinião da cúria e da hierarquia inglesa. Depois, decidiremos.

Havia também os relatórios da Polônia. O cardeal Potocki estava com pneumonia e o seu estado era crítico. Se morresse, dois problemas logo viriam à tona. Era profundamente amado pelo seu povo e profundamente temido pelo governo, contra o qual resistia há dezesseis anos. Seu funeral poderia muito bem redundar em manifestações espontâneas, que o governo poderia usar para uma ação provocadora contra a população católica. Igualmente importante era a questão de sua sucessão cardinalícia. Esse eventual sucessor teria de ser nomeado e estar pronto a ocupar o cargo, logo que o velho lutador morresse. Teria de estar inteirado da sua nomeação, mas secretamente, para que as autoridades não se movessem contra ele, antes da morte de Potocki. Um emissário secreto teria de ser expedido do Vaticano a Varsóvia, com uma bula papal de sucessão.

Assim, uma por uma, as nações do mundo e as suas situações particulares desfilaram ante os olhos estudiosos, e as recordações das férias de verão foram-se esvaindo da memória.

Por último, já em fins de setembro, chegou uma carta do cardeal Morand, de Paris.

... Foi sugerido ao Eminentíssimo Predecessor de Sua Santidade que uma visita papal ao Santuário de Nossa Senhora de Lourdes teria um efeito espetacular sobre a vida da Igreja em França. Houve, nessa altura, vários obstáculos ao projeto: a saúde do Santo Padre, a guerra na Argélia e o clima político na França metropolitana.

Esses obstáculos já não existem hoje. Estou informado de que o Governo francês favoreceria grandemente uma visita papal e teria grande prazer em acolher Sua Santidade em Paris, após a visita a Lourdes.

Não será preciso acentuar quão deliciados o clero e os fiéis ficariam com a visita do vigário de Cristo ao solo da França, após tanto tempo.

Se Sua Santidade estivesse disposto a levar a ideia em consideração, permitiria sugerir que o momento seria a festa de Nossa Senhora de Lourdes, a 11 de fevereiro do próximo ano. O governo francês concorda, de todo o coração, com esta data.

Rogo humildemente a Sua Santidade que aceite o nosso pedido, e o bem que daí adviria não seria, apenas, para a França católica, mas para todo o mundo. Constituiria um marco histórico: a primeira jornada de um papa a este país, em mais de um século. Os olhos de todo o mundo estariam postos na pessoa de Sua Santidade e, durante algum tempo, haveria disponível um púlpito público e universal...

A carta excitou-o. Aqui tinha, ao seu dispor, o gesto histórico a fazer. Após a primeira viagem, outras se lhe seguiriam, inevitavelmente. A missão apostólica do pontífice poderia ser reafirmada em grande estilo, neste mundo convergente do século XX.

Imediatamente, e sem prévias consultas, escreveu do próprio punho uma carta a Morand.

... Ficamos encantados com a sugestão de Sua Eminência de uma nossa visita à França, em fevereiro do próximo ano. Não duvidamos de que certas vozes, na Igreja, se levantem contra a ideia, mas nós próprios estamos favoravelmente dispostos. Discutiremos o assunto com o cardeal Goldoni e, mais tarde, com os membros da cúria.

Entretanto, Sua Eminência pode considerar, por enquanto, esta carta como nossa autorização pessoal para iniciar as discussões preliminares com as autoridades francesas. Sugerimos que não seja feito qualquer anúncio público até que todas as formalidades estejam concluídas.

Enviamos, de todo o coração, a nossa bênção apostólica a Sua Eminência e aos seus irmãos bispos, ao clero e ao povo de França.

Kiril sorriu ao lacrar a carta. Goldoni e a cúria ficariam cheios de dúvidas e com receio das consequências. Invocariam a história e o protocolo, a logística e os efeitos políticos. Mas Kiril, o pontífice, era o homem eleito para governar em nome de Deus, e em Seu nome havia de governar. Se portas se lhe abrissem, entraria por elas, e não esperaria ser conduzido pela mão como qualquer outro príncipe...

A ideia de um papa peripatético tornara-se, com a passagem dos anos, muito estranha na Igreja. Havia quem a concebesse como uma sucessão de perigos para a dignidade, pois um homem que fazia as malas e viajava pelo mundo poderia parecer demasiado humano; para a autoridade, visto que teria de falar *ex tempore* sobre muitos assuntos, sem prévios estudos e pareceres; para a ordem e a disciplina, já que a corte do Vaticano precisava de firmeza de mão para mantê-los juntos; para a estabilidade, visto que as viagens aéreas representavam um perigo constante, e perder um pontífice e eleger outro era um negócio muito caro. Além do mais, o mundo estava cheio de fanáticos, que podiam afrontar a augusta personagem do vigário de Cristo e até ameaçar-lhe a vida.

Mas a história não fora feita por aqueles que fugiam aos riscos. O Evangelho fora sempre pregado por homens que tinham a morte por sua companheira diária... Acima de tudo, Kiril Lakota era um oportunista, de coração irrequieto. Se a viagem fosse possível, ele a faria, sem qualquer preocupação a não ser o proveito das almas.

De Kamenev, em férias no mar Negro, chegou uma carta pelas mãos de Georg Wilhelm Forster. Era mais longa e mais confiante que as precedentes, apresentando a primeira expressão clara de seus pensamentos sobre a crise que se aproximava.

Finalmente, já entrei em conversações pessoais com o outro lado do Atlântico. Estou mais grato à Sua Santidade do que me é possível manifestar em palavras, pelos seus bons ofícios.

Tenho repousado por algum tempo, pensando no programa para o próximo ano, e perguntando-me, ao mesmo tempo, em que ponto me encontro da minha vida privada e pública.

A minha carreira atingiu o apogeu. Não posso ir mais além. Tenho talvez mais cinco anos de autoridade completa e de atividade, e, em seguida, principiará o inevitável declínio, que já estou preparado para aceitar.

Sei que fiz muito pelo meu país. Gostaria de fazer ainda mais. Para essa melhoria, é imprescindível a paz. Estou pronto a ir muito longe para a mantê-la, todavia, Sua Santidade compreenderá que eu quero ir mais longe do que me será permitido pelo *presidium* e pelo partido.

Primeiramente, deixe que mostre a Sua Santidade a situação real, tal como a vejo. Poderá seguir a minha tese em qualquer mapa do mundo escolar. A China se acha em má posição. Isso significa que seiscentos milhões de pessoas se acham em posição difícil. As colheitas deste ano foram perigosamente escassas. Há fome autêntica em muitas regiões. Chegam-me informações, difíceis de confirmar, em virtude da rígida censura, de que desencadeou-se a peste bubônica em diversas cidades litorâneas. Tomamos isto muito a sério e impusemos um cordão sanitário em todos os postos das nossas fronteiras com a China.

O desenvolvimento industrial chinês é lento. Tivemos nisso alguma influência, pois retiramos da China muitos dos nossos especialistas e brigadas de construção, por não querermos que a China se desenvolva muito rapidamente sob o atual regime.

Os seus líderes atuais são homens idosos. Estão sujeitos às crescentes pressões dos mais jovens. Se a crise econômica piorar, serão forçados a agir e, inevitavelmente, atacarão o Sul da Coreia, a Birmânia e a fronteira nordeste da Índia. Simultaneamente, pedirão que lhe forneçamos uma frente diversionária, renovando a nossa pressão sobre Berlim, e insistindo numa solução imediata para o caso da Alemanha Oriental, incluindo uma intervenção armada.

Uma vez jogadas essas cartas, os Estados Unidos terão de se colocar em linha de batalha contra nós.

Haverá um remédio para esta situação crítica? Creio que sim. Mas não devemos ser inocentes quanto à sua total eficácia. Encontremos, primeiro, uma plataforma para que possamos prosseguir com maior confiança no caminho de sua solução a longo prazo.

O primeiro e mais óbvio remédio é o desarmamento nuclear. Já desde muitos anos que vimos debatendo este problema e não estamos mais próximos de um acordo. Penso que ainda não é possível, porque a opinião pública e a do partido se preocupam demasiado com os resultados de tal medida. Eu sei que não me podia arriscar a tomar uma decisão de tamanha importância, tal como sucede com o meu antagonista americano. Assim, teremos de deixar de parte essa ideia por mais algum tempo.

O segundo remédio poderia ser, talvez, a admissão da China nas Nações Unidas. Isto é complicado pela facção de duas Chinas e a existência de um governo em armas, em Formosa. Trata-se de outra situação política muito perigosa, muito facilmente inflamável, por palavras e atitudes.

É meu ponto de vista que, com alguma preparação e um mínimo de boa vontade, seria possível encontrar um remédio em algum outro lugar. Se as misérias da China fossem inteiramente expostas ao mundo, não como espetáculo político, mas humano, e se fosse formulada uma oferta, pelos Estados Unidos e as nações do Ocidente, para reatarem relações normais de comércio com os chineses, exportando alimentos e produtos agrícolas, concedendo livre trânsito a mercadorias vitais e outras medidas de caráter fraternal e não ideológico, então seria possível, pelo menos, adiar a crise. Naturalmente, a China teria de ser preparada para aceitar a oferta... e levá-la a isso é um problema delicado. De nossa parte, teríamos de lançar todo o nosso peso e influência por detrás da oferta ocidental, e acrescentar alguma proposta nossa.

Até que ponto poderíamos ir? Mais concretamente, até que ponto poderei eu ir, com o apoio do partido e da nação?

Devo ser sincero com Sua Santidade. Não posso prometer mais do que espero poder cumprir.

Eis aqui o que creio ser o meu limite. Poderíamos abrandar a pressão sobre Berlim e deixar a questão da Alemanha Oriental em suspenso, enquanto procuramos uma fórmula de acordo menos rígida. Poderíamos suspender as provas nucleares, se os Estados Unidos nos assegurassem tomar a mesma medida. Poderíamos reabrir, logo em seguida, com uma fórmula prática mais adequada, as conversações sobre o desarmamento nuclear e eu me serviria da minha autoridade pessoal para envidar os esforços necessários, dentro de um limite razoável de tempo.

Não sei se os americanos vão considerar suficientes estas garantias, mas é o melhor que posso assegurar em quaisquer negociações. Mesmo assim, tanto nós quanto os Estados Unidos precisaremos criar um clima favorável ao eventual acordo. Não temos muito tempo para prepará-lo.

Quase posso ouvir Sua Santidade perguntar a si mesmo até que ponto pode confiar em mim. Não posso prestar juramento, pois não tenho nada sobre que formular a jura, porém, é verdade tudo quanto aqui digo. Como, em público ou durante as negociações, me comporto, é já outra coisa. A política é um teatro, como Sua Santidade sabe. Mas a minha proposta aí está e, mesmo que os americanos a alterem ligeiramente, poderemos chegar a um acordo e dar ao mundo o que ele tão desesperadamente precisa neste momento: uma plataforma para medir o valor corrente da paz contra o que aconteceria se a perdêssemos de novo.

Espero que Sua Santidade esteja bem de saúde. A minha é bastante boa, mas, por vezes, recordo-me que os anos passam. Meu filho terminou seu treino e foi agora admitido como piloto-bombardeiro da nossa força aérea. Se houver guerra, será uma das primeiras vítimas. Este é um dos pensamentos que me perseguem, a fio, durante as horas de sono. É isso, creio, que me salvaguarda da corrupção do poder. O que desejo eu para ele? Antigamente, os reis assassinavam os filhos, impedindo, assim, que eles se tornassem seus rivais. Agora é muito diferente. Há quem diga que estamos ficando demasiado bondosos, mas eu gostaria de pensar que, pelo contrário, estamos ficando mais sábios.

Tenho presente o pedido de Sua Santidade para que sejam minoradas as dificuldades da sua gente, na Hungria, na Polônia e nas províncias bálticas. Aqui, de novo, tenho de falar honestamente e não prometer mais do que me é possível fazer. Não posso dar uma ordem direta, nem inverter abruptamente, uma política tradicional do partido com a qual estou pessoalmente comprometido. Entretanto, na próxima semana, terá lugar em Moscou uma reunião dos primeiros-ministros dos países nossos aliados na Europa. Tenciono propor-lhes o seu pedido, como coisa minha, a título de elemento de preparação da atmosfera para o que, espero, será uma discussão da questão chinesa, entre nós e os Estados Unidos.

Espero que o seu cardeal Potocki melhore. É um homem perigoso para nós, mas, tal como estão as coisas, prefiro vê-lo vivo a vê-lo morto. Admiro-o quase tanto quanto admiro Sua Santidade.

Ainda um ponto mais, talvez o mais importante de todos. Se negociarmos, segundo os princípios que eu sugeri, teremos de chegar a um acordo antes de meados de março do próximo ano. Se os chineses iniciarem uma mobilização militar, será no princípio de abril. Uma vez comecem, estaremos metidos em graves complicações.

Li uma cópia da encíclica de Sua Santidade sobre educação. Considerei-a excelente e, por vezes, comovedora, porém, há mais de quarenta anos que vimos fazendo melhor do que a Igreja. Dirá que a Igreja tinha menos a perder que nós. Desculpe-me a ironia. Os maus hábitos dificilmente se perdem. Ajude-nos, se puder.

Saudações

Kamenev

Kiril, o pontífice, sentou-se durante um longo momento, meditando sobre o texto da carta. Depois, dirigiu-se à sua capela privada e rezou por quase uma hora. Nessa mesma noite, depois do jantar, convocou Goldoni e esteve encerrado com ele até depois da meia-noite.

– O SENHOR É UM EMBARAÇO para mim, Sr. Faber – disse Corrado Calitri, gentilmente – Imagino que também se transformou num embaraço para Chiara. Ela é muito jovem. Agora que a Sagrada Rota Romana a considera livre para casar-se, creio que não tardará a encontrar novo marido. A presença de um antigo amante vai tornar-lhe a vida um pouco... mais difícil, não lhe parece?

O ministro estava sentado numa poltrona de alto espaldar, toda em talha, por detrás de uma vasta mesa, magro, pálido e tão perigoso como um príncipe medieval. Seus lábios sorriam, porém, os olhos eram glaciais. Esperou que George Faber dissesse algo, mas como ele não reagiu, continuou no mesmo tom aveludado de antes:

– Sr. Faber, sabe que, segundo os termos da concordata, as decisões da Sagrada Rota Romana têm efeito na lei civil?

– Sei perfeitamente.

– Legalmente, por conseguinte, a sua tentativa de suborno de uma testemunha é um crime punido pelas leis da República.

– O suborno seria muito difícil de provar. Não houve pagamento em dinheiro. Não houve testemunhas e Theo Respighi não é pessoa de caráter muito recomendável...

– Não acha que o testemunho dele também o tornaria uma pessoa pouco recomendável, Sr. Faber?

– É possível, mas o senhor também não sairia muito limpo do caso...

– Já o sei, Sr. Faber.

– Então, temos os dois reis em xeque. O senhor não pode me tocar, e eu não posso lhe tocar...

Calitri acendeu vagarosamente um cigarro e recostou-se na cadeira, observando os anéis de fumaça que subiam para o teto dourado do seu gabinete. Seus olhos escuros fulguraram de malícia.

– Um xeque duplo, então? Parece-me ser, antes, um xeque-mate ao rei... eu tenho de ganhar, sabe? Nenhum governo e, certamente, nenhum partido político é capaz de suportar uma situação em que um correspondente de imprensa estrangeira possa decidir a carreira de um dos seus ministros.

A despeito do domínio de si próprio, Faber não pôde deixar de rir.

– Acha isso provável?

– Depois de tudo o que fez, Sr. Faber, não me surpreenderia com coisa alguma. Devo dizer que não voltaria a confiar no senhor. Até duvido de que o senhor possa voltar a confiar em si mesmo. Não é muito edificante, não acha? O decano do corpo de imprensa estrangeira a oferecer por aí subornos para que um ator de terceira categoria pervertesse a lei... e tudo isso porque queria ir legalmente para a cama com uma moça! O senhor está desacreditado, meu amigo! Bastaria uma palavra minha para que nunca mais voltasse a ser recebido em qualquer departamento do governo, ou em qualquer das instituições do Vaticano. O seu nome seria retirado de todas as listas de convites da Itália. De minha parte, nunca escondi o que sou. Fui aceito segundo as minhas próprias condições, tal como a nação me aceitará de novo nas próximas eleições... Temos, pois, um xeque-mate. O jogo terminou. O senhor devia fazer as malas e ir embora.

– Isso significa que estou sendo expulso do país?

– Ainda não. A expulsão é um ato oficial do governo. Por enquanto só estamos conversando... em particular. Trata-se apenas do meu conselho pessoal: vá embora.

– Quanto tempo tenho?

– De quanto tempo precisa para fazer os seus arranjos com o jornal?

– Não sei. Um mês... dois meses...

Calitri sorriu.

– Dois meses, então. Sessenta dias, a partir de hoje.

O ministro riu, suavemente.

– Notará, Sr. Faber, que fui muito mais generoso com o senhor do que o senhor teria sido comigo.

– Posso retirar-me agora?

– Dentro de um instante. O senhor me interessa muito. Diga-me, estava, de fato, apaixonado por Chiara?

– Estava, sim...

– Sentiu-se muito infeliz, quando ela o deixou?

– Sim...

– É estranho – disse Calitri, com um humor sardônico. – Sempre pensei isso mesmo... que Chiara fosse melhor amante do que esposa. O senhor está demasiado velho para ela, claro. Talvez não fosse suficientemente viril... ou já um tanto impotente, não? Ou talvez demasiado puritano. Sim, creio que seria isso. No amor, é preciso ser atrevido, Faber! Qualquer que seja a espécie de amor... a propósito, Campeggio é seu amigo?

– É um colega – respondeu Faber. – Nada mais. – Já emprestou dinheiro a ele alguma vez?

– Não.

– E ele já lhe emprestou?

– Não.

– É curioso... Um cheque na quantia de seiscentas mil liras, ou seja, mil dólares americanos, foi descontado por Campeggio e inserido na sua conta bancária.

– Isso foi um negócio que fizemos. Como pode o senhor saber disso?

– Sou um dos diretores do banco, Sr. Faber. Gosto de fazer o meu trabalho conscienciosamente... E faz dois meses. Por que não tira umas férias, para conhecer melhor o nosso maravilhoso país? Pode retirar-se agora...

Doente de raiva e de humilhação, George Faber saiu para o débil sol outonal. Entrou numa cabina telefônica e ligou para Orlando Campeggio. Depois, chamou um táxi e dirigiu-se para o apartamento de Ruth Lewin. Ruth deu-lhe *brandy* e café, ouvindo-o, sem comentários, enquanto ele lhe contava a sua curta e ignóbil entrevista com Corrado Calitri. Quando Faber terminou, Ruth ficou silenciosa por uns momentos e perguntou depois:

– E agora, que vai fazer?

278

– Volto para casa, suponho... depois de quinze anos em Roma, já nem posso chamar Nova York de minha casa...

– Não terá dificuldades com o seu jornal?

– Não creio. Aceitarão a explicação que eu lhes apresentar e me darão, com certeza, um confortável lugar na matriz.

– Então a sua carreira não está liquidada, não é assim?

– Minha carreira, não. Apenas um modo de vida de que eu gostava e que desejava.

– Mas não é o fim do mundo...

– Não. Mas é o fim de George Faber.

– Por quê?

– Porque ele já deixou de existir. É apenas um nome e um manequim...

– É tudo o que sente, George?

– É tudo o que sou, minha querida. Soube-o logo que me sentei no escritório de Calitri. Eu não era nada, um espantalho e nada mais. Não acreditava em nada. Não queria nada. Não tinha argumentos para discutir. Não tinha nada por que lutar. O estranho do caso é sentir-me agora tão calmo...

– Eu conheço essa calma, George – disse Ruth, seriamente. – É um sinal muito perigoso. É a calmaria, antes da grande tempestade. Dentro em pouco, principiará à detestar-se e a ter desprezo por si mesmo. Você se sentirá vazio, só e inadequado. Depois, começará a fugir e continuará fugindo, até bater com a cabeça numa parede de tijolo, cair num precipício ou acabar na sarjeta, com a cabeça entre as mãos. Eu sei... já passei por tudo isso.

– Então não quero que esteja a meu lado quando isso acontecer.

– Não deve acontecer, George. Não permitirei que aconteça.

– Desista, Ruth! – exclamou ele, com súbita dureza. – Desista e deixe-me! Você já teve as suas tempestades. Agora merece melhor sorte. Fiz de mim um bobo, e só eu devo pagar por isso.

– Não, George!

Ruth estendeu os braços e forçou-o a voltar-se para ela.

– Isso foi outra coisa que aprendi. Nunca se pode pagar pelo que se fez, porque as consequências não podem ser modificadas. Continuam... continuam!... A conta continua a aumentar, amontoando-se os juros até que, no final, nos encontramos falidos. Não é de pagamento que precisamos, George, é de ser perdoados... e de nos perdoarmos a nós próprios. Você disse que era um espantalho. Pois seja-o! Queime toda a palha e destrua-se! Ou pode ser que se habitue e ainda, quem sabe, acabe por gostar de seu ego. Eu sempre gostei dele, George. Na realidade, aprendi a amá-lo...

– Gostaria de dizer o mesmo... – falou George Faber, sombriamente. – Eu acho que não passo de um pedante, vazio, pomposo e sem entranhas.

– Mesmo assim... amo-o.

– Mas não pode viver com ele os próximos vinte anos, e depois desprezá-lo, como ele despreza a si mesmo.

– Ele ainda não me pediu para viver com ele esses vinte anos...

– E não vai lhe pedir.

– Então, sou eu quem lhe pede: ele é um homem de palha e eu sou uma mulher de palha. Não tenho nenhum orgulho, George. Nem piedade sequer... só o fato de viver me dá alguma alegria... Não é ano bissexto, mas assim mesmo o peço em casamento. Não sou uma viúva para se desprezar... Não tenho filhos, não sou feia e tenho algum dinheiro... Que diz, George?

– Gostaria de dizer "sim", mas não me atrevo.

– Que quer dizer isso, George? Uma luta ou uma rendição?

Por um momento, George voltou a ser o mesmo homem de antigamente, passando as mãos pelos cabelos grisalhos, meio debochado, meio hesitante. Depois, muito sério, disse:

– Isto não é o que os homens costumam dizer, porém, importa-se de esperar mais algum tempo? Pode dar-me algum tempo para eu me preparar para a luta?

– Como, George?

George Faber não respondeu diretamente à pergunta, explicando-se sem grande convicção:

– Não sei como lhe dizer... não quero perdê-la... também não quero... não desejo apoiar-me muito em você, Ruth. Com Chiara, eu tentava conservar a juventude, mas já não era jovem... não quero, agora, vir para o seu lado vazio... vazio como estou. Quero ter algo para dar também... se pudéssemos ser apenas amigos... por algum tempo. Caminhar de mãos dadas. Passear na *villa* Borghese. Beber e dançar um pouco, voltar para aqui, quando nos sentirmos cansados... com você não quero ser o que não sou, mas não estou bem certo do que sou. Estes próximos dois meses vão ser difíceis. Toda a cidade estará rindo de mim, e terei de cultivar alguma dignidade.

– E depois, George?

– Depois, talvez seja possível regressarmos juntos à América. Está concedido o prazo?

– É possível que leve mais tempo, George. Não fique impaciente.

– O que quer dizer?

No entanto, mesmo depois de explicar, Ruth ficou na incerteza sobre se ele entendera ou não.

Extrato das memórias secretas de Kiril I, pontífice máximo:

... Hoje o dia foi longo e cheio de preocupações. Esta manhã, ainda cedo, Orlando Campeggio, diretor do *Osservatore Romano*, veio pedir-me demissão. Contou-me a complicada e sórdida história de uma conspiração, para introduzir testemunhas subornadas no processo matrimonial de Corrado Calitri, que acaba de ser decidido pela Sagrada Rota. Campeggio disse-me que ele próprio tomara parte na trama.

A tentativa de suborno fracassou, mas eu fiquei profundamente chocado por esta revelação das emaranhadas vidas de pessoas que já têm idade e possuem educação suficiente para se comportarem melhor. Não tive alternativa senão aceitar sua demissão. Tive, contudo, de elogiar a sua honestidade e informei-o de que seus vencimentos seriam salvaguardados. Compreendo perfeitamente os motivos que o levaram a proceder de forma tão pouco curial, porém, não posso, apesar disso, concordar com semelhantes atos.

Logo que Campeggio me deixou, mandei buscar o processo do caso Calitri e estudei-o cuidadosamente, com um funcionário da Sagrada Rota. Não tenho a menor dúvida de que, segundo as provas apresentadas, a Sagrada Rota agiu justamente, ao emitir o decreto de nulidade. Existe, porém, o reverso da medalha. Corrado Calitri, homem de poder e influência na Itália, há muito tempo que vive em perigo mortal da sua alma. Não duvido de que a sua sinceridade neste caso seja muito suspeita, mas a Sagrada Rota Romana só pode julgar no foro externo. A alma de um homem só pode ser julgada no tribunal do confessionário.

Assim, fui levado a uma posição curiosa. Como ministro da República, Corrado Calitri, não está sob a minha autoridade. As nossas relações de ordem temporal são definidas por um tratado e limitadas pela diplomacia. Se entrarmos em conflito, poderei prejudicar a Igreja e a Itália, especialmente porque não sou italiano. Na ordem espiritual, contudo, Calitri depende de mim. Como bispo de Roma, sou o seu pastor. Não só estou autorizado, mas obrigado, se puder, a intervir nos assuntos da sua alma. Pedi-lhe, por conseguinte, que viesse à minha presença, e espero poder lhe oferecer o serviço pastoral na orientação da sua consciência.

Recebi uma carta, uma bem-humorada carta de Ruth Lewin. Informa-me que, finalmente, resolveu a sua situação e decidiu voltar à prática da fé católica. Foi suficientemente gentil para dizer que me era devedora do esclarecimento e da coragem que a levaram a dar esse passo. Eu sei que isso é apenas uma parte da verdade, e que eu sou, quando muito, um instrumento para aplicar a graça divina. Alegro-me, contudo, por, ao ultrapassar as fronteiras rígidas do meu cargo e as do Vaticano, me ter sido permitido estabelecer relações com ela e ter podido cooperar na sua salvação e na de sua alma...

Uma vez mais fui levado a constatar, com nitidez, que o verdadeiro campo de batalha da Igreja não está na política, nem na diplomacia, nem nas finanças, nem na extensão material... Está, sim, na paisagem secreta do espírito individual. O pastor, para penetrar nesse local escondido, precisa de tato e compreensão, bem como da graça muito especial, investida pelo sacramento das santas ordens. Se eu não quiser falhar no caso de Corrado Calitri – e é muito fácil falhar com aqueles que são diferentes dos demais homens –, terei de rezar e de pensar muito cuidadosamente, antes de me encontrar com ele. Se eu fracassar, se ele me deixar com inimizade, então, terei criado um novo problema, pois terei de continuar a lidar com ele em assuntos públicos...

O presidente dos Estados Unidos recebeu a carta de Kamenev, juntamente com o meu comentário. A sua resposta está à minha frente, enquanto escrevo.

... Aparentemente, Kamenev oferece uma base possível para uma solução, a curto prazo, do nosso problema. Creio que poderemos conseguir dele mais do que no momento oferece. É um negociante bastante hábil para oferecer tudo de uma vez. Não estou preparado para dizer quanto queremos mais, sem submeter o projeto ao estudo dos meus conselheiros.

Entretanto, Sua Santidade poderá informar Kamenev de que estou disposto a iniciar negociações, imediatamente, embora, na minha opinião, elas devessem principiar no nível de embaixadas. Do primeiro-ministro soviético deveria partir, além disso, a iniciativa. Se ele estiver disposto a cooperar desta forma, então, tal como Sua Santidade, creio que se obterão alguns progressos.

Eu também estou preocupado quanto ao clima político em que essas negociações têm se dado. Temos de prever sempre uma certa dose de propaganda e de intriga. Temos de usá-las tanto quanto os russos, mas não deveremos permitir que ultrapassem o limite de segurança. Queremos uma atmosfera de moderação e de boa vontade, não só nas nossas próprias negociações, mas nas que se realizem com nações do bloco europeu e com os representantes das nações neutras. Em negociações desta natureza, há tantos fatores restritivos que se torna muito difícil conservar a paciência e a calma, mesmo sem calculada provocação.

Concordo, de modo geral, com a estimativa de Kamenev sobre a situação política e militar. Já me foi confirmada pelos meus próprios conselheiros. Dizem-me que, se a situação permanecer como neste momento, a crise eclodirá no fim de março próximo.

Noto com grande interesse que Sua Santidade pensa visitar a França em fevereiro vindouro. Seria um acontecimento de grande transcendência, e pergunto a mim mesmo, como pergunto a Sua Santidade, se não seria possível usar a sua viagem para o bem de todo o mundo.

Compreendo perfeitamente que Sua Santidade não possa ou não queira, ou não deseje, entrar, direta ou indiretamente, nas negociações políticas entre as grandes nações. Mas se Sua Santidade pudesse, nessa ocasião, consubstanciar as esperanças de todos os homens, de paz, de concórdia e de acordo sobre as atuais diferenças, então, de um só golpe, teríamos obtido o clima de que tanto precisamos.

Sei que isso não será fácil. A Santa Sé poderia ter de falar daquelas nações onde tem sofrido as maiores injustiças, mas uma ocasião histórica requer grandeza e magnanimidade históricas. Gostaria de saber se este mesmo pensamento não estaria no espírito de Kamenev, quando ele lhe escreveu pela primeira vez. Sei que está no meu, agora.

Com todos os respeitos, gostaria de formular à Sua Santidade uma sugestão. As igrejas cristãs ainda estão, infelizmente, divididas. Todavia, já desde muito tempo que existe um anseio crescente de reunificação. Se fosse possível associar as outras Igrejas cristãs à iniciativa de Sua Santidade, a favor da paz, seria assim, obtida uma vantagem maior.

Sei que Sua Santidade ainda não tomou uma decisão, Compreendo as razões de prudência e de ponderação que estão na origem da demora. Só me resta dizer que desejo e espero que Sua Santidade se decida a visitar Lourdes...

284

Goldoni leu a carta, e sei que está dividido entre a excitação do projeto e o prudente desejo de analisar todas as possíveis consequências, antes de ser tomada uma decisão.

Sugeriu, com deferência, que talvez fosse preferível discutir o assunto com os membros da cúria. Inclino-me a concordar com ele. A minha autoridade é absoluta, mas o meu bom senso dita-me que, num assunto tão vasto e cheio de consequências, seria preferível tomar os conselhos mais sábios dos meus colaboradores diretos. Creio que seria recomendável, também, convocar o cardeal Pallenberg, da Alemanha, e Morand, de Paris, para tomar parte na discussão. Decidimos, por fim, nomear cardeal arcebispo de Westminster, o arcebispo Ellison. Talvez seja esta uma ocasião apropriada para chamá-lo a Roma e oferecer-lhe o chapéu vermelho.

Jean Télémond veio ontem jantar comigo. Está mais magro e parece bastante cansado. Disse-me, contudo, que se sente bem e que continua a trabalhar regularmente. Está muito satisfeito na companhia do cardeal Rinaldi, e os dois fizeram-se grandes amigos. Estou um pouco ciumento da boa sorte de Rinaldi, porque sinto a falta de Jean, e porque, com todos os assuntos que me preocupam, podia usar um pouco da sua visão. Rinaldi escreveu-me, a fim de agradecer a minha amabilidade para com Leone. Tenho de confessar que não foi tanto uma amabilidade quanto um gesto calculado. Não obstante, agrada-me saber que não passou despercebido.

Sei que Jean continua preocupado com a sentença do Santo Ofício, relativa ao seu primeiro volume. É impossível, todavia, apressar um exame desta natureza, e recomendei-lhe que fosse paciente. O cardeal Leone prometeu dar-me uma opinião provisória em fins de outubro. Notei que tem tratado o assunto com extrema moderação e tem mostrado, pessoalmente, certa boa vontade com Jean Télémond. Entretanto, é enfático quando insiste que não devemos nomeá-lo para qualquer cargo de pregação ou de ensino, até que as conclusões do Santo Ofício sejam conhecidas.

Não posso discordar dele, e até desejaria conseguir gostar dele. Dou-me bem com todos os outros membros da cúria, mas entre mim e Leone existe sempre uma espécie de inibição e mal-estar. O defeito é tanto meu quanto dele. Ainda me ressinto da sua rigidez romana...

Georg Wilhelm Forster veio visitar-me, e eu entreguei-lhe a resposta do presidente dos Estados Unidos. Forster é um pequeno e estranho homem, que leva uma vida perigosa sem que, aparentemente, perca o seu bom humor. Quando o interroguei, disse-me que a sua mãe era letona e o pai georgiano. Estudou em Leipzig e Moscou e usa um nome alemão por motivos profissionais. É ainda membro praticante da Igreja Ortodoxa Russa. Quando lhe perguntei como podia estar em paz com a sua consciência, servindo um Estado ateu, respondeu muito bem à minha pergunta:

– Não será isso o que Sua Santidade está tentando fazer, também? Servir a mãe Rússia da melhor maneira que lhe é possível? Os regimes passam, mas a nação continua a mesma, e nós estamos ligados a ela por um cordão umbilical... Kamenev compreende-me, e eu compreendo-o. Nenhum de nós exige muito do outro... e Deus nos compreende a todos, melhor do que nós mesmos.

Esse pensamento ficou comigo todo o dia, misturado com os da crise em preparação, Jean Télémond, a peregrinação a Lourdes e o estranho caso de Corrado Calitri. O meu próprio entendimento algumas vezes tropeça. Mas, se Deus o entende, podemos continuar a ter esperança... quando o poeta escreve, a pena não tem de compreender o verso. Quer um vaso esteja inteiro ou quebrado, ele denunciará sempre o talento do ceramista que o moldou.

10

Na última semana de outubro, o cardeal Leone, em audiência privada com o pontífice, apresentou o veredicto do Santo Ofício sobre a obra de Jean Télémond. Leone parecia embaraçado. Fez grandes esforços para explicar a natureza e forma do documento.

– Houve uma questão de tempo, Santidade, e uma questão das circunstâncias especiais da vida do padre Jean Télémond, atendendo também às relações especiais que mantém com Sua Santidade. Quanto ao fator tempo, os padres da Sagrada Congregação do Santo Ofício preferiram emitir uma opinião provisória do trabalho em questão, em vez de julgamento mais formal. A opinião é sumária, mas está acompanhada de um comentário em que se salientam certas proposições que se acham na base de toda a tese. Com respeito à pessoa de Jean Télémond, a comissão elaborou uma nota especial sobre a evidente espiritualidade do homem como filho submisso da Igreja e como clérigo regular. Não o censuram, nem recomendam qualquer processo canônico...

Kiril assentiu e disse calmamente:

– Ficaria muito agradecido se Sua Eminência me lesse essa opinião provisória.

Leone olhou para ele surpreendido, mas os olhos do pontífice estavam velados e o seu rosto com cicatriz, tão impassível como uma máscara. Leone começou a ler cuidadosamente o texto em latim:

– "Os eminentíssimos e reverendíssimos padres da suprema e Sagrada Congregação do Santo Ofício, atuando sob as instruções de Sua Santidade Kiril I, pontífice máximo, transmitidas por intermédio do secretário da mesma Sagrada Congregação, levaram a efeito o exame diligente de uma obra manuscrita, da autoria do reverendo Jean Télémond, da Companhia de Jesus, intitulada *O progresso do homem*.

"Tomaram nota do fato de que este trabalho foi submetido voluntariamente pelo seu autor, por espírito de obediência religiosa, e recomendam que, enquanto ele se mantiver neste espírito, não deverá ser censurado nem qualquer processo deverá ser instaurado contra ele; à luz dos cânones. Reconhecem a intenção honesta do autor, assim como a contribuição que deu à investigação científica, nomeadamente no campo da Paleontologia. É sua opinião, contudo, que o trabalho acima mencionado apresenta ambiguidades e mesmo alguns erros graves nos aspectos filosófico e teológico, que poderão ofender a doutrina católica. Uma lista completa das proposições objetáveis está anexa a este parecer, na forma de extratos do trabalho do autor e com os comentários dos eminentíssimos e reverendíssimos padres da Sagrada Congregação do Santo Ofício. Os principais pontos de objeção são os seguintes:

"1. A tentativa do autor de aplicar termos e conceitos da Teoria Evolutiva nos campos da Metafísica e da Teologia é imprópria;

"2. O conceito de união criativa, expresso no dito trabalho, pareceria demonstrar ser a criação divina um complemento do Ser absoluto, em vez de um efeito de casualidade eficiente. Algumas das expressões usadas pelo autor levariam o leitor a pensar que a Criação é, de certo modo, uma ação necessária, em contraste com o conceito teológico clássico da Criação, como ato da perfeita e absoluta liberdade de Deus;

"3. O conceito de Unidade, da ação unificadora, estritamente ligado à teoria evolucionista de Télémond, é mais uma vez alargado a uma ordem sobrenatural. Em consequência, parecerá ser atribuída a Deus uma terceira natureza, nem humana, nem divina, mas sim cósmica;

"4. Na tese do autor, a distinção e diferença entre a ordem natural e a ordem sobrenatural não são claras, e torna-se difícil ver como ele pode, logicamente, salvaguardar a natureza gratuita da ordem sobrenatural e, em consequência, da graça."

Os reverendíssimos padres não desejam sublinhar, letra por letra, o que o autor escreveu sobre esses mencionados pontos, já que, de outra forma, seriam forçados a considerar algumas das conclusões do autor como verdadeiras heresias. Estão conscientes das dificuldades semânticas inerentes à expressão de um pensamento novo e original e desejam admitir que o pensamento do autor ainda permaneça em uma fase de problematização.

"É, contudo, sua firme opinião que o reverendo Jean Télémond deveria reexaminar o seu trabalho e outros, posteriores, que dele possam depender, com o fim de condicioná-los à doutrina tradicional da Igreja. Entretanto; deverá ser proibido de pregar, professar, publicar ou disseminar de qualquer outra forma as dúbias opiniões acima indicadas pelos padres da Sagrada Congregação.

"Dado em Roma, neste vigésimo dia de outubro, no primeiro ano do pontificado de Sua Santidade Kiril I, gloriosamente reinando."

Leone terminou a leitura, pousou o documento sobre a escrivaninha de Kiril e aguardou em silêncio.

– Vinte anos... – disse Kiril, suavemente. Vinte anos demolidos de um só golpe. Gostaria de saber como vai ele receber isso...

– Lamento profundamente, Santidade. Nada mais pudemos fazer. De minha parte, nada tive que ver com a decisão. A Comissão foi nomeada por Sua Santidade.

– Bem o sabemos – respondeu Kiril, subitamente formal. – Os nossos agradecimentos, Eminência. Pedimos-lhe que transmita os nossos agradecimentos e apreço aos reverendos da Sagrada Congregação.

– Assim farei, Santidade. E como daremos a notícia ao padre Télémond?

– Nós próprios o faremos. Sua Eminência tem autorização de se retirar.

O velho leão não se moveu, teimoso e cheio de coragem.

– Isso é doloroso para Sua Santidade. Eu sei... e desejaria compartilhar da sua dor. Mas nem os meus colegas, nem eu, poderíamos ter dado um parecer diferente. Sua Santidade deve sabê-lo.

– Sabemo-lo. A nossa dor é só nossa. Agora, gostaríamos de ficar sós...

Kiril sabia que fora rude, mas não o pudera evitar. Ficou observando o velho cardeal, que saía altivo e ereto, e sentou-se depois à escrivaninha, olhando com desespero para o documento.

A situação era decisiva, para ele e para Jean Télémond. Haviam atingido ambos um ponto de divisão. Para ele, o resultado era claro. Como guardião do depósito da fé, não podia aceitar o erro ou o risco de sua disseminação. Se Jean Télémond sucumbisse ao peso da sentença, seria mais aconselhável assistir à sua destruição, que permitir o menor desvio da verdade transmitida por Cristo aos seus apóstolos, e pelos apóstolos à Igreja Viva.

Para Jean Télémond, contudo, o problema era muito maior. Ele se submeteria ao veredicto, claro. Ele se curvaria, obedientemente, às leis da fé. Mas que sucederia ao seu intelecto? A esse instrumento com tanta visão e de tão boa têmpera, que há tanto tempo estava às voltas com o mistério cósmico? Como aguentaria o imenso esforço que lhe seria imposto? E o seu invólucro físico, o corpo enfraquecido, com o seu incerto e palpitante coração? Como ia tolerar a batalha que, em breve, se travaria dentro dele?

Kiril, o pontífice, curvou a cabeça sobre as mãos e rezou, desesperadamente, por si próprio e pelo homem que se tornara seu irmão. Depois, telefonou para a *villa* do cardeal Rinaldi.

O velho cardeal atendeu quase imediatamente.

– Onde está o padre Télémond?

– No jardim, Santidade. Deseja falar com ele?

– Não, Com Sua Eminência mesmo... como se encontra ele hoje?

– Creio que não muito bem. Passou mal à noite. Parece extremamente fatigado. Passa-se alguma coisa? Algo de mal?

– Acabei de receber o veredicto do Santo Ofício.

– Oh!... Bom ou mau?

– Não foi bom... Foram até o ponto de minimizar as suas objeções, porém, elas lá estão...

– São válidas, Santidade?

– A maioria, creio que sim...

– Sua Santidade deseja que eu informe Jean?

– Não. Gostaria de lhe dizer eu próprio. Poderá Sua Eminência emprestar-lhe um carro, para que venha ao Vaticano?

– Naturalmente... mas creio que seria aconselhável eu prepará-lo um pouco.

– Ficarei agradecido a você.

– Como se sente, Santidade?

– Preocupado por Jean.

– Tente não se preocupar demasiado... Jean está mais bem-preparado do que ele mesmo o julga.

– Espero que assim seja... Peço que, quando ele regresse, tome cuidado com ele...

– Assim o farei, Santidade. Tenho um grande afeto por ele.

– Bem o sei, e estou muito grato a Sua Eminência.

– Quem lhe transmitiu o veredicto, Santidade?

– O cardeal Leone.

– Estava perturbado?

– Um pouco, creio... ainda não consegui entendê-lo bem.

– Gostaria que eu lhe telefonasse?

– Se desejar... Quanto tempo levará Jean para chegar aqui?

– Uma hora, aproximadamente...

– Diga-lhe que entre pelo portão angelical. Deixarei ordens para que seja conduzido, imediatamente, aos meus aposentos.

– Assim o farei, Santidade... Acredite-me, lamento muitíssimo...

Quando Jean Télémond chegou, de rosto pálido, mas ereto e marcial, Kiril foi ao seu encontro para o acolher de mãos estendidas. Quando o jesuíta se curvou para beijar o anel do Pescador, Kiril tomou-o pelo braço e conduziu-o a uma cadeira em frente da sua escrivaninha, dizendo afetuosamente:

– Receio ter más notícias para você, Jean...

– O veredicto?

– Sim.

– Já o esperava. Posso vê-lo?

Kiril entregou-lhe o documento e observou-o atentamente, enquanto ele lia. Suas nobres feições pareceram desmoronar-se sob o impacto, e a sua testa inundou-se de suor. Ao terminar a leitura, pousou o documento na mesa e olhou para o pontífice, com um olhar repleto de dor e de perplexidade. Disse, pouco seguro de si:

– É pior do que eu pensava... tentaram ser generosos, mas é mau, é muito mau...

– Não é uma sentença definitiva, já o sabe... parte das objeções parecem ser uma questão de semântica. Será necessário proceder apenas a uma revisão cuidadosa...

Télémond pareceu recolher-se mais para dentro de si. As mãos tremiam-lhe. Balançou a cabeça, devagar:

– Já não tenho tempo... o trabalho de vinte anos depende desse volume. É a chave para a estrutura de toda a tese. Sem ela, o resto nada vale.

Kiril aproximou-se dele, rapidamente, pousando as mãos sobre os seus ombros vergados.

– Eles não dizem que está errado, Jean. Apenas impugnam certas proposições. Só essas terão de ser revistas – disse ele.

– Já não há tempo... durante a noite, ouço bater à porta. Estou sendo chamado, Santidade, e vejo, subitamente, que o meu trabalho está incompleto. Que posso fazer?

– Já sabe o que tem a fazer, Jean. Sempre receou este momento, mas eu estou aqui com você. Sou seu amigo, seu irmão, mas o momento é seu.

– Deseja que eu me submeta?

– Terá de se submeter, Jean, já o sabe...

Através dos seus próprios dedos, Kiril podia sentir a imensa batalha que se travava naquele corpo e naquele espírito. Sentiu o tremor dos músculos e dos nervos, a umidade da transpiração, o estranho odor de um homem em mortal tormento. Depois, todo o tremor desapareceu.

Lentamente, Jean Télémond ergueu o pálido rosto, contraído pela dor. Numa voz que saía do mais fundo de suas entranhas, disse, por fim:

Muito bem, irei me submeter... e agora? Submeto-me, mas não vejo a luz. Estou surdo à harmonia que costumava ouvir. Para onde terá ela ido? Estou perdido, abandonado... submeto-me, mas para onde vou?

– Fique aqui comigo, Jean. Deixe-me compartilhar sua escuridão. Nós somos amigos... irmãos... E este é o tempo do fel e do vinagre. Deixe que os beba com você.

Por um momento, Jean Télémond pareceu consentir. Depois, com grande esforço, dominou-se. Levantou-se e, trêmulo e desesperado, mas ainda um homem inteiro, encarou o pontífice.

– Não, Santidade! Agradeço a você, mas não! Todos nós temos de beber por nós próprios o fel e o vinagre. Agora, permita que me retire.

– Irei visitá-lo amanhã, então...

– Precisarei de mais tempo, Santidade.

– Você me telefonará?

– Só quando estiver preparado, Santidade... só quando vir a luz. Agora, tudo é obscuro para mim. Sinto-me abandonado em um deserto. Vinte anos perdidos!

– Nem tudo está perdido, Jean... pense nisso. Agarre-se a essa ideia...

– Talvez não tenha importância.

– Tudo tem importância, Jean. Tanto o erro quanto a justiça. Tudo importa, havendo coragem.

– Coragem? Sabe Sua Santidade o que tenho neste momento? Um frágil pulso que palpita, que hesita, dentro de mim, dizendo-me que amanhã talvez já esteja morto... já lhe disse, Santidade. Submeto-me. Deixe-me partir agora...

– Eu o amo, Jean – disse Kiril, o pontífice. – Amo-o como nunca amei outra pessoa em toda a minha vida. Se eu pudesse transferir essa dor para mim, eu o faria com grande alegria.

– Bem o sei, Santidade – disse Jean Télémond, humildemente. – Eu lhe sou mais grato do que sei manifestar. Mas, mesmo no amor, o homem deve morrer só, e isto, como sempre acreditei, é dez vezes pior do que morrer.

Quando a porta se fechou atrás dele, Kiril, o pontífice, deu um murro na mesa e chorou, desesperado, ante a sua própria impotência.

Nos três dias seguintes, não teve notícias de Jean Télémond, podendo apenas supor que ele estava sofrendo muito. Apesar de toda a sua autoridade de pastor supremo, não se atrevia a intervir nesse drama, nesse tão íntimo diálogo.

Além disso, estava assoberbado de assuntos da secretaria de Estado, da Congregação para os Negócios da Igreja Oriental, da Congregação dos Ritos... Todos os tribunais e comissões de Roma pareciam pedir-lhe atenção, simultaneamente. Era obrigado a se impor uma disciplina implacável durante o dia, e, à noite, a sua escrivaninha se encontrava apinhada de papéis, enquanto sua alma ansiava pela frescura da oração e da solidão.

Não conseguia deixar de pensar em Jean Télémond e, na manhã do quarto dia – um dia que se anunciava repleto de audiências públicas e privadas –, telefonou ao cardeal Rinaldi.

As palavras de Rinaldi foram pouco reconfortantes.

– Está sofrendo muito, Santidade. Não duvido da sua submissão, mas nem quero pensar em quanto isso lhe está custando.

– Como ele está de saúde?

– Sem progressos. O médico já esteve aqui duas vezes para vê-lo. A pressão sanguínea é perigosamente alta, o que é um claro resultado da sua extrema fadiga e tensão. Pouco se pode fazer por ele.

– Sente-se ainda feliz a seu lado?

– Creio que está mais feliz aqui do que em qualquer outro lugar. Compreendemo-nos um ao outro. Deixo-o tão só quanto precisa e, embora pareça estranho, as crianças lhe fazem bem...

– O que faz ele durante o dia?

– De manhã, diz missa, e depois passeia pelo campo. Ao meio-dia, vai à igreja paroquial e lê sozinho os ofícios. Repousa, depois do almoço, mas não acho que ele chegue a dormir. À tarde passeia no jardim. Conversa com as crianças quando elas chegam à casa. À noite jogamos xadrez.

– E não está trabalhando?

– Não. Está muito perplexo, Santidade. Ontem, Semmering veio visitá-lo. Conversaram durante muito tempo. Depois disso, Jean pareceu mais calmo.

– Ele gostaria que eu o visitasse?

Rinaldi hesitou um momento.

– Penso que não, Santidade. Tem um profundo afeto por você. Fala de sua Santidade, frequentemente, com gratidão e carinho. Mas ele sente, creio, que não deve pedir a você, ou ao Seu ofício, que se curve ao seu problema pessoal. É muito corajoso e muito nobre...

– Saberá que eu o amo?

– Sabe, sim, Santidade. Disse-me, porém, que a única maneira de poder retribuir esse amor é mantendo sua dignidade. Sua Santidade deve compreender isso.

– Compreendo. E, Valerio... – era a primeira vez que o papa tratava o cardeal pelo seu primeiro nome – ... sou muito grato a você.

– E eu a Sua Santidade. Você me deu paz e a oportunidade de compartilhar a vida com um grande homem.

Notava-se a mais sincera emoção na voz de Rinaldi.

– Se ele piorar, me chamará imediatamente, não é verdade?

– Imediatamente, prometo-lhe.

– Deus o abençoe, Valerio.

Kiril pousou o telefone e preparou-se para as formalidades da manhã. Já não pertencia a si próprio. Não poderia gastar mais do que uma pequena parte de si mesmo com Jean Télémond. Pertencia a Deus e, em seguida, através de Deus, à Igreja. Nenhuma bolsa, de qualquer homem, era bastante profunda para aguentar a despesa constante do corpo e do espírito. Apesar disso, ele tinha de continuar a gastar, confiando em que o Todo-Poderoso renovasse as verbas.

A lista de audiência estava sobre a escrivaninha. Viu que o primeiro nome era Corrado Calitri. Tocou a campainha. Abriu-se a porta da câmara de audiências e o *maestro di camera* conduziu o ministro da República à presença papal.

Depois de cumpridas as primeiras formalidades, Kiril despediu o *maestro di camera* e pediu a Calitri que se sentasse. Notou o autodomínio do homem, seu olhar inteligente e a facilidade com que se movia num ambiente de autoridade. Tratava-se de um homem nascido para os lugares de destaque. Teria de tratá-lo com honestidade. O seu orgulho e a sua inteligência teriam de ser respeitados. Kiril sentou-se e dirigiu-lhe a palavra.

– Estou ancorado neste lugar, meu amigo. Não sou livre de mover-me como os demais e, por isso, tive de lhe pedir que me viesse ver.

– Estou muito honrado, Santidade – disse Calitri, sobriamente.

– Terei de lhe pedir que seja paciente e que não se ressinta demasiado comigo. Mais tarde, creio, irá se sentar na chefia do Quirinal. Eu estarei aqui no Vaticano e, entre nós dois, governaremos Roma.

– Ainda falta muito para isso, Santidade – disse Calitri, com um sorriso. – A política é um negócio de muitos riscos.

– Então, esta manhã – disse gentilmente Kiril – ignoremos a política. Sou um sacerdote e sou o seu bispo. Quero falar com você sobre você mesmo.

O papa observou o estremecimento de Calitri e um súbito rubor subir-lhe às faces.

– O diretor do *Osservatore Romano* demitiu-se há alguns dias. Creio que sabe por quê.

– Sei.

– Fiquei suficientemente preocupado para mandar buscar o processo relativo ao seu caso. Examinei-o com cuidado. Devo dizer-lhe que o registro do julgamento está em perfeita ordem. O decreto de nulidade lavrado justifica-se totalmente pelas provas apresentadas.

O alívio de Calitri foi evidente.

– Alegra-me ouvir essas palavras, Santidade. Cometi um erro grave, ao tentar o casamento. Não me orgulho de mim mesmo, mas alegro-me por ver que a justiça se fez e que, de certo modo, os danos foram reparados...

Kiril, o pontífice, disse suavemente:

– Houve algo, no registro que me interessou mais do que a parte legal do processo. Foi a evidência de um dilema profundamente espiritual em sua própria alma.

Calitri abriu a boca para falar, mas o pontífice silenciou-o com um gesto.

– Não, por favor! Deixe-me terminar. Não o chamei aqui para acusá-lo. Você é meu filho em Cristo, e quero ajudá-lo. Tem um problema especial e muito difícil. Gostaria de auxiliá-lo na sua solução.

Calitri ruborizou-se de novo e encolheu levemente os ombros com ironia.

– Nós somos o que somos, Santidade... temos de nos adaptar à vida o melhor possível. O registro mostra, creio, que eu tentei adaptar-me melhor...

– Mas o seu problema subsiste, não é verdade?

– Sim. Tentam-se substituições, sublimações... Algumas dão resultado, outras não. Nem todos nós estamos preparados para uma eterna crucificação ao longo de toda a vida, Santidade... talvez devêssemos estar, mas não estamos.

Calitri voltou a rir seca e ironicamente.

– Talvez seja melhor assim... de outra forma, teríamos metade do mundo nos mosteiros e a outra metade saltando para o abismo...

Para sua surpresa, Kiril aceitou a ironia com um sorriso bem-humorado.

– Embora possa lhe parecer estranho, concordo com você. De uma ou outra forma, todos nós temos de nos adaptar a nós mesmos e ao mundo, tal como é. Eu nunca acreditei, porém, que para o fazer tenhamos de destruir a nós próprios... ou, o que é mais importante, de destruir aos outros. Permita que eu lhe faça uma pergunta, meu filho?

– É possível que eu não possa responder, Santidade.

– Esse seu problema... esse impulso que o dirige... como o define?

Calitri não fugiu à pergunta, respondendo honestamente.

– Já o defini há muito tempo, Santidade. Trata-se de uma questão de amor. Existem muitas variedades de amor e, não tenho vergonha de confessar, sou suscetível a, e capaz de, uma variedade especial.

Calitri, prosseguiu, sem tomar fôlego.

– Algumas pessoas amam as crianças, outros consideram-nas pequenos monstros. Nós não as censuramos. Aceitamos como elas são. A maioria dos homens amam mulheres, mas nem a todas as mulheres. Eu sou atraído pelos homens. Por que teria eu de me envergonhar disso?.

– Não há razão para se envergonhar – disse Kiril, o pontífice. – Apenas, quando o seu amor se tornar destrutivo – como aconteceu no passado, como poderá vir a acontecer com o filho de Campeggio. Um homem que é promíscuo não é um verdadeiro amante. Está demasiadamente centrado em si próprio. Ainda lhe falta muito para atingir a maturidade. Entende o que estou tentando lhe dizer?

– Entendo, Santidade. Compreendo também que não se alcança a maturidade de um único salto. Creio ter começado a atingi-la.

– Sinceramente?

– Quem pode ser completamente sincero consigo próprio, Santidade? A sinceridade total exige uma vida inteira de prática. Digamos que talvez eu comece a ser sincero, é melhor assim. Mas a política não é o melhor terreno de treino, nem o mundo o é...

– Está magoado comigo, meu filho?

– Não, Santidade, não estou. Mas não deve esperar que eu me renda à Sua Santidade como uma criança em sua primeira confissão.

– Eu não o esperava, porém, mais tarde ou mais cedo, terá de se arrepender. Não a mim, mas sim a Deus.

– Isso também levará o seu tempo...

– Qual de nós pode prometer tempo a si mesmo? Estais tão certo do seu prazo? Posso eu estar do meu?

Calitri ficou silencioso.

– Vai meditar sobre o que eu lhe disse?

– Meditarei, Santidade.

– E não vai ficar ressentido comigo?

– Tentarei não me ressentir, Santidade.

– Muito obrigado. Antes de partir, gostaria de lhe dizer que nesta câmara, há três noites, eu sofri por um homem que me é tão caro quanto a vida. Amo-o. Amo-o no espírito e na carne. Não me envergonho disso, porque o amor é a emoção mais nobre da humanidade... já leu alguma vez o Novo Testamento?

– Já não o leio há muito tempo.

– Então, devia ler a descrição da Última Ceia, quando João, o apóstolo, se sentou à direita do Senhor e encostou a sua cabeça ao Seu peito, de modo que todos os outros notaram e disseram: "Vejam como ele O ama".

Kiril levantou-se e disse:

– É um homem muito ocupado, e eu já tomei muito do seu tempo. Peço-lhe que me perdoe...

Calitri também se levantou e sentiu-se insignificante ao lado da figura imponente do pontífice. – disse com certo humor.

– Sua Santidade correu um grande risco ao chamar-me aqui.

– Este é um cargo arriscado – respondeu Kiril. – Mas poucas pessoas o compreendem e, além do mais, o seu risco é muito maior. Rogo-lhe que não o menospreze...

Kiril tocou a campainha e devolveu o visitante às mãos práticas do *maestro di camera*.

Quando Corrado Calitri cruzou o portão de bronze e mergulhou no sol claro da praça de São Pedro, a princesa Maria Rina estava esperando por ele, dentro do automóvel. Interrogou-o, astuta e ansiosamente.

– Então, rapaz, como correram as coisas? Não houve nenhum problema, espero. Deram-se bem um com o outro? Ele lhe falou da sentença? E de política? Isto é muito importante, sabe? Terá de conviver com esse homem durante muito tempo...

– Pelo amor de Deus, tia! – exclamou Corrado Calitri, irritado. – Cale-se! Deixe-me pensar!

Às onze horas da noite, o telefone tocou nos aposentos privados de Kiril. Era o cardeal Rinaldi. A sua voz era embargada por uma grande aflição. Jean Télémond sofrera um ataque de coração, e os médicos, chamados às pressas, esperavam outro, a qualquer instante. Não havia esperança de salvar-lhe a vida. Rinaldi já lhe ministrara os últimos sacramentos e convocara o Superior Geral dos jesuítas. Kiril desligou o telefone e ordenou que lhe aprontassem o automóvel, dentro de cinco minutos, com uma escolta da polícia italiana.

Ao vestir-se rapidamente para sair, seus lábios murmuravam orações muito simples, quase infantis. "Não deve ser." "Não pode ser." Deus teria de ser generoso com Jean Télémond, que arriscara tanto e por tanto tempo. "Por favor, conserve-o um pouco mais! Conserve-o, pelo menos até que eu chegue e possa recomendá-lo! Eu o amo! Preciso dele! Não o leve tão abruptamente!"

Quando o automóvel partiu velozmente para a noite da cidade, com a flâmula do Vaticano tremulando ao vento e as sirenes da escolta policial a abrir caminho, Kiril cerrou os olhos e desfez as contas do rosário, concentrando todos os recursos do seu espírito numa prece pela vida e alma de Jean Télémond.

Ele ofereceu a si mesmo como refém, uma vítima, caso fosse necessário, em seu lugar. E, enquanto rezava, ia lutando contra o sentimento incontrolável de culpa, que lhe era causado pelo cruel afastamento do homem a quem tanto amava. A escuridão que Jean Télémond sofrera parecia abater-se agora sobre ele, de tal modo que, mesmo com a consciência limpa, o seu coração chorava amargamente aquela suprema decisão.

Mas quando Rinaldi o acolheu à porta da *villa* pálido e trêmulo, Kiril compreendeu que sua prece fora rejeitada. Jean Télémond, o viajante infatigável, embarcara para sua última viagem.

– Está à morte, Santidade – disse Valerio Rinaldi. – O médico está com ele. Não passará desta noite.

Rinaldi conduziu o pontífice à câmara, onde o médico, com o Superior Geral dos jesuítas, olhava para Jean Télémond, e os círios ardiam, para alumiar a última viagem daquele espírito. Télémond estava imóvel e inconsciente, no leito, com as mãos repousando sobre a colcha branca, o rosto contraído e os olhos cerrados.

Kiril ajoelhou-se à beira da cama e tentou devolvê-lo à consciência:

– Jean! Pode me ouvir? Sou eu, Kiril! Vim logo que me foi possível. Estou aqui com você, segurando a sua mão, Jean, meu irmão! Fale comigo, fale, se puder!

Não houve qualquer reação de Jean Télémond. Suas mãos continuavam inertes, seus olhos fechados, contra a luz das velas. De seus lábios arroxeados saía apenas a respiração entrecortada dos moribundos.

O pontífice pousou a cabeça sobre o peito do amigo e soluçou, como nunca o fizera, desde as noites de loucura, no confinamento da cela siberiana. Rinaldi e Semmering permaneciam imóveis comovidos, mas impotentes para qualquer gesto de reconforto. Semmering murmurou as palavras do Evangelho: "Veja como ele O ama..."

Depois, quando o soluçar abrandou, Rinaldi passou a mão no ombro sagrado do pontífice e falou-lhe, carinhosamente.

– Deixe-o partir, Santidade... está em paz. Nada mais lhe podemos desejar. Deixe-o partir...

Cedo, na manhã seguinte, o cardeal Leone apresentou-se, sem prévio aviso, nos aposentos papais. Aguardou durante vinte minutos e depois foi conduzido à presença de Kiril, que estava sentado à escrivaninha, exausto pela longa noite de vigília. Seus modos eram distantes e quase forçados. Quando falou, pareceu fazê-lo com enorme sacrifício.

– Pedimos que nos deixassem a sós, esta manhã. Alguma coisa de especial que possamos fazer por Sua Eminência?

As feições de Leone refletiram a repreensão, mas conseguiu dominar-se e disse em voz baixa:

– Vim para oferecer-lhe as minhas sentidas condolências pela morte do padre Télémond. Recebi a notícia de parte do meu amigo Rinaldi. Pensei que Sua Santidade gostasse de saber que ofereci uma missa, esta manhã, pelo repouso eterno de sua alma.

Os olhos de Kiril suavizaram-se um pouco, mas suas palavras ainda continham a formalidade papal.

– Estamos muito agradecidos à Sua Eminência. Esta foi uma grande perda pessoal para nós.

– Sinto-me culpado – disse Leone. – Sinto-me culpado como se fosse responsável por sua morte.

– Sua Eminência não tem razão para o sentir. O padre Télémond estava doente já há algum tempo, e o veredicto do Santo Ofício foi um rude choque para ele. Mas nem Sua Eminência, nem os padres superiores, poderiam ter agido de outra forma. Deve expulsar esse pensamento do seu espírito...

– Não posso expulsá-lo, Santidade – disse Leone, com a sua franqueza habitual. – Tenho uma confissão a fazer.

– Então, deverá fazê-lo ao seu confessor...

Leone balançou a cabeleira branca e ergueu a cabeça, em resposta ao desafio.

– Sua Santidade é um padre! Eu sou uma alma aflita. Escolho-o para me confessar. Você me recusa?

Por um momento pareceu que o pontífice ia explodir de ira. Depois, lentamente, suas feições voltaram à normalidade e a sua boca entreabriu-se, num ligeiro sorriso.

– Sua Eminência venceu. Que confissão tem a fazer?

– Eu tinha ciúmes de Jean Télémond, Santidade. Fiz o que era justo, mas minha intenção não era justa ao fazê-lo.

Kiril, o pontífice, olhou para o ancião, com grande surpresa.

– Por que tinha ciúmes dele?

– Por sua causa, Santidade. Porque eu precisava de sua Santidade, mas não conseguia obter o que deu a Jean Télémond, desde o primeiro encontro: intimidade, confiança afeto, um lugar no conselho privado. Sou um velho... servi à Igreja durante muito tempo. Senti que merecia algo melhor. Enganei-me. Nenhum de nós merece o que quer que seja, apenas a recompensa prometida a qualquer trabalhador da vinha... estou arrependido. Sua Santidade me absolverá?

O pontífice aproximou-se dele e Leone ajoelhou-se, curvando humildemente a cabeça branca, sob as palavras da absolvição. Quando elas terminaram, perguntou:

– E a penitência, Santidade?

– Amanhã você dirá uma missa por um homem que perdeu um amigo, e que ainda não está inteiramente resignado à vontade de Deus...

– Assim o farei.

As fortes mãos de Kiril ajudaram o cardeal a erguer-se, ficando frente a frente o papa e o penitente, o papa e o cardeal, presos de um maravilhoso momento de compreensão.

– Eu também pequei, Eminência – disse Kiril. – Mantive Sua Eminência a distância porque não podia tolerar sua oposição aos meus projetos. Pequei também no que diz respeito a Jean Télémond, creio, porque me liguei a ele com demasiada ansiedade; ao chegar o momento de abandoná-lo nas mãos de Deus, não o consegui fazer sem amargura. Estou vazio e muito perturbado. Fico feliz que tenha vindo me ver.

– Permita que lhe diga uma coisa, Santidade?

– Pois não.

– Já vi três papas sentados nesta câmara. Sua Santidade é o último que verei, por certo. Cada um deles, por sua vez, se encontrou nesse momento crucial em que você se encontra agora: o momento da solidão. Desejo dizer-lhe que não há remédio ou fuga para esse momento. Sua Santidade não poderá retirar-se deste local nem deste cargo, como Rinaldi o fez, como eu espero fazer muito em breve. Estará aqui até o dia das nossas mortes. Quanto mais viver, mais solitário se sentirá. Poderá se servir deste ou daquele. homem para o trabalho da Igreja, mas quando a obra estiver feita, ou o homem se revelar inferior à missão, Sua Santidade o deixará então partir e encontrará outro. Sua Santidade quer amor. Precisará dele, como eu preciso, embora eu seja muito mais velho. Conseguirá encontrá-lo por algum tempo, mas voltará a perdê-lo, porque um homem nobre não se pode comprometer no afeto desigual, e um homem grosseiro não o deixará satisfeito. Quer goste, quer não, estará condenado a uma peregrinação solitária, desde o dia da sua eleição ao dia de sua morte. Isto é um calvário, só agora Sua Santidade começa a subi-lo. Somente Deus poderá acompanhá-lo, subindo ao seu lado até o cimo, porque sofreu na carne para fazer a mesma escalada... gostaria de falar-lhe de maneira diferente, mas não posso.

– Eu sei – disse Kiril, sombriamente. – Sei até à medula dos ossos. Creio que tentei fugir-lhe, desde o dia da minha eleição. Quando Jean Télémond morreu, uma parte de mim mesmo morreu com ele.

– Se morremos para nós próprios – tornou o velho Leone – no fim, acabamos por viver em Deus. Mas é uma lenta e longa morte. Acredite-me, Santidade, eu sei! Você é jovem, tem de aprender ainda o que significa ser velho.

O cardeal fez uma pausa, recompondo-se, e perguntou depois:

– Agora, que estamos a sós, Sua Santidade permite que eu lhe peça um favor?

– Que favor, Eminência?

– Gostaria que aceitasse a minha demissão, como aceitou a de Rinaldi.

Kiril, o pontífice, ponderou por um momento e, depois, balançou negativamente a cabeça.

– Não! Não posso deixá-lo partir ainda!

– Sua Santidade exige muito de mim!

– Espero que seja generoso comigo... Sua Eminência não foi feito para a vida rústica, nem para vegetar no jardim de um convento... Há leões à solta nas ruas, e nós precisamos de leões para combatê-los. Eu o quero comigo por algum tempo mais.

– Só poderei ficar se confiar em mim...

– Prometo-lhe que confiarei.

– Não desejaria que o dissesse por simples bondade...

– Não o disse por bondade, Eminência – respondeu Kiril, gravemente. – Tem muita coragem. Desejo servir-me dela... neste momento, estou com muito medo.

303

O medo era tangível, familiar e poderosamente ameaçador. Era o medo que já sofrera às mãos de Kamenev, e a ele fora levado pelo mesmo processo: meses de dúvida íntima; crises recorrentes de dor; súbitas e espetaculares revelações das complexidades da existência, ao lado das quais as simples proposições da fé pareciam piedosamente inadequadas.

Se a pressão continuasse por muito mais tempo, o delicado mecanismo da reflexão e da decisão poderia se desequilibrar, como um motor fatigado. Todos os processos da personalidade cairiam em síncope, gerando a confusão e a irresolução.

Todos os dias, durante os primeiros meses do seu pontificado, fora obrigado a interrogar-se sobre os seus motivos e a sua capacidade. Fora forçado a pesar as suas convicções privadas, em contraste com a experiência acumulada da hierarquia e da burocracia. Sentia-se, como homem, a empurrar uma pedra para o cimo de uma colina, tendo, a cada três passos, de deixá-la resvalar um pouco para trás.

Depois, quando o avanço já parecia mais fácil, encontrava-se, face a face, com uma profunda e, havia muito, esquecida fraqueza em si próprio: aquela necessidade de amor que o levara, tão urgentemente, à amizade com Jean Télémond, e que, no ponto de vista religioso, quase o destruíra. Os alicerces de sua confiança haviam enfraquecido ainda mais, pela indulgência do seu ressentimento contra Leone. Não fora ele quem dera o primeiro passo para a reconciliação, mas, sim, o velho cardeal. Não fora ele quem ajudara Jean Télémond, na conformidade de que ele precisava, a morrer, mas sim Rinaldi e Rudolf Semmering.

Se fracassara tão redondamente nestas simples relações, como poderia confiar em si próprio e nas suas convicções, a braços com as complexas exigências de chefia da Igreja Universal?

Assim, após dezessete anos de resistência, em nome da fé, tudo fora de novo convertido em equação, e via agora quão fácil era desprender-se do fardo da ação. Teria apenas de agir mais despreocupadamente e deixar que o sistema da Igreja se encarregasse de tudo. Não teria de decidir sobre coisa alguma, bastaria, tão só, propor e sugerir, trabalhando segundo as opiniões que lhe fossem transmitidas pelo secretariado de Estado, pelas Sagradas Congregações e pelos pequenos ou grandes organismos administrativos da Igreja.

Seria um método legítimo de governo. Seria seguro, também. Repousava ele, solidamente, sobre a sabedoria coletiva da Igreja e até podia ser justificado como um ato de humanidade de um chefe que não se considerasse à altura da missão. Salvaguardaria a dignidade da Igreja e do seu cargo, contra as consequências da sua própria incapacidade. Todavia, estava convencido, em seu íntimo, tão fundo quanto as raízes da própria vida, de que o trabalho para o qual fora chamado era bem diferente. Teria de mostrar em si mesmo a faculdade de renovação, que é uma das marcas da Igreja Viva. O problema, agora, era o de poder ou não cumprir essa missão. Receava estar vivendo uma ilusão de amor-próprio, de autodecepção e de orgulho destrutivo.

Diariamente, as provas amontoavam-se contra ele. A questão da sua visita à França e a sua interferência nas relações políticas entre as nações eram já discutidas pelos cardeais e primazes da Igreja. Diariamente, as opiniões deles eram-lhe trazidas e perturbavam-no, por serem todas tão diferentes das suas próprias opiniões.

O cardeal Carlin escreveu-lhe de Nova York:

O presidente dos Estados Unidos tem-se mostrado satisfeito com o que Sua Santidade vem promovendo para auxiliar a abertura de negociações com a União Soviética. Contudo, agora que essas negociações se iniciaram em um nível diplomático de embaixadores, receia-se que a Santa Sé tente dar-lhes relevo imprevisto, usando a sua influência no bloco europeu de nações, cujos interesses diferem, em vários aspectos, dos da América. Devido a este critério, a projetada visita de Sua Santidade à França poderá parecer ter um significado diferente do intencionado...

Do arcebispo Ellison, que ainda não havia recebido o "chapéu vermelho", chegou um comentário frio:

Sua Santidade deve estar a par de que a República da França foi o mais renhido oponente à admissão da Grã-Bretanha no Mercado Comum Europeu. Se Sua Santidade visitar a França, será inevitavelmente convidado a visitar também a Bélgica e a Alemanha. Muitos ingleses poderão supor que a França está tentando utilizar a Santa Sé, como já usou antes, para fortalecer a sua nova posição na Europa, à custa da nossa.

Platino, o "papa vermelho", tinha um ponto de vista diferente:

Estou convencido, tal como Sua Santidade, de que, mais cedo ou mais tarde, o vigário de Cristo precisará se servir dos modernos métodos de comunicação, para se apresentar em pessoa às Igrejas do mundo. Pergunto a mim mesmo, todavia, se o primeiro gesto não deveria ser isento de associações históricas. Não seria melhor, por exemplo, planejar desde já uma viagem mais longa, digamos à América do Sul, para que o trabalho missionário da Igreja recebesse o impulso de que tanto precisa neste momento?...

Da Polônia, onde Potocki estava moribundo, e onde o seu sucessor já fora nomeado, secretamente, veio uma recomendação ainda mais incisiva. Foi trazida, pela boca do emissário que levara a nomeação papal ao novo incumbente:

Existe neste país um sentimento, expresso em palavras vigorosas, de que Kamenev, que é conhecido pela sua sutileza e implacabilidade política, talvez esteja tentando criar uma situação na qual a Santa Sé possa vir a ser apontada como colaboradora do Kremlin. Os efeitos desta versão entre os católicos que estão atrás da Cortina de Ferro, poderiam ser desastrosos...

Por outro lado, havia a última carta de Kamenev, a qual, se alguma coisa significava, seria uma surpreendente mudança no ritmo do pensamento marxista e uma transformação ainda mais profunda no próprio homem. O homem não é um animal estático. A sociedade não é estática nem tampouco a Igreja. Tendo em vista a concepção de Jean Télémond, ou outra qualquer, tudo evolui, absorvendo acréscimos históricos, desenvolvendo novas atitudes e novas fontes de potencial, avançando, consciente ou instintivamente, para a promessa de mais luz e de vida mais plena. Tudo precisa de tempo, tempo e ajuda divina a trabalhar para o bem humano. Cada momento salvo era um adiamento do caos. Todos os indícios de bem eram uma evidência do fervor de Deus na sua própria Criação. Kamenev escreveu:

E assim, graças aos bons ofícios de Sua Santidade, pudemos abrir negociações, no nível diplomático, com os Estados Unidos. O fato suscitou-nos, pelo menos, alguma esperança de êxito. Teremos palavras duras e discussões renhidas, mas o tempo foge. Disso, pelo menos, estamos todos convencidos.

Tenho grande interesse pelo plano de Sua Santidade, no tocante a visita à França em princípios de fevereiro, e penso que, embora o partido me decapitasse, se me ouvisse dizer, Sua Santidade poderá fazer muito, na preparação de um clima adequado para as nossas discussões.

Estarei mais do que interessado em ler o que Sua Santidade dirá, nessa altura. Terá, inevitavelmente, de discutir a questão dos direitos e deveres entre as nações. Como tratará Sua Santidade dos direitos da Rússia, onde tanto sofreu, e onde a sua Igreja tem sido tão maltratada? Como falará dos direitos da China, onde os seus bispos e padres estão encarcerados?

Perdoe-me. Sou um humorista incorrigível, mas desta vez o humor está contra mim. Se algum homem pudesse convencer-me de que existe um Deus, Sua Santidade, Kiril Lakota, seria esse homem. Mas, para mim, só existe um céu vazio, e tenho de planejar, estudar ardis, mentir, negociar e fechar os olhos ao terror e à violência, para que o meu filho e milhões de outros filhos possam crescer e multiplicar-se, sem um tumor nas entranhas ou um monstro no berço, por causa das radiações atômicas.

A ironia é que tudo o que eu faça possa resultar numa loucura, ou acelere o que estou tentando, a todo custo, evitar. Sua Santidade tem mais sorte. Crê que depende da providência divina. Às vezes, desejaria tanto poder crer como Sua Santidade! Mas o homem leva o seu destino escrito na palma da mão. O meu é diferente do de Sua Santidade. Envergonho-me, muitas vezes, do que lhe fiz, e gostaria de provar-lhe que tem alguma razão para se orgulhar do que fez por mim. Se tivermos paz, nem que seja só por um ano, terá sido, em grande parte, devido à Sua Santidade..

Pense em mim, sempre que possa, com amizade.

Seu Kamenev

Eram, todas, vozes separadas. Contudo, nos seus diversos acentos, exprimiam uma esperança comum de que o homem, vivendo à sombra da nuvem em forma de cogumelo, poderia ainda sobreviver em paz, para cumprir um desígnio divino.

Tinha de escutar todas as vozes. Esperava que, no fim do conflito, dessas opiniões resultasse uma harmonia. Apesar dos seus receios, sabia, não obstante, que essa esperança era uma ilusão.

Não podia, sem correr graves riscos, sair do campo de ação que lhe fora legado por mandato divino, mas, dentro desse campo de ação, era supremo. O governo era seu e de mais ninguém. A decisão era sempre sua... todavia, conhecendo as suas próprias limitações, fugia à decisão.

Apenas duas coisas lhe eram garantidas pela promessa divina: que, estando nas sandálias do Pescador, não erraria na doutrina e que, cometesse a loucura que cometesse, a Igreja sobreviveria... em todo o caso, era abandonado ao seu próprio arbítrio. Podia engrandecer a Igreja, gloriosamente, ou infligir-lhe uma terrível diminuição. Era isso que o aterrorizava.

Era livre de agir mas não tinha qualquer garantia sobre as consequências das suas ações. Era-lhe ordenado que rezasse, porém, tinha de rezar na escuridão e não podia esperar que lhe fosse revelada a forma pela qual a resposta viria...

Ainda se debatia nesse dilema quando o Superior Geral dos jesuítas lhe telefonou e solicitou-lhe audiência. Disse ter diversos assuntos a discutir com o pontífice, mas que podiam esperar para depois das audiências normais. Desta vez, queria transmitir ao Santo Padre a substância da sua última conversa com Jean Télémond.

– Quando fui vê-lo, Santidade, encontrei-o numa profunda confusão. Nunca conhecera um homem tão chocado. Levei muito tempo a apaziguá-lo; no entanto, de uma coisa estou convencido: a submissão que prestou à Sua Santidade foi firme e verdadeira. Ao morrer estava em paz.

– Alegro-me em ouvir essas palavras, padre. Sei o quanto sofria. Eu queria tanto compartir de sua dor, mas ele teve de se afastar de mim.

– Não se afastou, Santidade – disse Semmering. – O que ele pensava era que a mais ninguém competia carregar a sua cruz e preparar a sua própria salvação. Deu-me uma mensagem para Sua Santidade.

– Que mensagem?

– Disse estar convicto de que não poderia ter feito o seu último e necessário ato de contrição sem o apoio de Sua Santidade. Disse que, chegado o momento, este apresentou-se como o maior risco de toda a sua vida: o risco da sua integridade e da própria razão. Foi quase – usando as suas próprias palavras – como se ele se lançasse na loucura. Disse que a única coisa que lhe deu coragem para preparar o salto foi Sua Santidade já o ter dado, antes dele, e que Sua Santidade não se esquivara a um só risco da especulação ou autoridade... Desejaria poder comunicar à Sua Santidade toda a pungência com que ele se exprimiu... eu aprendi a ser muito cético, em exibições de fervor e de emoção religiosa, mas estou convencido de que nesta batalha do padre Télémond, assisti ao verdadeiro combate de uma alma contra si própria e contra os poderes do obscuro. Senti-me verdadeiramente enobrecido pela vitória.

Kiril estava comovido.

– Fico-lhe muito reconhecido, padre, pelo que acaba de me dizer. Eu próprio estou enfrentando uma crise e estou certo de que Jean teria me compreendido. Espero que ele esteja a interceder por mim, junto ao Todo-Poderoso.

– Tenho a certeza de que está, Santidade. De certa forma, a sua morte foi uma espécie de martírio. Recebeu-a com grande estoicismo...

Semmering hesitou um momento e, depois, continuou.

– Há ainda outra coisa, Santidade. Antes de morrer, o padre Télémond disse-me que Sua Santidade lhe prometera que a sua obra não seria perdida nem suprimida. Deve ter sido, com certeza, antes de o Santo Ofício ter emitido o seu parecer. Todos os manuscritos do padre Télémond acham-se agora em meu poder. Gostaria de que Sua Santidade me indicasse o que devo fazer com eles.

Kiril ficou pensativo.

– Também já tinha pensado nisso. Tenho de concordar com a opinião do Santo Ofício mas, falando particularmente, creio que têm muito valor. Seria meu desejo submetê-los a novo exame e, possivelmente, publicá-los mais tarde, com anotações e comentários. Creio que a Companhia de Jesus é a melhor equipada para empreender esse trabalho.

– Teríamos o maior prazer em realizar essa obra, Santidade.

– Excelente! Gostaria de lhe fazer agora uma pergunta. Você é um teólogo e um superior religioso. Até que ponto foi Jean Télémond justificado ao assumir os riscos que assumiu?

– Tenho refletido muito neste problema, Santidade – disse Rudolf Semmering. – É uma pergunta que tenho formulado muitas vezes, não só com referência ao padre Télémond, mas a muitos outros homens brilhantes, dentro da Companhia.

– E as suas conclusões?

– Se um homem se concentra em si próprio, o menor risco é muito para ele, pois que tanto o êxito quanto o fracasso podem destruí-lo. Se se concentra em Deus, então nenhum risco é demasiado grande, porquanto o êxito já está garantido: a união frutuosa do

310

criador e da criatura, ao lado da qual todo o resto não tem a menor importância.

– Concordo com você, padre – disse Kiril, o pontífice. – Mas ignora o risco – aquele que encaro agora – de que, desde qualquer momento, até a hora da morte, o homem pode separar-se de Deus. Até eu, que sou o seu vigário!

– O que posso eu dizer, Santidade? – perguntou Rudolf Semmering. – Desde o dia em que principiamos a raciocinar, até à hora da morte, estamos todos sujeitos ao risco de perdição. Todos nós... é esse o preço da existência. Sua Santidade tem de pagá-lo, como todos os demais... eu posso julgar Jean Télémond, que foi meu subordinado, mas, à Sua Santidade, não posso julgar...

– Então reze, padre, e diga a todos os seus irmãos que rezem também por um papa em equilíbrio sobre o abismo...

A REUNIÃO DA CÚRIA ROMANA que Kiril convocara para discutir a situação internacional e a sua eventual visita à França fora marcada para a primeira semana de novembro, precedida de uma semana de discussões privadas, durante as quais os príncipes da Igreja foram convidados a expor as suas opiniões pessoais ao pontífice.

Kiril não tentou influenciá-los, limitando-se a expor os seus pontos de vista e a dar-lhes o voto de confiança, que eles mereciam como seus conselheiros. Estavam divididos. Alguns cardeais concordavam com o papa. A maioria estava incerta, e alguns eram abertamente hostis. Os seus próprios receios não haviam diminuído, e esperava que, pelo menos, quando se reunissem em assembleia os membros da cúria encontrassem uma voz comum para os aconselhar.

Para os assistir em suas deliberações, Kiril convocara o cardeal Morand, de Paris, Pallenberg, da Alemanha, Ellison, de Londres, Charles Corbert Carlin, de Nova York. O cardeal Ragambwe estava presente, por acaso, pois viera da África para conferenciar com a Congregação dos Ritos sobre as novas propostas litúrgicas.

O local escolhido para a reunião fora a Capela Sistina. Escolhera-a porque ainda estava iluminada pelas recordações da sua própria eleição e de todas as outras que ali tinham sido realizadas. Kiril passou

311

a noite em vigília de oração, esperando preparar-se para interpretar os seus pensamentos, na cúria, e receber desta uma expressão nítida e unânime da diretriz a assumir pela Igreja.

Já não se achava confuso, mas continuava receoso, sabendo quanto dependia do resultado. A proposição que Semmering lhe submetera era muito simples: que um homem concentrado em Deus nada tinha a recear. No entanto, continuava perturbado por saber quão facilmente lhe era possível se desconcentrar e ser levado ao egoísmo. Não era a enormidade do ato que o preocupava, mas sim o conhecimento de que pequenos lapsos talvez pudessem vir a ser sintomáticos de maiores e insuspeitas fraquezas.

Assim, quando o cardeal camerlengo o conduziu à capela, e ele se ajoelhou, a fim de entoar a invocação do Espírito Santo, pôs-se a rezar, fervorosamente, para que o momento não o revelasse inferior às suas possibilidades. Ao terminar a oração, Kiril levantou-se e dirigiu a palavra aos cardeais:

– Nós os convocamos, nossos irmãos e nossos conselheiros, para compartilhar conosco, nesta magna assembleia, de um momento de decisão na vida da Igreja. Todos sabem que, na primavera do próximo ano, é muito possível que se acentue uma grave crise política, levando o mundo tão perto da guerra quanto nunca esteve desde 1939. Queremos mostrar-lhes as características principais da crise. Queremos mostrar-lhes, também, certas propostas que nos foram feitas, e que talvez possam ajudar a aliviar a tensão.

"Não somos tão ingênuos a ponto de acreditar que qualquer coisa que possamos fazer na ordem material vá mudar, significativamente, a perigosa situação militar e política que hoje prevalece. O domínio temporal da Santa Sé foi reduzido a uma pequena mancha territorial em Roma, e estamos certos de que tal posição é particularmente benéfica. pois assim não seremos tentados a usar instrumentos humanos de intervenção, em lugar daqueles que nos foram concedidos por Nosso Senhor Jesus Cristo.

"Cremos, todavia, e o cremos com a mais viva fé, que é nossa obrigação alterar o curso da história, estabelecendo o reino de Cristo nos corações dos homens para que eles, por sua vez, possam estabelecer uma ordem temporal solidamente baseada na verdade, na justiça, na caridade e na lei moral.

"Esse é o encargo que recebemos de Cristo. Não podemos recusá-lo. Não podemos fugir a uma única de suas consequências. Não podemos negligenciar nenhuma, por mais perigosa que seja, oportunidade de cumpri-lo.

"Em primeiro lugar, vamos lhe expor a natureza da crise."

Com frases diretas e objetivas, Kiril, o pontífice, descreveu o panorama internacional, um mundo em ordem de batalha, como era visto por um homem sentado no pináculo, com as nações espalhadas a seus pés e a ameaça atômica a pairar sobre a sua cabeça.

Nenhum dos presentes discordou. Como seria possível discordar? Cada um dos cardeais vira, dos mesmos pontos estratégicos, a mesma situação.

O papa leu para eles as cartas de Kamenev e também as do presidente dos Estados Unidos. Leu, igualmente, os seus próprios comentários, as suas apreciações dos caracteres e da disposição manifestada pelos dois homens. Depois, prosseguiu:

– Pode parecer a vocês, amados irmãos, que na intervenção que já efetuamos, existe um elemento de risco. Nós admitimos isso. Está claramente definido nas próprias cartas de Kamenev e do presidente dos Estados Unidos. Nós, como pontífice supremo, reconhecemos o risco, mas fomos coagidos a aceitá-lo ou, então, a deixar escapar de nossas mãos uma eventual oportunidade de servir à causa da paz, neste momento de perigo.

"Não desconhecemos, tal como cada um de vocês não desconhece, que é impossível contar, totalmente, com a sinceridade ou com as promessas de amizade de qualquer homem que exerça um alto cargo público, mesmo que ele seja um membro da Igreja. Tais homens estão sempre sujeitos às pressões da influência, da opinião, das ações de outros sobre quem não têm autoridade. Todavia, enquanto a luz da esperança tremular, devemos tentar alimentá-la e protegê-la dos ásperos ventos das circunstâncias.

"Sempre acreditamos, como questão de convicção privada, que as nossas relações com o primeiro-ministro da Rússia – as quais datam de dezessete anos, quando primeiro fomos encarcerados em defesa da fé – tiveram em si um elemento de Providência Divina, que poderá um dia ser usado por Deus para o bem de Kamenev e nosso, ou ainda para o bem da humanidade. Apesar de todos os riscos e dúvidas, essa é ainda a nossa convicção.

"Vocês já estão a par de que recebemos um convite do cardeal arcebispo de Paris para visitar o santuário de Nossa Senhora de Lourdes, no seu dia festivo, 11 de fevereiro do próximo ano. O governo francês acrescentou, também, um convite para, em seguida, efetuarmos uma visita oficial a Paris. Não precisamos salientar os riscos, de uma ou outra espécie, que semelhante passo histórico acarretaria. Estamos dispostos, contudo, a aceitar o convite. Tão logo o façamos, receberemos, sem dúvida, outras convites para visitar outras nações. Estamos dispostos a aceitá-los também, segundo as circunstâncias o permitam. Ainda somos suficientemente jovem, graças a Deus, e os transportes são bastante rápidos, hoje em dia, para permitirem fazê-lo sem uma grande ou desastrosa interrupção na boa marcha dos negócios do Vaticano.

"Dissemos estar dispostos a aceitar os convites que nos sejam endereçados. Antes de tomar uma decisão final, desejamos ouvir, porém, a sua opinião de irmãos e conselheiros. Salientamos que, se decidirmos efetuar a visita à França, um enorme acervo de trabalho terá de ser realizado, num curto espaço de tempo, com vistas à preparação da opinião pública e para assegurar, tanto quanto possível, uma atitude amigável por parte dos nossos irmãos de outras comunhões do cristianismo. Não queremos fazer do nosso cargo um espetáculo estéril. Não queremos levantar animosidades históricas. Queremos ir em caridade, para nos mostrarmos como um pastor e proclamar a irmandade de todos os homens de boa vontade, sem excluir qualquer nação, raça ou crença, da paternidade de um só Deus.

"Se decidirmos assim viajar para o mundo, este novo mundo tão diferente do antigo, então não queremos insistir nas cortesias protocolares e cerimoniais. Essas, são as delicadezas de uma corte e, se somos um príncipe, por protocolo, somos ainda um padre e um pastor pela unção e pela imposição das mãos.

"O que mais poderemos nós dizer agora? Estes primeiros meses do nosso pontificado têm sido repletos de trabalho e de problemas. Aprendemos muito mais do que teríamos julgado possível sobre a natureza do nosso cargo, os problemas da nossa Santa Madre Igreja e da sua batalha constante para fazer do seu corpo humano uma barca dignamente preparada para a vida divina que a infunde. Cometemos erros. Cometeremos outros, sem dúvida, mas aqui lhe pedimos, nossos irmãos no ofício pastoral, que nos perdoem e rezem por nós. Sofremos, na semana passada, uma terrível perda pessoal, com a morte do nosso querido padre Jean Télémond, da Companhia de Jesus. Rogamos a vocês que orem por ele e rogamos também que rezem por nós, que nos encontramos na tempestuosa eminência, entre Deus e o homem.

"A questão está em frente a vocês, meus caros irmãos. Deveremos nós sair de Roma e viajar, como os primeiros apóstolos, para afrontar o século XX, ou deveremos ficar aqui, em Roma, e deixar que os nossos irmãos bispos cuidem de suas próprias vinhas, à sua própria maneira? Deveremos nós deixar que o mundo cuide de seus próprios assuntos, ou deveremos nós, como pontífice supremo, arriscar a nossa dignidade universal, para nos misturarmos ao povo e proclamarmos o Deus ignoto?...

"Quid vobis videtur? Que vos parece?"

Kiril sentou-se no trono e aguardou. O silêncio pairou sobre a assembleia como uma nuvem. Viu os anciãos entreolharem-se, como se trocassem pensamentos já discutidos em palavras. Depois, lentamente, o cardeal Leone, decano entre os decanos da Igreja, levantou-se e fez face à assembleia:

– ... Não repetirei, irmãos, as mil e uma razões a favor ou contra este projeto. Sua Santidade conhece-as tão bem como qualquer de nós. Não recordarei os riscos, pois eles se encontram tão vívidos e presentes no espírito do sumo pontífice, quanto nos nossos. Há muitos entre nós – eu digo francamente que sou um deles – que alimentam sérias dúvidas sobre as vantagens de uma viagem à França ou a qualquer outro lugar. Há outros, estou certo, que consideram tal visita um gesto ao mesmo tempo oportuno e eficaz. Quem terá razão e quem estará errado? Só Deus pode decidir o resultado, e a história registrará o seu veredicto. Não creio que qualquer dos presentes desejará aumentar o peso das dificuldades com que Sua Santidade luta, tentando incliná-lo para uma ou outra decisão.

"A oposição é muito simples. A autoridade do Santo Padre é suprema no assunto. Agora, ou mais tarde, terá de decidir. Sejam os nossos votos contra ou a favor, será apenas *ele* quem decide."

Por um momento, Leone ficou imóvel e silencioso, desafiando-os depois com as últimas palavras, lançadas como um repto à cúria: – *Placet ne fratres?* Que dizem, meus irmãos? Agrada-lhes ou não?

Houve uma pausa hesitante e, depois, um após outro, os cardeais retiraram seus chapéus vermelhos, e um murmúrio de assentimento percorreu a assembleia:

– *Placet*... Agrada-nos. Concordamos.

Isto era algo que Kiril não esperara. Era mais do que uma formalidade. Era um voto de confiança. Fora um gesto preparado por Leone e pela cúria para afirmarem a sua lealdade e confortá-lo na sua dor.

Era ainda mais: uma ironia, qual a mão cheia de palha que fora queimada antes de o coroarem, para que sempre recordassem a sua mortalidade. Era uma vassalagem da Igreja, não a ele próprio, mas ao Espírito Santo que, a despeito dele, a conservaria intacta e viva até o dia do último Julgamento.

Agora, tudo o que herdara, tudo o que secretamente pedira em seu cargo, estava nas suas mãos: autoridade, dignidade, liberdade de decisão, o poder de restringir ou abrandar... e teria de começar a pagar por isso... agora, nada mais podia fazer senão pronunciar as palavras rituais de despedida e deixar partir os seus conselheiros.

Um por um, os cardeais vieram ajoelhar-se à sua frente e beijar o anel, em prova de sujeição. Um por um, partiram. E quando a porta se fechou atrás do último, Kiril, o pontífice, levantou-se do trono e ajoelhou-se no degrau do altar, em frente do tabernáculo.

Sobre ele, pairava o esplendor imenso do *Juízo Final* de Michelangelo. À sua frente, via a pequena porta dourada, além da qual habitava o Ignoto Deus. O peso da cruz se achava sobre os seus próprios ombros. O longo calvário estava prestes a começar. Ficara abandonado, e assim estaria até o fim de sua vida.

Extrato das memórias secretas de Kiril I, pontífice máximo:

... Estou calmo, agora, porque o momento da decisão já chegou e já passou, e eu não posso alterar a escolha que fiz. Mas a calma é, na melhor das hipóteses, uma trégua: incerta, armada, perigosa para todos os que a ela se confiem.

No dia seguinte, ou no próximo, o entrechocar das armas pode começar de novo: a batalha de mim contra mim, do homem com o seu mundo e com Deus, cujo apelo de amor é sempre, e muito estranhamente, um apelo a um doloroso conflito.

O mistério do mal é, de todos, o mais profundo. É o mistério do ato criativo primordial, quando Deus criou a alma humana, Ele a fez à Sua própria imagem e Lhe apresentou o terrível dilema: centrar-se sobre si própria, ou centrar-se Nele, sem o Qual não poderia subsistir de todo... o mistério renova-se diariamente em mim, como sucede a cada homem nascido de uma mulher.

Para onde vou? Para onde voltar-me? À semelhança de Moisés, sou chamado ao cume da montanha para interceder pelo meu povo. Não poderei descer, até que me levem morto. Não poderei subir, até que Deus queira chamar-me para Si. O mais que posso esperar dos meus irmãos na Igreja é que me amparem os braços, quando eu me cansar desta constante intercessão... e eis aqui os contornos de outro mistério: que eu, chamado a despender tanto, me encontre tão pobre das coisas de Deus...

Perdoai as nossas ofensas, como nós perdoamos a quem nos ofendeu, não nos deixeis cair em tentação e livrai-nos de todo o mal. Amém.

Nova York, março 1961 – Sidney, agosto 1962

ATENDIMENTO AO LEITOR E VENDAS DIRETAS

Você pode adquirir os títulos da BestBolso através do Marketing Direto do Grupo Editorial Record.

- Telefone: (21) 2585-2002
  (de segunda a sexta-feira, das 8h30 às 18h)
- E-mail: mdireto@record.com.br
- Fax: (21) 2585-2010

Entre em contato conosco caso tenha alguma dúvida, precise de informações ou queira se cadastrar para receber nossos informativos de lançamentos e promoções.

Nossos sites:
www.edicoesbestbolso.com.br
www.record.com.br

Este livro foi composto na tipologia Minion Pro Regular,
em corpo 10/12,5, e impresso em papel off-set 56g/m² no Sistema
Cameron da Divisão Gráfica da Distribuidora Record.